PETER SCHEERER

DUNKLER PLANET

SCIENCE FICTION ROMAN

1. EIN STURM ZIEHT AUF

Feiner Sprühregen ging über der Lichtung nieder und ließ die einschüchternde Silhouette des Dschungels zu einer fahlen Kulisse verschwimmen. Die winzigen Tropfen überzogen das Gesichtsschild von Grojs Schutzanzug mit einem feinen Muster, doch er hätte seine Tätigkeit auch blind erledigen können. Erst wenn es so richtig zu regnen anfing, begannen die Probleme; dann verwandelte sich die Lichtung in ein einziges Schlammloch. Und der Regen würde nicht mehr lange auf sich warten lassen: Im Westen türmten sich bereits pechschwarze Wolkenungeheuer auf, in denen grünliches Blitzgewitter zuckte. Groj hoffte, dass der Krankentransporter mit seiner täglichen Lieferung eintreffen würde, bevor die Sauerei losging. Es war kein Vergnügen, die Bahren mit den Verwundeten durch den Matsch zum Lazarett zu manövrieren.

Er beugte sich tiefer über das Programmiermodul des Leichenroboters und wischte einen Film aus schmieriger Feuchtigkeit von der Bedienoberfläche. Die Maschine war reif für den Schrottplatz, einen Ersatz aufzutreiben ein Ding der Unmöglichkeit. Also trichterte er dem verrostenden Koloss vor jeder Tour aufs Neue die Route zu der kaum zugänglichen Schlucht ein, die als Friedhof für das Lazarett diente. Seit die Rebellion der Schürfer auf die Bezirke Lavendel und Regenbogen übergegriffen hatte, galt es täglich an die fünfzehn Tote zu beseitigen, bevor die aggressiven Keime und Parasiten biologische Zeitbomben aus ihnen machten.

Das Display signalisierte, dass alle Befehle abgespeichert waren. Groj klappte den Deckel zu und gab dem Roboter einen Klaps auf eines seiner vier kugelförmigen Kniegelenke. Mit einem letzten Blick vergewisserte er sich, dass keiner der Toten aus der Transportwanne rutschen konnte, wenn die Maschine über die unbefestigte, steil abfallende Strecke zur Schlucht hinunterkletterte.

Der Roboter setzte sich stockend in Bewegung, drehte sich schwerfällig um seine Achse und wankte über die Lichtung davon wie ein betrunkenes Rieseninsekt. Eines Tages würde er nicht mehr zurückkehren, weil sich sein blecherner, altersschwacher Leib zu den verwesenden Körpern am Grund der Schlucht gesellt hatte.

Die Luft vibrierte unter einem dumpfen Röhren. Ein Quadrokopter mit den Emblemen des planetaren Rettungsdienstes durchstieß den perlmuttfarbigen Dunst über den steilen Dschungelklippen, legte sich in eine enge Kurve und sank gemächlich dem Boden entgegen. Noch während die Laderampe herunterklappte, stürmte vermummtes Personal aus dem Lazarett, das in einem umfunktionierten Flugzeughangar in der Mitte der provisorisch gerodeten Lichtung untergebracht war.

Groj riss den Schutzanzug auf, schüttelte sein langes, dunkles Haar aus und zupfte vom kondensierten Atem angefeuchtete Strähnen von seinem Mund, während er auf die Landestelle zustapfte.

»Wie viele?«, fragte er die plumpe Gestalt, die mit der Rampe auf die Oberfläche heruntergefahren war.

»Ungefähr vierzig«, tönte es geschlechtsneutral aus dem Helmlautsprecher. »Die Hälfte davon so gut wie tot.«

»Wieder alles Reguläre?«

»Ist doch egal. Oder interessierst du dich neuerdings für Politik?«

»Bist du das, Laurine?«

Die Gestalt lachte blechern auf. »Stehst du heute auf der Leitung, Groj? Ist ja auch kein Wunder bei meiner Kostümierung. Und du solltest schleunigst in deine Frischhaltefolie zurückschlüpfen. Ein paar von den armen Schweinen befinden sich im Zustand fortgeschrittener Verwesung.«

»Wenn ich mich anstecken könnte, wäre das längst passiert«, erwiderte Groj. »Und falls doch, soll es eben so sein.«

Normalerweise hätte Laurine jetzt versucht, sich mit ihm zu verabreden. Aber die ersten Bahren wurden bereits über die Rampe geschoben und er half den Schwestern und Pflegern, die Verwundeten ins Lazarett zu bringen.

Laurine hob zum Abschied die Hand, als sie von der Rampe zurück in den Bauch des Transporters gehievt wurde. Groj erwiderte ihren Gruß mit einem schiefen Lächeln. Er mochte Laurines trockene Art und ihren kräftigen, fordernden Körper. Doch Laurine neigte zur Eifersucht und konnte sehr unangenehm werden, wenn sie ihre Besitzansprüche infrage gestellt sah. Besonders seine Freundschaft mit Nori war ihr ein Dorn im Auge. Nori, die ihn nach seinem Absturz versorgt und schließlich ins Team aufgenommen hatte. Und die jetzt in einem Zelt, weitab im Wald gelegen, einen einsamen Kampf gegen ihre Infektion führte.

Er stand allein auf der Lichtung, während der Kopter senkrecht zum Himmel aufstieg und mit brüllenden Turbinen den Rückflug nach Süden antrat. Als die Maschine in den Wolken verschwunden war, fegte ein heftiger Windstoß durch die Bäume und es begann in dicken Tropfen zu regnen. Groj kehrte ins Lazarett zurück, um sich die neu eingetroffenen Verwundeten anzusehen.

2. DER BESUCHER

»Wir hatten den Stützpunkt überrannt«, keuchte der Soldat. »Unten, an der Grenze zu Regenbogen … die Verluste waren immens, aber wir schafften es, wir kamen durch! Und dann …«

»Das ist jetzt vorbei«, brummte Groj und schnippelte mit dem Vibroskalpell einen Fetzen totes Fleisch vom Oberschenkel des Verwundeten. »Richte deine Gedanken auf ein Leben nach dem Krieg.«

»Wozu? Ich werde sterben. Alle Menschen müssen sterben! Und das Schicksal hat es mir bestimmt, dass ich als Soldat sterbe.«

»Von dem ganzen Haufen hier hast du die besten Chancen, durchzukommen. Rede also keinen Quatsch.«

Der Soldat war ein kräftiger, junger Kerl mit einem runden Bubengesicht, das wahrscheinlich in gesundem Rosa erblühte, wenn es nicht gerade von purpurroten und schwarzen Flecken entstellt war.

»Du weißt nicht, wovon ich spreche!«, stieß er hervor. »Denn du warst nicht dabei. Aber ich war dort, ich habe ihn gesehen. Den Jenseitskrieger! Es gehörte zu seinem Plan, uns den Stützpunkt einnehmen zu lassen. Er wollte, dass wir uns zuerst an unserem trügerischen Sieg ergötzten, ehe er uns abmähte wie Strohhalme mit seinem unsichtbaren Schwert!«

»Ein Jenseitskrieger, was immer das ist. Der sich auf die Seite der Schürfer geschlagen hat.«

»Er steht auf keiner Seite, er verfolgt nur sein eigenes Ziel. Und das ist unser aller Untergang.«

»Steigere dich nicht so hinein«, erwiderte Groj mit erzwungener Gelassenheit. »Du brauchst jetzt vor allem Ruhe.«

»Ich stand ihm gegenüber«, fuhr der Soldat mit flacher, hechelnder Stimme fort. »Ja, er hat mich verschont, aber das hat nichts zu bedeuten. Denn er hat mich erkannt! Er ist nun bei mir, wird immer bei mir sein – die wenigen Stunden, die mir noch bleiben, und danach. Er hat mich in sein Reich geholt, so wie er euch alle holen wird! Niemand kann ihm entkommen, niemand!«

Groj blickte deprimiert auf die hässliche Wunde, die sich vor seinen Augen millimeterweise auszudehnen schien. Das Phänomen hatte er schon mehrmals beobachtet. Es ließ sich nicht allein mit der Aggressivität der heimischen Erreger erklären.

Eine junge Schwester trat neben ihn und berührte seine Schulter. Ondra, die so etwas wie seine rechte Hand geworden war.

»Fliegeralarm«, flüsterte sie ihm ins Ohr. »Klassifizierung dreizehn.«

»Kurs?«, fragte Groj.

»Direkt aufs Lazarett. Ankunft in zwei Minuten.«

Er richtete sich auf und reichte der Schwester das Skalpell. »Mach du hier weiter, Ondra.«

»Der Jenseitskrieger wird alle Schlachten für sich entscheiden!«, krächzte der Soldat und bäumte sich in seinem Bett auf. »Die Dunkelheit hat ihn geschickt, sie wird sich uns alle einverleiben!«

»Ganz ruhig jetzt«, sagte Ondra.

Groj betrat sein schlichtes Büro, das lediglich durch transparente Planen vom Rest des Lazaretts abgetrennt war, und holte den Plasmakarabiner unter dem Terminal hervor. Mit der schweren, altmodischen Waffe in der Hand ging er in den prasselnden Regen hinaus.

Klassifizierung dreizehn bezeichnete ein Objekt, das nicht in den gängigen Kategorien aufgelistet war. Es konnte sich um alles mögliche handeln, zum Beispiel um eine ferngelenkte Bombe. Zwar spielte der Rettungsdienst in diesem Krieg keine strategische Rolle. Aber den Hardlinern unter den abtrünnigen Schürfern war es zuzutrauen, auf diese Weise ein Zeichen setzen zu wollen.

Ein hohes, singendes Geräusch drang aus den Wolken. Groj entdeckte ein merkwürdiges Fluggerät am Himmel – einen schimmernden, stromlinienförmigen Tropfen, der über die vom aufkommenden Sturm gebeutelten Baumwipfel heran schoss, getragen von zwei Paaren flirrender Libellenflügel. Das Objekt verharrte kurz über der Lichtung, ehe es sich schnurgerade herabfallen ließ. Er sah das zierliche Gefährt bereits zwischen den Baumstümpfen zerschellen, doch fing es seinen Sturz dicht über dem Boden geschmeidig auf. Die Libellenflügel erstarrten und verschmolzen mit dem glatten, silbrig-weißen Rumpf, in dem sich nun eine ovale, auf suggestive Weise obszön wirkende Öffnung formte.

Ein Nanojet der neuesten Bauweise. Komplexe Hochtechnologie, intelligente Materie, die perfekte Verschmelzung von Werkstoff und Energie – so etwas gab es auf Daark nicht. Was hatte das Ding ausgerechnet auf diesem isolierten, verlorenen Planeten zu suchen, der von seinen Bewohnern und unergründlichen Naturkräften ins Chaos gestürzt wurde?

Grojs Armbandkom machte sich bemerkbar. Drängte es Laurine nun doch nach einem Date? Aber die Signatur des Anrufers verwies in eine andere Richtung und Groj verspürte ein beklemmendes Gefühl in der Brust.

»Wer ist da?«

»Ich spreche im Auftrag von Primus Eins. Er will, dass du in den Dienst zurückkehrst.«

Die Stimme wurde von statischen Geräuschen überlagert, wahrscheinlich die Folge eines Supergewitters über dem Großen Plateau. Die Auswirkungen reichten manchmal hunderte Kilometer weit, nicht selten beeinträchtigten sie die Kommunikation auf dem gesamten Kontinent.

»Ich werde hier gebraucht«, erwiderte Groj. »Die Lazarettchefin ist erkrankt, ich bin ihre Vertretung.«

»Irrelevant«, sagte die fremde Stimme. »Das Lazarett spielt in den Plänen von Primus Eins eine untergeordnete Rolle.«

Groj spähte zu dem Nanojet hinüber. In der Luke zeichnete sich eine Bewegung ab. Ein athletisch gebauter, kahlköpfiger Mann in einer hellgrauen Montur sprang heraus und kam federnd auf dem matschigen Boden auf.

»Ich muss mich jetzt um eine andere Sache kümmern«, schnarrte Groj.

»In Kürze wird ein Kurier aus dem Stab von Primus Eins beim Lazarett eintreffen«, fuhr der Anrufer ungerührt fort. »Von ihm wirst du deine neuen Instruktionen erhalten.«

»Er ist gerade gelandet«, entgegnete Groj. »Ich rede mit ihm und melde mich wieder.«

Er unterbrach die Verbindung und ging durch den Regen auf den Ankömmling zu, den Karabiner geschultert.

»Du hast keine Landeerlaubnis. Dies ist ein Lazarett. Ist jemand verwundet?«

Der Fremde lächelte unverbindlich, seine hellen, graublauen Augen blieben kalt. »Ich will mit der Leitung des Lazaretts sprechen.«

»Die Leitung, das bin ich. Worum handelt es sich?«

»Dann möchte ich, dass du mich zu Terval Grojin'nan bringst.«

»Er steht vor dir.«

»Das vereinfacht die Dinge. Primus Eins hat dich über deine neue Mission informieren lassen?«

»Nur dass es eine Mission gibt«, erwiderte Groj gereizt. »Kannst du nun auf den Punkt kommen?«

Der kahlköpfige Mann streckte die Hand aus und betrachtete die Regentropfen, sie sich auf ihr sammelten. Dann legte er sie mit einem milden Lächeln auf Grojs Arm.

»Ich würde lieber in deinem Büro weiterreden. Du hast doch ein Büro, nehme ich an?«

3. AUSGEWÄHLT

Groj versuchte, den Unbekannten einzuschätzen, der ihm an seinem Schreibtisch gegenübersaß. Konnte ihn jedoch keiner bestimmten Institution zuordnen. Der Statur nach war er bestens trainiert, doch er verhielt sich zu locker für einen Soldaten und war zu gepflegt für einen Söldner – die sorgfältig rasierte Glatze, die straffe Haut und die sauber geschnittenen Fingernägel verwiesen eher auf einen Bürokraten in mittlerer bis gehobener Position.

»Die Ankunft einer wichtigen Person steht unmittelbar bevor«, erklärte der Mann. »Diese Person hat auf Daark eine streng geheime Angelegenheit zu erledigen. Primus Eins hat angeordnet, dass du ihr dabei assistierst.«

»Warum ausgerechnet ich?«, fragte Groj, den Karabiner auf seinen Knien.

»Weil du bei deinen früheren Einsätzen bewiesen hast, dass du verschwiegen und zuverlässig bist. Dass du professionell vorgehst und keine Ambitionen hast, deine Aufträge zu deinem eigenen Vorteil zu nutzen.«

»Stimmt. Ich halte mich aus allem so weit wie möglich heraus. Aber das allein …«

Sein Gegenüber brachte ihn mit einer gelassenen, jedoch bestimmenden Handbewegung zum Schweigen. »Diese Sache ist in mehrfacher Hinsicht sensibel, Terval Grojin'nan. Und Primus Eins hat dich ausgewählt, sich ihrer anzunehmen. Dass er keinen Widerspruch akzeptiert, dürfte dir genauso bekannt sein wie mir.«

»Er hat mich *ausgewählt*, ohne mich auf meine Einsatztauglichkeit prüfen zu lassen?«

»Deine Daten wurden vorher beim Lazarett angefordert. Du bist körperlich zu hundert Prozent intakt. Schlichte Gemüter würden dies als ein Wunder bezeichnen nach allem, was du durchgemacht hast. Ich sehe es als eine Kombination aus Glück, Überlebenswillen und einer außergewöhnlichen Konstitution.«

»Da wäre noch etwas«, wandte Groj ein. »Ich trage hier inzwischen große Verantwortung. Gerade erst habe ich kommissarisch die Leitung des Lazaretts übernommen …«

»Bestimmt erfüllst du auch diese Aufgabe mit mustergültigem Engagement«, unterbrach ihn der Unbekannte. »Doch du verfügst über keine medizinische Ausbildung und bist von daher entbehrlich. Jemand aus den Reihen des geschulten Personals wird deine Position einnehmen, bis die offizielle Leiterin wieder ihren Aufgaben nachkommen kann.«

Groj lehnte sich auf seinem Stuhl zurück. »Dann ist es wohl beschlossene Sache.«

Der Andere lächelte schmallippig. »Genau so ist es.«

»Von wem bekomme ich meine Instruktionen?«

»Von mir – jetzt. Dein Kontakt, nennen wir ihn vorläufig Person X, trifft übermorgen mit einem Frachter der Mendelson Handelsallianz in Port Kopernikus ein. Den exakten Zeitpunkt kann ich nicht nennen, die Wetterbedingungen sind dort gerade extrem unbeständig. Sobald der Kontakt hergestellt ist, unterstehst du ausschließlich den Weisungen von Person X.«

Groj nickte anerkennend. »Diese Person scheint tatsächlich etwas Besonderes zu sein, wenn Primus Eins die Zügel aus der Hand gibt.«

Sein Besucher zuckte mit den Schultern. »Ich weiß weder, wer sie ist, noch kenne ich den Grund für ihre Anwesenheit auf Daark. Gehen wir davon aus, dass Primus Eins weiß, was er tut.«

»Was ist, wenn ich Unterstützung brauche?«

»Mache dir darüber keine Gedanken. Darauf ist man vorbereitet.«

»Ich hoffe, die Unterstützung fällt dann effektiver aus als letztes Mal.«

Der Unbekannte sah ihn verständnisvoll an und legte die Handflächen aufeinander, als wollte er ein Gebet sprechen. »Mein lieber Groj – ich möchte dich daran erinnern, dass bei dem Absturz dein Tracker beschädigt wurde und du als verschollen galtst. In einer Umwelt, in der auch ein unversehrter Mensch ohne ausreichenden Schutz nicht länger als zwei Tage überleben kann.«

Groj nickte grimmig und blickte durch die milchige Plane in den Krankensaal. Die Verwundeten und Sterbenden würden ihm nicht fehlen, die Toten noch weniger. Die Gemeinschaft des Lazaretts dafür um so mehr: Nori und die Ärzte, Schwestern und Pfleger, die zu einer Familie für ihn geworden waren.

Eigentlich war alles gesagt, aber der kahlköpfige Mann blieb auf seinem Stuhl sitzen und beobachtete Groj aufmerksam. Groj erwiderte seinen Blick und runzelte die Stirn.

»Willst du noch etwas loswerden?«, fragte er.

Sein Gegenüber schüttelte den Kopf. »Nein, wir beide sind fertig. Ich bin mir sicher, dass Primus Eins die richtige Wahl getroffen hat.«

Der Mann richtete sich auf und verließ grußlos das improvisierte Büro. Groj folgte ihm bis zum Ausgang und sah zu, wie er im Einstiegsluk des Nanojets verschwand. Die Frage, wie dieses utopisch anmutende Fluggerät nach Daark gelangt war, beschäftigte ihn noch, als es mit seinen Libellenflügeln bereits in den grauen Regenschwaden über dem Dschungel verschwunden war.

4. DAS ZELT IM WALD

Die riesigen, uralten Bäume mit ihren Bärten aus schwer herabhängenden Flechten bildeten ein düsteres Labyrinth, in dem es von monströsem Ungeziefer wimmelte. Das meiste davon bekam man erst zu Gesicht, wenn es fast schon zu spät war. Nicht so die Lufthummer, deren Reich in etwa zehn Metern Höhe begann. Bizarre Krustentiere von feuerroter Färbung, die kopfunter an ihren Schwebekokons hingen und mit ihren vier Stielaugen die Umgebung sondierten. Die Biester hatten mindestens sechs Paar Beine und waren erstaunliche Flieger, wenn sie auf Beute aus waren. Mit Menschen konnten sie allerdings nichts anfangen und am Boden waren sie so gut wie nie anzutreffen.

Groj entdeckte einen Bartwurm, der neben dem Trampelpfad im Schutz eines Farngestrüpps durch einen morastigen Graben pflügte. Es war ein Prachtexemplar, mindestens drei Meter lang und doppelt so dick wie Grojs Oberschenkel. Bartwürmer neigten zu unangemessenen Reaktionen, falls man sie dabei störte, wenn sie im Dreck nach Nahrung grundelten. Dann benutzten sie ihren gepanzerten Körper äußerst effektiv als Knüppel und man konnte von Glück reden, wenn man mit ein paar gebrochenen Rippen davon kam.

Er überwand den Graben mit einem Sprung und marschierte zügig weiter. Der Wald lichtete sich zu einer unregelmäßig geformten Fläche, mit hüfthohem Kraut bewachsen und ungeschützt dem Regen ausgesetzt. Donner spaltete den Himmel und vor Groj flatterte ein Schwarm Aasfalter auf, die pergamentartigen Flügel in den Farben verwesenden Fleisches gesprenkelt. Er machte einen großen Bogen um den Kadaver, mit dem sie beschäftigt gewesen waren.

Am Ende der Lichtung kam das Zelt in Sicht. Ein faltiger, schlammgrüner Quader, halb eingebettet in das Laub und die Luftwurzeln des Waldes und umgeben von einem leise knisternden Energiefeld. Es war Noris Wunsch gewesen, hier draußen untergebracht zu werden. Zwar hätte die Quarantäne ihren Zweck ebenso erfüllt, wenn das Zelt in Sichtweite des Lazaretts aufgestellt worden wäre. Doch Nori wollte von den Aktivitäten ihrer Mitarbeiter nichts wissen, solange sie zur Untätigkeit gezwungen war.

Groj schaltete das Feld mithilfe des Controllers an seinem Gürtel aus und schlüpfte durch die enge Schleusenkammer ins Zelt. Drinnen herrschte graugrünes Dämmerlicht. Nori lag auf einer Bahre, von den Knien bis zur Brust von einem durchgeschwitzten Laken bedeckt. Ihr Kopf war stellenweise kahl, Gesicht und Gliedmaßen angeschwollen und von Ekzemen übersät. Ihr Atem ging rasselnd und schwer. Infusionsschläuche wanden sich über ihre gespannte, rissige Haut und mündeten in hervorquellenden Adern, summende und tickende Apparaturen bewachten ihr wächsernes Leben.

»Ich habe dich später erwartet«, flüsterte sie. Ihre Stimme war kaum verständlich im Dauergeräusch des Regens auf dem Zelt. »Hat es einen bestimmten Grund, dass du jetzt schon kommst?«

Groj desinfizierte ihre Armbeuge, fischte die mitgebrachte Ampulle Pyrococcin aus seiner Westentasche und schob behutsam die Injektionsnadel unter Noris Haut.

»Ich hatte einen Besucher«, erklärte er. »Angeblich gehört er zum Stab von Primus Eins. Man erwartet von mir, dass ich den Dienst wieder aufnehme.«

»Aus welchem Grund?«

»Diese Sache ist streng geheim. Du weißt, dass ich dir vertraue. Doch würde ich uns beide nur in Schwierigkeiten bringen.«

Sie gab ein Keuchen von sich, das er als Zustimmung deutete. Er setzte sich zu ihr auf die Bahre und nahm ihre heiße, schwammige Hand in die seine, während die gelbliche Tinktur tröpfchenweise in ihren Arm einsickerte.

»Pass dieses Mal besser auf dich auf«, sagte sie leise. »Es wäre wirklich schade um dich.«

»Sobald ich den Auftrag erledigt habe, komme ich zum Lazarett zurück.«

»Ich hoffe, dass ich dann noch am Leben bin.«

»Du schaffst das, Nori. Du hast nun schon über eine Woche durchgehalten und dein Zustand hat sich nicht verschlimmert. Das ist ein gutes Zeichen.«

»Es gibt eine neue Version von Pyrococcin. Viel wirksamer als diejenige, die wir verwenden. Aber ... wegen der Isolation kann es noch eine Ewigkeit dauern. Bis sie nach Daark gelangt.«

»Man kann von Primus Eins halten, was man will«, sagte Groj. »Doch er wird alle Hebel in Bewegung setzen, um das Zeug aufzutreiben.«

»Und dann bekommen es nur die Regulären«, gab Nori zu bedenken. »Dabei benötigen es die Schürfer noch dringender.«

»Primus Eins braucht auch die Schürfer«, erwiderte Groj. »Und eine wirksamere Medizin wäre ein geeignetes Argument, sie wieder an den Verhandlungstisch zu bringen.«

Sie tätschelte kraftlos seinen Arm, lächelte mit ihren matten, olivgrünen Augen. »Du bist ein Optimist. Sogar dann noch, wenn die Welt um dich herum in Trümmern liegt.«

»Noch ist es nicht so weit.«

»Dann lass uns nun über deine Nachfolge reden. Hast du jemand bestimmten im Auge?«

»Ondra«, sagte er. »Sie kennt die Abläufe, sie hat eine angeborene Autorität und sie liebt ihre Arbeit.«

»Sie ist noch sehr jung ... aber du hast recht, Ondra hat das Zeug dazu.« Nori stöhnte gedehnt. »Ich bin so erschöpft, Groj. Es wäre schön, wenn du noch eine Weile bleiben könntest ... aber bestimmt musst du deine Abreise vorbereiten.«

Im nächsten Moment war sie eingeschlafen. Groj sah nach der Ampulle: sie war leer. Er entfernte sie vorsichtig und warf sie in den Abfallbehälter neben der Bahre.

5. BERGKRABBE

In der Nacht hatte sich der Regen zu einem mächtigen Gewitter entwickelt, dessen grellviolette Blitzkaskaden die Konturen der Dschungelklippen hart aus der Dunkelheit hervortreten ließen. Groj saß mit Ondra in seinem Büro und besprach mit ihr die Details der Übergabe. Wenn der Donner krachend über das Lazarett hinweg rollte, schwiegen sie, bis es wieder möglich war, sich zu verständigen.

»Du musst den Laden zusammenhalten«, sagte Groj. »Jedem Einzelnen das Gefühl geben, dass er oder sie wichtig ist und einen guten Job macht. Und dafür anerkannt wird.«

Ondra lächelte scheu, das runde, blasse Gesicht leicht gesenkt und das rötliche Haar unnatürlich schimmernd in der kalten, unsteten Beleuchtung.

»Ich werde versuchen, es genauso zu machen wie du«, sagte sie. »Und wie Nori. Wie geht es ihr?«

»Nicht gut«, antwortete Groj. »Aber es könnte schlimmer sein. In drei Tagen braucht sie ihre nächste Injektion. Ihr habt mich immer ohne Schutzanzug zu ihr gehen sehen, aber das solltest du auf keinen Fall tun.«

Ondra sah ihn forschend an. »Du bist ein Phänomen, Groj. Die Keime scheinen dir tatsächlich nichts anhaben zu können. Obwohl du keine Antikörper hast.«

»Vielleicht wurden sie nur noch nicht entdeckt«, meinte er. »Wir gehen davon aus, dass unser Immunsystem hier immer noch genauso funktioniert wie auf der Erde. Aber dies ist eine andere Welt mit anderen Herausforderungen, auf die es neue Antworten finden muss. Vielleicht bin ich nur ein Vorläufer für zukünftige Generationen, die mit dem Leichenfieber und den anderen Krankheiten keine Probleme mehr haben werden.«

Das Licht flackerte und erlosch für einige Sekunden, während draußen Blitze am Himmel knisterten und schwerer Donner das Lazarett erbeben ließ.

»Wir alle werden dich vermissen«, sagte Ondra. »Bitte sei vorsichtig, Groj. Wohin auch immer du gehst.«

»Das werde ich. Da fällt mir ein – der Soldat, der von diesem Jenseitskrieger gesprochen hat. Lebt er noch?«

»Er hält sich gut. Seine Symptome sind wohl zu einem großen Anteil psychischen Ursprungs.«

»Hat er ihn noch einmal erwähnt?«

»Den Jenseitskrieger? Ja, hin und wieder. Warum fragst du?«

»Ich werde mich auf unbekanntes Terrain begeben und möchte wissen, was da draußen los ist. Falls seine Fantasie nicht mit ihm durchgegangen ist, könnten wir es mit einer neuen unbekannten Größe zu tun haben.«

Ondra sah Groj aus großen, erstaunten Augen an. »Du meinst … noch eine weitere Bedrohung? Zusätzlich zu den Kreaturen und dem verrückten Wetter, und zu dem unsinnigen Krieg gegen die Schürfer?«

»Ich möchte dich um etwas bitten«, sagte er. »Dass du darauf achtest, was die Verwundeten reden. Wenn dieser Soldat wirklich etwas derartig Spektakuläres beobachtet hat, könnten auch andere etwas zu berichten haben.«

»Ich werde aufmerksam sein«, versprach Ondra. »Wie kann ich dich informieren, falls ich etwas erfahre?«

»Über mein privates Kom. Falls ich es behalten darf.«

»Du arbeitest wieder für die Regierung?«

»Primus Eins wollte mich. Da gibt es keine Alternative.«

Ein penetrantes Alarmgeräusch ertönte. Ondra und Groj blickten auf ihre Armbandkoms.

»Klassifizierung sieben«, sagte Ondra. »Ein Transporter der regulären Streitkräfte. Erwartest du Besuch, Groj?«

»Ja und nein«, antwortete er.

Sie verließen das Büro und gingen hinüber zum Eingangsbereich, blickten gespannt in die wütende Nacht hinaus. Unweit des Lazaretts schlug eine Serie von Blitzen in den Dschungel ein, mörderisches Krachen ließ die transparente Wand vor ihnen erzittern. Dann zeichneten sich vier verschwommene Lichter am schwarzen, regengepeitschten Himmel ab. Sie bildeten die Ecken eines Quadrats, das sich langsam über die Lichtung herabsenkte. Groj erkannte das schwere Fahrzeug, das unter dem Leib des Quadrokopters an seinen Befestigungstauen schwang: eine Bergkrabbe, wie die Baureihe inoffiziell genannt wurde. Ein unverwüstliches Monstrum, vollständig gepanzert und nahezu jedem Gelände gewachsen. Primus Eins schien tatsächlich ein enormes Interesse an Person X zu hegen.

Grojs Kom gab ein diskretes Piepen von sich: Die Personalisierungsdaten für die Bergkrabbe waren übertragen worden.

»Ich weiß, dass nicht danach fragen sollte«, sagte Ondra. »Aber das sieht nach einem militärischen Einsatz aus.«

Er brummte etwas Unverständliches und beobachtete, wie das Fahrzeug auf der Lichtung aufsetzte. Die Befestigungen lösten sich und tanzten im Sturm wie die Tentakel eines verrückten Polypen, während sie rasch eingeholt wurden und die Lichter des Quadrokopters an den Himmel zurückkehrten, wo sie von Regenwirbeln und entfesselten Wolkenfetzen ausgelöscht wurden.

6. PERSON X

Port Kopernikus war ein annähernd runder Talkessel, den man zum Weltraumbahnhof ausgebaut hatte. Die steilen Bergflanken boten Schutz vor den unberechenbaren Stürmen, die Lücken zwischen ihnen waren durch gigantische Stahlkonstruktionen aufgefüllt worden. Den einzigen Zugang von der künstlich eingeebneten Talsohle aus bot ein hohes, spitzbogenförmiges Tor, vor dem nun eine Doppelreihe von gedrungenen Transportfahrzeugen darauf wartete, ihre Fracht abzuliefern: Tonnen von supralithhaltigem Gestein – jenem Material, ohne das die interstellare Raumfahrt noch in den Kinderschuhen gesteckt hätte.

Supralith war der einzige Grund, warum man Daark noch nicht vollständig von den anderen Kolonien des Mendelson-Kartells isoliert hatte, als nach einem halben Jahrhundert der Goldgräberstimmung die Natur des kaum erschlossenen Planeten begonnen hatte, verrückt zu spielen. Daark, der seinen Namen einem Pionier mit mangelhaften Kenntnissen des Englischen verdankte – einer alten Sprache, die schon lange nicht mehr auf allen Kolonien gesprochen wurde. So war der Versuch, die anhaltende Düsternis unter den dichten, schweren Wolken von Sankt Benedict zum Charakteristikum des ganzen Planeten zu stilisieren, in einen bedrohlich klingenden Fantasienamen gemündet, dem der Planet mit der Zeit immer mehr gerecht geworden war.

Angefangen hatten die Wetterschikanen mit Gewitterstürmen auf dem Großen Plateau, einer monumentalen Erhebung im Süden des einzigen Kontinents, deren zerfurchter Buckel mehr als vierzehn Kilometer über den Meeresspiegel aufragte. Die Stürme hatten sich innerhalb weniger Monate auf den Kontinent ausgeweitet, hatten ganze Siedlungen weggepustet und Unmengen Wasser, Geröll und verhackstückte Wälder regnen lassen. Gleichzeitig hatten groteske Kreaturen, deren Ursprung in den unerforschten Höhlensystemen des Plateaus vermutet wurde, die ohnehin bizarre Fauna des Planeten bereichert. Die unkontrollierbare Ausbreitung aggressiver Viren und Bakterien hatte schließlich zur Rebellion der Schürfer geführt, die in den Minen des Südostens unter schwierigsten Bedingungen das Supralith abbauten. Und es lag am allerwenigsten an Primus Eins, dass ihre Forderungen nicht erfüllt wurden. Als Statthalter im Dienste des Kartells waren seiner Entscheidungsfreiheit enge Grenzen gesetzt.

Groj hatte nach Stunden des Wartens die Landung des Handelsschiffs vom Cockpit der Bergkrabbe aus beobachtet. Wie an einem unsichtbaren Seil hängend hatte der plumpe Riesenleib die anthrazitfarbige Wolkendecke durchstoßen und war so gut wie geräuschlos zwischen den Felsgipfeln von Kopernikus verschwunden. Das war nun bereits eine Weile her, die Nacht war hereingebrochen und Batterien von Scheinwerfern gaben dem immer noch verschlossenen Tor das Aussehen eines überdimensionalen Altars aus blankem Metall.

Die Kommunikation zwischen Port Kopernikus und dem planetaren Frühwarndienst erfüllte das vom kalten Schein der Armaturen und Monitore beleuchtete Cockpit: Ein Sturm, der sich von der Westflanke des Plateaus gelöst hatte und eine mächtige Regenwalze auf Kap Lucien zutrieb. Ein weiterer Sturm an der Grenze zur Stratosphäre, der eine Schicht Gesteinsschutt mit sich führte. Die Sichtung einer unbekannten Kreatur in der Nähe von Alvarez. Ein verschollener Lebensmittelkonvoi im Bezirk Löwenberge …

»Hier Koordinationsstelle Kopernikus. Zarathustra sieben-Strich-einundzwanzig, seid ihr auf Empfang?«

Das war die offizielle Kennung der Bergkrabbe. Groj beugte sich in seinem Sessel vor und bestätigte die Verbindung.

»Hier Zarathustra sieben-Strich-einundzwanzig. Kontakt klar und deutlich.«

»Ihr könnt eure Besucherin jetzt am Tor in Empfang nehmen.«

»Verstanden, Kopernikus. Ich bin unterwegs.«

Groj unterbrach den Kontakt und musste unwillkürlich lächeln. Person X war eine Frau? Vor seinem Aufbruch hatte er seine Mähne auf militärisch getrimmt und seinen fusseligen Bart abrasiert. Aus rein hygienischen Gründen, aber amüsant fand er das irgendwie schon.

Er wollte gerade die Krabbe starten, als ein durchdringender Sirenenton die Öffnung des Tors ankündigte. Die Transportfahrzeuge setzten sich in Bewegung, scherten aus ihren Parkpositionen aus und verstopften die Gasse, die Groj hatte benutzen wollen.

Er schlüpfte in seine Jacke und fuhr die Leiter am Einstiegsluk aus. Eine kräftige Windbö zerrte an ihm und schleuderte lauwarmen Regen in sein Gesicht. Hinter den Bergen von Port Kopernikus zuckten die ersten Blitze als Vorboten des heran nahenden Gewitters.

Groj marschierte zwischen den Reihen der langsam dahinrollenden Metallkolosse auf das Tor zu. Auf halbem Weg kam ihm eine Gestalt in einem flatternden, dunklen Cape entgegen. Sie hatte eine Kapuze über den vorgebeugten Kopf gezogen, an ihrer Schulter hing ein sackförmiges Gepäckstück.

Die Gestalt blieb ruckartig vor ihm stehen. Sie war fast genauso groß wie er, jedoch von eher zierlichem Körperbau.

Sie hob den Kopf und Groj sah in ein blasses, streng geometrisch geschnittenes Gesicht, auf dem nasse, schwarze Haarsträhnen klebten. Der starre Blick ihrer großen, dunklen Augen wirkte neugierig und herausfordernd zugleich, schien ihn regelrecht durchleuchten zu wollen.

»Bist du mein Partner?«

Er brauchte einen Moment, um seine Verblüffung zu überwinden. Person X sah nicht aus wie eine Agentin, die in geheimem Auftrag zwischen den Sternen unterwegs war. Ihre kalte, sterile Schönheit hätte mehr zu einem dieser chirurgisch optimierten Retortenstars gepasst, die er in seiner Kindheit bewundert hatte.

»Mein Name ist Terval Grojin'nan und …«

»Ich weiß«, unterbrach sie ihn und wies mit dem Kinn in Richtung der Krabbe. »Ist dies unser Fahrzeug?«

»Ja, ist es«, antwortete er. »Eine Flugmaschine wäre sicher praktischer. Aber das ist, was sie mir geschickt haben.«

»Ich habe es angefordert«, erwiderte sie. »Weil es nicht so stark vom Wetter abhängig ist. Und weil ich während der Fahrt Eindrücke sammeln kann.«

Sie ging an ihm vorbei und streifte ihn mit ihrem Gepäckstück. Er fand ihr Verhalten anmaßend, schluckte seinen Ärger jedoch hinunter und folgte ihr. Sein Blick fiel auf ihre nackten Füße – für eine Sekunde glaubte er, seine Augen würden ihm einen Streich spielen.

»Du solltest hier auf keinen Fall barfuß laufen«, sagte er. »Die Mikrofauna ist extrem angriffslustig. Die Biester fressen sich durch die Fußsohlen bis hinauf in die Leber. Und von dort aus weiter zum Gehirn.«

»Deine Bedenken sind unbegründet«, entgegnete sie kühl. »Ich bin gegen Erreger immun, die man erst in Jahrtausenden entdecken wird.«

»Wie kommt das? Genetische Manipulation?«

»Es steht dir nicht zu, solche Fragen zu stellen.«

Groj schluckte seinen Ärger hinunter. Er würde Tage, möglicherweise Wochen mit dieser abweisenden, reservierten Person verbringen. Auch wenn er sich dazu überwinden musste, unternahm er einen erneuten Versuch, seinen guten Willen zu demonstrieren.

Er holte zu ihr auf und deutete auf ihr Gepäck. »Das sieht schwer aus. Lass mich das tragen.«

Sie warf ihm unter ihrer Kapuze hervor einen Blick zu, in dem er einen Funken Ironie zu erkennen glaubte. »Es ist überhaupt nicht schwer. Aber wenn du darauf bestehst ...«

Sie ließ den Tragegurt lässig von ihrer Schulter rutschen und reichte Groj ihr Gepäckstück. Es war so schwer, dass es ihm um ein Haar aus den Händen geglitten wäre.

»Was ist da drin?«, fragte er. »Steine?«

»Natürlich nicht.«

In Erwartung einer Erklärung sah er sie skeptisch an. Sie erwiderte seinen Blick. Lidschlaglos wie ein Reptil.

»Ich bin, was du denkst«, sagte sie. »Hast du ein Problem damit?«

»Nein, absolut nicht«, erwiderte er. »Es ist nur ... neu für mich.«

Sie gingen weiter auf die Bergkrabbe zu. Die Transporter links und rechts von ihnen rückten meterweise vor. Wetterleuchten geisterte über den Gipfeln von Port Kopernikus.

»Man hat mich Yeejhza genannt«, sagte sie. »Ich bin ein Prototyp.«

»Hybrid?«, fragte Groj. »Oder rein kybernetisch?«

»Zu hundert Prozent biologisch.«

Sie lief ein paar Meter voraus, breitete die Arme aus und drehte sich mit wehendem Cape einmal um ihre eigene Achse.

»Weißt du, was mich gerade so glücklich macht?«, rief sie. »Der Regen! Der Schlamm zwischen meinen Zehen... das ist so elementar! Ich wurde in einer völlig sterilen Umgebung erschaffen. Doch unter Bedingungen wie diesen fühle ich mich lebendig.«

Nicht nur abweisend und reserviert, dachte Groj. Sondern auch spleenig und egozentrisch.

Yeejhza atmete tief ein und seufzte inbrünstig. »Diese Luft! So dick, so schwer, so feucht. Das Gewitter, das sich über uns zusammenbraut! Ich kann seine Energie bis in die Zehenspitzen fühlen.«

»Daark ist alles andere als ein Paradies«, bemerkte er.

Ihr euphorischer Gesichtsausdruck löste sich auf. »Das ist mir bewusst«, sagte sie mit nüchterner, emotionsloser Miene. »Wobei ich nicht auf dem neuesten Stand bin, was meine Informationen über Daark betrifft. Zu viele Veränderungen in letzter Zeit.«

Sie setzte ihren Weg fort, Groj trottete ihr nach. »Die machen uns allen hier schwer zu schaffen«, sagte er.

»Eure Probleme interessieren mich nicht«, erwiderte sie. »Es sei denn, sie überschneiden sich mit meinen eigenen Anliegen.«

Sie erreichten die Bergkrabbe. Groj stieg die Leiter hinauf, stellte das Gepäckstück ab und streckte die Hand aus, um Yeejhza behilflich zu sein. Sie ging leicht in die Knie und erhob sich mit einem eleganten Sprung in die Luft. Im nächsten Moment stand sie dicht an seiner Seite in dem schmalen Einstiegsluk.

»Ich bin beeindruckt«, murmelte er.

»Manchmal bin ich selbst überrascht von den Fähigkeiten, die sie mir verliehen haben.« Sie schob die Kapuze in den Nacken und fixierte ihn abwägend. »Vielleicht bin ich auch ein ziemlich guter Fick, wer weiß?«

Er wich zur Seite, um sie durchzulassen, und folgte ihr ins Innere der Krabbe. Sie wandte sich nach links, wo es zur Mannschaftskabine und zum Sanitärbereich ging. Anscheinend war sie über den Aufbau der Krabbe bestens informiert.

»Lass uns etwas klarstellen«, sagte er. »Primus Eins hat mich beauftragt, dir zu assistieren und dich zu unterstützen. Wir werden eine reine Arbeitsbeziehung führen. Ich gehe davon aus, dass dies auch in deinem Sinne ist.«

Yeejhza legte das Cape ab. Darunter trug sie eine eng anliegende, silbrig-grau schimmernde Montur, die sie nun mit abgezirkelten Handgriffen öffnete.

»Gut, dass du darauf zu sprechen kommst. Denn eines solltest du wissen: Ich bin geradezu süchtig nach Erfahrungen, die meine Menschlichkeit fördern können. Daher neige ich dazu, diese Art von Erfahrungen zu provozieren.«

»Du bist arrogant und selbstbezogen«, entgegnete er. »Wie menschlich willst du noch werden?«

Yeejhza stand vor ihm, nackt und ästhetisch perfekt wie Fleisch gewordenes Porzellan. Sie hatte flache Brüste und schmale Hüften, was sie auf Groj geradezu zerbrechlich wirken ließ. Er konnte keine Merkmale an ihr feststellen, die auf überlegene körperliche Eigenschaften hinwiesen. Keine Muskelpakete, keine hervor tretenden Sehnen, nichts.

»Eineinhalb Standardjahre«, sagte sie und fuhr mit den Händen an ihren Flanken hinab. »So lange existiere ich in dieser Form. Ich habe Empfindungen, die ich nicht einordnen kann, solange sie nicht durch reale Erfahrungen abgeglichen werden. Deshalb brauche ich jemanden in meiner Nähe, der einen regulierenden Einfluss auf mich ausübt.«

»Einen Tugendwächter?«, fragte er.

»Jemand, auf dessen Entscheidungen und Urteilskraft ich mich verlassen kann. Der mich vor Dummheiten bewahrt, wenn ich von unbewussten Impulsen geleitet werde.«

»Einverstanden«, sagte Groj nach kurzem Zögern.

Ein vorsichtiges Lächeln spielte um Yeejhzas blassrosa Lippen. »Und jetzt brauche ich dringend eine Dusche. Auf dem Schiff waren sie extrem knausrig mit dem Wasser.«

7. EIN GESPÜR FÜR ZUKÜNFTIGE ENTWICKLUNGEN

Groj wendete die Krabbe und fuhr durch das Tal zurück. Nach etlichen Kilometern verengte sich das Tal zu einer Schlucht mit überhängenden, von dichter Vegetation überwucherten Felswänden, von denen nun Wasser herabstürzte – das Gewitter war inzwischen angekommen und brachte Regen, Blitz und Donner mit.

Yeejhza betrat das Cockpit und ließ sich in den Sessel neben seinem gleiten. Sie trug wieder ihre enge Montur und Stiefel aus dem gleichen silbrig-grauem Material.

»Du hast dir deinen Job anders vorgestellt«, behauptete sie und sah ihn aufmerksam von der Seite an.

»Stimmt«, sagte Groj, auf die Kontrollanzeigen vor ihm konzentriert. »Aber ich halte mich an meine Anweisungen.«

»Liegt es daran, dass ich …?«

»Darüber werde ich nicht mit dir reden.«

Yeejhza ließ sich tiefer in ihren Sitz rutschen. »Ich bin so, wie man mich gemacht hat«, sagte sie leise. »Aber auch normale Menschen werden irgendwie gemacht. Sie tragen die Gene ihrer Vorfahren in sich. Meine Gene sind ein wissenschaftliches Konstrukt, doch sie beruhen ebenfalls auf den Genen realer Menschen. Ich bin kein durch und durch künstliches Wesen.«

»Dann benimm dich auch nicht wie eines«, brummte er.

Sein gutmütiger Tonfall schien ihr zu entgehen. »Du hast nicht das Recht, mich zu kritisieren«, erwiderte sie schroff. »Niemand hat das.«

Groj ließ den Satz im Raum stehen und glaubte zu spüren, dass sich ihre Anspannung legte. Er wartete, bis eine Walze aus rumpelndem Donner über die Schlucht hinweg gerollt war, ehe er das Wort an seine schweigende Begleiterin richtete.

»Sprechen wir über meine Arbeit«, sagte er. »Was ist unser Ziel?«

»Grünhausen«, antwortete sie. »Eine Bergbausiedlung im Bezirk Lavendel.«

»Eine ungemütliche Ecke. Liegt direkt am Westhang des Plateaus, nahe beim Schürfer-Territorium. Der Weg dorthin ist mit Schwierigkeiten gepflastert.«

»Du kennst dich dort aus, hast längere Zeit in dieser Region verbracht. Dies ist nur einer der Gründe, warum ich dich ausgesucht habe.«

»Du hast mich *ausgesucht*?« Er sah sie überrascht an. »Wie das?«

»Ich habe Zugriff auf eine Fülle an Informationen«, sagte Yeejhza. »Auch solche, die dich betreffen. Ich bat Primus Eins darum, dich mir zuzuteilen, und er hat meinem Wunsch entsprochen.«

Groj wusste nicht, was er davon halten sollte, und beließ es bei einem behäbigen Nicken.

»Und woraus besteht nun deine Mission?«

»Ich bin nicht die einzige meiner Art«, erklärte sie. »Ich habe eine Zwillingsschwester. Ihr Name ist Aldinjha. Meinen Schöpfern erschien es zu riskant, mich wie ursprünglich vorgesehen mit meinem vollen Potenzial auszustatten. Also haben sie es auf zwei Exemplare verteilt. Aldinjha scheint man den rebellischen Anteil unserer Persönlichkeit übertragen zu haben. Sie ist aggressiver als ich, hat sich schneller entwickelt und ist schon nach wenigen Monaten aus dem Institut geflohen. Ihre Spur führt hierher, nach Daark.«

Groj runzelte die Stirn. »Du suchst nach deiner Schwester?«

»Was findest du daran merkwürdig?«

»Nichts, aber … welches Interesse könnte Primus Eins daran haben, dass ihr beide wieder zusammenkommt?«

»Ich habe ihm in Aussicht gestellt, dass wir ihn im Krieg gegen die Schürfer unterstützen.«

Groj bedauerte, dass er gefragt hatte. Der Krieg, was sonst auch. Alles drehte sich mit jedem Tag mehr um den Krieg. Über die Ursachen des Aufstands wurde kaum mehr gesprochen.

»Ich weiß, dass du diesen Krieg ablehnst«, sagte Yeejhza. »Doch es gehen Dinge vor sich, hier, auf diesem Planeten. Dinge, die größer sind als das, was euch aufeinander einschlagen lässt. Aldinjha ist nicht ohne Grund nach Daark gekommen. Sie hat ein feines Gespür für zukünftige Entwicklungen.«

»Welche Entwicklungen?«, fragte er.

»Es ist zu früh, um darüber zu sprechen.«

Er blickte schweigend durch den frontalen Fensterschlitz auf die überschwemmte Straße. Wich einem Wasserfall aus, der sich von den Steilhängen herab ergoss und loses Gestein mit sich führte, das auf der Straße zersplitterte. Ein Netzwerk von grellen Blitzen verwandelte die ohnehin bizarre Landschaft in eine bedrohliche Kulisse aus hart gemeißelten Kontrasten.

Statisches Rauschen mischte sich unter das Dauergeräusch des Regens: Die Kommunikationsfilter hatten eine Durchsage des Frühwarndienstes als relevant beurteilt.

»Warnhinweis für die Bezirke Rosendahl, Morgentau und Paramount«, durchdrang eine nüchterne, um Deutlichkeit bemühte Stimme das Knistern der Störungen. »Gewitterfront von Nordosten trifft auf troposphärische Gesteinswolke aus Süden. Ihr ergreift die üblichen Sicherheitsmaßnahmen und haltet euch bedeckt, wir halten euch auf dem Laufenden.«

Yeejhza blickte Groj an, sie wirkte beunruhigt.

»Betrifft uns das?"

»Kopernikus liegt in Rosendahl, das Lazarett in Paramount«, sagte er. »Wir sind sozusagen mittendrin.«

»Dann wird es …« Sie blinzelte irritiert. »Es wird Steine regnen?«

Er genoss für einen Moment ihre Verunsicherung und ärgerte sich gleichzeitig über seine Reaktion. »Nicht flächendeckend«, antwortete er. »Aber wir sollten einen Unterstand aufsuchen. Der nächste ist nur wenige Kilometer von hier.«

»Und dann?«

»Warten wir, bis das Chaos vorbei ist.«

»Du bist sehr umsichtig«, sagte sie. »Ich habe wirklich die richtige Wahl getroffen.«

Er warf ihr einen scharfen Blick zu. »Was das betrifft, bist du mir eine Erklärung schuldig.«

»Ich bin dir rein gar nichts schuldig«, entgegnete sie spröde.

8. DER ATMENDE FELS

Der Unterstand befand sich nahe der Kreuzung, an der die Straße nach Port Kopernikus auf die Verbindung zwischen Morgentau und Paramount traf. Eine Nische, aus einer senkrechten Felswand gefräst. Drei Fahrzeuge hatten dort bereits Schutz gesucht: ein Schwertransport und zwei geländegängige Kleinbusse, die vermutlich zu den Casinos und Bars von Morgentau unterwegs waren. Dieser Bezirk, arm an Bodenschätzen, lockte mit einem breiten Angebot an Vergnügungen, das auch von Siedlern aus weiter entfernten Regionen angenommen wurde. Groj hatte sich einmal dort umgesehen, aber das war lange her und er hatte nicht den Wunsch verspürt, seinen Besuch zu wiederholen.

Er stellte die Krabbe hinter dem zweiten Kleinbus ab und fuhr die Systeme herunter. »Du kannst dich jetzt ausruhen«, sagte er zu Yeejhza. »Wir werden hier für einige Stunden festsitzen.«

»Ich muss mich nicht ausruhen«, erwiderte sie. »Außerdem sind da draußen Menschen. Einheimische. Ich möchte mit ihnen reden.«

Groj warf ihr einen überraschten Blick zu. »Ich glaube kaum, dass sie etwas über den Verbleib deiner Zwillingsschwester wissen.«

Sie musterte ihn lidschlaglos. »Du verstehst gar nichts«, sagte sie dann und stand von ihrem Sitz auf.

Er hörte, wie sie das Luk entriegelte und das Geräusch des Regensturms von draußen herein drang. Mit einem Gefühl von Ratlosigkeit ging er hinunter in die Mannschaftskabine und holte eine Dose Bier aus dem Kühlfach. Zurück im Cockpit, legte er die Füße auf das Armaturenbrett und schaltete den Kanal des Frühwarndienstes auf Dauersendung.

Die Steine regneten im Niemandsland des nordwestlichen Paramount-Bezirks ab – hunderte Kilometer vom Lazarett entfernt, das war schon mal eine gute Nachricht. Im Süden von Rosendahl war mit Überschwemmungen und Erdrutschen zu rechnen. Das Auftauchen der Kreatur im Bezirk Alvarez hatte den Angriff einer Schürfer-Truppe auf ein Waffendepot der Regulären ins Stocken gebracht …

Diese Kreaturen, dachte Groj. Wo waren die auf einmal hergekommen? Aus dem labyrinthischen Höhlensystem des Plateaus, hieß es. Das war eine einleuchtende Erklärung, doch was hatte die Biester aufgeweckt, nachdem man Jahrzehnte lang keines zu Gesicht bekommen hatte?

Er überlegte, ob er Ondra anrufen sollte. Oder Nori? Und entschied sich, es nicht zu tun. Bestimmt hatten sie sich damit abgefunden, dass sie ihn nie wieder sehen würden. Dass er im Bauch von Primus Eins' Geheimdienst abgetaucht war und für den Rest der Menschheit aufgehört hatte zu existieren.

Groj nuckelte an der Bierdose, er hatte schon besseres Bier getrunken. Aber nicht auf Daark. Als es ihn auf der Suche nach einer neuen Perspektive hierher verschlagen hatte, war er bereits ein Veteran gewesen, was das Springen von Kolonie zu Kolonie betraf. Geboren auf einem der schwerfälligen Auswandererschiffe, die noch vor der Entdeckung von Supralith gebaut worden waren und die mehrere Jahre von einem Sonnensystem zum nächsten gebraucht hatten, war er im Laufe seines Lebens nicht nur mit interessanten Frauen und skurrilen Jobs in Berührung gekommen, sondern auch mit verdammt gutem Bier …

Doch nichts, aber auch rein gar nichts, war früher besser gewesen. Die Vergangenheit war für ihn eine Aneinanderreihung von Bildern und Eindrücken, die keine Emotionen bei ihm auslösten. Erst auf Daark hatte er angefangen, sich verwurzelt zu fühlen – in seiner Umgebung genauso wie in sich selbst. Hier war zum ersten Mal die Ahnung in ihm aufgekeimt, dass seine Zeit erst noch kommen würde. Dass das Beste noch vor ihm lag.

Auch wenn Daark vielleicht der letzte Ort im Universum war, von dem man eine bessere Zukunft erwarten konnte.

Das Luk machte Geräusche, ließ Donner und Regen ein. Groj wandte sich im Fahrersitz um und sah Yeejhza eintreten. Gefolgt von einem unscheinbaren blonden Kerl in den Zwanzigern, gekleidet in einen olivgrünen Overall von der Stange.

»Das ist Jared«, sagte Yeejhza. »Ich möchte, dass du ihm zuhörst.«

Groj schwenkte mit dem Sessel herum und unterzog Jared einer eingehenden Musterung. Dem jungen Mann war nicht wohl in seiner Haut, er wirkte eingeschüchtert und sein Blick irrte ziellos über die imposante Ansammlung von Technologie im Cockpit der Bergkrabbe.

»Jared also«, sagte Groj. »Und was hast du mir mitzuteilen?«

»Wahrscheinlich ist es nicht wichtig«, begann Jared mit belegter Stimme. »Ich sag jetzt einfach mal, was ich der Dame schon gesagt habe, okay?«

Yeejhza strich ihm sanft über den Rücken. »Genau deswegen bist du hier. Das ist Terval Grojin'nan, mein Projektleiter. Erzähle ihm, was du mir erzählt hast.«

Projektleiter? Groj warf ihr einen missbilligenden Blick zu, ihr Porzellangesicht zeigte keine Reaktion.

»Es ist so …«, fuhr Jared fort, »ich bin Ranger im Bezirk Nordende. Mein Job ist, mich im Dschungel umzusehen. Auf Veränderungen zu achten. Neue Spezies registrieren, verirrte Waldarbeiter zurückholen und so weiter. Vor zwei Wochen ungefähr ist mir eine Felsformation aufgefallen, die vorher nicht da gewesen ist. Als wäre sie gerade erst aus dem Boden hervor gekommen … und sie ist gewachsen. Ich bin noch ein paarmal hingegangen, habe jedes Mal ein paar Stunden dort verbracht. Und dann habe ich bemerkt …«

Jared zögerte. Yeejhza nickte ihm wohlwollend zu.

Groj räusperte sich. »Was hast du bemerkt, Jared?«

»Es atmet«, antwortete der junge Mann. »Es dehnt sich aus, dann zieht es sich wieder zusammen. Etwa alle fünf Minuten. Ich hab's nicht gemeldet, weil … weil ich mich nicht lächerlich machen wollte. Ein Felsen, der atmet … so etwas gibt es doch nicht, oder?«

Groj wusste nicht, was er davon halten sollte. Die Natur von Daark steckte voller grotesker Überraschungen, ein atmender Fels erschien ihm nicht außergewöhnlich. Warum war Yeejhza diese Information, die ganz offensichtlich nichts mit ihrer Mission zu tun hatte, so wichtig?

»Und weiter?«, fragte er.

Jared zuckte mit den Achseln. »Das war's schon. Ich hab's der Dame auch nur erzählt, weil … weil sie …«

Weil sie dich um den Finger gewickelt hat, dachte Groj. »Schon gut«, sagte er, »du kannst jetzt wieder zu deinen Leuten zurück.«

Der junge Mann gab ein erleichtertes Seufzen von sich und wandte sich um, schlüpfte durch das Luk ins regenfeuchte Draußen.

»Ich versteh's nicht«, sagte Groj zu Yeejhza. »Er hat etwas Merkwürdiges beobachtet. Na und? Verbringe ein paar Tage im Dschungel und du wirst so viel Merkwürdiges zu Gesicht bekommen, dass du ein Buch darüber schreiben kannst. Mehrere Bücher.«

Yeejhza setzte sich neben ihn. »Du verstehst das nicht«, sagte sie. »Noch nicht. Aber ich spüre, dass zwischen dem atmenden Felsen und Aldinjha eine Verbindung besteht.«

»Eine rein intuitive Annahme also.«

»Es klingt so abwertend, wie du das aussprichst. Wenn du mehr über mich wüsstest, würdest du anders denken.«

»Dann weihe mich ein in deine Geheimnisse«, entgegnete er mit mildem Spott. »Bei mir sind sie gut aufgehoben.«

»Das ist einfacher, als du denkst.«

Yeejhza griff an ihre Hüfte, wo sich eine Tasche bildete, die vorher nicht da gewesen war. Sie zog einen kleinen metallischen Zylinder heraus, den sie vorsichtig öffnete. Ließ eine winzige graue Kapsel auf ihre Handfläche kullern und hielt sie ihm hin.

»Was ist das?«, fragte er.

»Ich habe Zugriff auf eine nahezu unbegrenzte Informationsquelle«, erklärte sie. »Das wurde von meinen Schöpfern so eingerichtet. Wenn du diese Kapsel schluckst, wird sie ein Nanogitter in deinem Nervensystem bilden und einen permanenten Kontakt zu mir herstellen. Mit dem Effekt, dass du auch mit meiner Informationsquelle verbunden sein wirst.«

»Geht es dir nicht eher darum, mich ständig unter Kontrolle zu haben?«, entgegnete er.

»Es hat rein pragmatische Gründe. Wir könnten einander finden, falls wir, aus welchen Gründen auch immer, getrennt werden sollten.«

»Das ist alles?«

»Du hättest über mich indirekten Zugang zu meiner Informationsquelle«, fuhr sie fort. »Allerdings müsste sich dein Nervensystem erst daran gewöhnen. Aber dann könnte sich diese Verbindung als extrem hilfreich erweisen.«

»Erzähle mir von deiner Informationsquelle«, sagte er.

»Später, Groj. Ich befinde mich noch in einer Orientierungsphase. Über vieles muss ich mir selbst erst klar werden, bevor ich dich vollständig einbeziehen kann.«

»Verstehe«, murmelte er, obwohl er gerade rein gar nichts verstand.

Yeejhza steckte die Kapsel in den Zylinder und verschloss ihn, wollte ihn wieder in ihre Montur zurückstecken.

Groj hielt ihr seine Hand hin. »Kann ich es haben?«

Sie blickte ihn überrascht an. »Ja … natürlich.«

»Falls ich mich doch dafür entscheide«, sagte er, »möchte ich es sofort tun, bevor ich es mir wieder anders überlege.«

Sie reichte ihm den kleinen Gegenstand, er schob ihn in eine seiner Jackentaschen.

»Wie viele Leute hast so eine Pille bereits schlucken lassen?«, fragte er.

»Niemanden«, antwortete sie. »Es ist bis jetzt die Einzige ihrer Art. Ich habe sie selbst entwickelt, auf der Basis meiner eigenen Funktionsweise. In einem kleinen Privatlabor im Outlander-Archipel.«

Yeejhza richtete sich auf und stand einen Moment lang zögernd da, als wollte sie noch etwas sagen. Groj glaubte, eine hauchdünne Aura von Verlorenheit bei ihr wahrzunehmen, doch dann verhärteten sich ihre Gesichtszüge und sie sah ihn ausdruckslos an.

»Ich werde jetzt schlafen«, erklärte sie und machte sich auf den Weg nach hinten zur Mannschaftskabine. »Du darfst mich wecken, wenn du mich brauchst.«

Groj betastete den kleinen Zylinder in seiner Tasche und spielte mit dem Gedanken, die graue Kapsel sofort zu schlucken. Würde sich seine Beziehung zu Yeejhza dadurch verändern? Würde sich ihre Verständigung vereinfachen oder komplizierter werden? Würde das Nanogitter in seinem Organismus noch etwas anderes übertragen als pure Information? Emotionen zum Beispiel? Erotische Schwingungen …?

Ihm wurde bewusst, welche Anziehungskraft Yeejhza auf ihn ausübte. Aber er durfte dieser Kraft nicht nachgeben. Yeejhza war ein künstliches Lebewesen und ihre Persönlichkeit schien sich gerade erst zu entfalten. Sie gab sich elitär und unnahbar, doch wenn sie es für angebracht hielt, zeigte sie sich von einer weicheren, einfühlsamen Seite. Als würde sie verschiedene Tasten der emotionalen Klaviatur drücken, um die Resonanz der Klänge, die sie ihr entlockte, zu erforschen.

Wie war sie auf ihn aufmerksam geworden? Und auf Grund welcher Kriterien hatte sie ihn ausgesucht? Lag es an seinem unbestechlichen Charakter, an seiner militärischen Erfahrung, oder an seiner altruistischen Einstellung? Fragen, die sie ganz bestimmt nicht beantworten würde.

Widerstrebend ließ er den kleinen Zylinder los und zog die Hand aus der Tasche.

9. DIE KREATUR

Das Unwetter hatte sich abgeschwächt. Groj steuerte die Krabbe aus dem Unterstand hervor und nahm die Route nach Paramount. Auf den folgenden vierzig Kilometern bis zur Abzweigung in Richtung Nordende begegnete ihm kein einziges Fahrzeug. Die Straße, kerzengerade in den Dschungel geschnitten, überwand sanfte Hügelketten und schwindelerregend tiefe Schluchten, in denen smaragdgrünes Wasser schäumte. Aus der abgeschirmten Welt des Cockpits betrachtet, hatte die Landschaft durchaus ihren Reiz.

Als der Regen allmählich nachließ und die Wolkendecke hier und dort aufriss, um spärliche Bündel von Sonnenstrahlen durchzulassen, fuhr er in eine der Ausbuchtungen, die in regelmäßigen Abständen am Straßenrand angelegt waren, um das Passieren von besonders breiten Schwertransporten zu ermöglichen. Unter einem alten, mächtigen Krakenbaum, dessen tentakelförmiges Geäst einen halbrunden Baldachin formte, schaltete er den Antrieb auf Standby und neigte den Fahrersessel nach hinten, lehnte sich zurück und schloss die Augen.

Seit einiger Zeit fiel es ihm manchmal schwer, einzuschlafen. Dann spielten sich schattenhafte, hektische Bildsequenzen vor seinem inneren Auge ab und ließen Gefühle von Panik und Verzweiflung in ihm aufsteigen. Eine Erklärung dafür hatte er nicht. Mit den Erlebnissen während seiner Kampfeinsätze hatte er sich eingehend beschäftigt, seelische Hygiene war Teil seiner täglichen Routine gewesen. Selbst der Absturz mit anschließendem Überlebenskampf im Dschungel hatte ihn innerlich eher gestärkt. Was wollte da immer wieder hochkommen?

Er war gerade eingenickt, als ihn ein hartes Knattern auf der Panzerung der Bergkrabbe hochfahren ließ. Zuerst dachte er an eine Steinwolke – einen Nachzügler des Unwetters, das weiter nördlich abgeregnet hatte. Doch es waren Lufthummer, über ein Dutzend allein auf der Frontpartie vor dem Cockpit. Wahrscheinlich von der Wärme des Fahrzeugs angelockt, hatten sie sich aus dem Baum fallen lassen und versuchten jetzt, mit ihren Kieferzangen Stücke aus der Karosserie zu schneiden. Das stellte zwar keine Bedrohung dar, auch nicht für die außen angebrachte Elektronik, aber merkwürdig war es schon – Lufthummer waren so gut wie nie auf dem Boden anzutreffen. Und wenn einer mal von seinem Baum fiel, machte er schleunigst, dass er wieder hinaufkam.

Vielleicht eine regionale Verhaltensweise? Die Natur von Daark war weitgehend unerforscht, systematisch aufgezeichnetes Wissen existierte nicht. Nur ein Sammelsurium aus Beobachtungen, weitgehend subjektiven Erfahrungen und Legenden.

Groj spürte Yeejhzas Nähe, bevor sie ins Cockpit kam und hinter seinen Sitz trat.

»Sind das Lufthummer?«, fragte sie.

»Eine ganze Luftlandedivision«, sagte er.

»Sie sehen abstoßend aus. Sind sie wenigstens essbar?«

Er begriff, dass sie einen Witz machen wollte. »Wir hatten ein paar Hinterwäldler im Lazarett«, antwortete er. »Die haben es versucht. Bis auf einen sind alle gestorben.«

Ein Alarmsignal trötete rhythmisch los, eine Reihe Monitore schaltete sich ein. Fast gleichzeitig prallte etwas mit dumpfer Wucht gegen die Krabbe, der Ruck ging durch das viele Tonnen schwere Gefährt. Eine dunkle Masse wischte über die Frontpartie hinweg. Und sämtliche Lufthummer waren verschwunden.

Yeejhza hatte ihre Finger in Grojs Schultern gekrallt. Das wurde ihm erst bewusst, als sie ihren Griff wieder lockerte.

»Anscheinend … sind sie doch … essbar«, sagte sie stockend.

Er grunzte, halbwegs amüsiert, und rief die Protokollfunktionen auf, die sich bei einem Alarm automatisch aktivierten.

»Bildschirm vier«, flüsterte Yeejhza. »Da kommt es.«

»Ich kann nichts erkennen«, sagte er.

Sie beugte sich über ihn und gab flink einen Tastaturbefehl ein. Dieselbe Einstellung, sie zeigte den gegenüberliegenden Straßenrand mit dem dahinter aufragenden Wall aus Vegetation. Ein verschwommenes graues Schemen fegte übers Bild, durch die Andeutungen wirbelnder Gliedmaßen gerade noch als gestalthaft zu erkennen.

Groj fröstelte. »Es ist riesig. Und sehr, sehr schnell.«

»Es ist gesprungen«, sagte Yeejhza. »Die Bilderfassung reicht aus dieser Perspektive etwa dreißig Meter weit. Und sie hat nur einen Teil des Sprungs erfasst.«

»Hier werden wir jedenfalls nicht bleiben.«

Er startete den Antrieb, das sanfte Rütteln der Maschine gab ihm ein Gefühl von Sicherheit. Yeejhza setzte sich neben ihn, musterte ihn aufmerksam.

»Ich sollte fahren«, sagte sie schließlich.

»Wieso das?«

»Die Situation erfordert ein schnelles Reaktionsvermögen und absolute Präsenz«, erklärte sie. »Ich befinde mich in optimaler Verfassung, während du bist müde und angespannt bist.«

»Du hast keine Ahnung von der Funktionsweise der Krabbe«, wandte er ein.

Yeejhza tippte mit dem Zeigefinger an ihre weiße Stirn. »Alles hier drin. Ich könnte auch die Reifen wechseln, ohne die Bedienungsanleitung zu lesen. Vertraue mir, es ist besser so.«

Ich muss verrückt sein, dachte er, als er die Steuerung auf ihre Seite hinüber schob. Dann sah er, wie souverän, beinahe spielerisch sie die Bedienfunktionen aufrief. Sie steuerte die Krabbe mit Schwung auf die Straße zurück und beschleunigte maßvoll, aber durchaus zügig.

Groj stellte den Kontakt zum Frühwarndienst her.

»Zarathustra sieben-Strich-einundzwanzig an Leitstelle«, sagte er. »Wir befinden uns im Bezirk Nordende, auf der Verbindungsstraße von Paramount Nordwest nach ...« Ein kurzer Blick auf das Display der virtuellen Landkarte. »Ungefähr einhundertdreißig Kilometer vor einem Ort namens Schwarzwind. Wir hatten soeben eine Kollision mit einer unbekannten Kreatur. Groß, extrem beweglich und aggressiv.«

»Danke für die Information, Zarathustra«, erwiderte eine raue, tiefe Frauenstimme. »Ist euer Fahrzeug intakt?«

»Wir haben es noch nicht inspiziert. Im Moment sind wir sozusagen auf der Flucht.«

»Wir geben eure Warnung weiter und lassen den Straßenabschnitt sperren. Fahrt bis Schwarzwind, die dortige Behörde wird von uns informiert und vorsorglich einen Rettungstrupp für euch zusammenstellen.«

Was hoffentlich nicht nötig sein wird, dachte Groj und unterbrach die Verbindung.

»Monitor drei«, sagte Yeejhza. »Hinter uns.«

Monitor drei zeigte das helle Band der Straße in ihrem Urwaldkorsett. Und mitten auf der Straße kauerte etwas, das aussah wie ein kopfloser Affe mit dicht an den Körper gedrückten Spinnenbeinen, die spitzen Gelenke aufragend wie gotische Türmchen am Schiff einer Kathedrale.

»Scheiße«, brummte Groj. »Das Ding macht sich bereit zum Sprung.«

Er zog das Tablet für die Bedienung des Waffensystems heran und ließ die Granatwerfer ausfahren. Die Software fokussierte das Biest. Groj hatte den Daumen auf dem Auslöser. Im nächsten Moment war die Kreatur vom Bildschirm verschwunden.

»Das Zielobjekt liegt vor uns«, sagte Yeejhza.

»Vor uns ist nichts«, erwiderte er.

Doch er ahnte, was sie meinte, und justierte die Granatwerfer neu.

Yeejhza legte eine Vollbremsung hin, dass es Groj beinahe aus dem Sitz warf.

»Jetzt!«, kommandierte sie.

Er drückte den Auslöser, obwohl die Straße vor ihm leer war. Dann erst kam das Monstrum in einer schmutzigen Wolke aus Schlamm und Kies auf, etwa dreißig Meter vor der schleudernden Bergkrabbe. Groj sah einen plumpen, pelzigen Hinterleib, sah die mächtigen Spinnenbeine nach einer imaginären Beute greifen und ein Bündel ins Leere züngelnder Tentakel, ehe die Granaten einschlugen und die Kreatur in Feuer und Rauch hüllten.

Yeejhza beschleunigte die Krabbe, das Gesicht emotionslos und völlig konzentriert. Sie durchstießen die Rauchwolke, Erschütterungen von Bodenunebenheiten drangen durch die Federung.

Groj suchte die Außenmonitore ab. Der Rauch lichtete sich, gab den Blick auf die Straße frei.

»Wo ist das Mistvieh?«

»Du hast es erwischt«, sagte Yeejhza. »Aber es lebt noch. Wahrscheinlich zieht es sich in den Wald zurück, um sich zu regenerieren. Oder um zu sterben.«

Er überspielte die Aufzeichnungen des Zwischenfalls an den Frühwarndienst. »Sie werden eine Staffel Kampfjets schicken. Mit Infrarotscannern.«

»Sind nicht alle einheimischen Lebensformen Kaltblüter?«

»Das ist nicht das einzige Problem«, sagte er. »Sie tauchen plötzlich auf – und niemand weiß, woher sie eigentlich kommen. Eine Theorie besagt, dass diese Kreaturen aus dem Höhlensystem des Plateaus stammen. Dass sie durch die unzähligen Schluchten und Felsspalten in den restlichen Kontinent vordringen. Niemand weiß, wie tief diese Höhlen hinab reichen. Deshalb werden sie auch nicht bombardiert. Stürzt das Plateau in sich zusammen, könnte es den halben Kontinent mit sich reißen.«

»Die meisten Minen liegen in der Nähe des Plateaus«, sagte Yeejhza. »Es wäre das Ende der Supralith-Versorgung.«

Groj nickte. »Zumindest für längere Zeit. Die interstellare Raumfahrt würde um Jahrzehnte zurückgeworfen.«

Sie musterte ihn von der Seite. »Geh jetzt schlafen. Ich komme hier gut zurecht.«

»Das sehe ich«, erwiderte er. »Du hast einen verdammt guten Job gemacht.«

»Das finde ich auch«, sagte sie.

»Es hat mit deiner Informationsquelle zu tun, nicht wahr?«

»Darauf werde ich zu gegebener Zeit eingehen.«

Er ignorierte ihre schnippische Bemerkung und richtete sich auf, unterdrückte ein Gähnen und ging nach hinten. Als er die Kabine betrat, stand Yeejhzas Tasche vor ihrer Koje auf dem Boden. Der Verschluss war halb offen und ließ die abgerundete Ecke eines Gegenstands erkennen.

Das Ding, das der Tasche ihr enormes Gewicht verlieh?

Groj machte die Tasche weiter auf. Der Gegenstand hatte die Form eines schräg abgeflachten Würfels. Seine Oberfläche, in frostigem Weiß schimmernd, war vollständig geschlossen. Keine Nahtstellen, keine Bedienungselemente, nichts.

Er zog den Verschluss wieder zu, schlüpfte aus den Stiefeln und legte sich auf das schmale Bett in seiner Koje. Das Bild der fremden Kreatur vor seinem inneren Auge, fiel er in einen seichten, unruhigen Schlaf.

10. SCHWARZWIND

Yeejhzas Koje war leer, als Groj aufwachte. Er wusste nicht, warum er sie dort vermutet hatte; vielleicht hatte er es geträumt. Er sah vorne im Cockpit nach, auch dort war sie nicht.

Er blickte durch die Fensterschlitze nach draußen: Kompakte, flache Bauten, vereinzelt herumstehende Fahrzeuge, ein wolkenverhangener Himmel über den unregelmäßigen Zinnen eines grauen Felsenmassivs.

Schwarzwind.

Groj kehrte in die Kabine zurück, beugte sich in die Nasszelle und wusch sein Gesicht. Dann ging er zum Luk und stieg die Leiter hinunter. Seine Stiefel versanken ein paar Zentimeter tief in grau-grünem Morast, von dem süßlicher Modergeruch aufstieg.

Er sah sich auf dem menschenleeren Platz um, wo Yeejhza die Krabbe abgestellt hatte. Der Ort schien intakt, machte jedoch einen deprimierenden Eindruck. So wie viele andere dieser kleinen Ansiedlungen. Umschlossen von einer menschenfeindlichen Natur, oft hunderte Kilometer vom nächsten Ort entfernt.

Er inspizierte die Krabbe. Die mannshohen Reifen schlammverkrustet, die gepanzerte Karosserie durchschnittlich verdreckt. Keine sichtbaren Spuren vom Aufprall des Monsters.

Eine Staffel aus drei pfeilförmigen Kampfjets zog mit ohrenbetäubendem Getöse über die Felsentürme hinweg, die im Süden wie stumme Riesensoldaten über Schwarzwind wachten.

»Groj! Du bist doch Groj, oder?«

Er wandte sich um und sah einen stämmigen Mann in einer Ranger-Uniform auf sich zu kommen. Kurz geschorene Haare, offenes Gesicht, neugierige Augen.

»Der bin ich«, erwiderte Groj.

»Ich heiße Larsen, bin so 'ne Art Bürgermeister hier. Einer von mehreren, wir wechseln uns ab. Es gibt immer 'ne Menge zu tun, um den Laden am Laufen zu halten.« Larsen wies mit dem Kinn in die Richtung, in der die Flugzeuge verschwunden waren. »Heute haben sie schon mal Bomben abgeworfen, Richtung Paramount. Aber ich kann mir kaum vorstellen, dass sie das Biest schon erwischt haben.«

»Ist ein richtiges Scheiß-Vieh«, sagte Groj. »Mindestens fünfzehn Meter groß und schneller als das Auge.«

Larsen nickte grimmig. »Frühwarn hat uns eure Aufnahmen geschickt. So etwas haben wir hier noch nie gesehen. Aber die Viecher kommen auch fast nie so weit herauf. Alvarez, Grünhausen, das Schürfer-Territorium, die trifft es am härtesten.«

»Wir haben unterwegs einen Ranger aus Nordende getroffen. Der hat eine seltsame Geschichte erzählt. Von einem Felsen, der über Nacht aus dem Boden gewachsen sein soll. Und angeblich geatmet hat. Gibt's in eurer Gegend auch so etwas?«

Larsen verzog grüblerisch das Gesicht. »Geatmet? Also sich ausgedehnt und wieder zusammengezogen? Was soll das sein, irgendwas Lebendiges?«

»Es gibt eine Menge schräger Sachen da draußen«, sagte Groj. »Und über die wenigsten wissen wir Bescheid.«

Aus weiter Ferne eilte der Schall von Detonationen heran, fegte über die Dächer und den Dschungel hinweg.

»Deine Kollegin sagt, ihr seid auf dem Weg nach Süden«, nahm Larsen das Gespräch wieder auf.

»Ja, meine Kollegin – wo steckt sie?«

Larsen deutete mit dem Daumen in Richtung eines kuppelförmigen Gebäudes und grinste verhalten. »Im Gemeindezentrum. Sie hält gerade einen Vortrag. Über Gemüseanbau, glaube ich.«

Groj folgte Larsen zu dem Gebäude. Drinnen gab es einen Versammlungsraum mit einem Podium sowie mehreren langen Tischen und Sitzbänken. An einem der Tische saß Yeejhza, umgeben von einer Gruppe Einheimischer, die ihr aufmerksam zuhörten. Und sie dozierte tatsächlich über Gartenbau.

»Setz dich«, sagte Larsen und rückte einen Stuhl zurecht. »Bekommst gleich was zu essen.«

Groj setzte sich und beobachtete Yeejhza. Sie hatte sich neu eingekleidet: braune Arbeitshosen mit aufgenähten Taschen, ein breiter Gürtel, kariertes Hemd in Übergröße. Und da war noch etwas: Ihr Teint hatte sich verändert, war jetzt dunkler als vorher. Das fand er beunruhigend.

Eine dünne Frau mit blondem Pferdeschwanz kam an seinen Tisch und stellte einen Teller mit dampfendem Gemüse sowie ein Glas Wasser vor ihn hin.

»Ihr arbeitet für die Regierung, nicht wahr?«, fragte sie. »Dann seid ihr bestimmt Besseres gewohnt.«

»Aber das sieht doch gut aus«, entgegnete Groj und betrachtete die grünliche Pampe auf dem Teller. »Wenn es nur halb so gut schmeckt wie es aussieht ...«

Die Frau deutete auf Yeejhza, deren Zuhörer sich jetzt eifrig Notizen machten. »Falls ihr nächstes Jahr wieder vorbei kommt, wird es richtiges Gemüse geben. Was macht deine Kollegin? Ist sie Agrarwissenschaftlerin?«

»Etwas in der Art«, sagte er und pickte mit der Gabel etwas auf, das wie das Ende einer mutierten Zucchini aussah.

Larsen setzte sich neben ihn. »Nach Süden«, sagte er. »Wahrscheinlich die Route durch Cloverfield?«

Groj nickte. »Es ist die kürzeste Verbindung.«

»Die Banditen waren dort eine Zeitlang sehr aktiv. Fast jeder dritte Konvoi wurde angegriffen.«

»Darauf sind wir vorbereitet. Oder gibt es etwas, auf das wir besonders achten sollten?«

»Schwer zu sagen«, erwiderte Larsen mit gesenkter Stimme. »Gerade erst ist ein Konvoi verschwunden und bald danach wieder aufgetaucht. Unsere Leute haben sich in Deckung gebracht und Funkstille bewahrt, aber der Angriff war stümperhaft organisiert und hat nichts gebracht. Als sollten wir denken, dass sie geschwächt sind und uns nichts mehr anhaben können.«

»Wozu sollten sie das tun?«

»Vielleicht um in aller Ruhe etwas Größeres auszubrüten.«

»Was könnte das sein?«

»Ein Vorstoß in Richtung Nordende möglicherweise. Oder auch weiter südlich. Grande ist ein verlockendes Ziel.«

Groj schüttelte den Kopf. »Grande hat einen Militärstützpunkt, da werden sie sich nicht heranwagen. Ich kann mir auch nicht vorstellen, dass sie ihren Einfluss nach Norden ausdehnen wollen. Sobald sie aus den Sümpfen hervorkommen, sind sie Kanonenfutter für die Luftaufklärung.«

Larsen wiegte skeptisch den Kopf. »Ihr wisst vieles nicht, was hier draußen vor sich geht. Wir fühlen uns von euch im Stich gelassen, sind mehr oder weniger auf uns allein gestellt. Das schärft unsere Sinne für das, was im Verborgenen vor sich geht. Klar, wenn eines dieser Monster gesichtet wird, dann seid ihr schnell da und werft eure Bomben ab. Aber das war's dann auch schon.«

»Es ist Krieg«, sagte Groj. »Da müssen wir alle durch. Wenn der Krieg erst einmal vorbei ist, wird sich einiges verändern.«

»Wenn der Krieg vorbei ist, bleibt immer noch das Wetter«, entgegnete Larsen. »Die Krankheiten. Die Monster. Was kann die Regierung schon dagegen unternehmen?«

Er stand auf, verabschiedete sich mit einem beiläufigen Winken und mischte sich unter die Leute. Groj aß zu Ende und schob den Teller weg. Das Essen hatte nicht so schlecht geschmeckt, wie er es erwartet hatte. Aber auch nicht wirklich gut.

Yeejhza löste sich aus der Runde ihrer Zuhörer. Sie kam um den Tisch herum und stellte sich neben ihn.

»Wir müssen jetzt weiter.«

»Du gibst ihnen Nachhilfe in Gartenbau?«, fragte er.

»Sie wollten mir ihre Gewächshäuser zeigen«, sagte sie. »Ich bin darauf eingegangen, weil ich freundlich sein wollte. Sie machen viele Fehler. Dabei könnten sie mehr Ertrag erzielen, wenn sie nur einige simple Regeln beachten würden.«

Er richtete sich auf und tippte sacht an ihre Stirn. »Das ist alles da drin abgespeichert, nehme ich an.«

Sie ergriff seine Hand und zog sie aus ihrem Gesicht, hielt sie jedoch weiter fest.

»Du wunderst dich, dass ich ihnen helfen will?«

»Sie hingen förmlich an deinen Lippen«, sagte er. »Und du warst so freundlich, geradezu liebenswürdig …«

»Sie haben einen Menschen in mir gesehen«, unterbrach sie ihn. »Das habe ich erwidert, so gut ich konnte. Es war eine wertvolle Erfahrung.«

Er löste seine Hand aus ihrem Griff und zupfte am Ärmel ihres Hemds. »Gehört dein neuer Dresscode auch zu dieser Erfahrung?«

»Als ich in meiner Montur aus der Krabbe gestiegen bin, wurde ich angestarrt wie ein Alien. Also habe ich mich in einem ihrer kleinen Geschäfte neu eingekleidet.«

»Und deine Hautfarbe hast du ebenfalls verändert. Bis jetzt dachte ich, nur Oktopusse wären zu so etwas fähig.«

Yeejhzas Miene verschloss sich für einen Augenblick, dann glaubte er ein Aufblitzen von Humor darin zu erkennen.

»Man hat mir wohl ein Oktopus-Gen beigemischt. Aber ich werde mir keine Fangarme wachsen lassen. Es sei denn, dass es unbedingt nötig ist.«

11. DIE KRÜCKE

Sie fuhren den ganzen restlichen Tag durch, bis tief in die Nacht hinein. Yeejhza schien auf dem Beifahrersitz vor sich hin zu dösen, doch Groj vermutete, dass sie mit ihrer geheimnisvollen Informationsquelle kommunizierte. Es gab nur einen einzigen Zwischenfall – ein Tanklastzug hatte Feuer gefangen, Rettungskräfte hatten die Straße gesperrt und Groj musste die Unglücksstelle auf unwegsamem Gelände umfahren.

Der Lastzug hatte Erdöl transportiert, was Groj erneut daran erinnerte, wie rückständig der Planet war. Das Erdöl, das auf Daark gefördert wurde, unterschied sich kaum von dem Öl, das auf der Erde vorkam. Mit dem Unterschied, dass Petrochemie auf der Erde seit Jahrhunderten keine Rolle mehr spielte. Groj fand das paradox: Das Supralith, dem Daark seine ökonomische und politische Bedeutung verdankte, ermöglichte interstellare Raumfahrt auf höchstem Niveau. Während man hier auf antiquierte Verbrennungsmotoren angewiesen war. Lediglich militärische Spezialfahrzeuge wie die Bergkrabbe verfügten über eine schier unerschöpfliche Energiezelle, die auf der Supralith-Technologie basierte.

Die Straße wand sich einen steilen Gebirgshang hinauf, die Vegetation zu ihren Seiten wurde spärlicher und nahm die Gestalt einer kargen Heidelandschaft an. Über den Bergkämmen, zwischen denen irgendwo ein Pass zu den Niederungen des Cloverfield-Bezirks eingebettet war, braute sich ein Gewitter zusammen und drohte mit hellvioletten Blitzgespinsten.

Groj lenkte die Krabbe von der Straße herunter und schaltete die Systeme auf Standby. Yeejhza erwachte aus ihrer Trance und streckte sich mit einem lauten Stöhnen, blickte ihn aus müden Augen an.

»Die Grauen Berge«, sagte sie. »Wir haben es weiter geschafft, als ich dachte.«

»Guter Zeitpunkt für eine Pause«, sagte Groj. »Ich jedenfalls brauche jetzt eine.«

»Dann komm mit nach hinten. Ich will dir etwas zeigen.«

»Wenn es nichts Kompliziertes ist …«

»Es ist nicht unkompliziert. Aber du bist jetzt ein bisschen erschöpft, das macht es leichter. Weil es deine intellektuellen Barrieren herabsetzt.«

Er folgte ihr in die Mannschaftskabine. Sie zerrte ihr Gepäckstück aus der Ecke hinter ihrer Koje und öffnete es.

»Du hast es bereits gesehen«, sagte sie. »Und konntest dir nichts darunter vorstellen. Das werden wir nun ändern.«

Sie legte den schräg abgeflachten, frostig-weißen Gegenstand mit den abgerundeten Kanten frei und setzte sich mit überkreuzten Beinen davor auf den Boden. Wischte mit der Hand durch die Luft – und das Ding bekam eine blau leuchtende Aura, welche die Kabine mit gespenstischem kaltem Licht erfüllte.

»Ich nenne es meine Krücke«, erklärte Yeejhza. »Weil es mir bereits jetzt etwas ermöglicht, zu dem ich eines Tages auch ohne ein Hilfsmittel fähig sein werde.«

»Deine Informationsquelle«, vermutete Groj.

»Nein, ein Trainingsgerät. Es stellt die Verbindung zur Quelle her und ermöglicht es mir, mich mit ihr zu synchronisieren.«

»Hast du das Gerät selbst gebaut?«

Sie schüttelte knapp den Kopf. »Ich habe es bei meiner Flucht von Mercurius mitgenommen.«

»Du bist geflohen? So wie deine Schwester?«

»Ich hatte keine Wahl«, erwiderte sie, das puppenhafte Gesicht in blauen Schein getaucht. »Hast du damit ein Problem?«

»Absolut nicht. Aber was genau ist Mercurius?«

»Ein Forschungslabor. Finanziert von einer Organisation, die sich Weißer Pfad nennt. Ihr gehören hohe Regierungsmitglieder an, aber auch wichtige Leute aus der Führungsriege des Mendelson-Kartells. Sie planen einen Umsturz mit dem Ziel, klare Verhältnisse im Kosmos herzustellen.«

»Und das weißt du alles von deiner Quelle?«

»Ich weiß noch vieles mehr von meiner Quelle«, sagte Yeejhza. »Was Daark betrifft, bedeutet dieser Umsturz die Auslöschung der Schürfer und aller weiteren irrelevanten Faktoren. Die Gewinnung von Supralith soll auf lange Zeit gesichert werden, und zwar mithilfe neuartiger Technologie …«

»Bist du auch ein Ergebnis dieser Technologie?«, fragte Groj.

»Ich, und mein Zwilling Aldinjha«, antwortete sie. »Aber wir sind nicht die Einzigen. Es wurde an spezialisierten Killer-Klonen geforscht, die vielleicht jetzt schon irgendwo da draußen nach mir suchen. Sowie an neuartigen Raumfahrzeugen und Waffensystemen – doch lass uns nun zum Wesentlichen kommen.«

Sie legte ihre Hand auf das seltsame Gerät vor ihr. »Die Forscher von Mercurius haben eine Frequenz entdeckt, die sich durch das gesamte Universum erstreckt«, fuhr sie fort. »Eine Frequenz, die sämtliche Informationen des Kosmos transportiert. Ein Datenstrom, könnte man sagen. Und meine Krücke ermöglicht es mir, diesen Datenstrom anzuzapfen. Je öfter und länger ich mit ihr arbeite, desto mehr öffnet sich mein Zugang zu diesem Strom. Bis jetzt war es lediglich ein Rinnsal. Aber in letzter Zeit habe ich große Fortschritte gemacht.«

Groj musterte sie skeptisch. »Eine Organisation, die einen Umsturz plant. Das würde mich nicht überraschen. Doch was hat das alles mit Aldinjha zu tun?«

»Ich habe schon einmal versucht, es dir zu erklären.« Yeejhza blickte ihn streng an, ihre Augen waren wie harte, schwarze Steine. »Alles hängt zusammen. Aldinjha und ich, der Weiße Pfad, dieser Planet … einfach alles.«

Er versank in nachdenklichem Schweigen. Der Weiße Pfad – war Primus Eins auch ein Teil der angeblichen Verschwörung? Der Nanojet, mit dem sein Kurier zum Lazarett gekommen war, verwies auf eine neuartige Technologie, wie sie vielleicht von Mercurius entwickelt worden war. Und dann beschäftigte ihn noch etwas – das Raumschiff, auf dem er zur Welt gekommen war. Es hatte ebenfalls den Namen Mercurius getragen. Bestimmt nur ein Zufall, doch es fühlte sich unbehaglich an.

»Das war genug für heute.« Yeejhza brachte das blaue Leuchten mit einer Handbewegung zum Erlöschen. »Du ruhst dich aus, ich übernehme die Nachtwache.«

»Erzähle mir mehr über diese Verschwörung«, sagte Groj. »Und über diesen Datenstrom …«

»Das werde ich zu gegebener Zeit.«

Dieses Mal schwang keine Ironie in ihrer Stimme mit. Er sah ein, dass er sie nicht umstimmen konnte, und ließ sich mit einem Ächzen auf sein Bett sinken.

Groj schlief fast sofort ein, wachte jedoch ständig wieder auf, von verstörenden Träumen heimgesucht. Feuer, Sirenen, Panik. Er hörte sich im Schlaf stöhnen, wälzte sich rastlos herum. Yeejhzas Worte verfolgten ihn: Umsturz, Auslöschung, der Datenstrom. Aber konnte er

Yeejhza und ihren Informationen wirklich vertrauen? Sie war psychisch instabil, war sich ihrer Identität nicht sicher. Vielleicht erschuf sie ihre eigene Version der Welt, zusammengesetzt aus den Traumata und Eindrücken ihrer eigenen Entstehungsgeschichte?

Er hörte sie in die Kabine kommen, reagierte jedoch nicht darauf. Sie kniete sich vor seine Koje und tastete nach seiner Hand.

»Ich weiß, dass du nicht schläfst«, flüsterte sie. »Ein Wort von dir, und ich gehe wieder.«

»Ist schon gut«, brummte er.

»Ich würde gerne sagen, dass es mir leid tut«, fuhr sie leise fort. »Dass ich dich in all das hinein gezogen habe. Aber es geht nicht anders, kannst du das verstehen?"

»Nein«, erwiderte Groj. »Vielleicht muss ich es auch nicht verstehen.«

»Aber das wirst du.« Sie stupste ihn mit den Fingern in die Rippen. »Machst du mir Platz?"

Er zögerte einen Augenblick, dann rückte er ein Stück zur Seite. Yeejhza kroch zu ihm auf das schmale, harte Bett und nahm ihn in die Arme.

»Ich brauche das jetzt«, hauchte sie. »Du musst überhaupt nichts machen.«

»Den Teufel werde ich tun. Und jetzt will ich schlafen.«

»Ja, lass uns schlafen.« Sie zog die Decke über sie beide, schnupperte an seiner Achsel und kicherte leise. »Du riechst wie ein richtiger Mann.«

»Vielleicht bin ich ja einer«, murmelte er.

12. NACH WESTEN

Cloverfield war flach und sumpfig. Von der Straße aus, über weite Strecken auf Dämmen angelegt, war das Umland gut zu überblicken. Feiner Dunst hing über der Ebene, aus der in regelmäßigen Abständen die skeletthaften Schemen von Geweihbäumen aufragten. Ihren Namen verdankten diese Gewächse der Anordnung ihres blattlosen Geästs, das aus dem Stamm emporstrebte wie ein riesiges, filigranes Hirschgeweih.

Die Wolkendecke riss auf und ließ rotgoldenes Sonnenlicht durch, das die Landschaft in ein fremdartig schönes Traumland verwandelte. Groj überlegte, ob er Yeejhza rufen solle, die seit Stunden die Kabine nicht verlassen hatte – vielleicht würde ihr der Anblick gefallen. Doch er wollte die fragile Vertrautheit, die sich zwischen ihnen aufbaute, nicht überstrapazieren. Es hatte sich gut angefühlt, in ihren Armen zu liegen, ihren Atemzügen zu lauschen und langsam in den Schlaf hinüberzudämmern. Sogar die Träume waren ausgeblieben. Aber ihm war bewusst, dass sie ihn auch dazu benutzte, ihren Erfahrungsschatz zu erweitern. Vielleicht verfügte sie durch ihre Verbindung zu diesem mysteriösen Datenstrom über Jahrmillionen altes Wissen, doch ihr Charakter entsprach dem einer Heranwachsenden.

Groj beschloss, sich weiterhin auf seinen Job zu konzentrieren. Der nicht darin bestand, Yeejhza auf die Sehenswürdigkeiten dieses bizarren Planeten aufmerksam zu machen.

Die Sensoren der Krabbe lösten ein Alarmsignal aus. Eine Drohne ohne jegliche Kennung war in den sensiblen Radius eingedrungen. Was nicht zwingend etwas zu bedeuten hatte. Die Siedler benutzten Drohnen zu den verschiedensten Zwecken, und nicht alle waren amtlich registriert. Doch Cloverfield war berüchtigt für seine Räuberbanden, die sich in den Sümpfen vor der Obrigkeit verborgen hielten. Und der Supralith-betriebene Generator der Krabbe war ein lohnendes Ziel, das auf dem Schwarzmarkt einen hohen Preis erzielen würde.

Groj dachte kurz daran, den Stab von Primus Eins zu informieren – das Wetter bot günstige Voraussetzungen für den Einsatz einer Fliegerstaffel, die das Gebiet scannen und gegebenenfalls mit einem Raketenangriff säubern würde. Allerdings hatte das satellitengestützte Abwehrsystem noch nie reibungslos funktioniert. Und falls sich das Wetter veränderte, was innerhalb von Minuten passieren konnte, lief es auf eine Lotterie hinaus: Wenn man Pech hatte, erwischte es einen selbst.

Er synchronisierte das Waffensystem mit den Umgebungsscannern. Die Drohne flog in etwa zwei Kilometern Höhe, ungefähr einen Kilometer voraus und in dreihundert Metern Entfernung parallel zum Straßenverlauf. Das System schlug den Einsatz einer Boden/Luft-Rakete vor, Groj akzeptierte.

Er hatte kein Faible für Waffen, für ihn waren sie nur Mittel zum Zweck. Aber er mochte ihre Präzision und ihre Unbestechlichkeit. Es erfüllte ihn mit Genugtuung, als das System den Abschuss bestätigte und aus dem Bug der Krabbe eine kleine Rauchwolke aufstieg, die sich sofort im Fahrtwind auflöste. Eineinhalb Sekunden später leuchtete über dem Sumpfland eine kleine Sonne auf, kurzlebig wie der Atemzug eines Schmetterlings …

Auf der Mercurius, seinem Geburtsort, hatte es Schmetterlinge gegeben. In einem Biotop, tief im riesigen Wanst des Schiffs. Schmetterlinge, Libellen, Bienen, Käfer und anderes Getier. Er hatte viel Zeit dort verbracht, mit diesem blonden Mädchen, dessen Namen er schon lange vergessen hatte. Sie war ein bisschen älter gewesen als er, groß und athletisch gebaut, dabei nicht besonders hübsch – aber in seinen Augen hübsch genug, dass er sich mit seinen zehn, elf Jahren in sie verliebt hatte. Die gemeinsame Faszination für die Natur hatte sie schließlich Freunde werden lassen. Gemeinsam hatten sie sich den Planeten Terra ausgemalt, von dem all diese wundersamen Tiere und Pflanzen stammten.

Angeblich war die Erde, wie der Planet manchmal auch genannt wurde, ein Paradies. Nachdem seine Bewohner Jahrhunderte lang seine Natur ausgebeutet und zerstört hatten, waren sie zur Besinnung gekommen und hatten sich mit ihrer Welt versöhnt. Groj und das blonde Mädchen, an dessen Namen er sich nicht erinnerte, hatten sich vorgenommen, eines Tages nach Terra zu gehen und dort ein Leben im Einklang mit der Natur zu führen. Dann war alles ganz anders gekommen. Sie hatten einander aus den Augen verloren und er war nach einer Phase des Umherziehens auf Daark angelangt, dessen Natur jeden Ansatz einer friedlichen Koexistenz im Keim erstickte.

Yeejhza kam die Stufen vom Mannschaftsquartier herauf. Das schwarze Haar zerzaust, das karierte Hemd offen, darunter ihre Montur.

»Rechts von uns«, sagte sie mit Anspannung in der Stimme. »Dreißig Kilometer. Fahr nach rechts, Groj. Nach Westen.«

Er sah sie erstaunt an. »Da ist nichts. Nur Sümpfe und Dunst.«

»Doch, da ist etwas. Fahr von der Straße runter und halte dich geradeaus rechts.«

Er verringerte die Geschwindigkeit. Laut seinem Auftrag war er Yeejhza gegenüber weisungsgebunden, was nicht automatisch blinden Gehorsam bedeutete. Als ihr Assistent hatte er auch eine beratende Funktion.

»Kannst du es mir nicht sagen, oder willst du es nicht?«

Sie ließ sich auf dem Beifahrersitz nieder, lehnte sich zurück und wandte ihm ihr Gesicht zu, das nun nicht mehr ganz so braun war wie am Tag zuvor. Sie hatte Augenringe, als wäre sie erschöpft. Hatte sich vielleicht zu lange und zu intensiv mit ihrem Trainingsgerät beschäftigt.

»Ich gleiche meine Informationen mit dem Strom ab«, erklärte sie. »Manchmal kommt es dabei zu Verdichtungen. Das heißt, dass etwas in Resonanz zu mir steht und von daher relevant für mich sein könnte. So bin ich Aldinjha auf die Spur gekommen, und dich habe ich ebenfalls auf diesem Weg gefunden. Jetzt hat sich irgendwo da draußen ein Datencluster gebildet ...« Sie korrigierte sich mit einer wedelnden Handbewegung. »Nein, es ist etwas zum Vorschein gekommen, das sich in meinem Fenster zum Datenstrom als Cluster darstellt. Deshalb ist es wichtig, dass du mich dorthin bringst.«

Groj bremste die Krabbe ab und steuerte sie an den Straßenrand. Das Ungetüm kletterte die Böschung hinab, wobei die Aufhängung der Kabine und damit auch des Cockpits die Schräglage ausglich. Dann versanken die Räder bis zu den Achsen im Sumpf und der Antrieb gab ein schneidiges Knurren von sich, als er sich auf die veränderten Bedingungen einstellte.

»Jetzt immer geradeaus?«, vergewisserte er sich.

Yeejhza nickte. »Wir werden es nicht verfehlen.«

»Dreißig Kilometer?«

»Ungefähr, ja. Je näher wir kommen, desto genauer kann ich uns navigieren.«

Die Krabbe pflügte durch das Sumpfland wie ein Urweltmonster, tauchte mal in tiefere Gewässer ein und verspritzte nach allen Seiten braunes Wasser, überwand mit Schwung natürliche Dämme aus abgestorbener Vegetation und Barrieren aus schräg aufragenden Felsstrukturen. Lebewesen, die Groj noch nie vorher zu Gesicht bekommen hatte, brachten sich vor dem Eindringling in Sicherheit: Geschöpfe mit bleichen, madenförmigen Leibern, die auf stelzenartigen Beinen aus dem Morast emporschnellten und mit ungelenken Sprüngen das Weite suchten. Schwärme von spindelartig gebauten Flugtieren mit schlaffen, halb durchsichtigen Schwingen flatterten vor dem Bug der Krabbe auf und flüchteten in die umliegenden Geweihbäume. Längliche, plumpe Leiber, welche dicht unter der Wasseroberfläche mit schlängelnden Bewegungen davon glitten.

Die Krabbe erklomm eine Felsplatte, hinter der sich eine von karmesinroten Riesenflechten gesprenkelte Heidelandschaft erstreckte. Die Geweihbäume wurden durch einen spärlichen Bestand an Krakenbäumen abgelöst, deren Tentakel sich träge in der dunstigen Luft wiegten.

»Sind wir noch auf Kurs?«, fragte Groj.

»Es ist nicht mehr weit«, erwiderte Yeejhza. »Nur noch wenige Kilometer.«

Gespannt blickte er in den rötlichen Dunst, aus dem sich ständig weitere Krakenbäume schälten, majestätisch in ihrer enormen Größe und dabei unheimlich wie Gespenster. Dann entdeckte er eine dunkle Formation, die sich nach und nach als grauer, felsiger Buckel herausstellte, etwa fünfzig Meter breit und in der Mitte ungefähr sieben Meter hoch.

»Ist es das, wonach wir suchen?«, fragte er.

»Ja, das ist es.«

Yeejhza ging nach hinten in die Kabine und kehrte in ihrer Hi-Tec-Montur zurück. Groj ließ die Krabbe dutzende Meter von dem Gebilde ausrollen. Er überprüfte die Außensensoren, setzte die Sensibilitätsmarken herab – und fand nichts, abgesehen von unspektakulärer heimischer Fauna. Schließlich richtete er alle relevanten Sensoren auf die porös aussehende Masse, die in der Vergrößerung wie die großporige, ledrige Haut eines Lebewesens aussah. Am auffälligsten erschien ihm, dass die Temperatur zur Mitte hin über der Außentemperatur lag, an den Ausläufern zu beiden Seiten jedoch leicht darunter.

Yeejhza öffnete das Luk und sprang ins Freie, ging entschlossen auf das Gebilde zu. Mit einem leisen Fluch auf den Lippen fuhr Groj aus dem Fahrersitz hoch und nahm den Karabiner aus seiner Halterung. Als er die Leiter zur Oberfläche hinunter stieg, hatte Yeejhza bereits den halben Weg zu dem Gebilde zurückgelegt.

Sie hob gebieterisch den Arm, als sie seine Schritte hinter sich hörte. Groj blieb stehen, seine Waffe mit beiden Händen umklammert. Er hatte den Karabiner aus einem Reflex heraus mitgebracht und kam sich nun albern damit vor. Gegen wen oder was wollte er sich oder Yeejhza damit verteidigen? Gegen ein plumpes Ding, vermutlich hunderte Tonnen schwer, das sich keinen Millimeter von der Stelle bewegte?

Yeejhza näherte sich langsam der grauen Masse und streckte vorsichtig eine Hand aus. Groj lag ein Warnruf auf den Lippen. Doch ihm war klar, dass er sie damit von nichts abhalten würde.

Sie legte ihre Hand auf die Oberfläche und verharrte reglos in leicht vorgebeugter Haltung. Groj kniff die Augen zusammen und kaute auf seiner Unterlippe, versuchte sich auf einen möglichen Zwischenfall vorzubereiten. Aber was konnte passieren? Dass Yeejhza an ihrer Hand in diesen Klumpen hineingezogen wurde? Dass sich ein riesiges schmatzendes Maul darin auftat und sie verschlang? Ein Stromschlag, der ihre Eingeweide grillte? Das war lächerlich.

»Jetzt«, sagte sie unvermittelt.

Groj ließ den Blick über das Gebilde wandern. Dehnte es sich tatsächlich aus, oder spielte ihm seine Einbildungskraft einen Streich? Er wich mehrere Schritte zurück und richtete seine Konzentration auf die unregelmäßige Kontur vor dem rötlichen Nebel.

Die Kontur bewegte sich. Zuerst ein kaum wahrnehmbares Zittern – dann eine langsame Expansion, die über dem Boden deutlich geringer ausfiel als an der Oberseite, wo sie etwa einen halben Meter betragen mochte. Nach einem erneuten Zittern bildete sich die Ausdehnung wieder zurück.

»Der atmende Fels«, sagte Groj.

Yeejhza drehte sich zu ihm um. »Es ist kein Fels, aber …« Sie machte mit beiden Händen eine ratlose Geste. »Ich weiß nicht, was sonst es sein könnte. Es existieren keine Informationen über dieses Phänomen. Zumindest keine, auf die ich zugreifen könnte.«

»Willst du es noch weiter beobachten?«

Sie schüttelte den Kopf und ging energisch auf ihn zu, als müsste sie sich von dem Gebilde losreißen.

»Kehren wir auf unsere Route zurück. Vielleicht habe ich den Cluster falsch interpretiert. Oder er bezog sich auf etwas ganz anderes.«

Sie wirkte so frustriert, dass er sie in die Arme genommen hätte, wenn da nicht der Karabiner in seinen Händen gewesen wäre. Doch er wusste nicht, wie gut sie mit Enttäuschungen umgehen konnte. Abgesehen davon wollte er keine Minute länger als unbedingt nötig in der Gegenwart des riesigen atmenden Gebildes verbringen.

»Ja, lass uns weiterfahren«, sagte er.

13. REBOOT

Cloverfield zog sich gefühlt endlos dahin. Die wenigen Ansiedlungen lagen abseits der schnurgeraden Dämme, auf denen die Verbindungsstraße nach Grande verlief, dem wichtigsten Ort des Bezirks Löwenberge. Von dort aus waren es noch einige hundert Kilometer bis Lavendel und damit zur Nordflanke des Großen Plateaus.

Groj hörte die Meldungen des Frühwarndienstes ab. Von Südosten näherten sich verheerende Gewitter, Überschwemmungen nicht ausgeschlossen. Rund um das Plateau waren Kreaturen gesichtet worden – wobei die Angaben aus dem Schürfer-Territorium mit Vorsicht zu genießen waren. Oft stammten sie von Kollaborateuren der Primus Eins-Regierung, die mit ihren Durchsagen eine politische Agenda verfolgten. Mit dem Ziel, das Schürfer-Regime zu destabilisieren.

Er fühlte sich unterzuckert, brauchte dringend etwas zu essen. Also schaltete er auf Autopilot und ging nach hinten in die Kabine. Die Krücke war aktiv und tauchte den niedrigen Raum in ihre bläuliche Aura. Vor dem Gerät lag Yeejhza rücklings auf dem Boden, die Augen geschlossen und die Arme über dem Kopf ausgestreckt, ihre Montur bis unter den Bauchnabel geöffnet – wobei er bis dahin keinen Reißverschluss, nicht einmal die Andeutung einer Naht daran entdeckt hatte. Unwillkürlich dachte Groj an den Nanojet von Primus Eins' Botschafter: intelligente Materie, extrem wandlungsfähig und scheinbar nicht an herkömmliche physikalische Gesetze gebunden.

Er kniete sich neben Yeejhza, strich ihr über die Stirn. Da war Schweiß auf ihrer Haut, auch auf ihrer Brust und ihrem Bauch. Ihr Körper strömte eine Hitze aus, die er als ungesund empfand.

»Was ist los mit dir? Hey, ich bin's, Groj … kannst du mich hören?«

»Sei nicht so dramatisch«, erwiderte sie leise. »Mir fehlt nichts. Ich bin nur ein bisschen müde.«

Groj richtete sich wieder auf. »Du solltest nicht so viel mit deiner Krücke arbeiten. Es tut dir nicht gut.«

Yeejhza öffnete die Augen und legte die Stirn in Falten. »Ich schätze es sehr, dass du dich um mich sorgst. Auch wenn es völlig unangebracht ist.«

»Du schwitzt«, beharrte er. »Siehst erschöpft aus. Ich hole das Mediset.«

Sie verzog den Mund zur Andeutung eines süffisanten Lächelns. »Und was, denkst du, würde es bei mir diagnostizieren?«

Groj gab ein resigniertes Seufzen von sich. Yeejhza hatte recht: Sie war der Prototyp einer neuen menschlichen Spezies. Das Mediset, in erster Linie ausgelegt für Infekte, Toxine und äußere Verletzungen, würde höchstens eine irreführende Diagnose stellen.

»Schon gut«, lenkte er ein. »Aber vielleicht solltest du etwas essen? Mehr trinken? Seit Schwarzwind hast du nichts mehr zu dir genommen.«

Yeejhza stützte sich auf die Hände, strich Haar aus ihrem Gesicht. »Ich brauche nicht viel Nahrung«, sagte sie. »Meine Mitochondrien bedienen sich aus anderen Quellen. Doch rein theoretisch könnte ich essen, was und so viel ich will.«

Groj öffnete den Vorratsschrank und entnahm ihm einen Nährstoffriegel, den er Yeejhza vor die Nase hielt. Sie schnupperte daran und riss ihm den Riegel aus der Hand.

»Ganz wie du willst, dann esse ich was.« Sie befreite den länglichen braunen Quader aus der Verpackung. »Du hast keine Ahnung, was ich alles tun würde, nur weil du es willst.«

Sie wechselt in den Flirtmodus, stellte Groj fest, brachte dies aber nicht unmittelbar mit seiner Person in Verbindung. Vielmehr keimte in ihm der Verdacht, dass Yeejhza damit Hormone antriggerte, die ihrem angeschlagenen Zustand entgegen wirkten.

Er holte einen weiteren Riegel und eine Dose Vitaminsaft, setzte sich zu ihr auf den Boden. Sie knabberte wie ein Kaninchen an ihrem Snack, wobei sie Groj amüsiert, wie er glaubte, beim Essen zusah.

»Bemitleidest du uns, weil wir auf diese Art der Energiezufuhr angewiesen sind?«, fragte er.

»Ich beneide euch darum«, erwiderte sie. »Eure Bedürfnisse sind so ...«

»Elementar«, beendete er ihren Satz.

Yeejhza blickte ihn überrascht an. Und stopfte den restlichen Riegel in ihren Mund.

»Das Zeug ist strohtrocken«, sagte Groj und reichte ihr die Dose. »Hier, zum Runterspülen.«

Sie setzte die Dose an, trank einen großen Schluck.

Er würgte seinen Riegel hinunter, das Zeug machte wirklich keinen Spaß. Vielleicht ließ sich in Grande richtiges Essen auftreiben. Dort züchteten sie Hühner und Schweine, und auf mühselig aufbereiteten Sumpfarealen bauten sie Reis und andere Nutzpflanzen an.

»Ich muss wieder nach vorne«, sagte Groj. »Den Autopilot möchte ich nicht zu lange sich selbst überlassen.«

Zurück im Cockpit hörte er wieder den Frühwarndienst ab. Das Gewitter hatte seine Richtung geändert, zog nun über den Bezirk Löwenberge hinweg und würde Grande in wenigen Stunden erreichen. Auch für das südliche Cloverfield gab es eine Unwetterwarnung.

Sie würden geradewegs in dieses Chaos hineinfahren.

Die Durchsagen wurden von plötzlichen Störgeräuschen überlagert, was nichts Ungewöhnliches war – doch nun hörte es sich an, als würde der Empfang jeden Moment aussetzen. Groj schaltete den Lärm ab und konzentrierte sich auf die Straße, die nach und nach in einer frühen Abenddämmerung versank. Das Gewitter schickte seine Wolkenausläufer nach Süden, und wo vorher eine sanfte Hügelkette den Horizont definiert hatte, breitete sich nun schwarze, von smaragdgrünen Schlieren durchwobene Dunkelheit aus.

Ein Kampfjet donnerte im Tiefflug über die Krabbe hinweg, seine Triebwerke flackerten wie die feurigen Augen eines Fabelwesens inmitten des düsteren Szenarios. Groj drosselte das Tempo, schaltete den

Empfänger wieder ein – immer noch Funkstille, nur statisches Knistern und Rauschen.

In unbestimmbarer Ferne glühten orangefarbige Explosionswolken auf. Groj zählte zwei – nein, drei, und dann noch zwei weitere … eine nach der anderen, wie an einer Perlenschnur aufgereiht. Von einer Kreatur war in den Warnhinweisen keine Rede gewesen. Doch auf was hatte der Jet dann seine Raketen abgefeuert?

Ein weiteres Aufflackern – dieses Mal aus den Triebwerken des Fliegers, der offenbar seinen Auftrag erfüllt hatte und nun in einem weiten Bogen beschleunigte, um dann erneut über die Straße hinweg zu tosen. Wahrscheinlich unterwegs zu seinem Stützpunkt nahe bei Grande, wo ein ganzes Geschwader stationiert war.

Die Außensensoren meldeten Aktivität, weiter vorne auf der Straße. Groj fuhr noch langsamer, spähte angestrengt in die aufziehende Nacht. Da war ein kleines Knäuel aus Lichtern, nur wenige Kilometer entfernt. Er hielt an und schaltete die Scheinwerfer aus, programmierte eine Beobachtungsdrohne und schickte sie auf den Weg.

Das kleine Fluggerät legte die Strecke in weniger als einer Minute zurück. Das Wärmebild, das sie übertrug, zeigte die Umrisse von Fahrzeugen, darunter mehrere schwere Transporter, von denen einige in schrägen Winkeln zur Straße standen. Ein Konvoi, der in einen Unfall verwickelt worden war? Doch der Einsatz des Kampfjets wies in eine andere Richtung.

Groj rief die Drohne zurück und sah nach Yeejhza. Sie lag nun wieder erschlafft auf dem harten, ungemütlichen Boden. Die Krücke war inaktiv, nahm er erleichtert zur Kenntnis. Er beugte sich über Yeejhza, hielt seine Wange an ihre Nase. Keine Atmung. Er nahm ihre Hand, um den Puls zu fühlen – da war keiner.

Er unterdrückte einen Anflug von Panik. Was war zu tun? Herzdruckmassage, oder doch das Mediset einsetzen? Er entschied sich für die Massage, drückte seine Hände auf Yeejhzas Brust – ihre Montur war nun wieder bis zum Hals geschlossen – und stemmte sich mit seinem Gewicht dagegen. Dreißig Mal drücken, erinnerte er sich. Dann zweimal beatmen, weitere dreißig Mal drücken …

Yeejhza öffnete die Augen und sah ihn irritiert an.

»Was machst du?«

Groj atmete pustend aus. »Dich wiederbeleben. Du warst …«

»Du hast mich für tot gehalten?« Sie setzte sich mit Schwung auf. »Ich habe mir lediglich einen Reboot gegönnt ...«

»Du hast mir einen höllischen Schreck eingejagt!«, fiel er ihr ins Wort. »Schließlich bin ich verdammt nochmal für dich verantwortlich.«

»Zuallererst bin ich für mich selbst verantwortlich«, widersprach sie scharf. Und fuhr in milderem Tonfall fort: »Aber ich hätte dich darauf vorbereiten sollen.«

»Wie fühlst du dich jetzt?«, fragte er. »Kannst du aufstehen?«

Sie schob ihn zur Seite und richtete sich in einer fließenden Bewegung auf. »Soll ich ein paar Räder schlagen, oder im Handstand um die Krabbe herumlaufen?«

Er wies mit dem Kinn in Richtung des Cockpits. »Komm mit nach vorne. Ich glaube, wir haben ein Problem.«

14. BANDITEN

Der kompakt gebaute, dreiachsige Panzerwagen rollte mit aufgeblendeten Scheinwerfern die Straße entlang und stoppte etwa zwanzig Meter vor der unbeleuchteten Krabbe. Laut seiner Beschriftung gehörte er zur regulären Armee – was nichts darüber aussagte, wer drin saß.

Groj, eine Hand an der Bedienung des Waffensystems, behielt die Außenkameras im Auge, während Yeejhza nach einer überlagerungsfreien militärischen Langwellenfrequenz suchte.

»Ich bekomme nichts herein«, sagte sie. »Etwas muss die Funkrelais in der Region ausgeschaltet haben. Vielleicht Blitzschlag, oder ein EMP.«

Groj dachte an die tonnenschweren Stahlkugeln, die überall auf dem Kontinent abgeworfen worden waren. Jede von ihnen enthielt ein Funkrelais, das zur drahtlosen Kommunikation auf Daark beitrug.

Man hatte es auch mit Sendemasten versucht, deren Einzelteile beim ersten größeren Sturm in alle Himmelsrichtungen verstreut worden waren. Und mit Satelliten, die jedoch ständig an den extremen elektromagnetischen Aktivitäten in den oberen Atmosphäreschichten scheiterten.

An dem Panzerwagen entstand Bewegung. Die Tür auf der Fahrerseite wurde geöffnet, jemand stieg aus. Eine Gestalt im Kampfanzug trat vor, das Helmvisier geöffnet und die Arme vom Körper abgespreizt.

»Laut Infrarot sind sie zu dritt«, sagte Yeejhza. »Zwei sitzen demnach noch drin.«

»Ich sehe mir das an«, sagte Groj.

Yeejhza zog das Bedienungstablet für die Waffensysteme heran. »Kein Risiko, verstanden?«

Er schaltete sein Armband-Kom auf Übertragungsmodus. »Du hörst mit, ich habe das Kom mit der Krabbe kurzgeschlossen. Das Stichwort ist *Ewige Blumenkraft*. Dann schießt du die Bande über den Haufen.«

Er nahm den Karabiner von der Wand und ging zum Luk, fuhr die Leiter aus und kletterte nach unten. Ging über den rissigen Straßenbelag auf den Uniformierten zu.

»Unsere Kennung lautet Zarathustra sieben-Strich-einundzwanzig«, schnarrte er in seiner militärischsten Stimme. »Verdeckte Operation im Auftrag der planetaren Administration. Gib mir einen Lagebericht, Soldat.«

»Groj?«, erwiderte eine weiche Frauenstimme. »Terval Grojin'nan? Das ... das nenne ich eine Überraschung.«

»Nevada?«, fragte er.

Die Gestalt nahm den Helm ab. Üppige schwarze Locken quollen darunter hervor und fielen auf die gepanzerten Schultern herab.

»Wir dachten alle, du wärst tot. Und da stehst du nun. Siehst gut aus, Groj.«

Er trat vor sie hin, nahm ihr Gesicht in die Hände. »Du auch, Nevada. Schon klar, ich hätte mich melden sollen. Aber ich hatte die Nase gestrichen voll.«

Ein freudiges, irgendwie aber auch gequältes Lächeln legte sich auf Nevadas dunkles Gesicht. »Wir alle hatten die Nase voll. Und jetzt stecken wir schon wieder bis zu den Ohren drin. Fort Gulbransson, erinnerst du dich?«

Und ob er sich erinnerte. Eine Guerilla-Truppe der Schürfer hatte sich in dem Außenposten verschanzt und Geiseln genommen. Nevada und er hatten die Sache auf die schmutzige Tour bereinigt. Ein Tag, an den er sich nicht gern erinnerte.

»Was ist das Problem?«, fragte er.

Sie deutete die Straße hinunter, wo die Lichter waren. »Lebensmittel aus Grande für Nordende und Morgentau. Unser Trupp sollte den Konvoi bis Schwarzwind eskortieren. Wir wurden attackiert. Zuerst von Drohnen, die Sprengladungen abwarfen. Ein Truck liegt im Sumpf, zwei weitere sind beschädigt. Dann kamen die Banditen, große Schießerei. Wir konnten sie zurückschlagen, hatten Verluste. Aber sie werden wiederkommen. Weil sie wissen, dass wir nicht mit Verstärkung rechnen können.« Nevada deutete zum Himmel. »Das Wetter.«

Wie zur Bestätigung zuckte grünliches Wetterleuchten durch die düstere Wolkenfront im Süden.

»Dann hat der Jet die Bande nicht erwischt?«, hakte Groj nach.

»Wohl eher nicht«, erwiderte sie. »Die kennen sich hier aus. Wissen, wie man sich unsichtbar macht.«

Er wies mit dem Kinn unauffällig in Richtung des kleinen Panzers. »Es sind zwei, richtig?«, flüsterte er.

Nevada nickte unmerklich.

»Können sie uns hören?«

Sie verzog das Gesicht. Also ja.

Groj dachte nach. Mit dem Karabiner konnte er gegen die Banditen nichts ausrichten. Bestimmt hatte einer von ihnen die Hände auf den Kontrollen der Geschütze und würde keine Sekunde zögern, ihn abzuknallen. Jedenfalls hätte er selbst es so gemacht.

»*Ewige Blumen* ...«, setzte er an.

Die Projektile jagten so dicht an ihm vorbei, dass er den heißen Luftzug auf seiner Wange spüren konnte. Die schmale Frontscheibe des Panzers gab einen harten, schmatzenden Laut von sich, als sie von den Geschossen durchschlagen wurde.

Groj lief mit vorgehaltenem Karabiner zum Panzer und blickte in die Fahrerkabine. Da hingen zwei große Typen in Camouflage-Anzügen auf dem Sitzen, jeder ein blutiges Loch genau zwischen den Augen.

Nevada trat neben ihn und atmete keuchend aus. »Das nenne ich Präzision.«

»Wie ist es abgelaufen?«, fragte er.

»Im wesentlichen so, wie ich gesagt habe. Drohnenangriff, dann stürzt sich die Bande von beiden Seiten auf uns. Wir konnten noch Grande informieren, bevor der Funk völlig zusammenbrach. Aber der Jet hat nur ein Stück Sumpf bombardiert, weil er keine genauen Koordinaten hatte.«

»Wie viele sind es?«

»Mindestens zwanzig. Plus an die fünfzehn Geiseln.«

»Und jetzt haben sie es auf die Bergkrabbe abgesehen.«

Nevada nickte. »Die wäre sozusagen der Jackpot.«

»Hatten deine Beifahrer Funkkontakt zu ihren Leuten?«

»Sie haben Funkstille vereinbart für den Fall, dass ihr sie abhören könnt.«

Groj blickte auf, als mit heiserem Flüstern ein Schwarm Beobachtungsdrohnen über ihn und Nevada hinweg zog. Er führte das Armbandkom an die Lippen.

»Yeejhza, was hast du vor?«

»Die Lage sondieren«, antwortete sie. »Ich werde die Banditen anhand ihrer Körpersprache von den Geiseln unterscheiden können. Und sie gezielt ausschalten.«

»Du wirst sie nicht alle kriegen«, entgegnete er. »Was ist mit den anderen?«

»Ich plädiere für eine konventionelle Vorgehensweise.«

Nevada blickte Groj verblüfft an. »Wer ist sie?«

»Ein Genie«, brummte er. »Zumindest in mancherlei Hinsicht.«

»Ihr fahrt voraus«, meldete sich Yeejhza wieder zu Wort. »Präsentieren wir ihnen die Beute.«

Nevada half Groj, die toten Banditen aus dem Panzer zu ziehen. Groj nahm ihnen die Funkgeräte ab, dann schleiften sie die Leichname über die Straße und warfen sie die Böschung hinunter.

Sie kehrten zu dem Panzer zurück. Nevada wischte mit dem Ärmel Blut von den Sitzen, startete den Motor und wendete das Fahrzeug. Hinter dem Panzer flammten die Scheinwerfer der Krabbe auf, das Summen ihres Antriebs brachte die Luft zum Vibrieren.

»Bist du bereit?«, fragte Groj.

»Bereit«, sagte Nevada. Und presste vor Anspannung die Lippen aufeinander.

15. GEFECHT

Nevada fuhr zügig, aber nicht schnell – Militärparaden-Tempo. Die Krabbe dicht hinter ihnen. Yeejhza ließ die Scheinwerfer rhythmisch aufblenden. Sieger-Gehabe: Wir haben's geschafft! Wir haben das Scheißding gekapert, Leute!

Vor den kreuz und quer stehenden Trucks versammelte sich eine kleine Gruppe aus vermummten Gestalten: das Empfangskommittee.

Eines der Funkgeräte, die Groj den Banditen abgenommen hatte, erwachte zu knisterndem Leben.

»Gut gemacht, Leute«, ertönte eine raue, blecherne Stimme. »Seid ihr in Ordnung? Wir haben Schüsse gehört.«

Groj hob das Gerät an seine Lippen. »Wir mussten beweisen, dass es uns ernst ist. Alles unter Kontrolle.«

Schweigen. Dann: »Du bist nicht …«

»Nein, der bin ich definitiv nicht.«

Die Gestalten vor dem gekaperten Konvoi rissen ihre Waffen hoch. Fast im gleichen Moment sackten sie zusammen, bildeten leblose Bündel im harten Gegenlicht.

»Ich wiederhole mich nicht gern«, brummte Nevada. »Aber das nenne ich Präzision.«

Sie fuhr an den Straßenrand und hielt den Panzer an. Die Krabbe nahm an Fahrt auf und raste an ihnen vorbei, rammte den vordersten Truck und drang in die Gasse zwischen den havarierten Fahrzeugen ein.

Groj sprang aus dem Panzer und sondierte das Gelände, den Plasmakarabiner im Anschlag. Auf der anderen Seite stieg Nevada aus, das Helmvisier nun geschlossen und ihre Handfeuerwaffe mit beiden Händen vorgestreckt.

Zwischen den Trucks wurde geschossen. Groj und Nevada trennten sich, nutzten deren Container als Deckung. Am Himmel rollte Donner, ein heftiger Windstoß brachte den modrigen Geruch der Sümpfe mit. Am Horizont zuckten Blitze.

Groj riskierte einen Blick auf die Krabbe. Eine Hand voll Banditen versuchte, zum Luk rauf zu klettern. Groj legte an – und ließ die Waffe wieder sinken, als das Luk geöffnet wurde.

Yeejhza fuhr heraus wie ein Springteufel, die Arme um die Nacken von zwei Marodeuren gelegt, und riss die Kämpfer mit sich. Warf sie mit spielerischer Grazie zu Boden und brach ihnen in einer synchronen Bewegung beider Arme das Genick.

Groj vergaß für einen Moment zu atmen. Yeejhza war eine tödliche Waffe, begriff er. Wozu würde sie erst in der Lage sein, wenn sie sich mit ihrer Zwillingsschwester vereinigte? Auf einmal ergab ihr Deal mit Primus Eins für ihn einen Sinn.

Schüsse fielen. Drei Banditen hatten Yeejhza eingekreist, kamen geduckt auf sie zu. Nevada sprang aus ihrer Deckung hervor und eröffnete das Feuer. Von irgendwoher kamen weitere Schüsse. Nevada schrie auf und stürzte der Länge nach zu Boden. Groj hastete zu ihr – ein Projektil hatte sie am Oberschenkel erwischt und den Kampfanzug durchschlagen, Blut strömte aus der Wunde.

Yeejhza streckte die Hände aus. Groj warf ihr den Karabiner zu, den sie souverän aus der Luft fischte. Dann verschwand sie mit gazellenhaften Sprüngen aus seinem Blickfeld.

Er klappte Nevadas Visier nach oben. »Sprich mit mir! Es ist bestimmt nur eine Fleischwunde … du schaffst das! Ich habe im Lazarett gearbeitet, ich weiß, wovon ich rede!«

»Es tut so scheißweh«, wimmerte Nevada. »Ich muss gleich kotzen vor Schmerz!«

Er zerrte sie unter einen Truck und schlang die Arme um sie, redete auf sie ein. Ihre Kampfmontur, eine von der intelligenten Sorte, hatte auf den Einschuss reagiert und ihr Bein über der Wunde abgebunden. Aber das half nicht gegen die allgegenwärtigen Keime. Er musste Nevada in die Krabbe bringen, oder zumindest das Mediset holen – was ihn das Leben kosten konnte, denn das Gefecht war in vollem Gange. Querschläger sirrten durch die Luft und die Schreie von Verwundeten hallten zwischen den Frachtcontainern.

Donner übertönte die Kampfgeräusche. Eine Sturmbö rüttelte an den Trucks. Das Gewitter kam rasch näher. Und Nevada verlor in Grojs Armen das Bewusstsein.

Sie waren ein gutes Team gewesen, damals, als sie tief unten im Süden operiert hatten, hinter den feindlichen Linien und völlig auf sich selbst gestellt. Zwei Supralith-Minen hatten sie mehr oder weniger im Alleingang zurückerobert, sie hatten Waffendepots der Schürfer ausgehoben und deren Infrastruktur entschlüsselt. Aber sie hatten auch die Lebensbedingungen dieser Leute kennen gelernt – harte körperliche Arbeit, miserable Unterbringung, ungenügende medizinische

Versorgung. Dazu der Druck, den das Kartell Jahrzehnte lang auf sie ausgeübt hatte.

Irgendwann hatten Groj und Nevada angefangen, einander zu misstrauen. Sich gegenseitig zu verdächtigen, mit den Schürfern zu sympathisieren. Hätte Groj nicht die offene Aussprache gesucht, wäre die Sache wahrscheinlich böse ausgegangen. Sie hatten ihre Standpunkte abgeglichen, in einem improvisierten Zelt unter den ausladenden, schlaffen Blättern uralter Löffeleichen. Und hatten festgestellt, dass sie beide die Motive der Schürfer nachvollziehen konnten, deren rücksichtslose Vorgehensweise jedoch missbilligten. Die Aussprache hatte sie einander näher gebracht und war in einer schweißtreibenden Liebesnacht gemündet. Groj erinnerte sich nur an dieses eine Mal, war sich aber sicher, dass es nicht dabei geblieben war. Die Eindrücke des Überlebenskampfes im Dschungel überlagerten fast alles andere.

Die Schießerei verebbte allmählich. Groj fühlte Nevadas rasselnden Puls, sie brauchte dringend Hilfe. Er machte sich bereit, den Weg zur Krabbe anzutreten, als Yeejhza sich unter den Truck duckte und mit einem aufmerksamen Blick die Lage sondierte. Dann machte sie zwei Soldaten aus Nevadas Trupp Platz, welche nun die Verwundete behutsam aus ihrer Deckung hervor zogen. Als Groj ins Freie kroch, stand der kleine, feuerrote Container eines Medisets bereit. Er streckte die Hand danach aus, einer der Soldaten hielt ihn zurück.

»Wir sind für die Verwundete zuständig«, erklärte er. »Und wir sind in Notfallmedizin ausgebildet.«

Es fiel Groj schwer, Nevada ihren eigenen Leuten zu überlassen, auch wenn dies völlig korrekt war. Er wandte sich Yeejhza zu, die ihm mit einem humorlosen Grinsen den Karabiner reichte.

»Du bist wahnsinnig«, sagte er.

»Ich reagiere dreizehn Mal schneller als jeder von euch«, erwiderte sie. »Sie hatten keine Chance. Und glaube mir, Groj – ich lebe gern. Jeden Tag ein bisschen mehr.« Sie deutete zum Ende des Konvois. »Komm jetzt mit, wir haben einen interessanten Fang gemacht.«

Er folgte ihr durch die Gasse zwischen den schief stehenden Trucks, vorbei an den verrenkten Körpern getöteter Banditen, zu den beiden Panzerfahrzeugen, die den Abschluss der Kolonne bildeten. Ein Soldat, der dort Wache hielt, führte sie zur Heckluke eines der Panzer. Im Inneren des Fahrzeugs saß jemand vornüber gebeugt auf dem Boden – eine blonde Frau in einem derangierten, blutbefleckten Tarnanzug, die nackten Füße mit Metallklammern gefesselt und die Hände offenbar auf den Rücken gebunden.

»Wer ist sie?«, fragte Groj.

Der Soldat präsentierte ihm einen Dolch mit geometrischen Gravuren auf dem Griff. »Den haben wir ihr abgenommen. Du weißt, was das ist?«

»Das tragen Kommandanten der Schürfer-Kampfeinheiten«, sagte Groj.

»Vermutlich hat sie den Überfall koordiniert«, sagte Yeejhza. »Es würde mich nicht wundern, wenn dies nur der Anfang war.«

»Vielleicht haben sie es auf Grande abgesehen«, meinte er. »Das Wetter bietet eine günstige Gelegenheit für einen Angriff.«

»Dann geht es ihnen um den Stützpunkt«, sagte der Soldat. »Falls es ihnen gelingt, ihn einzunehmen, wäre die wichtigste Nord-Süd-Verbindung unterbrochen.«

»Mehr als das«, sagte Groj. »Sie könnten die Versorgungswege kontrollieren und den Norden aushungern. Zumindest so lange, bis die Regulären Grande befreien.«

»Oder das, was dann noch davon übrig ist.«

»Ich werde mit ihr reden«, sagte Yeejhza.

Groj blickte sie skeptisch an. »Du willst sie verhören?«

Sie zwinkerte ihm zu. »Ich werde alles von ihr erfahren, was ich wissen will.«

»Kann es sein, dass du dich darauf freust?«

»Ich tue nur, was jetzt getan werden muss.«

Sie sprang ins Innere des Panzers und trat der Frau in die Seite.

»Hey, schau mich an! Ich will mit dir reden!«

Die Frau hob den Kopf. Breites Gesicht, hohe Wangenknochen, weit auseinander stehende Augen und eine blutige Schramme auf der Stirn.

»Warum sollte ich ausgerechnet mit dir reden, du dummes, kleines Püppchen?«

Yeejhza packte sie an den Haaren und zog ihren Kopf nach hinten. Beugte sich tief über sie und zischte: »Weil ich eine Million Arten kenne, dir weh zu tun.«

16. NACH DEM STURM IST VOR DEM STURM

Als die Schürfer-Kommandantin die ersten Schmerzensschreie aus-stieß, wandte sich Groj ab. Yeejhzas vielseitige Begabungen nahmen erschreckende Ausmaße an. Nicht, dass er sich von ihr abgestoßen ge-fühlt hätte – sie hatte den Konvoi mehr oder weniger im Alleingang zurück erobert, und die Folter hatte bis jetzt vor allem darin bestan-den, die Fußreflexzonen der Verhörten zu stimulieren. Keine Wun-den, keine gebrochenen Knochen, keine ausgeschlagenen Zähne. Eine saubere Sache, wenn man es so sehen wollte.

»Wer ist sie?«, fragte der Soldat, der an dem Panzer die Stellung ge-halten hatte. »Ich weiß, dass es mich nichts angeht, aber …«

»Die nächste Generation«, antwortete Groj. »Wir können beruhigt unseren Ruhestand antreten.«

»Meine Leute und ich wurden von sieben Banditen bewacht«, fuhr der Soldat fort. »Auf einmal war sie da, mitten zwischen uns. Es hat nicht länger als drei, höchstens fünf Sekunden gedauert, bis sie mit ihnen fertig war.«

Der Wind zerrte an Grojs Jacke, er spürte Regentropfen auf seinem Gesicht. Vom Himmel wölbten sich finstere Wolkenbäuche herab, er-füllt von unsteten Lichterscheinungen.

»Wie viele Trucks sind noch fahrbereit?«, fragte er.

»Wir checken sie gerade durch«, antwortete der Soldat. »Könnte sein, dass sie alle noch laufen. Bis auf den einen, der im Sumpf ge-landet ist.«

»Habt ihr genügend Fahrer?«

»Genug, um die Ladung nach Schwarzwind zu bringen. Bis Mor-gentau werden wir's wohl nicht schaffen. Aber das Wichtigste ist, dass wir möglichst bald von hier weg kommen.«

Groj ging zur Krabbe zurück. Blendete das Stöhnen der Verwun-deten aus, um die altruistischen Reflexe zu unterdrücken, die er sich im Lazarett angeeignet hatte. Er ignorierte den Anblick der Toten, die von den Soldaten in Leichensäcke gestopft oder zur Böschung gezerrt wurden, wenn es sich um Banditen handelte. Die ihre letzte Ruhe im Sumpf von Cloverfield finden würden. Als Nahrung für das seltsame Getier, das hier beheimatet war, oder als Brutstätte für obskure Mikroorganismen, für die weder die Wissenschaft noch der Volksmund einen Namen hatte.

Nevada lag noch an derselben Stelle, wo er sie in der Obhut ihrer zwei Kameraden zurückgelassen hatte. Ihre Montur war aufgeschnitten und ein fachgerechter Verband angelegt worden. Sie war immer noch bewusstlos. Groj sah den beiden Nothelfern trotz ihrer geschlossenen Helmvisiere ihre Niedergeschlagenheit an.

»Sieht nicht gut aus«, sagte einer der beiden. »Die Entzündung hat sofort eingesetzt und breitet sich um die Wunde herum aus.«

»Bringt sie in die Krabbe«, erwiderte Groj. »In den Mannschaftsraum. Wir werden versuchen, sie am Leben zu erhalten, und liefern sie im Hospital von Grande ab.«

»Das Militärlazarett ist besser«, sagte der andere Soldat. »Im städtischen Hospital haben sie's nicht drauf. Dort überlebt sie keinen einzigen Tag.«

»Dann eben so.«

»Wir haben noch andere Verwundete«, fuhr der Soldat fort. »Geplant ist, sie mit einem Panzer zum Lazarett zu bringen. Oder mit zweien, falls nötig.«

»Schafft sie alle in die Krabbe«, sagte Groj. »Die Eskorte ist schon ausgedünnt genug.«

Der Regen wurde stärker, kam jetzt fast waagrecht von Südosten. Schwerer Donner rumpelte über das verfinsterte Land, in der Ferne tanzten Blitze. Groj kehrte ans Ende des Konvois zurück, um sich über den aktuellen Stand des Verhörs zu informieren. Am Heck des Panzerwagens, in dem die Schürfer-Kommandantin untergebracht war, traf er auf Yeejhza, die mit dem Wachsoldaten sprach. Ihm fielen ihre blutigen Finger auf und er fühlte sich mit einem Mal unbehaglich in ihrer Gegenwart.

»Sie wollte sich die Zunge abbeißen«, erklärte Yeejhza. »Ich habe sie daran gehindert. Dann musste ich sie ruhigstellen. Aber vorher ich habe wichtige Informationen von ihr erhalten.«

Der Wind fuhr mit Vehemenz in ihr schwarzes Haar, ließ sie wie eine Hexe aussehen. Groj schmunzelte verhalten. Nein, Yeejhza war weder eine Sadistin noch eine gewalttätige Furie. Doch wenn es hart auf hart ging, handelte sie zielgerichtet und kompromisslos.

»Was hast du erfahren?«, fragte er.

»Der Angriff auf den Konvoi war ein Ablenkungsmanöver«, begann sie. »Er diente dazu, Aufregung zu stiften und vorzutäuschen, dass alles seinen gewohnten Gang geht – ein Banditenüberfall wie andere vorher. Während Schürfer-Kommandos im Verbund mit Cloverfield-Desperados auf Grande vorrücken. Kleine Spezialeinheiten haben im Umkreis von zweihundert Kilometern die Funkrelais sabotiert. Es ist unter anderem geplant, die Infrastruktur anzugreifen und die Gewächshäuser und Tierfarmen zu zerstören. Und den Militärstützpunkt einzunehmen, falls die Gegenwehr nicht zu massiv ist.«

»Die Infrastruktur,« sagte Groj. »Grande liegt am Alten Fluss – falls es ihnen gelingt, die Brücke über den Fluss zu zerstören, wird uns das lange aufhalten.«

»Wir müssen sofort los.« Yeejhza deutete ins Innere des Panzers, wo die Schürfer-Kommandantin bewegungslos auf dem Boden lag. »Und sie nehmen wir mit. Vielleicht fällt ihr noch etwas ein, das sie uns mitteilen will.«

»Wir haben bereits die Verwundeten an Bord«, erwiderte er. Und machte eine wegwerfende Geste. »Aber was soll's. Wir kriegen das hin.«

Yeejhza nickte bekräftigend. »Das werden wir. Und jetzt will ich mir die Hände waschen.«

17. GRANDE

Der Sturm wirbelte zerfetzte Vegetation über die Straße, Regen stürzte wasserfallartig aus den Wolken herab. Rötliche Blitze webten komplizierte Gespinste an den Himmel und brachten die Konturen phantastischer Wolkenformationen zum Glühen. Unter den Rädern der Bergkrabbe zersplitterten fächerförmige Korallenstauden und die abgerissenen Arme von Krakenbäumen, platzten die fleischigen Lianen von Würgepalmen. Es war für Groj nicht der erste Höllenritt dieser Art, das Risiko war ihm bewusst. Doch er vertraute seinem Instinkt und der Robustheit seines Gefährts.

»Ihr kommt zu spät«, vernahm er hinter seinem Rücken die schleppende Stimme der Schürfer-Kommandantin, die in ihren Fesseln an der Rückwand des Cockpits auf dem Boden saß. »Falls ihr es überhaupt bis Grande schafft.«

»Dich hat niemand gefragt«, entgegnete Groj, die Augen weiter auf die Straße vor ihm gerichtet.

»Primus Eins ist ein Verbrecher«, fuhr sie fort. »Ein Ausbeuter und Tyrann, eine Marionette des Kartells. Wir werden ihn vor ein Gericht zerren und er wird seine gerechte Strafe erhalten.«

»Und das Kartell wird dabei zusehen und die Hände in den Schoß legen«, sagte Groj.

»Wir machen uns keine Illusionen. Aber wir werden bis zum letzten Blutstropfen für unsere Rechte kämpfen.«

Die Scheinwerfer erfassten eine mächtige Löffeleiche, die waagrecht über der Straße trudelte. Der Sturm ließ sie an ihren riesigen, segelartigen Blättern wie eine Turbine rotieren. Groj beschleunigte die Krabbe, um unter dem Baum durchzuschlüpfen, bevor er zu Boden krachen würde. Für einen Moment sah es so aus, als würde der borstige Stamm die Krabbe frontal erwischen, doch eine Laune des Unwetters ließ sie noch einmal in die Höhe schnellen. Das schabende Geräusch ihrer Blätter, als sie über die Panzerung glitten, war im Tosen des Regens kaum zu hören.

Groj verspürte eine Berührung auf seinen Schultern.

»Gibt es ein Problem?«, fragte er.

»Zu wenige Medikamente«, sagte Yeejhza. »Vor allem mache ich mir Sorgen um Nevada.«

»Ist sie bei Bewusstsein?«

»Nein. Sie hat Fieber und die Wunde sieht von Minute zu Minute schlimmer aus.«

»Ihr vertraut zu sehr eurer künstlichen Medizin«, mischte sich die Schürfer-Kommandantin ein.

»Hast du eine bessere Idee?«, erwiderte Yeejhza scharf.

»He, Püppchen – komm her. Na los, komm schon. In meiner linken Hosentasche … die obere … da findest du ein kleines Stoffsäckchen. Hol's raus und ich sage dir, was du damit tun musst.«

Yeejhzas Hände lösten sich von Grojs Schultern. Er hörte Stoff rascheln. Was hatte die Kommandantin vor?

»Das ist Mandelmoos vom Plateau«, erklärte sie. »Getrocknet und gerieben. Das trägst du auf die Wunde auf. Es wird die Infektion zumindest vorübergehend eindämmen.«

Yeejhza schwieg. Groj vermutete, dass sie ihre obskure Informationsquelle abfragte. Dann entfernten sich ihre schnellen Schritte in Richtung Kabine.

»Warum tust du das?«, fragte er.

»Sie hat mich am Leben gelassen«, antwortete die Kommandantin. »Ich bin ihr etwas schuldig.«

»Du denkst, wir sind alle Mörder.«

»Ihr tötet unsere Leute.«

»Und ihr tötet unsere«, sagte Groj. »Wie lange soll das noch so weitergehen?«

»Das liegt an euch«, erwiderte die Kommandantin.

Damit hatte sie nicht unrecht, fand er. Doch er wollte sich nicht auf eine politische Diskussion einlassen, die unter diesen Bedingungen nirgendwohin führen würde.

Die Straße erklomm einen Damm, dessen Böschung von umgestürzten Fahrzeugen gesprenkelt war – von ihren Fahrern aufgegeben, als sie von der Wucht des Sturms überrascht worden waren. Der Alte Fluss, der sich an der Grenze zu Cloverfield bis zum Ostmeer entlang schlängelte, war in der Dunkelheit nicht zu erkennen, während die kolossale Metallkonstruktion der Brücke in ihrer spärlichen Beleuchtung plastisch aus der Nacht hervortrat. Von den Türmen und Kuppeln der Stadt wiederum waren nur vage Umrisse zu erkennen. Sicherlich hatte die Administration die Energiezufuhr aufgrund des Wetters heruntergefahren – falls die Angreifer sie nicht lahmgelegt hatten, um sich einen strategischen Vorteil zu verschaffen.

Groj steuerte die Krabbe auf die Brücke, er hatte ein ungutes Gefühl dabei. Die Brücke war auf dem breiten Fluss kilometerweit gut zu beobachten und die Krabbe bot ein günstiges Ziel. Er beschleunigte bis ans Limit. Spürte die automatischen Manöver, die den Andrang der Sturmböen ausglichen. Weiter vorne, am Übergang zum stadtseitigen Ufer, schlug ein Blitz in die Brücke ein und verwandelte ihr metallenes Skelett für Sekundenbruchteile in sein eigenes Röntgenbild.

Im Gegensatz zu den meisten anderen Ansiedlungen auf Daark war Grande eine moderne Stadt – zumindest nach den Kriterien, die zum Zeitpunkt ihrer Gründung gegolten hatten. Weite Plätze, um die sich eindrucksvolle Gebäude mit säulengestützten Vordächern gruppierten. Turmhohe Wohnsilos und kathedralenhafte Amtsgebäude wechselten mit fantasievoll gestalteten Sportarenen, verschachtelten Einkaufszentren und nüchternen Zweckbauten. Ursprünglich war Grande als künftige Hauptstadt von Daark vorgesehen gewesen, doch als die Kolonisten nähere Bekanntschaft mit den monströsen Wetterbedingungen gemacht hatten, war die Regierung in ein Bunkersystem an der gebirgigen Nordküste gezogen.

Keine Menschen in den Straßen, auch keine Soldaten oder reguläre Ordnungskräfte. Kein Licht in den Fenstern, nur hier und dort der Schein einer Straßenlaterne von der Fassade einer Häuserfront. Es waren auch keine Fahrzeuge zu sehen, was darauf schließen ließ, dass Grande sich planmäßig auf das Unwetter vorbereitet hatte und die Schürfer-Truppen noch nicht in die Stadt vorgedrungen waren.

Groj folgte der Hauptstraße quer durch die Geisterstadt nach Süden. Die Landkarte zeigte an, dass die Route zum Stützpunkt etwa zehn Kilometer außerhalb der Stadtgrenze abzweigte.

Wieder fühlte er die sanfte Berührung von Yeejzhas Händen. Es faszinierte ihn, dass es dieselben Hände waren, die mit übermenschlicher Präzision töten und foltern konnten.

»Das Mittel wirkt bereits«, sagte Yeejzha leise. »Nevada wird es bis zum Stützpunkt schaffen.«

Groj amtete erleichtert auf. »Dann bedanke dich bei unserer Gefangenen«, sagte er.

Yeejzha wandte sich zur der Schürfer-Kommandantin um.

»Danke. Falls sie durchkommt, wird sie erfahren, wer sie gerettet hat.«

»Vor oder nach meiner Hinrichtung?«

»Willst du diesen Krieg wirklich?«, fragte Groj. »Bist du bereit, weiterhin dein Leben zu opfern für eine Sache, die keine Aussicht auf Erfolg hat?«

»Was bleibt mir anderes übrig?«, erwiderte die Kommandantin.

»Eines Tages wird es Menschen brauchen, die in der Lage sind, ihren Standpunkt infrage zu stellen. Menschen, die bereit sind, zu verhandeln.«

»Ich kann nicht verhandeln.« Die Stimme der Kommandantin hatte einen trotzigen Tonfall angenommen. »Ich kann nur kämpfen.«

»Aber nicht besonders gut«, sagte Yeejhza. »Sonst wärst du jetzt nicht hier.«

»Auf was läuft das hinaus?«

»Sie werden dich nicht hinrichten«, sagte Groj. »Sie werden dich in ein dunkles Loch stecken, wo du ausreichend Zeit zum Nachdenken haben wirst. Es ist kein Verrat an deinen Leuten, wenn du die Dinge siehst, wie sie sind.«

Die Sensoren schlugen Alarm. Groj bremste ab, sondierte die Bildschirme. Ein Quadrokopter hing über der Krabbe in der aufgepeitschten Luft. Das einzige Fluggerät auf Daark, das den Unwettern bis zu einem gewissen Grad zu trotzen vermochte.

Eine blecherne, unverständliche Lausprecherstimme durchdrang das Getöse von Regen und Donner. Groj aktivierte die Außenmikrofone.

»... die Streitkräfte des Bezirks Löwenberge. Haltet an und identifiziert euch. Hier sind die Streitkräfte des Bezirks ...«

Er schaltete die Mikrofone ab und stoppte die Krabbe. Der Quadrokopter senkte sich etwa dreißig Meter entfernt auf die Straße herab und kam ruckelnd auf seinen Teleskopbeinen zum Stehen, vergoss weißes Licht auf dem überfluteten Straßenbelag.

»Du übernimmst«, sagte Groj zu Yeejhza. »Und Finger weg von den Waffen. Das da draußen sind die Guten.«

Sie verkniff das Gesicht, als hielte sie eine sarkastische Erwiderung zurück, und nahm im Fahrersitz Platz.

Groj machte seine Jacke zu und ging zum Ausstiegsluk. Die Schürfer-Kommandantin bedachte ihn aus ihrer Ecke heraus mit einem Blick, der sich nicht zwischen Verachtung, Furcht und Respekt entscheiden wollte.

18. ÜBERGABE

Die Rampe des Quadrokopters war bereits ausgefahren, als Groj aus dem Luk stieg. Der Sturm zerrte an ihm, als wollte er ihn von der Leiter reißen und sonstwohin schleudern. Auch die vier Soldaten, die nun, geduckt und ihre schweren Waffen im Anschlag, die Rampe herunterkamen, hatten Probleme mit dem Gleichgewicht – zumal der flache Rumpf der Kopters unter den heftigen Böen immer wieder ins Wanken geriet.

Die Soldaten trugen die Kampfmonturen der Regulären, ihre Helmvisiere waren geschlossen und die Leuchtanzeigen ihrer Waffen signalisierten Feuerbereitschaft. Groj hatte den Karabiner bewusst im Cockpit gelassen. Die Arme weit ausgestreckt und gegen den Sturm ankämpfend, ging er auf die Soldaten zu, bis einer von ihnen ein Handzeichen gab und der kleine Trupp stehen blieb. Auch Groj verharrte auf der Stelle, wankend wie ein Betrunkener.

»Zarathustra sieben-Strich-einundzwanzig!«, brüllte er gegen das Brausen der entfesselten Luft an. »Verdeckte Operation. Wir kommen von Port Kopernikus und sind auf dem Weg nach Süden.«

Sein Gegenüber deutete auf Grojs Handgelenk. Groj nahm das Armbandkom ab und reichte es ihm. Der Soldat prüfte die Personalisierungsdaten und nickte, gab Groj das Gadget zurück.

»Seid ihr dem Konvoi nach Schwarzwind begegnet, Terval Grojin'nan?«

»Er wurde von Cloverfield-Banditen gekapert«, berichtete Groj mit erhobener Stimme. »Euren Jet haben sie in die Irre geleitet, um euch glauben zu lassen, es würde sich um einen der üblichen schlecht organisierten Raubzüge handeln. Wir haben den Konvoi zurückerobert und die Verwundeten aufgenommen, um sie zum Stützpunkt zu bringen.«

»Verdammter Mist!«

Der Soldat schob sein Visier nach oben und präsentierte ein junges Gesicht mit mandelförmigen Augen und einem exzentrisch zurechtgeschnittenen schwarzen Bart.

»Wir übernehmen den weiteren Transport«, fuhr er fort. »Die Straße zum Stützpunkt ist nicht sicher. Wir haben feindliche Bewegungen im Umland von Grande entdeckt.«

»Darauf wollte ich als nächstes kommen«, sagte Groj, während eine Wolke aus ineinander verheddertem Geäst und zerfetztem Blattwerk über die Rampe des Quadrokopters fegte. »Wir konnten eine Schürfer-Kommandantin festnehmen und verhören. Der Angriff auf Grande kann jeden Moment beginnen.«

Der Soldat nickte grimmig. »Wir haben vorsorglich die Bevölkerung in die Bunker geschickt. Als in unserem Bezirk die gesamte Kommunikation ausgefallen ist, war uns klar, dass das nicht nur am Wetter liegen kann.«

Groj führte das Kom an die Lippen und schirmte es mit der Hand ab. »Yeejhza, hörst du mich? Sie übernehmen die Verwundeten, fahr schon mal die Laderampe aus. Ich kümmere mich um die Kommandantin.«

Der Sturm ließ etwas nach, dafür regnete es nun umso stärker. Groj führte die Soldaten – verstärkt um zwei weitere, die aus dem Quadrokopter zu der kleinen Gruppe gestoßen waren – zum Heck der Krabbe. Sie schlüpften in Zweierteams durch das Sicherheitsschott, das sich immer nur für wenige Sekunden öffnete, um sofort wieder das Wetter auszusperren. Sobald sie mit einer Bahre ins Freie zurückkehrten und sie im Laufschritt zu ihrem Kopter brachten, stieg das nächste Duo ein.

Nach wenigen Minuten war die Mannschaftskabine der Krabbe geräumt. Groj ging nach vorn ins Cockpit, packte die Schürfer-Kommandantin am Arm und zog sie auf die Beine. Sie machte ein Gesicht, als überlegte sie, ihn anzuspucken, gab dann jedoch lediglich ein Seufzen von sich.

»Na gut, gehen wir«, knurrte sie.

Er brachte sie zur Laderampe, wo zwei Soldaten sie in Empfang nahmen. »Ich habe ihr in Aussicht gestellt, dass ihr die Hinrichtung erspart bleibt«, sagte er. »Sie hat bis jetzt kooperiert und könnte auch weiterhin von Nutzen sein.«

»Wir geben das weiter«, erwiderte einer der Soldaten.

Die Kommandantin blickte kurz über die Schulter zurück, als sie, auf beiden Seiten an den gefesselten Armen gepackt, zum Quadrokopter geführt wurde. Groj überlegte, ob es humaner gewesen wäre, sie irgendwo auszusetzen, damit sie sich zu ihren Leuten durchschlagen und sie von dem Angriff abbringen konnte. Doch wahrscheinlich wäre sie in dem Sturm, spätestens jedoch bei einem anderen Einsatz umgekommen. Außerdem hatte sie den Angriff auf den Konvoi geleitet und damit Tote und Verwundete auf beiden Seiten zu verantworten. Es wäre falsch gewesen, sich vor ihrer Überzeugung zu verbeugen und sie ungeschoren davonkommen zu lassen.

Früher hatte er nur selten moralische Überlegungen angestellt, erinnerte er sich. Die Arbeit im Lazarett hatte ihn verändert, hatte unwiderruflich ihre Spuren hinterlassen.

Groj stieg die Rampe hinauf und das Sicherheitsschott schloss sich hinter ihm. Er fand im weitgehend geplünderten Mediset eine letzte Schutzmaske und verteilte ein hoch wirksames Desinfektionsspray in der Kabine.

Ein leichter Ruck ging durch die Bergkrabbe, als Yeejhza behutsam losfuhr. Groj ging zu ihr ins Cockpit und spähte durch den Fensterschlitz nach draußen. Der Kopter, lediglich an seinen Scheinwerfern in der Regenflut auszumachen, hob gerade von der Straße ab, ging in eine Schräglage und verschwand in der wütenden Dunkelheit.

»Du riechst, als wärst du in einen Brunnen gefallen«, kommentierte Yeejhza Grojs durchnässten Zustand.

»Ich wette, du hast noch nie einen Brunnen gesehen«, entgegnete er.

»Ich weiß alles über Brunnen.« Sie richtete ihre großen, dunklen Augen auf ihn. »Wir waren verdammt gut heute.«

»Du warst gut. Beängstigend gut.«

»Hast du jetzt Angst vor mir?«

»Nur ein kleines Bisschen«, antwortete er.

Yeejhza senkte ihren Blick. »Ich fände es schade, wenn du Angst vor mir hättest. Ich will, dass du mir vertraust.«

»Dann lass uns daran arbeiten.«

Zurück in der Kabine, schlüpfte er aus seinen durchnässten Klamotten und stopfte sie in den Reinigungsroboter. Betrat die winzige Nasszelle und gönnte sich eine heiße Dusche, ließ sich von den Trockendüsen verwöhnen. Danach fühlte er sich auf angenehme Art hundemüde, aber dies war kein guter Zeitpunkt, an Schlaf zu denken. Zwar würde Yeejhza auch ohne ihn zurechtkommen, solange es nur darum ging, die Krabbe durch das Unwetter zu steuern. Doch er konnte ihre taktischen Fähigkeiten nicht wirklich einschätzen – und irgendwo da draußen in der Wildnis von Löwenberge waren entschlossene Kampftrupps von Banditen und Schürfern unterwegs, von denen unvorhersehbare Aktionen zu erwarten waren.

Er kramte seine Reservekleidung aus dem Spind und legte sie an. Die Krabbe vollführte mehrere ruppige Bocksprünge, als sie eine Reihe von Hindernissen überrollte. Mit einer Hand an die Wand gestützt, kehrte Groj ins Cockpit zurück und setzte sich zu Yeejhza.

»Warum ausgerechnet Grünhausen?«, fragte er. »Was will deine Schwester dort?«

»Vermutlich hat es mit dem Bergwerk zu tun«, antwortete sie. »Es ist eine der ersten Supralith-Minen, die Schächte wurden waagrecht ins Große Plateau getrieben. Lange bevor an anderen Stellen im Tagebau geschürft wurde.«

»Du meinst, sie sucht dort nach etwas Bestimmtem?«

»Was immer es ist – es ist ihr wichtiger als alles andere.«

»Wichtiger als du?«, erwiderte Groj.

»Wichtiger als ich«, sagte sie. »Aldinjha tickt rein rational, während ich der emotionale Teil von uns bin. Daher hat sie auch den besseren Zugriff auf den Datenstrom. Ich dagegen vertraue mehr auf Empathie und Intuition.«

»Sind nicht genau das die Voraussetzungen für eine spirituelle Verbindung zum Universum?«

»Es ist nichts Spirituelles«, widersprach sie. »Es geht um Informationen. Nackte, unbestechliche Informationen. Nur darum geht es.«

»Was hast du sonst noch über das Bergwerk erfahren?«, fragte er.

»Nicht viel. Manchmal kommt es mir so vor, als würden bestimmte Informationen abgeblockt. Aber das ist nur ein Gefühl. Ich arbeite noch an der richtigen Vorgehensweise.«

Er lehnte sich tief im Sitz zurück und spürte Müdigkeit an sich heraufkriechen. Das monotone Prasseln des Regens und das Schaukeln der Krabbe taten ihr Übriges, um ihn schläfrig werden zu lassen.

»Vielleicht ist es nicht gut, dass sie findet, was sie finden will«, sagte er. »Und sie sollte besser daran gehindert werden.«

Yeejhza atmete geräuschvoll ein und wieder aus. »Daran habe ich auch schon gedacht. Doch wenn jemand sie daran hindern kann, dann ich.«

19. APHRODISIERT

Groj spürte Sonne auf seinem Gesicht und wachte hinter dem Steuer auf. Widerstrebend kehrte er aus ungewöhnlich tiefem, schwerem Schlaf in die Gegenwart zurück. Die Krabbe ruhte, das Luk war geöffnet und ließ frische, warme Luft ein. Wahrscheinlich unternahm Yeejhza eine Exkursion in die nähere Umgebung.

Sein rechter Oberarm juckte. Eine kleine Stelle am Bizeps, zwei Handbreit unter der Schulter. Keine Rötung oder Schwellung, nur dieses lästige Jucken tief drinnen. Er kratzte sich träge, dabei beugte er sich vor und studierte die Karte. Sie befanden sich in den Sonnenhügeln, im südlichen Teil des Bezirks Löwenberge. Eine Region, die trotz ihrer Nähe zum Großen Plateau vergleichsweise selten von Unwettern heimgesucht wurde.

Vor Jahren, erinnerte er sich, hatte sich eine Gruppe unverbesserlicher Optimisten in dieser Gegend an Weinanbau versucht und war an der Gefräßigkeit der Krähenschaben gescheitert – einer Spezies daumengroßer, geflügelter Monster mit Schnäbeln, die an mittelalterliche Pestmasken erinnerten. Immun gegen Toxine jeglicher Art, hatten sie den Rebstöcken aufs Heftigste zugesetzt, ehe das ehrgeizige Projekt unter einem für die Region untypischen Steinregen der mittleren Größenordnung endgültig begraben worden war.

Groj ging zum Luk und betrachtete die idyllischen, dicht bewaldeten Hügel ringsum. Der Anblick erinnerte ihn an Bilder von der Erde, die er auf der Mercurius gesehen hatte. Nordkalifornien, Toskana, Haute Provence … die Namen hatte er sich genussvoll auf der Zunge zergehen lassen. Und hoch darüber die Sonne. Ihr offizieller Name lautete Stellares Objekt 4128-C, doch für die Bewohner von Daark war es einfach nur »die Sonne«. Auch zwei der insgesamt sieben Monde waren sichtbar: blasse, sichelförmige Objekte, die weit draußen im All auf komplizierten Bahnen um ihren Mutterplaneten kreisten.

Er kletterte die Leiter hinunter. Die Krabbe war in einer Ausbuchtung der Straße abgestellt, die sich in schwungvollen Kurven um die Hügel schmiegte. Auf der anderen Straßenseite fiel das Gelände steil ab und bildete eine Schlucht, an deren Grund sich ein türkisfarbiger Bach zwischen weißen Felsen hindurch schlängelte. In einer der zahlreichen, terrassenförmig angeordneten Gumpen entdeckte Groj eine zierliche Gestalt, die wie ein Delfin aus dem Wasser hervorschnellte, um mit einem hellen Auflachen, das von den Hängen der Schlucht widerhallte, wieder darin einzutauchen.

Das war Yeejhza – so nackt, als wäre sie gerade dem Nährstofftank des Genlabors entstiegen, in dem man sie erschaffen hatte. Und ganz offensichtlich rundum glücklich.

Groj versuchte, das Bild der vergnügt herumtobenden Nixe mit der Kämpferin in Einklang zu bringen, die vor wenigen Stunden an die zwei dutzend Cloverfield-Banditen kaltblütig zur Strecke gebracht und die Schürfer-Kommandantin auf raffinierte Weise verhört hatte. Yeejhza war nicht mit menschlichen Maßstäben zu messen, auch wenn sie sich vielleicht danach sehnte. Doch was war sie wirklich? Eine akribisch konstruierte Psychopathin, die zum Schein mit ihrer Identität als künstliches Lebewesen haderte, um sein Vertrauen zu gewinnen?

Er würde voraussichtlich noch eine ganze Weile mit ihr verbringen, in weit abgeschiedenen Landstrichen und unter schwierigen, teils lebensbedrohlichen Bedingungen. Doch vielleicht gab es einen Weg, sich Gewissheit über ihr Wesen zu verschaffen. Auch wenn es vielleicht mit einem Risiko verbunden war, das er nicht einschätzen konnte. Andererseits hatte Yeejhza es ihm überlassen, ob und wann er die graue Kapsel schluckte. Und vielleicht war dies genau der richtige Zeitpunkt dafür.

Groj kehrte in die Krabbe zurück und holte seine Wäsche aus dem Reinigungsroboter. Der kleine Metallzylinder steckte noch in seiner Jacke. Er öffnete ihn, ließ die Kapsel auf seine Handfläche rollen und schloss die Faust darum. Laut Yeejhzas Aussage war bisher noch niemand auf diese Weise mit dem Datenstrom in Verbindung getreten. Doch es war nicht allein der Zugang zu ihrer Informationsquelle, der ihn reizte. Der Kontakt würde über Yeejhza stattfinden, und davon erhoffte er sich Einsichten in ihr Innenleben. Er wollte sie verstehen lernen, auch wenn ihm nicht wirklich bewusst war, warum. Sie faszinierte ihn, sie beeindruckte ihn, und er fühlte sich körperlich von ihr angezogen. Aber da gab es noch etwas anderes – eine unterschwellige Affinität, die er sich nicht erklären konnte. Ein Gefühl, als würde man sich selbst in einer anderen Person erkennen, ohne genau zu wissen, was man erkennt.

Er nahm die Kapsel in den Mund, um sie nach kurzem Zögern runterzuschlucken. Natürlich passierte erst einmal gar nichts. Das hatte er zwar erwartet, doch ein wenig enttäuscht war er schon.

Groj legte sich auf sein Bett und horchte in sich hinein. Ein Nanogitter, hatte Yeejhza gesagt. Das sich mit seinem Nervensystem verbinden würde. Bestimmt dauerte das eine Weile.

Yeejhza kam in die Kabine, immer noch völlig nackt und ihre Haut, die nun wieder eine gesunde Bräune angenommen hatte, von feinen Wassertropfen bedeckt.

»Ich habe dich unten in dem Bach gesehen«, sagte er. »Du hast dich anscheinend sehr wohl gefühlt.«

»Ja, es war wirklich schön.«

Sie setzte sich neben ihn, legte ein Bein quer übers andere und zog einen Dorn aus ihrer rosigen Fußsohle. Für einen Moment war eine kleine Wunde zu sehen, ehe sich die Haut nahtlos darüber schloss.

Er richtete sich vorsichtig auf, ihre unverhüllte Nähe brachte ihn in Verlegenheit. Was er ungewöhnlich fand, denn mit Nacktheit und körperlicher Intimität hatte er noch nie Probleme gehabt.

»Ich werde jetzt versuchen, den Frühwarndienst abzuhören.«

»Habe ich bereits.« Yeejhza legte ihre Hand auf seine Brust und drückte ihn sanft auf die Matratze zurück. »Als du noch schliefst. Der Angriff auf Grande wurde abgewehrt, im Moment wird das Funknetz wieder hergestellt. Nichts Relevantes sonst.«

Sie beugte sich über ihn, sah ihm fest in die Augen. Von ihren nassen Haaren tropfte Wasser auf sein Gesicht.

»Du hast es genommen.«

Er nickte vorsichtig, kam sich ertappt vor.

»Spürst du schon eine Veränderung?«, fragte sie. »Aber nein, das wäre viel zu früh. Es wird noch einige Tage dauern, bis …« Sie zog die Nase kraus. »Groj – was ist los mit dir?«

Er hatte eine Erektion bekommen, die seiner Hose eine unmissverständliche Ausbeulung verlieh. Mist, dachte er, ich habe mir ein verdammtes Aphrodisiakum verpasst!

»Das hat mit dir nichts zu tun«, sagte er.

»Dann funktioniert es also bereits«, stellte sie fest. »Zumindest auf der vegetativen Ebene.«

»Von der vegetativen Ebene war keine Rede!«, fuhr er auf. »Du hast mich hereingelegt. Wie lässt sich der Effekt rückgängig machen?«

»Erinnere dich, Groj«, erwiderte Yeejhza ruhig. »Ich habe dir gesagt, das Nanogitter würde über mich eine Verbindung zum Strom herstellen. Aber das ist nicht der Grund, warum du die Kapsel geschluckt hast.«

Sie hat mich durchschaut, dachte er und nickte kaum merklich.

»Du hast mich bei meinem Bad beobachtet«, fuhr sie fort. »Das hat bei dir den Wunsch ausgelöst, mir körperlich nah zu sein.«

Wieder nickte er. »Ich fühle mich von dir angezogen. Mehr, als ich es mir eingestehen wollte.«

»Was ist so schlimm daran?«

»Dass ich deswegen die Kontrolle abgegeben habe. An irgendein Ding, das sich nun in meinem Nervensystem ausbreitet.«

»Dieses Ding wird uns noch von großem Nutzen sein«, widersprach sie leise. »Du wirst lernen, damit umzugehen. Und noch etwas. Es sind nicht deine eigenen Empfindungen, die deine Erregung ausgelöst haben. Es sind meine! Das Bad in dem wilden, klaren Wasser hat mich stimuliert. Es war eine aufregende, sinnliche Erfahrung, und ich habe mich von ihr mitreißen lassen.«

Groj blickte sie zögernd an. »Du irrst dich. Es sind auch meine Empfindungen.«

Yeejhza kniff die Augen zusammen. »Bist du dir sicher?«

Beinahe hätte er gelacht. »Ich kaufe dir diese Tour nicht länger ab. Du kannst alles, weißt alles – und jetzt spielst du die Ahnungslose.«

Sie wich ein Stück vor ihm zurück. »Ich spiele gar nichts. Ich halte mich nur an unsere Vereinbarung.«

»Dass wir eine reine Arbeitsbeziehung führen?« Nun lachte er doch und setzte sich schwungvoll auf. »Daran glaubst du doch selbst nicht mehr.«

»Erkläre mir das«, sagte sie.

»Ich werd's versuchen.«

Dann nahm er ihr Gesicht in seine Hände und küsste sie mit all seiner maskulinen Entschlossenheit.

20. NACHSPIEL

Yeejhza lag halb auf ihm, die enge Koje ließ es nicht anders zu, und atmete leise an seinem Ohr. Er streichelte mit langsamen, einfühlsamen Bewegungen ihre Schultern, ihren Rücken und ihre schmalen Hüften. Und fragte sich, ob er damit nur Yeejhzas Wünsche ausführte oder ob er es aus einem eigenen Bedürfnis heraus tat. Wahrscheinlich lief beides auf das Gleiche hinaus. So musste sich perfekter Sex wohl anfühlen – dabei hatte er gedacht, diese Phase schon lange hinter sich gelassen zu haben. Einem Ideal nachzujagen war ein Privileg der Jugend. Als Erwachsener hatte man zu nehmen, was auf einen zukam.

Doch nun war Yeejhza auf ihn zugekommen. Und er hatte mit ihr den besten Sex seines Lebens gehabt. Auch wenn er sich unter dem Eindruck ihres kraftvollen, biegsamen Körpers, ihrer unbeschwerten Experimentierfreudigkeit und ihrer spontanen Lachanfälle manchmal wie ein eingerosteter Veteran gefühlt hatte.

»Du bist enttäuscht«, murmelte sie und ließ ihre Fingernägel über seine Brust schaben.

»Ich bin verwirrt«, entgegnete er. »Waren das wir beide? Oder war es die Kapsel, die ich geschluckt habe?«

»Dir wäre es lieber, es läge an der Kapsel.«

»Das wäre mir wirklich lieber. Weil ich dich vom ersten Moment an begehrt habe. Ich wollte es mir nur nicht eingestehen.«

»Aus Prinzip?«, fragte sie.

»Ja, auch das. Aber vor allem deshalb, weil es zu einfach gewesen wäre.«

»Was ist falsch an *einfach*?«

Er blickte an die niedrige Kabinendecke und suchte nach den richtigen Worten. »Ich stehe bei Port Kopernikus im Regen und warte auf Person X, mit der ich voraussichtlich viele Tage und Nächte in der Krabbe verbringen werde. Diese Person X könnte irgendjemand sein. Mann, Frau, jung, alt, freundlich oder schlimmstenfalls ziemlich dämlich … dann stehst plötzlich du vor mir. «

Yeejhza runzelte die Stirn. »Und?«

»Es wäre zu einfach gewesen, weil man dich schlichtweg begehren muss.«

Sie winkelte den Arm an und stützte den Kopf auf ihre Hand, wirkte auf einmal nachdenklich. »Kannst du dir vorstellen, dass die perfekte

Geliebte genauso zu meiner Ausstattung gehört wie die Kämpferin, die es mit einer Übermacht aufnimmt?«

»Falls es so wäre – warum siehst du es nicht als Geschenk?«

»Weil es kein Geschenk wäre«, entgegnete sie. »Ich bin zu einem bestimmten Zweck erschaffen worden. Dass ich meinen Schöpfern entkommen bin, ändert nichts daran, dass ich immer noch ihr Instrument bin.«

»Eine Waffe«, sagte Groj.

»Ja, eine Waffe. Ist es das, was du in mir siehst?«

»Ich bin auch eine Waffe«, erwiderte er. »Zumindest in den Augen derer, die mich auf diesen Job angesetzt haben. Auf diesen, und auf andere.«

»Aber wir sind mehr als das, oder?«

»Ganz bestimmt sind wir das.«

Yeejhza strich mit den Fingerspitzen über sein halb erschlafftes Glied. »Du hast sehr schnell auf die Kapsel angesprochen. Hast du eine Ahnung, warum?«

Groj blinzelte irritiert. »Weshalb fragst du?«

»Weil es nicht so schnell gehen sollte. Erst recht nicht auf dieser Ebene.«

»Wir haben anscheinend eine gute Chemie.«

»Da ist noch etwas anderes, und das weißt du.«

»Ich habe keine Ahnung, worauf du hinaus willst.«

»Auf gar nichts.« Yeejhza seufzte gepresst. »Vielleicht hast du recht und wir haben wirklich eine … wie hast du es genannt? *Eine gute Chemie.*«

»Wir sollten jetzt weiterfahren«, sagte er. »Der schwierigste Teil liegt noch vor uns.«

»Ich weiß.« Sie kletterte über ihn hinweg und stieg aus der Koje. »Stört es dich, wenn ich jetzt nicht dusche? Ich weiß, dass ihr immer duschen geht nach der Vereinigung.«

»Ganz sicher nicht auf Daark.«

»Dann ist ja alles gut. Weil ich diesen ganz bestimmten Geruch noch länger an mir haben möchte.«

Er sah ihr dabei zu, wie sie in ihre Montur schlüpfte. Was würde sich von nun an zwischen ihnen verändern? Romantische Anwandlungen waren ihm seit jeher fremd, doch woher kam auf einmal dieses Gefühl, dass Yeejhza, auf welche Weise auch immer, zu seinem Leben gehörte? War dies eine Nebenwirkung der grauen Kapsel – und hatte er nicht selbst gerade von einer guten Chemie gesprochen?

Yeejhza verließ die Kabine, ohne sich umzublicken. Er wäre in diesem Moment damit zurecht gekommen, wenn sie mit ihm einfach nur eine weitere dieser Erfahrungen gesammelt hätte, von denen sie sich so viel versprach. Doch er ahnte, dass es nicht dabei bleiben würde.

21. DIE BRÜCKE

Anders, als es der Name suggerierte, handelte es sich bei den Sonnenhügeln um ein stattliches Mittelgebirge, das sich hoch über die Ebenen des Nordens aufschwang. Von nun an würde es stetig weiter bergauf gehen, dem Großen Plateau entgegen.

Die Krabbe passierte kleine, verschlafene Ortschaften, die zwar intakt, aber auch ausgestorben wirkten – die meisten Bewohner waren in unterirdischen Gewächshäusern zugange, in denen, begünstigt durch die Bodenbeschaffenheit des Berglands, diverse terrestrische Pflanzensorten gezogen wurden.

Groj döste in seinem Sitz vor sich hin, lauschte mit einem Ohr den Durchsagen des Frühwarndienstes. Laut derer sich von Osten eine Sturmfront auf Löwenberge zu bewegte, während ein Mega-Tornado im Südwesten mit Seetang und allerhand Getier aus dem Ozean um sich schleuderte. Des weiteren waren mehrere Orte im Bezirk Regenbogen zu Sperrzonen erklärt worden, nachdem es zu explosionsartigen Ausbrüchen von Leichenfieber gekommen war.

Wobei es sich bei der Bezeichnung Leichenfieber um einen Sammelbegriff für eine Vielzahl von Infekten handelte, die alles andere als gründlich erforscht waren. Aggressiv waren sie alle, was Groj daran erinnerte, dass er nach seiner Bruchlandung im Dschungel von Regenbogen binnen zwei, höchstens drei Tagen hätte sterben müssen. Sieben Tage später hatte er sich erschöpft, ansonsten jedoch bei guter Gesundheit, zu einem Posten an der Grenze zum Schürfer-Territorium durchgeschlagen, von dem aus er mit einem Quadrokopter zum Lazarett in Paramount gebracht worden war.

Er verließ sich nicht zu hundert Prozent darauf, dass er immun war gegen die heimischen Mikroorganismen. Aber er dachte kaum mehr darüber nach. Immerhin teilte er diese Immunität mit Yeejhza, auch wenn es bei ihr ein Aspekt eines übergeordneten Konzepts war, bei ihm hingegen eine biologische Abnormalität.

Seine Gedanken wanderten weiter zu Nori, Ondra und all den anderen, mit denen er im Lazarett zusammengearbeitet hatte. Es war eine gute Zeit gewesen, und doch hatte er ihnen den Rücken gekehrt und war, einer höheren Weisung folgend, bei Nacht und Regen in sein altes Soldatenleben zurück geschlüpft. Ein moralischer Reflex gebot ihm, sich ihnen wieder anzuschließen, sobald die Mission beendet war. Aber sobald er versuchte, sein zukünftiges Ich in die Gemeinschaft des Lazaretts hinein zu projizieren, verspürte er keinerlei Resonanz. Als wäre dieser Weg für ihn versperrt.

»Du wirkst gelangweilt«, sagte Yeejhza. »Möchtest du mich ablösen?«

»Mir geht's gut«, brummte er. »Aber wenn du unbedingt willst …«

»Dann werde ich jetzt ein Update machen.«

»Mit deiner Krücke.«

Sie nickte. »Mit meiner Krücke. Zu deiner Beruhigung: Ich werde nicht wieder bis an meine Grenzen gehen.«

Yeejhza aktivierte den Autopilot und richtete sich auf. Strich mit der Hand über Grojs Schulter und ging nach hinten in die Kabine, eine schlichte Melodie vor sich hin summend.

Groj zog die Steuerung herüber und übernahm die Kontrolle über die Bergkrabbe. Aus den Tälern war Nebel aufgestiegen, dem die untergehende Sonne einen aprikosenfarbenen Schimmer verlieh. Weit im Osten schob sich eine dunkle Wolkenwand über die Berge. Sie reichte bis in die oberen Schichten der Atmosphäre, schon bald würde es wieder ein verheerendes Unwetter geben.

Die Straße führte in einer großzügigen Kurve um eine zerklüftete Felsformation herum und neigte sich dann sanft abwärts, zu beiden

Seiten dicht gesäumt von Krakenbäumen, Löffeleichen und Schiller-farnen, halb in bläulichem Dunst verborgen. Die unbeholfenen Be-zeichnungen, oftmals abgeleitet von zumeist vagen Ähnlichkeiten mit terrestrischen Pflanzen, unterstrichen in Grojs Augen die Tatsache, dass die Siedler nie wirklich auf Daark angekommen waren. Es war von Anfang an nur um das Supralith gegangen. Jetzt wurde ihnen die Rechnung präsentiert dafür, dass sie sich nie die Mühe gemacht hat-ten, den Planeten zu verstehen.

Eine Staffel Kampfjets jagte mit fauchenden Triebwerken über den Wald hinweg. Frühwarn hatte dazu keinen Hinweis gegeben – ein Übungsflug? Oder wurden die günstigen Wetterbedingungen dafür genutzt, um aus der Luft Schürfer-Trupps aufzuspüren, die sich nach dem misslungenen Angriff auf Grande in Richtung Süden zurück-zogen?

Er entdeckte die blinkenden Warnlichter einer Absperrung in der Dämmerung, davor die Konturen einer Zugmaschine und zweier wei-terer ziviler Schwerfahrzeuge. Groj bremste ab, brachte die Krabbe auf der abfallenden Straße zum Stehen. Er sah nach Yeejhza, die im Schneidersitz konzentriert vor ihrem bläulich leuchtenden Trainings-gerät kauerte. Eigentlich hätte sie vom Cockpit aus die Übersicht be-halten sollen, während er sich draußen mit der neuen Situation ver-traut machte. Doch er glaubte, dass sie sich der Lage durchaus bewusst war und jederzeit einschreiten konnte.

Den Karabiner umgehängt, kletterte er zur Straße hinunter und ging auf die Fahrzeuge zu. Er traf auf eine Gruppe von drei Männern und zwei Frauen in unförmiger, robuster Kleidung, wie sie für die Fernfahrergilde typisch war. Sie rauchten Zigaretten aus einem ein-heimischen Kraut, das ein bisschen high machte und herben Brand-geruch verbreitete.

»Was ist passiert?«, fragte Groj und deutete auf die Absperrung, ein paar dutzend Meter die Straße hinunter. »Ein Unfall?«

Sie musterten ihn reserviert. Ein großer, bulliger Kerl mit kahlem Schädel und gepiercten Ohren bot ihm eine Zigarette an. Groj nahm sie und ließ sich Feuer geben, er wollte nicht als Spielverderber dastehen.

»Die Brücke über den Kammbach«, sagte der Bullige. »Völlig zer-trümmert. Eine Reparaturmannschaft ist schon eingeflogen, um ein Provisorium zu bauen. Sieht aber nicht so aus, als würden sie's vor dem nächsten Scheißwetter hinkriegen.«

»Zertrümmert?«, hakte Groj nach. »Eine Bombe vielleicht?«

»Keine Bombe«, erwiderte eine der beiden Frauen, eine dünne Rothaarige mit Verbrennungsnarben auf Gesicht und Händen. »Ich war mit meinem Truck als Erste da unten. Klingt vielleicht blöd, wenn ich das sage – aber es hat ausgesehen, als wäre da jemand einfach durchgelatscht.«

»Eine Kreatur?«

»Die müsste so groß gewesen sein, dass sie's unmöglich von Süden heraufgeschafft hat, ohne gesehen zu werden.«

»Es sei denn, sie benutzen die Schluchten und Flusstäler«, meinte ein anderer Trucker.

»Wir hatten einen Kontakt nördlich von Schwarzwind«, sagte Groj. »Auch ein ziemlich großes Biest. Im Dschungel schwer zu finden, wenn es nicht gerade eine frische Schneise hinterlassen hat. Aber im Flachland von Cloverfield wäre es ein richtiger Hingucker.«

»Im Süden ist es am schlimmsten«, sagte die andere Frau und atmete eine dichte Rauchwolke aus. »Ich hab Aufnahmen gesehen von einem Vieh, so groß wie ein Flugzeughangar. Da war es schon in Stücke geschossen, und es hat sich immer noch bewegt.«

»Im Süden können sich die Viecher von mir aus gern austoben«, meinte ein anderer Trucker. »Verdammtes Schürfer-Pack!«

Der Kahlköpfige deutete zur Krabbe hinüber. »So 'nen Brummer sieht man hier selten. Militär?«

Groj warf seine Zigarette auf den Boden und trat sie aus. »Trage ich eine Uniform?«

»Verdeckte Operation?«

»Wissenschaftliche Exkursion.«

»Ah, verstehe. Und wo soll es hingehen?«

»Erfahren wir noch.«

»Also doch ein Geheimauftrag.«

»So geheim nun auch wieder nicht.«

Der Kahlköpfige schmunzelte. »Ihr Regierungs-Heinis habt es echt nicht drauf. Sogar wenn ihr nichts sagt, sagt ihr 'ne ganze Menge.«

Aus der Schlucht näherte sich mit leise schnurrendem Motor ein kleines, offenes Fahrzeug und hielt vor der Absperrung an. Zwei Männer in Arbeitsmonturen, voluminöse Schutzhelme auf den Köpfen, stiegen aus. Sie kamen auf die Gruppe zu und blickten zerknirscht in die Runde.

»Das kriegen wir heute Nacht nicht mehr hin«, erklärte einer von ihnen. »In spätestens einer halben Stunde wird der Sturm da sein. Die Maschine, die uns abholen wird, ist schon unterwegs.«

»Kennt jemand ein gemütliches Hotel in der Umgebung?«, fragte einer der Männer. Der Witz ging ins Leere, niemand lachte.

»Hier seid ihr relativ gut geschützt«, fuhr der Mann mit dem Helm fort. »Stellt eure Fuhrwerke nicht gerade unter einem morschen Baum ab, igelt euch ein und spielt Karten, ihr kennt das ja. Sobald das Wetter es zulässt, machen wir da unten mit der Brücke weiter.«

Groj wandte sich mit einer beiläufigen Abschiedsgeste um und kehrte zur Krabbe zurück. Im Cockpit traf er Yeejhza an. Sie saß auf dem Fahrersitz und studierte die virtuelle Landkarte.

»Eine Kreatur könnte die Brücke zerstört haben«, sagte er. »Hat Frühwarn etwas derartiges verlauten lassen?«

»Nur, dass die Brücke eingestürzt ist«, erwiderte sie. »Und dass die Strecke jetzt weiter oben gesperrt wird.«

»Gibt es eine alternative Route?«

»Zurück nach Grande und dann durch Sankt Benedict bis Amethyst, wo die Routen wieder aufeinander treffen.«

»In Benedict sind die Straßen kaum befestigt«, sagte er. »Für diese Strecke brauchen wir drei Tage.«

»Wir könnten es direkt durch die Schlucht versuchen«, schlug Yeejhza vor. »Eineinhalb Kilometer hinter uns gibt es eine Geröllhalde. Durchschnittlicher Neigungswinkel fünfundzwanzig Grad. Die Krabbe schafft das. Dann durch den Klammbach bis zu dieser Stelle, von der ein Wirtschaftsweg zu einem Ort namens Klammbachtal hinauf führt. Von dort aus kommen wir wieder zurück auf die Straße.«

Groj beugte sich über sie und sog diskret den Geruch ihres Haars ein, dachte an die Stunden der Intimität und der federleichten Ekstase, und fühlte sich für einen Moment in eine Welt versetzt, in der die Sinnlichkeit über das Diktat einer menschenfeindlichen Umwelt und eines ausweglosen Bürgerkriegs triumphierte.

Er kehrte mit einem innerlichen Ruck in die Realität zurück.

»Die Brücke«, sagte er. »Ihre Trümmer versperren das Flussbett.«

»Schießen wir sie weg«, sagte sie.

Er nickte bekräftigend. »Genau so machen wir's.«

22. AM ABGRUND

Yeejhza gelang es mit spielerischer Routine, die Bergkrabbe auf der Stelle zu wenden – ein Manöver, für das Groj meist mehrere Anläufe brauchte. Eine ihrer herausstechendsten Eigenschaften war die Beherrschung, fand er. Die Beherrschung von Maschinen und Informationen, die Beherrschung ihres Körpers ... doch wie passte er in dieses Bild?

Um auf die Geröllhalde zu gelangen, mussten sie sich einen Weg durch dichtes Gestrüpp bahnen. Dann stachen die Scheinwerfer ins Leere und die Krabbe neigte sich über den Abhang. Die Hydraulik in ihrem stählernen Bauch summte und ratterte, als sich ihre Achsen an die Hangneigung anpassten und das Cockpit die Schräglage ausglich. Auf dem Weg nach unten gruben sich ihre riesigen Räder in den Gesteinsschutt, zermalmten felsige Unebenheiten und morsche Vegetation. Der Antrieb verfiel in einen an- und abschwellenden Singsang, als er sich ständig aufs Neue den Gegebenheiten anpasste.

Der Himmel spuckte elektrisches Feuer, Donner rollte drohend heran. Doch Yeejhza schien die Talfahrt Spaß zu machen. Ihr Gesichtsausdruck wechselte zwischen gespannter Konzentration und einem schmallippigen, optimistischen Grinsen, wenn sie eine schwierige Situation gemeistert hatte. Als würde sie in einem Vergnügungspark eine Simulation bedienen.

Groj beneidete sie um das Vergnügen. Er selbst hätte die riskante Aktion nicht annähernd so entspannt absolviert. Und er ertappte sich dabei, dass er immer wieder den Atem anhielt oder seine Finger um die Armstützen klammerte, wenn die Krabbe mit aufheulendem Motor ein Stück die Halde hinab rutschte.

Der Frühwarndienst gab durch, dass das Unwetter die Ausläufer der Sonnenhügel erreicht hatte. Es folgten die üblichen Belehrungen: geschützte Räume aufsuchen, nichts Unbefestigtes im Freien lassen. Yeejhza schaltete mit einer flinken Handbewegung den Empfänger aus. Im nächsten Moment setzte ein hartes, lautes Trommeln ein, die Scheinwerfer der Krabbe stocherten in eine wirbelnde weiße Masse.

Sie warf Groj einen fragenden Blick zu. »Hagel?«

»Hagel«, bestätigte er. »Das Zeug wird sofort anfangen zu schmelzen, wenn es den Boden berührt. In kürzester Zeit könnte der ganze Hang ins Rutschen kommen, und dann haben wir ein Problem.«

»Wir schaffen es vorher«, versicherte sie mit einem Rundumblick auf die Monitore und Armaturen. »Nur noch fünfunddreißig Meter Höhenunterschied ...«

Das Cockpit kippte vornüber, der Antrieb heulte auf, unter den Rädern knirschte lockeres Gestein. Groj prüfte die Anzeigendisplays, sein Puls hämmerte gegen seine Schläfen. Die Vorderräder hingen in der Luft, das sah böse aus.

»Hier muss der Hang bereits abgebrochen sein. Fünfunddreißig Meter, sagst du?«

Yeejhza sah ihn alarmiert an. »Überleben wir das?«

»Du vielleicht schon. Aber die Krabbe kannst du dann vergessen.« Von mir ganz zu schweigen, dachte er den Satz zu Ende.

»Ich bekomme keine Informationen, die mir weiterhelfen könnten. Was würdest du jetzt tun?«

Der Hagel trommelte wütend auf die Panzerung, Donner krachte wie die Ankündigung des Jüngsten Gerichts.

»Den Neigungsausgleich deaktivieren«, sagte er. »Anschließend die mittlere Achse bis zum Anschlag ausfahren. Die Kabine, das Cockpit ... der ganze Aufbau muss sein Gewicht nach hinten verlagern.«

Yeejhza ließ ihre Finger über die Schaltflächen huschen. Im nächsten Augenblick wurde Groj in den Sitz gedrückt, als sich der Aufbau der Krabbe vom Fahrgestell abhob und in eine gewagte Schräglage überging.

Yeejhza bugsierte den Koloss rückwärts die Geröllhalde hinauf. Sie schien ihre Kaltblütigkeit zurück gewonnen zu haben, doch jedes Mal, wenn die Räder durchdrehten oder die Krabbe ein kleines Stück auf den Abgrund zu rutschte, glaubte Groj, sein Herz würde stehen bleiben.

»Zehn Meter bis zur Abbruchkante«, sagte Yeejhza. »Ich bringe uns jetzt wieder in die Waagrechte.«

»Mach zwanzig daraus«, sagte Groj.

Sie arbeiteten sich weiter meterweise voran. Das Getöse des Hagels kam in Wellen. Zerfetzte Vegetation wirbelte durch die Scheinwerferkegel und verschwand in der aufgewühlten Dunkelheit.

»Zwanzig Meter«, sagte Yeejhza.

Sie drehte die Krabbe quer zum Hang und beschleunigte vorsichtig. »Wir fahren jetzt so lange an diesem Abgrund entlang, bis es irgendwo runter zum Wasser geht", erklärte sie. »Würdest du es genauso machen?«

»Keinen Deut anders.«

Die Abbruchkante endete nach wenigen hundert Metern, dann setzte sich die Geröllhalde bis zum Flussbett fort. Yeejhza lächelte zufrieden, als sie die Krabbe in die aufgepeitschten Fluten manövriert hatte.

»Das war perfekt«, sagte Groj.

»Und jetzt brauche ich eine Pause.«

»Ich auch.« Er atmete keuchend aus. »Ich habe schon lange nicht mehr solche Angst gehabt.«

»Ich hatte auch Angst«, sagte sie. »Mehr um dich als um mich.«

»Das war bestimmt eine interessante Erfahrung.«

Yeejhza schien sein sarkastischer Unterton nicht aufgefallen zu sein. »Ja, das war es«, erwiderte sie und unterstrich ihre Aussage mit einem ernsten Nicken.

Dann blickten sie schweigend durch die Fensterschlitze in die boshafte Nacht hinaus, die mit Blitz, Donner und faustgroßen Hagelkörnern ihren Anspruch auf bedingungslose Vorherrschaft geltend machte.

23. AUSGESCHLÜPFT

Groj hatte einen seltsamen Traum von einem Ei, das halb im Boden vergraben war und sich ruckartig bewegte, als wollte sich etwas daraus befreien. Die Schale zeigte bereits erste Risse, – jeden Moment würde das Wesen zum Vorschein kommen, das in dem Ei eingeschlossen war …

Er wachte auf und stellte fest, dass er sich allein im Cockpit befand. Das Luk war verschlossen, die Kabine leer. Yeejhzas Wohlfühlklamotten lagen rings um ihr obskures Trainingsgerät auf dem Boden verstreut. Demnach hatte sie ihre HiTec-Montur angelegt – woraus er schloss, dass sie zu einer Exkursion in die Wildnis aufgebrochen war.

Groj nahm den Karabiner aus seiner Halterung, öffnete das Luk und stieg aus. Der Hagel war in sintflutartigen Dauerregen übergegangen, das Donnergrollen nur noch ein Echo seiner selbst. Eine junge Löffeleiche war auf die Krabbe gestürzt, umschmiegte sie beinahe liebevoll mit ihren riesigen, durchlöcherten Blättern.

Er watete entgegen der Strömung durch das schäumende Wasser des Klammbachs, immer nahe am Ufer, während eine blaugraue Morgendämmerung in die Schlucht hinab kroch. Von einem bleichen, rund geschliffenen Felsen aus, hinter dem sich ein kleiner Stausee gebildet hatte, drang er in den Wald ein. Seiner Intuition folgend stieg er einen flachen Hang hinauf und gelangte an eine weitläufige, baumüberschattete Senke. Dort traf er auf Yeejhza, deren Montur unwirklich leuchtend aus dem Halblicht hervortrat wie etwas, das gerade vom Himmel gefallen war.

Dann erst bemerkte er den gewaltigen Wulst, der sich im Zwielicht unter den abtropfenden Bäumen quer durch die Mulde erstreckte – nicht so hoch wie derjenige, den sie in den Sümpfen von Cloverfield entdeckt hatten, doch ebenfalls von beeindruckenden Ausmaßen.

»Atmet es?«, fragte Groj.

»Nicht mehr«, antwortete Yeejhza. »Aber sieh dir das an.«

Sie sprang auf die graue Masse und streckte die Hand aus, um ihm hinauf zu helfen. Groj erschauerte, als ihm bewusst wurde, was er vor sich hatte: Einen klaffenden Riss, der sich über die gesamte Länge des Wulsts zog.

»Es ist geschlüpft«, sagte er.

Yeejhza schnaubte durch die Nase, trat mit dem Stiefel gegen den aufgewölbten Rand des Risses. »Sie kommen nicht aus dem Plateau. Sie kommen aus dem Boden. Vielleicht überall auf dem Kontinent.«

»Wie hast du es gefunden?«, fragte Groj. »War das wieder so ein Cluster in deinem Informationsstrom?«

Sie lief ein Stück auf dem Kamm des Buckels entlang, sprang auf den Waldboden zurück und wandte sich in Richtung des Klammbachs. Deutete auf abgerissene Baumflechten, auf zersplitterte Stämme und muldenförmige Vertiefungen im Waldboden.

»Das war nicht der Sturm«, fuhr sie fort. »Der war hier unten nicht stark genug, um das zu bewirken.«

Groj kletterte von dem Wulst und schloss zu ihr auf. »Was ist es?«, fragte er. »Und warum habe ich das Gefühl, dass es dich auch persönlich betrifft?«

Sie atmete scharf aus und blieb stehen, drehte sich zu ihm um. Ihr nasses Haar hatte im dämmrigen Zwielicht des Waldes einen grünlichen Glanz angenommen.

»Ich habe es dir schon einmal gesagt. Diese Phänomene stehen in irgendeiner Verbindung zu Aldinjha. Ich kann mir das nicht erklären, deshalb beunruhigt es mich umso mehr.«

»Vielleicht eine Fehlinterpretation?«, meinte er. »Eine Lücke im Datenstrom? Eine zufällige Verknüpfung?«

»Ja, vielleicht.« Sie wandte sich abrupt um. »Gehen wir zur Krabbe zurück. Ich fühle mich nicht sicher, wenn es in der Nähe ist.«

»Es ist bestimmt schon ein ganzes Stück weitergezogen«, sagte Groj. »Ich werde den Frühwarndienst informieren. Dann können sie nach der Kreatur suchen, sobald das Wetter nachgelassen hat.«

Der Bach war noch weiter angeschwollen, graue Nebelfetzen trieben zwischen den bewaldeten Steilhängen. Am Himmel jagte der Sturm dunkle Wolkenmassen vor sich her, aus denen immer wieder die filigranen Gespinste von Blitzen hervor traten. Yeejhza watete, bis über die Hüften im reißenden Wasser, auf die Krabbe zu. Groj hielt sich dicht hinter ihr, den Karabiner über den Kopf haltend und alle Sinne auf die dunstverhangene Umgebung gerichtet. Er verspürte ein ähnlich hohes Gefühl im Bauch wie nach seinem Absturz im Dschungel von Regenbogen. Damals war es Angst gewesen, die sein vegetatives System inmitten der feindlichen Umgebung kontrolliert hatte. Jetzt war es eine abstrakte Bedrohungserwartung, als könne jeden Moment der Boden unter ihm nachgeben und ihn in eine fremde Realität stürzen lassen. Eine Realität, die alles infrage stellen würde, was ihm als Orientierung diente.

Er starrte mit zuammengekniffenen Augen auf Yeejhza, die wenige Meter vor ihm durch den schäumenden Bach pflügte. Waren es ihre Empfindungen, die sich ihm ungefiltert mitteilten? Oder vielleicht auch Aldinjhas? Wenn die graue Kapsel eine empathische Verbindung zwischen ihm und Yeejhza hergestellt hatte – wie verhielt es sich dann erst mit zwei Wesen, die aus demselben Genpool generiert und über einem kosmischen Datenstrom miteinander verbunden waren?

Zurück in der Krabbe, ging Yeejhza auf den Fahrersitz zu. »Ich bringe uns hier weg«, sagte sie entschieden. »Und du ziehst was Trockenes an. Du hast drei Minuten.«

Groj hängte den Karabiner in die Halterung zurück und ging nach hinten. Er fand es absurd, dass auf einem Planeten, auf dem es so gut wie pausenlos regnete, kaum wasserfeste Kleidung zu bekommen war. Abgesehen von klobigen Ganzkörperkondomen für Minenarbeiter, Ranger und Küstenwächter. Daark war der Planet, auf dem so gut wie gar nichts stimmte.

Während er frische Klamotten anlegte, setzte sich die Krabbe ruckelnd in Bewegung. Unterhalb der Geröllhalden würde das Bachbett zumindest zeitweise verschüttet sein, was weder für Yeejhza noch für die Krabbe eine Herausforderung darstellte. Dennoch beeilte er sich mit dem Anziehen. Die Kreatur konnte sich immer noch in der Nähe befinden.

»Ich habe Frühwarn informiert«, sagte Yeejhza, als er das Cockpit betrat. »Die wussten aber schon Bescheid. Wollten nur warten, bis jemand die Sichtung bestätigt.«

»Gab es denn eine Sichtung?«, fragte er und setzte sich neben sie.

»Ein riesiger leerer Kokon im Wald – oder zählt das nicht?«

Die Krabbe tauchte bis über die Räder in ein frisch entstandenes, tiefgrünes Staubecken ein und überwand einen Damm aus Gesteinsschutt und zermalmter Vegetation. Im Dunst zeichneten sich die Reste der zerstörten Brücke ab: links und rechts je ein Fahrbahnfragment, die stützende Gitterkonstruktion darunter zur Seite gedrückt wie ein Stück Maschendrahtzaun.

Groj beugte sich über das Waffentablet und schaltete das gesamte Arsenal auf Aktivmodus, während Yeejhza die Krabbe unter der Brückenruine hindurch steuerte. Das hohle Knirschen von Trümmern, die unter den Rädern nachgaben, drang bis ins Cockpit herauf.

»Glaubst du, es ist noch hier?«, fragte Yeejhza.

»Was sagt dein Gefühl?«, entgegnete er.

Sie lachte spöttisch auf. »Mein Gefühl? Ich fürchte, ich habe einen Datenkoller. Was machst du, wenn du innerlich zur Ruhe kommen willst? Und jetzt sage bloß nicht: *atmen*.«

»Dann bleibst du eben so angespannt und aufgeregt, wie du gerade bist. Sieh es als elementare Erfahrung.«

»Wenn ich jetzt lieber vögeln würde bis zur Bewusstlosigkeit – würde das auch helfen?«

Groj runzelte die Stirn. »Möglicherweise schon. Aber besonders vernünftig wäre es nicht.«

Vor ihnen krümmte sich die Schlucht in Richtung Süden. Von den Steilhängen stürzten Wasserfälle herab, brachten von Hagel und Sturm geschredderte Pflanzen mit und verteilten sie auf der schäumenden Flut zwischen den engen Ufern. Ein Sonnenstrahl brach durch die Wolken und verlieh der Szenerie einen zartgoldenen Schimmer. Hinter der Biegung, die durch eine zinnenartige Felsklippe markiert wurde, flatterte ein Schwarm Fluglebewesen auf, glänzend wie Diademe im unerwarteten Licht.

Groj warf einen Blick auf das Kartendisplay. Die Stelle, an der ein Weg aus der Schlucht führte, war nur noch wenige hundert Meter entfernt.

Er sah erschreckt auf, als Yeejhza die Krabbe abrupt zum Stehen brachte. Sie starrte geradeaus durch die Frontscheibe, das Gesicht zur Maske gefroren.

»Da ist es«, sagte sie.

24. NICHT RICHTIG

Es hatte die Form eines Wurms, der Körper in dutzende gleich große Segmente unterteilt, und es war riesig. Zuerst dachte Groj, es wäre lediglich das stumpf abgerundete Hinterteil der Kreatur, das sich um die Felszinne krümmte und scheinbar beliebig mal in diese, mal in die andere Richtung ausschwenkte. Dann fielen ihm die vielen dünnen Beine auf, die an der Unterseite des Wesens ein wimmelndes Nest bildeten. Als sich das Ungetüm weiter um die Klippe herum bewegte, zählte er noch zwei weitere dieser Nester, in gleichmäßigen Abständen über die Länge des Körpers verteilt.

»Hat es uns bemerkt?«, flüsterte Yeejhza.

Groj fühlte sich zwischen Abscheu und Faszination hin und her gerissen. »An diesem Ende erkenne ich jedenfalls keine Augen. Und auch keine anderen Sinnesorgane.«

»Ich glaube, das andere Ende sieht genauso aus.«

»Vielleicht orientiert es sich mit Ultraschall. Oder an Wärmeemissionen.«

»Was machen wir jetzt?«, fragte sie.

»Herausfinden, ob es uns vorbei lässt.«

»Das ist nicht dein Ernst.«

Er schnaubte durch die Nase. »Nicht wirklich.«

»Also einfach wegschießen, das Ding?«

Groj ließ seine Finger über die Bedienoberfläche des Armierungstablets gleiten.

»Wir wissen nicht, wie viel es einstecken kann«, sagte er schließlich. »Diese Biester können richtig zäh sein.«

»Es müsste sich nur auf uns drauf werfen.«

»Ja, zum Beispiel.«

Yeejhza verfiel in Nachdenklichkeit. »Ich muss dir etwas gestehen, Groj. Ich brächte es nicht fertig, auf dieses Ding zu schießen. Es ist groß, es ist hässlich, es ist fremd – aber es ist gerade erst aus seinem Kokon geschlüpft.«

»Entwickelst du Muttergefühle?«

Sie blickte ihn düster an. »Es ist ein Monster. Genau genommen bin ich auch eines, oder? Und auch ich bin erst vor kurzer Zeit ausgeschlüpft.«

»Du machst dir zu viele nutzlose Gedanken«, erwiderte er. »Außerdem kokettierst du schon wieder mit deiner *Andersartigkeit*.«

»Ich bin anders. Das spüre ich mit jeder Faser meines Körpers.«

Er wies auf das Monstrum, draußen in der Schlucht. »Und dies ist genau der richtige Zeitpunkt, darüber zu debattieren.«

Yeejhza senkte den Blick.

»Eher nicht«, murmelte sie.

Eine Erschütterung brachte die Krabbe zum Erzittern. Die Kreatur hatte angefangen, sich rhythmisch auf ihren vielen Beinchen zu heben und zu senken. Als würde sie Kniebeugen machen. Dabei schlenkerten ihre beiden Enden durch die Luft, sie klatschten ins Wasser und ließen Fontänen aufspritzen, rissen Bäume aus dem überhängenden Wald am Flussufer und hämmerten mit derartiger Wucht gegen die Felszinne, dass große, ockerfarbige Trümmer von ihr abbröckelten.

Groj war bereit, die Granatwerfer einzusetzen, seine Finger ruhten auf den Abschusstasten. Doch er wartete. Und beobachtete die Kreatur gespannt bei ihrem merkwürdigen Verhalten.

»Als würde es sich aufwärmen«, sagte Yeejhza.

Das Wesen stellte seine Aktivitäten ein und ließ sich auf seinen Beinchen bis dicht über den Bach sinken, den wurmförmigen Körper zu einem großen S geformt und parallel zum Untergrund ausgerichtet. So verharrte es eine Weile, um dann jedoch unvermittelt vorzuschnellen und im Wald unterzutauchen. Eine Spur aus wedelnden Baumkronen verriet, dass es sich mit dem gleichen Tempo schräg den Steilhang hinauf bewegte.

»Ich denke, das war's«, sagte Groj.

Yeejhza stieß ein erlöstes Keuchen aus und ließ die Krabbe anrollen, umrundete die Felszinne und wich den herab gefallenen Gesteinsbrocken aus. Ein helles Stück Ufer kam unter den dicht an dicht stehenden Schopfpilzen zum Vorschein – plattgewalzter Kies, seitlich mit Betonpollern gesichert.

Und ein kleines, dunkelgelb lackiertes Fahrzeug, mit dem Dach unter Wasser und den vier Ballonreifen nach oben.

Groj öffnete das Luk und kletterte die Leiter hinunter, noch ehe Yeejhza angehalten hatte. Hastete auf das verbeulte Fahrzeug zu und beugte sich ins Innere. Ein bleiches Gesicht ragte aus dem Wasser, Augen geschlossen, von rotem Haar umspült. Ein Junge, blass und hager, ungefähr achtzehn Jahre alt. Groj packte ihn unter den Achseln und zerrte ihn heraus, lehnte ihn an die Motorhaube und sah noch einmal in dem Wagen nach. Da bewegte sich langes blondes Haar in der Strömung. Er tastete sich mit den Händen unter Wasser vor, bekam einen Körper zu fassen und zog ihn ins Freie. Ein Mädchen, etwa im gleichen Alter wie der rothaarige Junge. Starre Augen, den Mund weit geöffnet und der Kopf in einem unnatürlichen Winkel zu Hals und Schultern. Sie musste sich das Genick gebrochen haben. Falls sie nicht sofort tot gewesen war, hatte das Wasser den Rest besorgt.

»Ich fahre die Rampe herunter und komme dann raus«, hörte er Yeejhzas Stimme über die Außenlautsprecher.

Groj hob den Jungen auf seine Arme und trug ihn zum Heck der Krabbe, wo er ihn auf die Rampe legte. Yeejhza erschien im Luk und sprang runter, lief durchs seichte Wasser zu dem Mädchen und ging vor ihm in die Knie, fasste es an den Schultern und schüttelte es behutsam.

»Bringen wir sie rein!«, rief Groj. »Wir können ihr nicht mehr helfen.«

Sie drehte sich halb zu ihm um. Waren das Tränen in ihren Augen?

»Es ist nicht richtig!«, stieß sie hervor. »Sie ist noch so jung ... sieh sie dir an! Bestimmt hat sie noch nie jemandem etwas angetan!«

Er wusste nicht, was er sagen sollte. Yeejhza, die sich danach sehnte, als *normaler Mensch* angesehen zu werden, identifizierte sich mit dem toten Mädchen – und Sterben war etwas fundamental Menschliches. Dass ihr wegen der Banditen, die sie in Cloverfield reihenweise getötet hatte, keine Tränen gekommen waren, ebenfalls. Groj hoffte, diesen scheinbaren Widerspruch nie mit ihr diskutieren zu müssen.

Sie hob das Mädchen auf und trug es zur Rampe. Groj stieg die Leiter rauf und setzte sich ins Cockpit. Fuhr die Rampe ein und steuerte das befestigte Uferstück an. Dahinter führte eine steile Schotterstraße den Hang hinauf. Die Krabbe nahm eine Menge Blätter und Luftwurzeln mit, während sie sich ihren Weg aus der Schlucht bahnte.

Groj hörte Stimmen aus der Kabine – Yeejhza hatte den Jungen verarztet und aus der Bewusstlosigkeit geholt. Der Junge weinte. Sie hatten doch nur ein bisschen Zeit miteinander verbringen wollen, abseits der engen Dorfgemeinschaft. Und dann war wie aus dem Nichts dieses riesige, groteske Ding aufgetaucht, hatte planlos um sich geschlagen ...

»Du musst jetzt stark sein«, sagte Yeejhza zu dem Jungen – und Grojs Lippen formten die Worte nach. »Dich trifft keine Schuld. Es ist nicht richtig, was passiert ist, aber nun ist es passiert.«

Er verspürte einen Anflug von bitterem Fatalismus. Das Wenigste von dem, was passiert, ist richtig, dachte er. Es ist nicht einmal richtig, dass wir hier sind. Auf diesem verwunschenen Planeten, der uns jeden Tag unter die Nase reibt, dass er uns nicht haben will. Dass wir nicht hierher gehören.

Aber wo zum Teufel gehören wir eigentlich hin?

25. GLAUBENSFRAGEN

Das Dorf versammelte sich schweigend um die Bergkrabbe. Blasse, ausgezehrte Frauen und Männer in schlichter, abgetragener Arbeitskleidung. Groj witterte einen religiösen Hintergrund, denn auch die schäbigen, teils provisorisch wirkenden Behausungen, allesamt von den ständigen Unwettern gezeichnet, deuteten auf eine von Büßertum und devoter Unterwürfigkeit geprägte Mentalität hin.

Zwei knochig gebaute Männer trugen den Jungen die Rampe hinunter und brachten ihn weg, das tote Mädchen wurde im Schlamm neben der Krabbe abgelegt.

»Wollt ihr sie da liegen lassen?«, fuhr Yeejhza auf. »Was hat sie euch angetan, dass ihr sie so schlecht behandelt?«

Eine kleine, alte Frau, das faltige Gesicht von einem Kopftuch eingefasst, trat aus der Menge hervor. »Es ist alles ihre eigene Schuld", sagte sie mit brüchiger, jedoch von unumstößlicher Überzeugung getragener Stimme. »Sie ist der Sünde erlegen und hat dafür bezahlen müssen. Warum wohl fallen diese Kreaturen über uns her? Weil es zu viele Menschen gibt, die der Sünde nicht widerstehen können.«

»Ach du Scheiße«, murmelte Groj, an die Karosserie der Krabbe gelehnt.

Yeejhza trat vor die alte Frau hin, die Glut der Entrüstung verdunkelte ihr Gesicht.

»Was ist *Sünde*?«, herrschte sie die Alte an. »Zeit mit einem Menschen zu verbringen, den man gern hat? Gemeinsam von einer Zukunft zu träumen, die besser ist als das, was man kennt? Leute wie du meinen, sie wüssten, was richtig und was falsch ist. Leute wie du glauben, alles Lebendige unter ihrer Gesinnung ersticken zu müssen. Ihr gebt euch demütig und bescheiden, versteckt euch hinter höheren Werten – aber damit tarnt ihr nur eure maßlose Arroganz!«

Wo hat sie das her?, dachte Groj.

Die alte Frau holte tief Luft und bekam einen maskenhaften, gebieterischen Gesichtsausdruck.

»Woher kommst du?«, erwiderte sie. »Von draußen, nicht wahr?" Sie stach mit einem gichtigen Zeigefinger in den Himmel. »Wahrscheinlich arbeitest du für Primus Eins, oder für das Kartell. Oder für ihn …« Sie deutete auf Groj und machte ein angeekeltes Gesicht. »Einen Glücksritter, der magisch das Verdorbene anzieht und es überall hinterlässt, wo sein Fuß hin tritt. Nein, du hast uns nichts zu sagen. Es wäre besser gewesen, ihr hättet den Jungen nicht angerührt, denn nun ist er für den Rest seines Lebens gezeichnet. Und sie …« Die Alte spuckte in Richtung des toten Mädchens. »Sie gehört nicht mehr zu uns. Nehmt sie mit, wenn euch so viel an ihrem sündigen Fleisch gelegen ist.«

»Dann werden wir das auch tun.« Groj trat vor stellte sich demonstrativ neben Yeejhza. »Bist du damit einverstanden?«

Yeejhza nickte entschieden. »Und ob ich das bin.«

»Dann bringe das Mädchen in die Krabbe zurück. Wir werden ihr ein Begräbnis bereiten, das ihrer würdig ist.« Er wandte sich an die schweigende Versammlung. »Ihr habt es nicht verdient, ihren Leichnam auch nur anzustarren. Geschweige denn, ihn zu berühren. Nicht einmal ihre Eltern haben sich zu Wort gemeldet. Was für ein armseliges Pack ihr doch seid.«

Yeejhza entfernte sich in Richtung der Toten. Groj, wenn auch unbewaffnet, bereitete sich innerlich darauf vor, die Dorfgemeinschaft zurückzuhalten. Doch seine Provokation war ins Leere gelaufen. Die Leute standen nur stumm da und fixierten ihn mit ihren fahlen Blicken.

»Was wisst ihr schon über Würde!«, schnaubte die Alte. »Ja, die Würdigen werden eingehen ins Himmelreich Gottes! Ihr aber werdet zur Hölle fahren und …«

»Das ist bereits geschehen«, erwiderte Groj. »Denn die Hölle, das seid ihr und euer beschissenes Dorf. Und jetzt werden wir diese Hölle wieder verlassen.«

Er zeigte den Mittelfinger, was er zwar blödsinnig fand, aber in diesem Moment ging es mit ihm durch. Er schwang sich die Leiter hinauf und schlüpfte durch das Luk, ließ sich in den Fahrersitz fallen und fuhr den Antrieb hoch.

Yeejhza kam aus der Kabine und warf sich in den Sitz neben ihm. Sie schlug die Hände vors Gesicht und krümmte sich unter einem Weinkrampf.

»Ich will nicht so sein wie diese Menschen«, schluchzte sie. »Eher will ich sterben.«

»Du musst nicht sein wie irgendjemand«, erwiderte er, während er die Krabbe zwischen den ärmlichen Behausungen der Dorfbewohner hindurch auf die Buckelpiste steuerte, die sie zur Straße zurückbringen würde. »Es reicht, dass du bist, wer du bist.«

»Aber ich bin eine genetische Gemischtwarenhandlung!«, begehrte sie auf. »Ich habe keine Ahnung, wer aller zu meiner Identität beigesteuert hat. Und die Leute, die mich erschaffen haben, verfolgen dunkle Ziele.«

»Jeder Mensch steht irgendwann vor der Entscheidung, wer oder was man sein will. Oft auch mehr als einmal. Und du hast jetzt schon wichtige Entscheidungen getroffen.«

Yeejhza stieß einen wütenden Knurrlaut aus und starrte aus ihren verweinten Augen an die mit Armaturen übersäte Decke des Cockpits.

»Ich kann so kalt sein, Groj. Ich habe nichts gefühlt, als ich die Banditen getötet habe. Und ich habe schon vorher Menschen getötet.«

»Weil du leben wolltest«, sagte er.

»Leben, ja. Und andere beschützen. Ich wurde in all das hineingeworfen, niemand hat mich vorher gefragt. Niemand hat mich darauf vorbereitet."

»Ich will dich nicht mit hohlen Phrasen abspeisen, aber – so ist es nun mal, das Leben.«

Yeejhza seufzte. »Das hört sich wirklich nach einer hohlen Phrase an. Aber auch irgendwie schlüssig.«

»Mindestens so schlüssig wie die Moralpredigt, die du den Hinterwäldlern gehalten hast«, sagte Groj.

»Moralpredigt?« Sie hielt einen Moment inne, vielleicht befragte sie den Strom nach der Bedeutung des Ausdrucks. »Das kam einfach aus mir heraus, fuhr sie leise fort. »Denkst du, es hat etwas zu bedeuten?«

»Dir hat es jedenfalls viel bedeutet in diesem Moment. Ich denke, genau darauf kommt es an.«

Yeejhza versank in grüblerischem Schweigen, während die Krabbe eine morastige Senke durchquerte und eine Steigung hinauf kletterte. Blätter und Luftwurzeln klatschten unaufhörlich gegen die Frontscheibe. Dem Zustand der Straße nach schien die frömmelnde Gemeinde nur wenig Kontakt zur Außenwelt zu pflegen.

»Der Junge tut mir leid«, sagte Yeejhza.

»Er kann sich nach Norden durchschlagen«, meinte Groj. »Oder sich den Regulären anschließen. Alt genug ist er ja.«

»Vielleicht zieht es ihn mehr zu den Schürfern. Bis zur Grenze von Lavendel sind es nur noch wenige Kilometer.«

»Ich verstehe, dass du dich um ihn sorgst. Aber ...«

»Der Verlust, Groj«, unterbrach sie ihn. »Ich habe den Verlust in seinen Augen gesehen. Den Schmerz.«

»Noch so eine hohle Phrase«, sagte er. »Aber Verlust ...«

»... gehört zum Leben«, beendete sie seinen Satz. »Das mag ja so sein, aber – ich habe keine Ahnung, was ich tun würde, falls dir etwas zustoßen sollte.«

Er blinzelte sie von der Seite an. »Warum sollte mir etwas zustoßen?«

»Du lebst gefährlich«, erwiderte sie. »Und bist von Kräften umgeben, die dich mühelos zerstören können.« Sie schnippte mit dem Finger. »Einfach so. Jederzeit.«

»Das Gleiche kann auch mit dir geschehen«, sagte Groj.

»Ich weiß. Würdest du mich dann vermissen?«

Er fühlte sich für einen Moment überfordert. »Ich glaube, ich würde dich sogar sehr vermissen ... aber ich will es mir erst gar nicht vorstellen. Yeejhza – müssen wir dieses Gespräch unbedingt führen?«

»Ich möchte, dass du mich dann in deinem Herzen behältst«, fuhr sie ohne eine Spur von Schwärmerei fort. »Dass du dich fühlst, als wäre ich noch da. Mit mir sprichst, mich in deine Gedanken mit einbeziehst.«

»Das würde sich kaum vermeiden lassen«, erwiderte Groj. »Dafür ist dein Fußabdruck auf meiner Seele viel zu groß."

Sie blickte ihn aufmerksam an. »Denkst du, ich habe auch eine Seele?«

»Die Seele ist eine Metapher«, wiegelte er ab. »Ein spiritueller Mythos. Warum befragst du nicht den allwissenden Datenstrom zu dem Thema?«

»Habe ich schon. Mehrmals.«

Und was hast du erfahren?"

Yeejhza verkniff das Gesicht, als würde ihr eine schmerzhafte Erinnerung bewusst.

»Nichts«, antwortete sie leise.

26. BEGRÄBNIS

Die Straße wand sich in weitläufigen Serpentinen die Hänge der südlichen Sonnenhügel hinauf. Die Wälder wichen einer flachen, dürren Vegetation, nackter Fels dominierte zu weiten Teilen die Landschaft. Korrodierte Hinweisschilder kündigten die Abzweigungen zu entlegenen Siedlungen an, die sich weit unten in den fruchtbaren Tälern verbargen. Ausgebrannte Lastzüge am Straßenrand, die metallisch schimmernde Kuppel eines Militärstützpunkts auf einem fernen Hügelkamm. Ein Kiosk, aufgemotzt wie eine kleine Festung und von einem halben Dutzend bizarrer Fahrzeuge belagert. An der Einmündung einer unbefestigten Nebenstraße eine Schar von Kindern, die offenbar darauf warteten, von jemandem abgeholt zu werden und der Krabbe freudig zuwinkten. Und über allem ein schwerer, grauer Himmel, von nervösen elektrischen Leuchtfeuern durchzuckt.

Die Krabbe erklomm einen weiteren Höhenzug. Dahinter fiel das Land zu einer von bläulich-violetten Wäldern bewachsenen Ebene ab. Dieses spezielle Violett, dem der Bezirk seinen Namen verdankte: Lavendel.

Die Ebene verlor sich im Dunst, der in der Ferne in dunkle Wolkenschichten überging. Und hoch über diesen Wolken stemmte sich der gigantische Buckel des Großen Plateaus dem Weltall entgegen. Seine Dimension war nur zu erahnen, denn seine Umrisse verschwammen in der trüben, launenhaften Luft.

»Hier«, sagte Yeejhza. »Hier will ich sie begraben.«

Groj steuerte die Krabbe an den Straßenrand und ein Stück darüber hinaus. Er entschied sich für eine Stelle, deren Untergrund aus lockerem Geröll bestand, und scharrte mit dem rechten Vorderrad eine Kuhle. Dann setzte er ein Stück zurück und Yeejhza ging in die Kabine, um das tote Mädchen zu holen.

Sie betteten es schweigend in die steinige Vertiefung. Yeejhza hockte sich neben die Tote, die Augen geschlossen und die Hände vor dem Mund gefaltet.

»Wenn ich könnte, würde ich dich ins Leben zurückholen«, hörte Groj sie mit stockender Stimme sagen. »Aber das kann ich nicht. Ich kann dir nur eine gute Reise wünschen. Wo immer sie dich hinführt. Es tut mir leid. So leid.«

Yeejhza beugte sich vor und küsste das Mädchen auf die Stirn. Sie unterdrückte ein Schluchzen, verharrte noch einen Moment und stieg mit gesenktem Kopf aus der Kuhle. Groj half ihr, die Tote mit Steinen zu bedecken. Sie häuften einen flachen Grabhügel auf, vor dem sie eine Weile schweigend verharrten.

»Amen«, sagte Groj.

»Was bedeutet das?«, fragte Yeejhza.

»So soll es sein«, antwortete er. »Aber ich bin mir nicht sicher.«

Sie wandte sich dem monumentalen Anblick des Plateaus zu. »Glaubst du an Schicksal, Groj?«

»Ich glaube an gar nichts. Schicksal ist der Versuch, den Dingen eine Bedeutung anzuheften, die sie nicht haben.«

»Eine beruhigende Sichtweise«, meinte sie. »Auch wenn ich in unserer Begegnung lieber etwas Bedeutsames sehen würde.«

»Wie wäre es mit Resonanz?«, erwiderte Groj. »Affinität? Fügung?

Eine gute Chemie?« Er berührte sie sacht an der Schulter. »Möchtest du noch ein bisschen allein sein?«

»Es ist gut jetzt«, sagte Yeejhza und straffte sich. »Fahren wir weiter. Ich habe ständig das Gefühl, dass uns die Zeit davonläuft.«

27. STEINREGEN

Das Plateau geriet außer Sicht, als sie unter die Wolkendecke abtauchten, die wie ein Rauchschleier über der Ebene hing. Regenschauer gingen einher mit Sturmböen, unter denen sich die allgegenwärtigen Purpurweiden bis zur Straße hinab beugten. Blitze züngelten über den anthrazitfarbenen Horizont, aufgeblähte Wolkenbäuche flackerten von violetten Leuchtfeuern.

Die Straße erwies sich als holprige Piste, von den Spuren vergangener Unwetter gezeichnet. Die Regulären hatten Lavendel nicht gänzlich aufgegeben, aber weitgehend sich selbst überlassen. Viele Siedler waren nach Norden abgewandert, seit sich die Schürfer gegen die Regierung erhoben hatten. Primus Eins zahlte den loyalen Schürfen bescheidene Prämien, damit sie, von regulären Truppen abgeschirmt, die Stellung hielten und das Kartell weiterhin mit dem begehrten Supralith versorgten. Während der Bürgerkrieg weiter seinen Lauf nahm.

Frühwarn kam nur noch bruchstückhaft durch; die Wetterphänomene auf dem Plateau brachten die Kommunikation in den umliegenden Bezirken zum Erliegen. Nichts als ein stetes Knacken, Knistern und Rauschen – der Planet sprach, und niemand verstand es.

Groj entdeckte ein flaches, rötlich-braunes Gebilde, das, einem fliegenden Teppich gleich, die Wolkendecke von oben durchstieß. Er ließ die Krabbe ausrollen und suchte die Umgebung nach einem geeigneten Zufluchtsort ab, der Schutz vor dem herannahenden Steinregen bot. Aber da waren nur diese verdammten Purpurweiden, dicht an dicht wie auf einer Plantage.

Seine Hände, fest um die Steuerknüppel gelegt, begannen zu schwitzen. Er hatte nur einmal einen Steinregen aus der Nähe beobachtet – aus dem Schutz einer Höhle heraus, tief im Dschungel von Regenbogen. Binnen Sekunden hatte die brachiale Naturgewalt totale Verwüstung hinterlassen. Die Pflanzenwelt von Daark ließ sich von derartigen Katastrophen nicht beeindrucken, sie nahm die Zerstörung als Herausforderung und regenerierte sich binnen weniger Tage. Doch nichts, was von Menschenhand gemacht war, konnte dem Terror aus den Wolken standhalten, wenn es nicht speziell für diesen Fall ausgestattet war. Was auf die Bergkrabbe, bei all ihrer Robustheit, nicht zutraf.

Yeejhza lag schlaff in ihrem Sitz, hatte die Augen geschlossen und formte mit den Lippen unhörbare Worte. Groj befürchtete, dass sie sich mental ausgeklinkt hatte, um sich dem Stress zu entziehen. Der Tod des Mädchens hatte sie hart getroffen – und nun drohte die Konfrontation mit einer Wolke aus wirbelndem Gestein, von einem Tornado den unzugänglichen Höhen des Plateaus entrissen.

»Zwei Kilometer geradeaus«, sagte sie unvermittelt. »Dann scharf rechts. Nach etwa fünf Kilometern treffen wir auf eine alte Verhüttungsanlage. Dort wurde das Supralith aus dem Gestein extrahiert und für den Transfer nach Port Kopernikus in Barren gegossen, ehe man die Verhüttung auf andere Welten verlegt hat ...«

»Kein Vortrag jetzt, okay?«

Sie verstummte und Groj startete durch, jagte die Krabbe über die marode, schnurgerade Straße. Die Steinwolke fächerte sich am Himmel auf wie ein Heuschreckenschwarm. Ein grauer Schleier an ihrem hinteren Ende ließ darauf schließen, dass sie bereits abregnete.

Die Krabbe bewältigte die Strecke in weniger als einer Minute. Groj steuerte auf den Dschungel zu, riss eine tiefe Schneise in das Geflecht der elastischen, matt-violetten Pflanzen. Die Frontscheibe wurde von dunklem, klebrigem Saft zugesaut, die überforderten Neutralisatoren gaben die Stöße des unebenen Terrains ans Cockpit weiter.

Noch fünf Kilometer – und ein einziger Wassergraben, ein einziger Felsbrocken konnten der Krabbe bei diesem hohen Tempo erheblichen Schaden zufügen, sie vielleicht auch außer Gefecht setzen.

»… das alte Verfahren wurde verfeinert«, redete Yeejhza wie in Trance weiter. »Es war zu kostspielig, die Hütten auf den aktuellen Stand der Technik zu bringen …«

»Yeejhza, wach auf!«, herrschte Groj sie an. »Ich brauche dich jetzt. Wo ist diese Anlage?«

Sie setzte sich ruckartig auf, sah ihn verwirrt an und rieb ihre Augen. »Der Strom … ich bin darin hängen geblieben … wo sind wir? Nein, warte – es sind nur noch wenige hundert Meter.«

Er warf einen Blick durchs Seitenfenster. Die Gesteinswalze schob sich unaufhaltsam näher. Er konnte bereits größere Brocken erkennen, die sich aus ihr lösten und in den Dschungel einschlugen.

Die Räder sprangen über eine Kante und liefen nun über ebenen, künstlichen Untergrund, den lediglich vereinzelte Kriechgewächse in Besitz genommen hatten. Die Verhüttungsanlage ragte schwarz und trostlos vor der Krabbe auf. Ein Konglomerat aus ineinander verschachtelten Würfeln und Quadern, manche mit abgeschrägten Oberflächen und schwer gezeichnet von der unbarmherzigen Witterung, der es Jahrzehnte lang ausgesetzt gewesen war. Groj steuerte auf ein Tor zu, hinter dem sich eine geräumige dunkle Halle erstreckte – wahrscheinlich der Verladebereich für das Supralith, als hier noch Tag und Nacht für den Fortschritt der interstellaren Raumfahrt gearbeitet worden war.

Er fuhr tief in die Halle hinein und hielt unter einer verwinkelten Kreuzung von Stahlträgern an, die zusätzlichen Schutz vor dem nahenden Unwetter versprachen. Kaum hatte er den Antrieb abgeschaltet, setzte ein infernalisches Dröhnen ein, als sich die Steinwolke über dem altersschwachen Bauwerk entlud.

Yeejhza war auf ihrem Sitz in sich zusammen gesunken, blass und verloren, den Kopf auf den angewinkelten Arm gestützt. Groj versuchte, sich in sie einzufühlen. Sie hatte keine Angst vor den Steinen, die vom Himmel fielen. Etwas anderes beschäftigte sie, und es hatte damit zu tun, was noch alles vor ihr lag.

»Wir sind nicht zufällig hier«, sagte sie unvermittelt.

Er sah sie rätselnd an. »Glaubst du, sie ist hier irgendwo?«

»Aldinjha? Nein. Aber dieser Ort ist die Entsprechung eines Clusters, den ich seit einiger Zeit beobachte.« Sie wandte sich ihm zu, erwiderte seinen Blick mit eisiger Miene. »Ich steige jetzt aus und sehe mich um. Wirst du mitkommen?«

»Lass uns warten, bis die Wolke weitergezogen ist«, sagte er. »Ich traue dieser alten Bruchbude nicht.«

»Ich auch nicht. Aber der Steinregen wird nicht mehr lange andauern.«

»Was hoffst du hier zu finden?«, fragte Groj.

Yeejhza legte die Stirn in Falten. »Es ist eher so, dass etwas mich gefunden hat«, erwiderte sie zögernd. »Ich muss wissen, was es ist.«

Er lehnte sich zurück und starrte in das Halbdunkel der leeren Halle, die unter den Einschlägen des steinernen Regens dröhnte. Er wusste nicht, ob es seine oder Yeejhzas Gefühle waren, die ihm die Gegenwart einer unmittelbaren Bedrohung vermittelten.

Es wird einen Kampf geben, dachte er.

28. JENSEITSKRIEGER

Der Steinregen war weitergezogen. Groj und Yeejhza verließen die Krabbe, um die verlassene Anlage zu erkunden. Sie traten durch ein weiteres Tor, das tiefer in die düsteren Eingeweide des Gebäudes führte, und gelangten in einen großen, leeren Raum, aus dem alle Geräte und Maschinen entfernt worden waren. In der Mitte der Halle ruhte ein tropfenförmiger, in gebrochenem Weiß schimmernder Nanojet in der Luft, etwa einen dreiviertel Meter über dem rußigen Boden.

»Was ist das?«, flüsterte Yeejhza.

»Du weißt es wirklich nicht?«, fragte Groj.

Sie schüttelte den Kopf. »Ich sehe so etwas zum ersten Mal.«

Er ging auf den Jet zu, den Karabiner schussbreit. Yeejhza folgte ihm zögernd bis vor das ovale Einstiegsluk.

»Mercurius?« Sie strich mit den Fingern über die Außenhülle des Jets. »Es fühlt sich an … wie mein Anzug.«

»Genug!«, ertönte eine gebieterische Frauenstimme aus der Tiefe der Halle. »Dreht euch langsam um und kommt bloß nicht auf die Idee, euch mit mir anzulegen.«

Sie war groß und stattlich, mit kurz geschorenem blondem Haar. Ihre schwarze Montur, mit einer Vielzahl von Gadgets ausgestattet, ließ sie wie eine Weltraumpilotin aussehen. Sie saß nahe der Wand auf einem Metallcontainer und hielt mit einem gelangweilten Lächeln eine kupferfarbige Waffe auf Groj und Yeejhza gerichtet.

»Solange ihr kooperiert, habt ihr nichts von mir zu befürchten«, fuhr sie fort. »Ich mache hier nur meinen Job. Und ihr macht keine Dummheiten, verstanden?«

Groj legte den Karabiner auf den Boden und spreizte die Arme ab. Er spürte, dass Yeejhza sich anspannte und er berührte sie sacht an der Schulter.

»Versuch's erst gar nicht«, murmelte er. »Bestimmt ist sie nicht so schlau wie du, aber physisch ist sie dir wahrscheinlich ebenbürtig.«

»Höre auf ihn«, sagte die Fremde. »Wenn du keine Schwierigkeiten machst, kann alles ganz friedlich ablaufen.«

Yeejhza atmete keuchend aus. Vielleicht hatte sie Grojs Aussage mit dem Strom abgeglichen, oder sie vertraute einfach nur seinem Urteilsvermögen.

»Was willst du von uns?«, fragte sie mit klirrender Stimme.

»Es ist ganz einfach«, antwortete die Frau. »Du kommst mit mir. Und du …« Sie nickte in Grojs Richtung. »Du gehst deiner Wege.«

»Dich schickt der Weiße Pfad«, behauptete Yeejhza.

Die Frau zog die Augenbrauen hoch. »Kluges Mädchen! Ja, ich arbeite für den Weißen Pfad. Und ich habe sogar einen Namen: Lydi van Craaft. Ich weiß nicht, was er bedeutet. Oder ob er überhaupt eine Bedeutung hat. Kennst du die Bedeutung deines Namens, hübsches Kind?«

»Ich werde auf keinen Fall mit dir kommen«, entgegnete Yeejhza.

Lydi van Craaft winkte mit ihrer Pistole. »Keine gute Entscheidung. Dann werde ich deinen Alabasterkörper in Stücke schießen und dir den hübschen Kopf abschneiden. Du weißt, wie das heutzutage läuft. Informationen sind alles, der Rest spielt keine Rolle.«

»Gehört es auch zu deinem Job, uns die Ohren vollzuquatschen?«, fragte Groj.

»Keinesfalls!« Lydi van Craaft bog den Kopf in den Nacken und lachte schrill auf. »Ich versuche nur, eine Beziehung zu euch aufzubauen. Weil ich kein ferngesteuerter Roboter sein will, der stur seinen Auftrag erfüllt. Yeejhza weiß, von was ich rede. Stimmt's, meine Schöne?«

Yeejhza schnaubte durch die Nase. »Wenn du kein Roboter sein willst, dann treffe eine eigene Entscheidung. Steige in dein blödes kleines Raumschiff und verschwinde von hier.«

»So einfach ist es leider nicht«, erwiderte Lydi. »Wenn ich meinen Auftrag nicht erfülle, werden sie mich einschmelzen und neu zusammensetzen.«

»Dann heißt es wohl: Du oder ich.«

Lydi wiegte den Kopf, ihr streng geometrisch geschnittenes Gesicht zeigte einen Anflug von Überdruss. »Es ist so primitiv, nicht wahr? So primitiv, dass es sich wie eine Beleidigung anfühlt.«

»Und du würdest nie erfahren, wo sich Aldinjha verborgen hält«, setzte Yeejhza nach.

Das hättest du nicht sagen dürfen, dachte Groj. Und Lydis Gesicht wirkte plötzlich aufmerksam und angespannt.

»Sie ist hier?«

»Du weißt, wozu sie fähig ist. Und sie wird dich bis ans Ende der Zeit jagen, wenn du mir etwas antust.«

»Du bluffst«, behauptete Lydi van Craaft.

»Warum befragst du nicht den Datenstrom?«, entgegnete Yeejhza forsch.

»Dafür bin ich nicht ausgelegt. Ich bin eine ziemlich schlicht gestrickte Tötungsmaschine.« Lydi seufzte dramatisch und betrachtete die Waffe in ihrer Hand. »Manchmal packt mich die Melancholie. Dann frage ich mich nach dem Sinn meiner Existenz. Kannst du mir eine Antwort darauf geben, Sonnenschein?«

Yeejhza klammerte sich an Grojs Arm. »Ich habe jemanden gefunden, der mich so akzeptiert, wie ich bin. Durch ihn lerne ich jeden Tag dazu. Vielleicht ist es das, was auch du brauchst.«

»Vielleicht, vielleicht«, sagte Lydi van Craaft. »Vielleicht sollte ich mich endlich erschießen. Und alle meine Probleme wären auf der Stelle gelöst.«

»Warum tust du's dann nicht?«

»Weil ich verdammt noch mal einen Arbeitsethos habe! Ob der nun einprogrammiert ist oder auf meiner eigenen Haltung beruht, spielt keine Rolle.«

»Da ist etwas«, flüsterte Yeejhza. »Ganz in der Nähe. Wie eine Dunkelheit, die durch mich hindurchweht.«

Groj sah sie verstört an. Und bekam Gänsehaut. Jetzt spürte er es auch. Die Kälte, die Finsternis.

Ein gespenstischer Schatten erschien wie aus dem Nichts, baute sich drohend und schwarz hinter Lydi van Craaft auf. Groj gab Yeejhza einen Stoß und bückte sich nach seinem Karabiner. Sie rannten auf den Ausgang der Halle zu.

Ein Schuss dröhnte durch die leeren Räume. Groj drehte sich im Laufen um. Lydi van Craaft hing etwa vier Meter hoch in der Luft, Blut spritzte in einer roten Fontäne aus ihrer Brust. Dann wurde sie von der schattenhaften Gewalt an eine Wand geschleudert und prallte hart auf dem Boden auf, versuchte jedoch sofort, wieder auf die Beine zu kommen. Für einen kurzen Moment sah es so aus, als würde es ihr gelingen, doch die Geisterfaust rammte sie erneut an die Wand, schien das Leben aus ihr herausquetschen zu wollen.

Groj erinnerte sich an den letzten Patienten, den er im Lazarett behandelt hatte. Den jungen, milchgesichtigen Soldaten und dessen leidenschaftliche Schilderung eines Jenseitskriegers, der Freund und Feind gleichermaßen niedergemetzelt hatte.

Sie erreichten die Krabbe. Yeejhza sprang zum Luk hinauf und streckte Groj ihre Hand entgegen. Groj zögerte, um einen Blick auf das zu werfen, was sich in der Halle nebenan abspielte. Und sah, wie Lydi van Craafts Körper in seine Einzelteile zerfetzt wurde. Etwas landete mit einem dumpfen Aufprall auf dem Boden, kullerte noch ein Stück weiter und blieb nicht weit von der Krabbe entfernt liegen.

Es war Lydi van Craafts Kopf. Ihre Augen drehten sich in seine Richtung. Es war noch Leben in ihnen. Leben, Verstand, vielleicht sogar Emotion.

»Groj!«, kreischte Yeejhza aus der Krabbe.

Er warf ihr den Karabiner zu, hastete zurück und klemmte sich Lydis Kopf unter den Arm. Als er mit seinem Fundstück die Krabbe enterte, fuhr Yeejhza bereits den Antrieb hoch.

»Was soll das?«, wetterte sie. »Was willst du mit diesem Ding?«

»Reden. Ich bin mir sicher, dass sie uns etwas zu erzählen hat.«

Er brachte den Kopf in die Kabine, bettete ihn auf eines der unbenutzten Betten. Was mache ich hier eigentlich?, dachte er. Es ist ekelhaft, es ist pervers, es ist …

»Fick dich!«, schimpfte Lydi von Craafts Kopf. »Von mir wirst du nichts erfahren, du gescheitertes Vorläufermodell!«

»Du kannst mich nicht beleidigen«, erwiderte Groj. »Jeder Mensch ist ein Vorläufermodell für diejenigen, die nach ihm kommen. Sag mir lieber, was dich gerade in Stücke gerissen hat, du schlicht gestrickte Tötungsmaschine.«

»Leck mich kreuzweise am Arsch!«, stieß der Kopf hervor.

»Wir reden weiter, wenn du den Schock über dein vorzeitiges Ableben überwunden hast. Mach die Augen zu und entspanne dich, okay? Und noch etwas – da waren einige gute Ansätze in unserem Plausch. Daran sollten wir anknüpfen, finde ich.«

»Verschwinde!«, krächzte der Kopf. »Du bist nichts als ein minderwertiges Abfallprodukt!«

»Groj!«, schrie Yeejhza. »Ich brauche dich hier!«

Er lief nach vorne ins Cockpit. Die Krabbe raste in den violetten, vom Steinregen gezeichneten Wald hinein, die ersten Blätter klatschten bereits an die Frontscheibe.

»Du musst nicht so schnell fahren«, sagte er.

»Aber was war das?« Yeejhza hatte die Fäuste um die Steuerknüppel gekrampft, in ihrem Blick lag etwas Fiebriges, Irrlichterndes. »Hast du so etwas schon einmal gesehen? Ich habe Angst. Sag mir, dass ich keine Angst haben muss!«

»Ich weiß nicht, was es ist«, antwortete er. »Ich wundere mich nur, dass es uns verschont hat.«

»Ich habe diesen Begriff aufgeschnappt, der gerade durch deinen Verstand gegeistert ist. Jenseitskrieger. Erzähle mir mehr.«

Die Krabbe stürzte sich mit Wucht in eine Bodenmulde und Groj hatte kurz das Gefühl, aus dem Sitz geworfen zu werden. Yeejhza behielt das Tempo bei. Sie wollte einfach nur weg, und das so schnell wie möglich.

»Ein traumatisierter Soldat hat im Lazarett davon gesprochen«, sagte er. »Zuerst habe ich es nicht ernst genommen. Dann war ich mir nicht mehr so sicher.«

»Wollte es uns beschützen?«, hakte Yeejhza nach. Ihre Stimme hatte einen manischen Unterton, der Groj nicht gefiel. »Aber warum? Es ist nicht von dieser Welt. Im Strom gibt es keine Informationen über dieses Ding.«

»Wir werden das alles herausfinden«, sagte er in bemüht ruhigem Tonfall. »Jedenfalls wissen wir jetzt, dass es uns nicht schaden will, sonst hätte es mit uns das Gleiche gemacht wie mit Lydi van Craaft.«

»Schön, dass du dir so sicher bist! Ich bin mir nämlich absolut nicht sicher. Über gar nichts, verstehst du?« Sie blickte ihn missmutig an. »Und achte auf diesen unverschämten Kopf!«, fuhr sie fort. »Ich möchte nicht, dass er meine Koje vollkotzt.«

29. SPERRGEBIET

Lydi van Craafts Kopf war während der rasanten Fahrt aus der Koje gefallen. Groj formte aus einem Laken einen runden Wulst und bettete den Kopf in dessen Mitte.

»Ich will mit dir reden«, sagte er. »Ich weiß nicht, wie viel Zeit dir noch bleibt, aber wir werden reden. Bitte halte noch eine Weile durch, hörst du mich?«

Der Kopf starrte ins Leere, doch seine Lippen formten unhörbare Laute, als murmelte er etwas vor sich hin. Groj empfand Mitleid, obwohl ihm bewusst war, dass er es mit einem Ding zu tun hatte, dessen menschliche Eigenschaften auf ein Bündel von Reflexen reduziert waren.

»Groj! Wir sind da!«

Das war Yeejhzas Stimme aus dem Cockpit, schrill und gleichzeitig dünn und kraftlos. Er warf einen letzten Blick auf den stummen Kopf und ging nach vorne, setzte sich zu Yeejhza ans Steuerpult und blickte durch den frontalen Fensterschlitz nach draußen.

Grünhausen war eine Geisterstadt. Die Fassaden der massiven Gebäude von Sturm, Hagel und Steinregen gezeichnet. Die Straßen von den Wracks ausgeschlachteter Fahrzeuge gesäumt. Krakenbäume und Purpurweiden hatten die Freiflächen zurückerobert. Und der westliche Hang des Plateaus ragte wie eine Wand über den Dächern auf, hoch oben in graue Wolken gehüllt und vom Rumpeln und Knirschen beständigen Donners umgeben.

»Ich wusste nicht, dass es verlassen ist«, sagte Yeejhza.

»Nicht völlig verlassen«, erwiderte Groj. »Es gibt noch Menschen hier.«

Aus weiter Ferne waren Explosionen zu hören. Ein Quadrokopter zog mit blinkenden Positionslichtern im Tiefflug nach Nordwesten über die Stadt hinweg. Groj konnte die Beschriftung nicht erkennen, vermutete jedoch, dass es sich um einen Krankentransport handelte, der die Lazarette in Regenbogen und Paramount mit Verwundeten belieferte.

Yeejhza bog in eine Querstraße ein, welche direkt auf das Plateau zuführte. Verlassene Geschäfte, Bars und Restaurants zu beiden Seiten träumten von einer Vergangenheit, in der die Stadt von Leben erfüllt gewesen war.

Sie fuhren unter einem Schild hindurch, das die Straße überspannte und in abblätternder Schrift darauf verwies, dass hier das Territorium der Mendelson Handelsgesellschaft begann. Ein Relikt aus der Zeit des ersten Supralith-Rauschs, bedeutungslos geworden im Schatten fortschreitender Ereignisse.

Eingestürzte Baracken, einstmals als Unterkünfte für die Minenarbeiter errichtet. Der Rundbau eines Casinos, halbwegs erhalten und doch den morbiden Hauch des Verfalls ausströmend. Zertrümmerte Hallen, die Skelette von Verladekränen. Wie von Riesenhänden verbogene Förderbänder.

Das Bergwerk kam in Sicht. Ein quadratischer Schacht, gerahmt von einer massiven Einfassung aus grauem Beton. Yeejhza bremste ab und hielt vor der Rampe an, die zu dem dunklen Schlund hinauf führte.

»Es ist unheimlich«, sagte sie leise.

»Bist du dir sicher, dass wir da hinein müssen?«, fragte Groj.

Sie nickte entschlossen. »Dafür sind wir hierher gekommen.«

»Dann geht es gar nicht um Aldinjha.«

»Doch«, erwiderte sie. »Weil alles mit allem zusammenhängt.«

Ihm fiel der Schweiß auf ihrem Gesicht auf. Winzige feuchte Perlen auf ihrer perfekten Haut, die nun einen fahlen Grauton aufwies.

»Mir geht's nicht gut«, sagte sie, ohne ihn dabei anzusehen. »Ich fühle mich krank.«

»Du kannst nicht krank werden«, sagte Groj.

»Vielleicht doch? Mir ist heiß, mein Mund ist trocken, und im Bauch habe ich ein seltsames, mulmiges Gefühl.«

»Ich hole das Mediset …«

»Nein, lass das.« Sie umfasste sein Handgelenk, das hatte beinahe etwas Verzweifeltes. »Das wird schon wieder, Groj.«

Die Sensoren meldeten eine Annäherung. Auf den hinteren Außenmonitoren war eine Gestalt zu erkennen, die sich bedächtig näherte. Groj zoomte sie heran. Eine stämmig gebaute Frau in einer Art Rangers-Uniform, einen schlichten Helm auf dem Kopf und eine Atemschutzmaske vor dem Mund. In ihren Händen ein Karabiner, den Lauf nach unten gesenkt. Ihre Lippen bewegten sich, Yeejhza fuhr die Mikrofone hoch.

»… euch zu identifizieren«, drang die erhobene Stimme der Frau aus den Lautsprechern. »Hier ist der Ordnungsdienst von Grünhausen. Kann mich denn jemand hören?«

»Ich gehe raus«, sagte Yeejhza.

»Ich gehe«, sagte Groj.

Sie stand von ihrem Sitz auf und wankte für eine Sekunde oder zwei, dann hatte sie sich wieder unter Kontrolle. Groj schickte ihr einen besorgten Blick nach, als sie das Luk öffnete und sich ins Freie schwang.

»Gibt es ein Problem?«, hörte er sie über die Außenmikrofone fragen.

»Dies ist ein Sperrgebiet«, erklärte die Frau mit dem Helm. »Im Schacht besteht Einsturzgefahr. Ihr müsst umkehren und dieses Gelände verlassen.«

»Unsere Kennung ist Zarathustra sieben-Strich-einundzwanzig. Verdeckte Operation im Auftrag von Primus Eins. Das Risiko ist uns bewusst, aber wir müssen uns an unsere Order halten.«

Die Frau prüfte die Angaben über ihr Armband-Kom. Groj hoffte, sie würde nicht an Bord kommen wollen. Er hatte Lydi van Craafts abgerissenen Kopf auf dem Bett liegen gelassen. Jetzt wünschte er, er hätte ihn in einem Spind versteckt. Was er aus Pietätsgründen nicht in Erwägung gezogen hatte. Abgesehen davon konnte der mürrische Kopf jederzeit eine Tirade vom Stapel lassen, Versteck hin oder her.

»Eure Kennung ist registriert«, sagte die Frau mit dem Helm. »Ich muss dich aber darauf hinweisen, dass ihr nicht mit Unterstützung rechnen könnt, falls euch da drin etwas zustößt. Ihr seid völlig auf euch selbst gestellt.«

»Was könnte schon passieren?«, fragte Yeejhza. »Es ist nur ein stillgelegter Bergwerksschacht. Oder gibt es etwas, das ich wissen sollte?«

Die Frau winkte ab. »Der ganze Planet spielt verrückt. Da kann man nicht vorsichtig genug sein.«

»Oh ja, da hast du recht«, erwiderte Yeejhza leutselig. Sie hörte sich an wie die nette Nachbarin bei einem Plausch über den Gartenzaun. »Wir werden auch bestimmt auf uns Acht geben, versprochen.«

Sie atmete schwer, als sie die Leiter heraufgeklettert war und sich auf den Fahrersitz sinken ließ. Groj nahm ihre Hand, fühlte den Puls. Und sah sie alarmiert an.

»Das ist ein einziges polyrhythmisches Stakkato«, stellte er fest.

Yeejhza erwiderte seinen Blick mit gequälter, dabei jedoch nachsichtiger Miene. »Mein Herz ist anders als deines. Eigentlich habe ich drei Herzen. Eines ist zuständig für mein Gehirn, eines für meine Muskulatur, und eines für den ganzen Rest. Ich könnte jetzt gekränkt sein, dass dir das nicht aufgefallen ist, als wir zusammen waren.«

»Da habe ich mich auf andere Dinge konzentriert«, sagte er mit einem verhaltenen Lächeln.

»Das war auch gut so.« Sie entzog ihm ihre Hand und strich ihm burschikos durchs Haar. »Jetzt fahren wir in diesen Schacht, okay? Wenn da drin irgendwas für uns von Bedeutung ist, werden wir es finden.«

»Oder es findet uns.«

»Genau. Nun solltest du nach dem Kopf sehen. Vielleicht ist er jetzt gesprächiger?«

Er betrachtete die Schweißtropfen auf ihrer Stirn. Die dunklen Augenringe, die kurz vorher noch nicht da gewesen waren. Und ihre Hände – zitterten sie, oder bildete er sich das nur ein?

Groj stand auf und wandte sich zögernd in Richtung der Kabine. Yeejhzas Zustand begann ihn ernsthaft zu beunruhigen und er zweifelte an ihrer Fähigkeit, ihn richtig einzuschätzen. Doch er konnte nicht mehr tun, als sie aufmerksam im Auge zu behalten.

30. GESPRÄCH MIT DEM KOPF

Die Augen von Lydi van Craaft hatten eine ungesunde gelbliche Färbung angenommen, die ihnen etwas Dämonisches verlieh. Und doch glaubte Groj immer noch so etwas wie Leben in ihnen zu erkennen. Falls es sich überhaupt um »Leben« handelte und nicht um die absterbenden Reflexe biologischer Schaltkreise.

Er wünschte, er hätte seinem spontanen Impuls nicht nachgegeben und den Kopf in der alten Verhüttungsanlage zurückgelassen. Der Anblick erschütterte ihn auf eine Weise, die an sein Innerstes rührte. Als würde er in einen Abgrund blicken, der sich tief unter den alltäglichen Schrecken dieses dunklen Planeten erstreckte.

»Was glotzt du so blöd?«, herrschte ihn der Kopf so unvermittelt an, dass er zusammenzuckte. »Wenn du nichts zu sagen hast, dann lass mich in Ruhe und verschwinde!«

Die Stimme, brüchig und beinahe metallisch, jagte ihm einen Schauer über den Rücken. Er wich zurück, setzte sich auf das Bett schräg gegenüber. Was für eine Perversion, dachte er. Ein menschliches Wesen sollte tot sein, wenn ihm der Kopf abgerissen wurde. Ob auch Yeejhzas Kopf munter weiterplappern würde, wenn ihr das Gleiche geschah? Allein der Gedanke schnürte ihm den Hals zu.

Er schluckte, räusperte sich und fragte: »Was weißt du über dieses Wesen, das dich angegriffen hat?«

»Wenn ich es wüsste, würde ich es dir nicht sagen«, entgegnete der Kopf.

»Also weißt du es nicht?«

»Mein Auftrag lautet, dein kleines Schätzchen aus dem Verkehr zu ziehen. Entweder zu Mercurius zurück zu bringen oder es zu eliminieren. Der Zwischenfall mit diesem Wesen stand nicht auf dem Plan.«

»Erzähle mir von Mercurius. Was genau ist das?«

»Es ist vor allem eines: streng geheim.«

»Es ist ein Asteroid im leeren Weltraum, nicht wahr?«, hakte er nach – und wunderte sich, woher er das auf einmal wusste. Von Yeejhza hatte er es nicht erfahren. War das eine Eingebung aus dem Datenstrom?

»Ein Asteroid«, fuhr er fort, als Lydi nicht reagierte. »Ausgebaut zu einem Forschungslabor, das von einer elitären Verschwörerclique finanziert wird. Dort werden so hübsche Geschöpfe wie Yeejhza gezüchtet. Und weniger hübsche, wie du zum Beispiel …«

»Dafür sollte ich dir den Schädel einschlagen und dein Gehirn in dieser schäbigen Kammer verteilen!«, fiel ihm Lydis Kopf ins Wort.

»Dein Nanojet stammt aus derselben Werkstatt«, behauptete Groj. »Intelligente Materie, perfektes Design – so wie eure Monturen. Dein Jet war nicht der erste seiner Art, den ich hier auf Daark zu Gesicht bekommen habe. Was fällt dir dazu ein?«

»Der Weiße Pfad ist gut zu seinen Freunden«, erwiderte der Kopf.

»Dann zählt Primus Eins zu den Freunden des Weißen Pfads?«

»Meine Aufgabe besteht darin, verloren gegangene Dinge zurückzubringen oder sie zu zerstören«, erklärte der Kopf. »Wer der Freund von wem ist, hat für mich keine Relevanz.«

»Und doch hast du Freunde«, sagte Groj. »Die dir geholfen haben, Yeejhza aufzuspüren.«

»Lydi hat keine Freunde.«

Dass sie nun in der dritten Person von sich sprach, konnte darauf hindeuten, dass ihre virtuelle Persönlichkeit zu bröckeln begann. Vielleicht, so hoffte Groj, würde das ihre Selbstkontrolle aufweichen und sie gesprächiger machen, ehe sich ihre Systeme vollständig abschalteten.

»Jemand muss dich informiert haben, dass Yeejhza auf dem Weg nach Süden ist …«

Er hielt inne, als eine rasche Folge von Erschütterungen die Krabbe durchrüttelte. Der Antrieb in ihrem stählernen Bauch wimmerte an der oberen Hörbarkeitsgrenze. Yeejhza schien mit extrem hohem Tempo durch den Schacht zu rasen. Die Krabbe schaffte auf einer geraden, ebenen Strecke an die dreihundertfünfzig Stundenkilometer. Ob der Schacht dafür ausgelegt war, würde sich zeigen. Ihm blieb nichts anderes übrig, als Yeejhza und ihren außergewöhnlichen Fähigkeiten zu vertrauen.

»Von wem hast du es erfahren?«, fragte er den Lydi-van-Craaft-Kopf, dessen Haut allmählich eine graue Färbung annahm. »Dass Yeejhza zum Plateau will?«

»Frühwarn«, antwortete sie leise. »Agent vom Pfad.«

»Bist du dir sicher, dass es niemand aus dem Stab von Primus Eins war?«

»Primus Eins … kenne ich nicht … aber dich kenne ich … schon sehr lange … Terval … Grojin' … Grojin'nan …«

»Woher kennst du mich?«, fuhr er sie an. Er fühlte sich aus unerfindlichen Gründen aufgebracht, spürte seinen Puls in den Schläfen pochen und hatte plötzlich Mühe zu atmen.

»Unser Garten«, wisperte sie. »Ich habe ... so lange nicht mehr daran gedacht ... alles war wie ausgelöscht ... doch nun ...«

Es kann nicht sein, versuchte er sich einzureden. Aber ihr Gesicht ... die weit auseinander stehenden Augen, die schmalen, Lippen, die flache Nase ...

Er versuchte Erinnerungen aufzuwecken, sie aus den lichtlosen Winkeln seines Bewusstseins hervor zu zwingen. Ließ sich von dem Bett rutschen und näherte sich dem Kopf auf allen Vieren, versucht, ihn in die Hände zu nehmen und seine Freundin auf der Mercurius darin wieder zu erkennen.

»Die Schmetterlinge«, hauchte der Kopf. »Weißt du noch ...? Die Schmetterlinge ...«

Lydi van Craafts fahlgelbe Augen starrten ins Leere, der letzte Rest Lebendigkeit war aus ihnen gewichen. Groj kauerte vor dem sterbenden Kopf, unfähig, einen klaren Gedanken zu fassen. Eine Serie von Erschütterungen ließ den Boden unter ihm erzittern, löste einen Anflug von Panik bei ihm aus.

Er durchstreifte in Gedanken noch einmal die Biotope auf der Mercurius, an seiner Seite das junge Mädchen, das vielleicht Lydi van Craaft gewesen war, und ja, da waren Schmetterlinge, die sich einem auf die Hand setzten und ihre Flügel auf und wieder zu klappten, als würden sie sich Luft zufächern. Und das Mädchen lachte fröhlich und meinte: »Auf der Erde sind sie bestimmt noch viel größer und schöner.«

Groj riss sich aus seinem tranceähnlichen Zustand, sein Puls lief nun ruhiger und seine Atmung hatte sich halbwegs normalisiert, doch in seinem Gehirn drehte sich ein wirres Gedankenkarussell – wenn er gerade wirklich mit der Freundin aus seiner Kindheit gesprochen hatte, ergab vieles keinen Sinn mehr.

Er richtete sich auf und stellte fest, dass seine Beine zitterten. Vorsichtig stieg er die drei flachen Stufen zum Cockpit hinauf. Jenseits der Frontschlitze herrschte absolute Schwärze, nur im Vordergrund, grell ausgeleuchtet von den Scheinwerfern der Krabbe, vorbeirasende Stützpfeiler und Reihen von Förderwagen für Sekundenbruchteile der Dunkelheit entreißend.

»Du musst anhalten«, sagte er. »Sofort.«

31. DER HUSTEN

Yeejhza drehte sich auf dem Fahrersitz zu ihm um. Augenringe, eingefallene Wangen, das schwarze Haar matt und strähnig.

»Hat sie geredet?«

Groj nickte. »Aber jetzt ist es vorbei.«

»Du wirkst so mitgenommen …«

»Lange Geschichte«, sagte er. »Und ich weiß nicht einmal, ob sie wahr ist.«

»Warum willst du, dass ich anhalte?«

»Weil alles ganz anders sein könnte, als ich gedacht habe.«

»Ich werde weiterfahren«, erwiderte Yeejhza. »Es ist nicht mehr weit.«

»Was genau ist unser Ziel?«, fragte er, immer noch benommen von seinem Gespräch mit dem Kopf. »Das Ende des Schachts?«

Sie nickte entschlossen.

»Was erwartet uns dort?«, hakte er nach. »Deine Schwester?«

Yeejhza antwortete nicht, jagte die Krabbe weiter auf Hochtouren durch den Schacht. Groj setzte sich neben sie und versuchte, Klarheit in seine Gedanken zu bringen. Warum hatte er Lydi nicht wieder erkannt? Aber auch sie hatte ihn erst erkannt, als es mit ihr zu Ende gegangen war und ihre Barriereprogramme versagt hatten. Was war mit ihnen auf der Mercurius geschehen? Er glaubte nicht mehr daran, dass das Labor, in dem Yeejhza und ihre Zwillingsschwester entstanden waren, rein zufällig so hieß wie das Auswandererschiff, in dessen Bauch er mit Lydi durch die Biotope gestreift war. Doch wann hatten sie einander aus den Augen verloren, und auf welche Weise hatten sich ihre Wege getrennt? Viele Jahre war sie aus seinem Gedächtnis regelrecht gelöscht gewesen, bis auf der Straße durch Nordende spontan eine Erinnerung in ihm aufgestiegen war – weil er an Schmetterlinge gedacht hatte. Wann war dieses halbmenschliche, zynische Monstrum aus ihr geworden, dessen Kopf er aus der Verhüttungsanlage gerettet hatte?

Groj empfand eine bleierne Schwere, als würden die verschlungenen Gedanken seine Kraft absaugen. Die Stelle an seinem Arm begann wieder zu jucken wie der Stich eines ekelhaften Insekts. Er kratzte sich träge und beobachtete Yeejhza dabei, wie sie ihren angespannten Blick über die Monitore und Anzeigentafeln huschen ließ.

»Wir haben es gleich geschafft«, sagte sie. »Bist du bereit, Groj?«

»Bereit für was?«

Sie verringerte das Tempo, der Maschinengesang verebbte und die Krabbe hielt an. Die Scheinwerfer beleuchteten eine grob behauene Felswand, tauchten sie in kalkweißes Licht.

»Hier ist nichts«, stellte er fest.

»Wir sind hier genau richtig«, widersprach sie. Und krümmte sich unter einem plötzlichen Hustenanfall.

Groj beugte sich zu ihr hinüber.

»Was hast du? Das hört sich nicht gut an.«

»Wird schon wieder«, stieß sie hervor. Und hustete weiter, rau und krächzend, dem Anfall vollkommen ausgeliefert.

»Du musst dich ausruhen«, sagte er mit sanfter Stimme. »Komm mit nach hinten und lege dich auf dein Bett. Ich bringe inzwischen Lydis Kopf weg.«

Yeejhza funkelte ihn aus wilden, fiebrigen Augen an. »Wir gehen jetzt raus. Wir beide. Mir fehlt nichts, ich habe nur …«

Sie stockte, als sie versuchte, den Husten zu unterdrücken. Auf ihrer Unterlippe zeigten sich verschmierte Tropfen einer schwarzen, öligen Substanz.

»… nur ein bisschen Husten«, sagte sie leise.

Groj sah ein, dass ihr mit Argumenten nicht beizukommen war. »Na gut, steigen wir aus. Warte auf mich am Luk, ich hole den Kopf.«

»Ja, mach das«, flüsterte sie, lehnte sich zurück und schloss die Augen.

Er sah sie noch einen Moment lang an und überlegte, ob er nicht doch etwas für sie tun konnte. Dann ging er in die Kabine und nahm Lydi van Craafts toten Kopf von der Matratze. Er hielt ihn an den Seiten, weil er weder ihr Gesicht noch den abgetrennten Hals berühren wollte, und wehrte sich gegen das Gefühl von Ekel, das in ihm aufstieg. Aber dieser Kopf war alles, was von Lydi übrig geblieben war, und er hatte vor, sie ehrenvoll zu verabschieden.

Die Luft im Schacht schmeckte anders als erwartet. Das Plateau war durchzogen von Klüften und Rissen, in denen eine stetige Zirkulation herrschte und die das Bergwerk mit atembarer Luft versorgten – feucht und leicht modrig riechend, aber nicht abgestanden.

Yeejhza war bereits die Leiter heruntergeklettert. Sie streckte die Arme aus, um Groj den Kopf abzunehmen. Als er den Boden des Schachts erreicht hatte, nahm er ihn wieder an sich.

Er sah sich um. Da war nur der kahle Schacht mit seinen zwei Paar

Schienen für die Förderwagen, nahtlos in den Boden eingelassen. Groj legte den Kopf an der Schachtwand ab und verschränkte die Hände vor dem Schoß.

»Es geht nicht anders«, sagte er mit stockender Stimme. »Ich hoffe, du akzeptierst das. Es tut mir leid, was sie aus dir gemacht haben. Vielleicht finde ich eines Tages heraus, wer dafür verantwortlich ist. Und falls es sich ergibt, lasse ich diese Schweine dafür büßen.«

Yeejhza war bei der Krabbe zurückgeblieben und zeichnete sich als scharfe, schwarze Kontur vor dem Scheinwerferlicht ab.

»Sie war für dich da«, stellte sie fest. »Auf dem Schiff. Als du einen Freund gebraucht hast.«

»Woher weißt du …?«, setzte er an. Im selben Moment wurde ihm klar, wie dumm die Frage war.

»Manchmal macht es mich beinahe verrückt«, sagte Yeejhza wie geistesabwesend. »Ständig diese Flut an Informationen.«

Groj blickte auf Lydis Kopf hinab. Eine Zange schloss sich um seine Eingeweide, als die Erinnerungen an ihre gemeinsame Zeit aufsteigen wollten.

»Wir waren noch Kinder«, murmelte er. »Ich verstehe nicht, wie ich sie vergessen konnte.«

»Vielleicht musste es sein«, erwiderte Yeejhza leise.

Er sah sie rätselnd an, erwartete eine Erklärung. Yeejhza blickte zur Seite, wies mit dem Kopf auf das steinerne Ende des Schachts.

»Na los, gehen wir.«

Groj schloss die Augen, ballte die Hände zu Fäusten. »Ja, gehen wir. Aber wohin, verdammt?«

Sie stieß sich mit den Händen von der Krabbe ab, machte einige unsichere Schritte und hielt dann mitten in der Bewegung inne. Der Husten setzte wieder ein und sie fiel auf die Knie, würgend und ächzend, aus ihrem Mund ergoss sich ein Schwall zähen, schwarzen Schleims.

Groj lief zu ihr und beugte sich über sie, legte seine Hand auf ihren gekrümmten Rücken.

»Wir müssen zurück«, sagte er. »Sofort. Hier drin wirst du umkommen.«

Yeejhza sank in sich zusammen und kam auf der Seite zum Liegen, ihr Körper von Krämpfen durchgeschüttelt. Groj verharrte auf der Stelle, ging die Optionen durch. Er musste Yeejhza in die Krabbe zurück bringen, sie brauchte medizinische Versorgung – aber welche und von wem?

Vom Ende des Schachts ertönten Schritte. Groj fuhr herum und blinzelte in das Dunkel außerhalb des kalten Scheinwerferlichts. Eine schlanke Gestalt kam auf ihn zu. Eine junge Frau mit langem, rötlich blondem Haar. Sie war in eine enge, helle Montur gehüllt – völlig identisch mit Yeejhzas Bekleidung.

»Aldinjha?«, fragte er.

Die Fremde kniete neben Yeejhza nieder, legte ihr die Hand auf die Schulter. Sie blickte Groj missbilligend aus ihren hellen, blauen Augen an.

»Was für eine Scheiße«, knurrte sie. »Solltest du nicht auf sie aufpassen?«

32. DIE VERBORGENE STADT

»Was ist mit ihr?«, fragte Groj. »Kannst du ihr helfen?«

Aldinjha drehte Yeejhzas unkontrolliert zuckenden Körper auf die Seite und betrachtete das ölig schimmernde Erbrochene auf dem Boden.

»Seid ihr einem Hütergeist begegnet? Das würde alles erklären.«

Groj runzelte die Stirn. »Hütergeist?«

»Schwarz, körperlos, kaum mehr als ein Schatten. Aber sie können kräftig zupacken, wenn es mit ihnen durchgeht.« Aldinjha deutete auf Lydis einsamen, verwelkenden Kopf. »Hat das auch einer von ihnen getan?«

»Er hat nur sie angegriffen«, sagte Groj. »Ich glaube, er wollte uns vor ihr beschützen.«

»So wird es wohl gewesen sein. Und dann hat er sich bei Yeejhza eingenistet. Vermutlich hat er sie mit mir verwechselt. Wir sind uns genetisch sehr ähnlich, aber das weißt du sicherlich bereits.«

Sie schob ihre Hände unter Yeejhzas Achseln und Kniekehlen und richtete sich auf, ihre Schwester auf den Armen.

»Was hast du vor?«, fragte Groj.

»Sie retten«, sagte sie und ging mit ihrer Last auf die abschließende Wand des Bergwerksschachts zu. »Falls das überhaupt möglich ist.«

Er hatte das Gefühl, in ein tiefes Loch zu fallen. Seine Füße fühlten sich an wie Blei, als er hinter Aldinjha her stolperte.

»Kann ich denn gar nichts tun?«

»Komm einfach mit«, erwiderte sie.

»Wohin?«

Aldinjha antwortete nicht. Vor ihr bildete das Gestein ein Wellenmuster, als wäre es auf einmal flüssig geworden. Dann entstand eine ovale Öffnung, die Groj an das Einstiegsluk des Nanojets erinnerte. Und an die Taschen und Reißverschlüsse in Yeejhzas Montur, die mal da waren und dann wieder nicht.

Er folgte Aldinjha durch das trübe Zwielicht der Passage. In seinem Verstand wollten sich etliche Puzzleteile zusammenfügen, doch er war zu angespannt, um sich zu konzentrieren.

»Diese Technologie«, fragte er, »stammt sie von den Hütergeistern?«

»In gewisser Weise«, sagte Aldinjha. »Abgesehen davon, dass es keine Technologie ist. Die Beherrschung der Materie gründet sich nicht auf Schrauben, Hebel und Schweißnähte. Was noch wichtiger ist: Sie haben den Zugang zum Strom erschaffen. Vor über einer Milliarde Jahren. Sie benutzten ihn als Datenspeicher, als Transportmittel und Kommunikationssystem. Zu jener Zeit waren sie über das gesamte Universum verbreitet. Doch hier, auf Daark, befindet sich ihr Ursprung. Und hierher sind sie zurückgekehrt, als ihre Zeit abgelaufen war.«

Er hatte Mühe, ihr geistig zu folgen. »Wenn ihre Zeit abgelaufen ist«, fragte er, »warum kooperieren sie mit dem Weißen Pfad?«

»Das tun sie nicht«, erwiderte Aldinjha. »Mercurius hat den Strom zufällig entdeckt und Informationen daraus abgeschöpft. So gesehen sind Yeejhza und ich Geschöpfe des Stroms. Und damit sind wir auch so etwas wie die Kinder der Hütergeister.«

Groj wurde schwindlig. Zu seiner Sorge um Yeejhza gesellte sich die Gewissheit, bis zum Hals in einer Sache zu stecken, der er nicht im Entferntesten gewachsen war.

Der Korridor endete und sie traten auf einen Sims hinaus, unter dem sich ein bodenloser Abgrund auftat. Und dieser Abgrund war erfüllt von hoch aufragenden Türmen, zusammengesetzt aus unzähligen kubischen Elementen, die einen matten, grünlichen Schein ausstrahlten. Es gab kleinere Türme, die tief unter dem Sims endeten, und andere, die weit über ihn emporstrebten – schlank und zerbrechlich wirkend die einen, andere hingegen massiv und breitschultrig, und ihre Anzahl war unüberschaubar.

Groj war wie betäubt von dem Anblick. Er befand sich im Inneren des großen Plateaus, das war ihm bewusst – doch die Dimension dessen, was er vor sich sah, entzog sich seinem Verständnis.

»Ist das … eine Stadt?«

»Eigentlich ist es ein Friedhof«, erklärte Aldinjha. »Sie haben ihn nach ihrer Rückkehr angelegt. Für Abermilliarden ihrer Art. Da wussten sie noch nicht, dass sie sich zu weit entwickelt hatten, um sterben zu können.«

»Die Hütergeister sind unsterblich?«

»Sie sind durch den Strom zu eng mit der Ewigkeit verflochten. Wenn deine Basisinformationen erst einmal eingespeist sind, bleiben sie erhalten. Und wenn du dir hundertmal die Kugel gibst.«

Aldinjha legte Yeejhzas schlaffen Körper auf dem Sims ab und trat einen Schritt zurück. Sie ließ die Schultern hängen, schloss die Augen und senkte den Kopf.

Groj bekam Herzklopfen. Etwas, das er nicht benennen konnte, verdichtete sich um ihn herum. Um ihn und die beiden Schwestern. Es war dunkel und es war alt, von unergründlicher Natur.

Die Schatten stiegen aus dem Abgrund empor, konturlos und zweidimensional, vielleicht ein halbes Dutzend, vielleicht auch mehr. Sie umringten Aldinjha wie aufgeregte Geisterkinder. Als freuten sie sich über ihren Besuch.

In Grojs Kopf formten sich Stimmen, unverständlich und nicht zuzuordnen – wie ein Choral von tausend Seelen. Er glaubte, Aldinjhas Präsenz herauszuhören, bestimmend und tadelnd, gleichzeitig von Verständnis getragen. Und dann die anderen Stimmen, wenig mehr als ein Flüstern und Zwitschern, beschwichtigend und schmeichelnd.

Aldinjha zog die Hütergeister zur Rechenschaft, begriff er. Weil einer von ihnen irrtümlich in Yeejhza eingedrungen war in dem Glauben, Aldinjha einen Besuch abzustatten. Und diese Wesen, vielleicht eine Milliarde Jahre alt oder noch älter, bekundeten ihr Bedauern.

Die Schattengeschöpfe senkten sich über die reglos daliegende Yeejhza. Es war gespenstisch zu beobachten, wie sich ihr Körper von dem Sims löste und schwerelos in der Luft schwebte, um dann, umringt von dunklem, lautlosem Flattern, in die Höhe zu steigen, wo sich die grün schimmernden Türme der gigantischen Nekropolis im Unbestimmten verloren.

Aldinjha wandte sich um und blickte Groj herausfordernd an.

»Du hast ein Problem mit mir«, behauptete sie.

»Du bist im Moment mein geringstes Problem.« Er deutete in die Höhe, wo Yeejhza und ihre unstofflichen Begleiter mit dem Zwielicht zwischen den unglaublichen Türmen verschmolzen waren. »Was geschieht nun mit ihr?«

»Sie werden versuchen, ihren Artgenossen aus ihr herauszuholen«, antwortete Aldinjha. »Oder vielmehr das, was von ihm noch übrig ist.« Ihr Gesicht nahm einen finsteren Ausdruck an. »Es ist auch meine Schuld«, fuhr sie leise fort. »Ich habe ihre Aufmerksamkeit auf euch gelenkt, um euch Schutz zu gewähren. Aber ich hätte mich deutlicher ausdrücken müssen.«

»Wird sie überleben?«

Aldinjha legte ihre Hand auf seine Schulter und sah ihm in die Augen. »Gehen wir zurück zu deinem Monstergefährt. Hier können wir im Moment nichts für Yeejhza tun.«

33. SEHNSÜCHTE UND URSPRÜNGE

Groj war die Leiter zum Cockpit bereits zur Hälfte hinaufgeklettert, als er bemerkte, dass Aldinjha vor Lydis Kopf stehen geblieben war und schweigend auf ihn hinunterblickte.

»Sie gibt dir Rätsel auf«, hörte er sie sagen. »Aber nicht mehr lange.«

»Was bezweckst du mit deinen Andeutungen?«, entgegnete Groj ungehalten. »Deine Schwester wird vielleicht sterben, und du spielst irgendwelche Spielchen!«

Aldinjha ging in die Hocke und strich über Lydis blonde Haarstoppeln. »Du warst in sie verliebt, nicht wahr? Damals, als du noch ein kleiner Junge gewesen bist. Hast du dich nie gefragt, wie ihr euch komplett aus den Augen verlieren konntet?«

Grojs Hände begannen zu zittern. Er stieg hastig die Leiter hinauf und betrat das Cockpit, ließ sich in den Fahrersitz sinken. Sein Hals fühlte sich an wie zugeschnürt, sein Magen schien sich umstülpen zu wollen.

Aldinjha setzte sich neben ihn. Er hatte sie nicht reinkommen gehört.

»Kannst du fahren?«, fragte sie.

Er nickte. »Besser, wenn ich jetzt etwas zu tun habe.«

»Auch ich sorge mich um Yeejhza«, sagte sie. »Aber was immer geschieht, es liegt nicht länger in unseren Händen.«

Groj atmete keuchend aus, seine Anspannung blieb. Er fuhr den Antrieb hoch. Schlug die Räder um neunzig Grad ein und wendete die Krabbe auf der Stelle, wie es Yeejhza gemacht hätte. Beschleunigte maßvoll, aber stetig, und jagte das schwere Fahrzeug in den langen, dunklen Schacht hinein.

»Ich bin nach Daark gekommen, weil ich an meinen Ursprung zurückkehren wollte«, fuhr Aldinjha fort. »Denn mein Ursprung liegt nicht in den Labors von Mercurius. Dort haben sie nur halb blind mit dem Strom experimentiert. Mein Ursprung liegt im Strom selbst, und der beginnt und endet hier, bei den Hütergeistern. Egal, aus welchen Motiven Yeejhza mir gefolgt ist – im Grunde will sie das Gleiche wie ich. Vergiss ihren Deal mit Primus Eins. Wir werden nie Seite an Seite die Schürfer-Rebellion bekämpfen.«

»Es gibt Leute, die das sehr ernst nehmen«, sagte Groj. »So ernst, dass sie Lydi van Craaft auf Yeejhza angesetzt haben.«

»Politik«, stieß sie angewidert hervor. »Palastintrigen, Verschwörungen, all das dumme Zeug. Und das auf dem Rücken einer Zivilisation, die älter und weiser ist als alles, was das Universum je an Zivilisationen hervorgebracht hat.«

»Eine untergegangene Zivilisation«, wandte Groj ein. »Rücksichtslos und unbarmherzig. Sie töten wahllos Menschen ...«

»Sie verteidigen ihre Heiligtümer, an denen nach dem Erz geschürft wird«, erwiderte Aldinjha energisch. »Spirituelle Orte, an denen sinnlose Kämpfe um Macht und Erträge ausgefochten werden. Ja, sie wollen die Menschen loswerden. Sie von ihrem Planeten vertreiben. Doch das Wetter, die Kreaturen, die Krankheiten – das ist nur der Anfang. Wenn sie wollten, könnten sie euch von einem Moment auf den anderen komplett auslöschen.«

»Du scheinst dich mit ihnen zu verstehen«, sagte er. »Warum legst du nicht ein gutes Wort für uns ein?«

Sie blickte ihn von der Seite her forschend an. »Yeejhza hat dir von ihrer Sehnsucht erzählt, menschlich zu werden?«

»Das hat sie.«

»Auch ich bin dieser Sehnsucht gefolgt. Und ich habe begriffen, dass sie sich nie erfüllen wird. Die Hütergeister sind mir näher als jedes menschliche Wesen im Universum. Aber sie sind Schatten aus der Vergangenheit. Während mein Platz hier ist, in der Gegenwart. Es ist weniger die Andersartigkeit, die mich von ihnen trennt. Es ist die Zeit, die zwischen ihnen und mir liegt.«

»Aber sie hören dir zu«, setzte Groj nach. »Wenn du auch die Menschen dazu bringst, dir zuzuhören, könntest du zwischen ihnen und den Hütern vermitteln.«

Aldinjha zog die Nasenwurzel kraus. »Ja, ich kann manchmal sehr überzeugend sein. Aber mir fehlt Yeejhzas Charme, ihr diplomatisches Geschick. Und dann ist es mir auch nicht wichtig genug. Ich bin keine von euch. Ich habe nur Yeejhza, sie ist mir wichtiger als alles andere.«

»Yeejhza hat etwas Ähnliches gesagt. Dass es sie nicht interessiert, unter welchen Bedingungen die Menschen leiden. Aber sie hat sich verändert. Wir haben ein Mädchen begraben, das durch eine Kreatur umgekommen ist. Das hat sie sehr mitgenommen.«

»Eine vorübergehende Anwandlung«, behauptete Aldinjha. »Wir sind dafür konzipiert, hinter feindlichen Linien zu operieren. Informationen sammeln, manipulieren, sabotieren, töten. Menschliche Gefühle sind für uns nur relevant, solange wir einen strategischen Vorteil daraus ziehen können.«

»Dann wird es wohl so sein«, brummte Groj.

Er spürte, dass sie von seiner Reaktion enttäuscht war. Sie hatte auf seine Gegenargumente gehofft, als wollte sie sich von ihm überzeugen lassen. Doch seine Gedanken schweiften ab zu dem unermesslichen Dom voller fremdartiger Türme, zu denen Yeejhza aufgestiegen war, geleitet von schattenhaften Wesen, die, wie er zu verstehen glaubte, weder lebendig noch tot waren. Und er dachte an die Instruktionen, die Yeejhza ihm für den Fall ihres Todes gegeben hatte. Dass er sich fühlen solle, als wäre sie noch da. Dass er mit ihr sprechen, sie in seine Gedanken mit einbeziehen solle.

Und nun saß Aldinjha dort, wo vorher Yeejhza gesessen hatte, aus fast identischen Genen zusammengesetzt und doch ganz anders als sie. Er empfand eine Vertrautheit zu ihr, die nahtlos an seine Verbindung mit Yeejhza anzuknüpfen schien. Als wäre Aldinjha schon vorher wie eine unsichtbare Begleiterin bei ihnen gewesen.

Sie beugte sich so abrupt vor, dass er zusammenzuckte.

»Wie lange noch bis zum Schachtausgang?«, fragte sie.

»Wenn wir das Tempo beibehalten, noch etwa fünfzehn Minuten.«

Aldinjha kniff die Augen zusammen. »Da draußen bildet sich eine Verdichtung. Wir müssen sehr vorsichtig sein.«

»Ein Cluster«, sagte er.

»Yeejhza hat dir erklärt, was es mit den Clustern auf sich hat? Dann weißt du auch, dass ich in so einem Fall keine konkreten Informationen abfragen kann. Doch es würde mich nicht wundern, wenn sie auf uns warten.«

»*Sie?*«

»Kräfte innerhalb des Weißen Pfads, die Primus Eins schwächen wollen. Die den Krieg gegen die Schürfer so lange hinauszögern wollen, bis hier alles von selbst zusammenbricht.«

»Um dann die Supralith-Gewinnung unter ihre alleinige Kontrolle zu bekommen. Primus Eins wäre aus dem Spiel und sie hätten das Mendelson-Kartell in der Hand. Und damit den gesamten besiedelten Weltraum.«

»So in etwa«, sagte Aldinjha. »Und es wird sie nicht interessieren, dass weder Yeejhza noch ich in ihrem kleinen Machtkampf Partei ergreifen werden.«

»Wir sitzen also in der Falle«, resümierte Groj.

»Wenn wir uns nicht allzu dumm anstellen, kommen wir da heraus«, erwiderte sie. »Zumindest vorerst. Aber ich sehe ein größeres Problem. Sie könnten auf die Idee kommen, im Schacht nachzusehen. Um herauszufinden, was wir dort gewollt haben.«

»Sie werden vor einer Felswand stehen«, sagte er.

»Und vielleicht versuchen, diese Felswand zu durchdringen. Das könnte die Hütergeister sehr, sehr wütend machen.«

»Du meinst – so wütend, dass sie …?«

»Dass sie hier alles einäschern?« Aldinjha nickte grimmig. »Hier, und anderswo. Durch den Strom kommen sie überall hin, wenn sie wollen. Eigentlich könnte es mir egal sein, aber – es wäre so sinnlos, und das gefällt mir nicht.«

34. DIE FALLE

Das helle Viereck aus Tageslicht, zuerst nur ein unscheinbares Glimmen in der Dunkelheit, wurde größer und größer, jagte rasend schnell näher. Aldinjhas Hände ruhten auf den Kontrollen für das Waffensystem, die Gesichtszüge vollkommen entspannt und die Augen geschlossen. Groj blieb nichts anderes übrig als darauf zu vertrauen, dass sie wusste, was sie tat.

Sie hatten ihr Vorgehen in groben Zügen abgesprochen. Die Krabbe würde mit unverminderter Geschwindigkeit aus dem Tunnel hervorschießen und über der Rampe einen Luftsprung vollführen, um einem möglichen Beschuss zu entgehen. Der aller Voraussicht nach auf den Boden vor dem Schacht gerichtet sein würde.

War dieser Teil des Plans erfolgreich absolviert, würden sie durch den verlassenen Gebäudekomplex vor dem Schacht brechen. Was eine exakte Zielerfassung so gut wie unmöglich machte. Die Baracken und Hallen stammten noch aus der Gründerzeit, waren vor Jahrzehnten zum letzten Mal instandgesetzt und vom Wetter stark beschädigt worden. Solange die Krabbe nicht auf mehrere Meter Stahlbeton traf, würde sie auch diese Herausforderung meistern.

Sie stießen vor ins Licht. Das lange nicht so hell war, wie es der entfernte Schein hatte vermuten lassen. Trüb und grünlich, von Regen durchpeitscht und erschüttert von krachendem Gewitterdonner. Die Krabbe hob mit jaulendem Motor ab, ließ die Explosionswolken einschlagender Granaten unter sich zurück. Und kam mit einem harten Ruck auf. Die Räder griffen sofort wieder, schleuderten Dreck nach allen Seiten.

Groj drehte das Steuer herum, die Krabbe legte sich auf die Seite und preschte auf die fahle Front aus verwitterten Baracken zu. Aus dem Augenwinkel sah er Aldinjhas Finger über das Bedienfeld des Waffensystems huschen. Ihre Augen waren immer noch geschlossen. Draußen detonierten Granaten und Raketen, überzogen das Gelände mit schwarzen Rauchwolken.

Die Krabbe fraß sich durch Wände und Stützpfeiler, der Lärm dröhnte Groj in den Ohren. Schlafsäle mit vergammelten Betten, eine Kantine, ein Versammlungsraum mit fest montierten Stuhlreihen huschten im Sekundentakt vorbei.

»Sofort anhalten!«, stieß Aldinjha im Befehlston hervor.

Groj bremste ab. Die Krabbe rutsche mit blockierten Rädern weiter, durchstieß eine von einem Wandmosaik verzierte Mauer und zerfetzte einen Stacheldrahtzaun, ehe sie auf einer matschigen Brachfläche zum Stehen kam.

Etwa dreißig Meter vor ihrem Bug flammte eine Serie greller Explosionen auf.

Aldinjha gab eine Tastenkombination ein und lehnte sich mit einem entspannten Lächeln zurück.

»Wir haben sie ausgetrickst.«

Groj konnte den Raketenabschuss im Getöse des Gewitters weder hören noch spüren. Dann sah er einen Quadrokopter vom Himmel herab trudeln, Flammen züngelten aus den hinteren Triebwerken. Die Maschine prallte mit der Schnauze auf den Boden, brach in der

Mitte entzwei und bäumte sich ein letztes Mal auf, ehe das Feuer ihren Rumpf erfasste und eine rote, pilzförmige Glutwolke daraus hervortrat.

»Wie hast du das gemacht?«, fragte er.

»Schlichte Gemüter würden es Intuition nennen«, erwiderte Aldinjha. »Wir haben sie alle erledigt, aber wir müssen trotzdem weg von hier. Kannst du noch fahren?«

Er nickte. »Ja, da geht noch was.«

»Dann zurück auf die Hauptstraße und immer nach Süden.«

»Dort beginnt das Schürfer-Territorium.«

»Groj …« Sie wandte sich ihm zu und legte ihre Hand auf seinen Schenkel. »Es ist unsere einzige Option. Oder willst du dich von den Gegenverschwörern kreuz und quer durchs Territorium der Regulären hetzen lassen?«

»Ich könnte Primus Eins informieren. Er wird sie uns vom Hals halten.«

»Hast du Primus Eins je gesehen?«, fragte sie. »Ihm in die Augen geblickt? Mit ihm gesprochen? Wir wissen nicht, was in den oberen Etagen der Macht gespielt wird. Wie sich das Verhältnis der Kräfte während der letzten Tage und Stunden verändert hat. Jeder kann sich als Primus Eins ausgeben, ist dir das klar?«

»Das ist paranoid«, erwiderte er.

»Es ist realistisch. Gerade wollte man mich umbringen. Mich, oder Yeejhza, was auf dasselbe hinausläuft. Deshalb spielen wir jetzt nach meinen Regeln.«

Er dachte nach, ging die Optionen durch. Aldinjha hatte recht. Der Angriff hätte nicht so gezielt durchgeführt werden können, wenn die Leute, die ihn veranlasst hatten, nicht zum engeren Kreis um Primus Eins gehörten.

»Ich denke auch an dich, Groj«, fuhr Aldinjha mit sanfter Stimme fort. »Ich kenne dich kaum, und doch fühle ich mich mit dir verbunden. Ich will, dass du aus dieser Sache heil herauskommst.«

»Ich dachte, Emotionen wären dir fremd«, erwiderte er mit einem müden Lächeln.

»Es fällt mir nicht leicht, sie zuzulassen.«

Er fuhr den Antrieb wieder hoch. »Glaubst du immer noch, Yeejhza schafft es?«

»Sie ist noch bei uns«, sagte Aldinjha. »Aber es ist sehr schwierig, den Hütergeist aus ihr zu extrahieren.«

»Bei dir können sie ein und aus gehen, ohne dir Schaden zuzufügen.«

»Ich habe gelernt, mich von ihnen durchdringen zu lassen. Weil ich verstehen wollte, was ich bin und woher ich wirklich komme. Es ist nicht angenehm, aber es vertieft meine Beziehung zum Strom. Und ganz nebenbei versteht man ein bisschen, wie sie ticken.«

Groj brachte die Krabbe auf die menschenleere Hauptstraße zurück und beschleunigte. Das Gewitter hing tief über den flachen, gedrungenen Gebäuden, der Regen verwehrte die Sicht auf die überschwemmte Straße. Die Instrumente übernahmen die Orientierung.

Nach Süden, dachte er. Feindliches Territorium. Doch wer war Freund, und wer war Feind? Die Grenzen verschwammen zusehends. Nicht, dass er jemals an die Integrität der Regierung geglaubt hätte – Macht forderte ihren Preis, aber den zahlten meistens diejenigen, die ihr ausgeliefert waren. Dabei hatte er sich von Primus Eins immer fair behandelt gefühlt, manchmal auch privilegiert. Dass der Regierungschef mit einer Verschwörerbande wie dem Weißen Pfad kooperierte, schien jedoch darauf hinzudeuten, dass er bereit war, sein Volk an höhere Interessen zu verraten. Wäre da nicht sein Vorhaben gewesen, den Schürfer-Aufstand mit der Hilfe von Yeejhza und Aldinjha zu beenden und damit die Kontrolle über die Supralith-Gewinnung zurück zu erlangen.

Wollte Primus Eins den Weißen Pfad hintergehen? Dann steckte also doch der Weiße Pfad hinter den Versuchen, die Schwestern auszuschalten … oder auch nicht, denn die verworrenen Konstellationen ließen selbst die abwegigsten Theorien zu. Alles schien auf einmal möglich.

»Lass das Grübeln sein«, murmelte Aldinjha so gut wie unhörbar. Und doch entstanden die Worte glasklar in Grojs Kopf.

35. IN DER SCHLUCHT

Das Unwetter tobte weiter, drohte mit Armeen grellweißer Blitze und schleuderte aus allen Richtungen mit Hagelkörnern versetzte Wassermassen auf das Land. Die Krabbe zerfetzte auf ihrer rasenden Fahrt junge Löffeleichen und Krakenbäume, die vor dem Sturm kapituliert und sich kreuz und quer auf die Straße geworfen hatten. Ihr Stämme bestanden nicht aus Holz, sondern aus schwammigem Gewebe, das beim Aufprall des sechsrädrigen Monstrums nur geringen Widerstand leistete. Trotzdem hielt Groj vor jeder Kollision kurz den Atem an und hoffte, dass die Botanik von Daark zwischenzeitlich nicht das Holz erfunden hatte.

Auf dem Sitz neben ihm schien Aldinjha zu schlafen, die Hände locker im Schoß verschränkt. Doch er konnte die Aktivität ihres Nervensystems wie ein statisches Knistern unter seiner Schädeldecke spüren.

»Drei Kilometer vor uns«, sagte sie. »Vermutlich ein Schürfer-Außenposten. Behalte das Tempo bei und breche einfach durch.«

Groj konzentrierte sich auf die Straße. Der Regensturm ließ ein wenig nach und er konnte die steilen Hänge links und rechts der holprigen Fahrbahn nun auch mit bloßem Auge erkennen.

Das Funkgerät räusperte sich. Eine verzerrte, kaum verständliche Stimme drohte mit dem Einsatz schwerer Waffen und anderen drakonische Maßnahmen. Groj musste unwillkürlich lächeln. Nicht, dass ihm dieser Höllentrip auf einmal Spaß gemacht hätte – er war an einem Punkt angelangt, an dem nur noch rein existenzielle Maßstäbe galten. Genau wie damals, als er für die Regulären im Dschungel gekämpft hatte. Die oder wir – na los, zeigen wir's ihnen! Und wenn es schief ging ... dann war's dann eben.

Das Leben konnte so einfach sein.

Der Checkpoint kam in Sicht. Da standen Fahrzeuge herum und blockierten die Straße. Davor eine Gruppe von bewaffneten Gestalten mit knielangen Mänteln, Atemmasken vor den Gesichtern.

Groj beschleunigte. Die Schürfer hoben ihre Waffen und feuerten schlecht gezielte Salven ab, wichen hektisch an den Straßenrand zurück. Die Krabbe rammte die Fahrzeuge der Reihe nach, schleuderte sie von der Fahrbahn. Und die Straße war wieder frei.

»Gut gemacht«, sagte Aldinjha, immer noch in ihrer meditativen Haltung verharrend.

Sie werden uns jagen«, sagte Groj. »Dies ist ihr Territorium, wir können nicht auf der Straße bleiben.«

»Eineinhalb Kilometer vor uns führt eine Schlucht tief in den Dschungel. Da müssen wir durch.«

»Wieder so ein Cluster?«, fragte er.

»Vertraue mir, Groj«, erwiderte sie. »Unsere Situation ist nicht halb so aussichtslos, wie sie dir erscheint.«

Er lachte überdreht auf. »Dann ist ja alles bestens! Wo ist die verdammte Schlucht? Es wäre eine Schande, wenn wir sie verfehlen.«

Aldinjha öffnete die Augen und beugte sich vor, ein breites Grinsen auf den Lippen.

»Ist das menschlich?«, fragte sie. »Diese Mischung aus Verzweiflung, Euphorie und Gleichgültigkeit? Ich glaube, das gefällt mir.«

»Die Schlucht«, sagte Groj. »Wir wollen sie nicht verpassen.«

»Ja, die Schlucht.« Aldinjha atmete keuchend aus und rieb ihre Stirn. »Noch dreihundert Meter … nicht langsamer werden! Wir müssen dichten Dschungel durchdringen, aber sobald es bergab geht, wird es leichter.“

Groj bemerkte, dass sich seine Hände um die Steuerknüppel verkrampft hatten. Für einen Moment glaubte er, Yeejhza würde neben ihm sitzen. Glaubte, ihre warme, positive Kraft zu spüren … aber da saß Aldinjha, und es machte kaum einen Unterschied.

»Jetzt nach rechts, dreißig Grad zur Straße.«

Er steuerte die Krabbe in den sturmgebeutelten Urwald hinein. Die Hydraulik konnte die harten Stöße des zerklüfteten Untergrunds nicht völlig ausgleichen und gab sie ans Cockpit weiter. Das Gelände senkte sich steil ab und die Krabbe neigte sich weit nach vorne, die Sensoren sendeten blinkende Warnsignale. Am Bug der Krabbe zerschellten fleischige Blätter, zerrissen sehnige Lianen, barsten schuppige Baumstämme.

Und die Fahrt ging weiter bergab, in eine Welt aus Dunst, wogender Vegetation und wütendem Regen.

Die Krabbe vollführte einen ungelenken Sprung und kam auf halbwegs ebenem Boden auf, immer noch abwärts geneigt, doch die Vegetation wurde lichter und die Unebenheiten sanfter.

In der Höhe zuckten Blitze und verwandelten den Dunst in violette Glut, die Krakenbäume und Schillerfarne in groteske Scherenschnitte. Donner rollte dröhnend über die Schlucht hinweg, eine massive Sturmbö drückte den Wald zu Boden.

Falls ich das überlebe, dachte Groj, dann …

»Ihr habt miteinander geschlafen«, sagte Aldinjha.

Er blickte sie verblüfft an. Ausgerechnet während einer halsbrecherischen Talfahrt, auf der Flucht vor einer schlecht gelaunten Rebellenarmee, wollte sie wissen, ob er mit ihrer Schwester intim geworden war?

Sie erwiderte seinen Blick mit stoisch anmutender Gelassenheit. Er fand, dass sie Yeejhza überhaupt nicht ähnlich sah. Die klaren, blauen Augen, die knubbelige Nase und der breite, sinnliche Mund zeugten von einem gänzlich anderen Temperament.

»Es war unvermeidlich«, sagte er schließlich.

»Bereust du es?«

»Warum ist dir das so wichtig?«

»Yeejhza ist ein Teil von mir. So wie ich ein Teil von ihr bin.«

Er verringerte das Tempo und steuerte die Krabbe unter einem mächtigen Baum hindurch, der in die Schlucht hinabgestürzt war und sich in etwa vier Metern Höhe waagrecht verkeilt hatte.

»Bedeutet das …« Groj schüttelte ungläubig den Kopf, während die herabhängenden Äste des Baums über das Dach schabten. »Du hast es mitbekommen?«

»Es war unvermeidlich«, erwiderte sie.

»Wie muss ich mir das vorstellen?«

»Man spürt es einfach.«

»Verstehe«, murmelte er.

»Du verstehst gar nichts«, entgegnete Aldinjha.

»Ich bin nicht wie ihr«, sagte Groj. »Auch wenn ich Yeejhzas kleines Geschenk runtergeschluckt habe.«

»Konntest du nicht spüren, dass sie dich liebt? Dass sie dir vertraut, und wie wichtig du für sie bist?«

»Ich habe keine Ahnung, was ihr unter Liebe versteht.«

»Du würdest es Symbiose nennen«, sagte Aldinjha. »Aber es ist viel mehr als das.«

»Du hast sie sich selbst überlassen«, hielt er ihr entgegen. »Als du aus dem Labor geflohen bist. Und jetzt muss sie den Preis dafür bezahlen, dass sie dir gefolgt ist.«

Aldinjha schnaubte dramatisch. »Sie war noch nicht so weit! Und ich konnte nicht länger warten.«

»Ja, ich weiß. Dein *Gespür für zukünftige Entwicklungen*. Und wenn es den Hütern nicht gelingt, sie zu retten?«

Sie schwieg, doch aus dem Augenwinkel sah er, dass sie ihn mit halb offenem Mund anstarrte. Groj begriff, dass er das Gespräch in eine Sackgasse geführt hatte. Er streckte seine Hand nach Aldinjha aus und schlug einen versöhnlichen Ton an.

»Yeejhza steckt voller Überraschungen. Wir beide wissen das.«

Sie blickte skeptisch auf seine Hand, dann würden ihre Züge weicher und sie nahm seine Finger zwischen ihre.

»Wir hatten einen schlechten Start …«

»So schlecht auch wieder nicht.«

Sie zog ihre Hand zurück und schloss die Augen. »Fahr langsamer. Wir sind gleich da.«

Er ging mit der Geschwindigkeit runter. Vor der Krabbe breitete sich, halb im Regendunst verborgen, eine wilde Heidelandschaft aus, eingebettet zwischen nahezu senkrecht aufragende Felsklippen.

Die Sensoren schlugen erneut Alarm. Drei Objekte, hoch über der Schlucht, bei denen es sich nur um sturmtaugliche Quadrokopter handeln konnte. Die einzige Art von Fluggerät, über das die Schürfer verfügten.

»Anhalten«, sagte Aldinjha.

Groj stoppte die Krabbe. Wenige dutzend Meter entfernt wölbte sich eine graue, annähernd eiförmige Masse aus dem Boden. Gigantisch in den Ausmaßen und doch so unspektakulär, als gehörte sie seit Anbeginn der Zeit genau an diesen Platz.

»Ein Kokon«, stellte er fest. »Was hast du jetzt vor?«

»Etwas, das ich noch nie gemacht habe«, antwortete sie. »Aber du darfst nicht einschreiten. Du musst mir vertrauen, Groj.«

»Hast du auch einen Plan für den Fall, dass es schiefgeht?«

Sie erhob sich schwungvoll aus ihrem Sitz. »Du bringst uns so schnell wie möglich weg von hier.«

36. EIN MONSTER ERWACHT

Aldinjha ging auf den riesigen, von wankenden Baumkronen umgebenen Kokon zu. Groj zitterte vor Anspannung, als er sie durch den Fensterschlitz beobachtete. Er hatte eine ungefähre Ahnung von dem, was sie vorhatte – und schauderte bei der Vorstellung, was sie damit bewirken würde.

Sie breitete die Arme aus und lehnte ihren Körper an das Gebilde, Hände und Stirn an die zerfurchte Oberfläche gedrückt. Sie nimmt Kontakt auf, begriff Groj. Mit der Kreatur, die im Inneren des Kokons ihrem Erwachen entgegen dämmerte.

Die Alarmtöne der Sensoren wurden lauter, verschmolzen zu einem durchgehenden Pfeifen. Die Quadrokopter hatten sich in die Schlucht herabgesenkt und suchten nun gezielt nach der Krabbe.

Ein Zucken durchlief das Gebilde und Aldinjha trat rasch einige Schritte zurück. Groj glaubte ein Knirschen zu hören wie vom Reißen titanischen Gewebes, doch berstender Gewitterdonner ließ seine Wahrnehmung verschwimmen. Dann sah er elektrisches Feuer über den Kokon züngeln und er hielt den Atem an.

Der vorderste Kopter war nur noch wenige hundert Meter entfernt. Es wäre ein Leichtes gewesen, ihn mit einer Rakete vom Himmel zu holen – und vielleicht auch den zweiten, doch nur, um anschließend von der dritten Maschine in Stücke geschossen zu werden.

Groj spürte eine Erschütterung, die sich durch das Fahrwerk der Krabbe bin ins Cockpit fortsetzte. Aldinjha sprang von dem Gebilde weg, das sich nun unter krampfartigen Konvulsionen aufblähte, und rannte zur Krabbe zurück. Ein Bündel mächtiger Tentakel schnellte daraus hervor und reckte sich dem grauen Himmel über der Schlucht entgegen.

Das Ding, das sich aus dem geborstenen Kokon schälte, war riesig. Und es war schnell, sehr schnell. Groj erhaschte noch einen Blick auf gekrümmte, in den Farben von Erz schimmernde Klauen und dornenförmige Fortsätze an knolligen Gelenken, dann war die Kreatur verschwunden. Als hätte sie sich in Luft aufgelöst.

Aldinjha warf sich in den Sitz neben ihm. Die rotblonde Mähne klebte nass an ihrem Kopf, Wasser tropfte ihr von Kinn und Nase.

»Fahr«, sagte sie. »Folge der Schlucht.«

Er ließ die Krabbe anrollen. »Und dann?«

»Eines nach dem anderen«, sagte Aldinjha.

»Das ist keine Antwort«, entgegnete er.

Schräg über ihnen prallte ein Quadrokopter gegen den nebelverhangenen Steilhang und ging in Flammen auf. Groj fuhr schneller und wich in großem Bogen den herabstürzenden Wrackteilen aus.

»Du bekommst deine Antworten, wenn die Zeit dafür reif ist«, erklärte Aldinjha in gebieterischem Tonfall.

Groj schüttelte fassungslos den Kopf. »Yeejhza ist mir manchmal unheimlich. Aber du bist …«

»Ein Monster?«

»Das hat sie auch einmal von sich behauptet.«

Die Sensoren zeigten einen weiteren Absturz an, dieses Mal ein ganzes Stück hinter ihnen.

»Natürlich bin ich ein Monster«, fuhr Aldinjha ungerührt fort. »Laut den Gesetzen der Evolution dürfte ich nicht existieren. Und doch existiere ich. Weil meine Schöpfer aus eigennützigen Motiven heraus so dreist waren, einige Stufen zu überspringen.«

»Verstehe«, sagte er. »Ihr seid die zukünftige Version des Menschen.«

»Warum nimmst du mich nicht so, wie ich bin?«, fuhr sie ihn an. »Bei Yeejhza ist es dir schließlich auch gelungen.«

»Sie hat es mir nicht so schwer gemacht«, erwiderte er. Und steuerte die Krabbe einen steilen Abhang hinunter, unter einem Baldachin aus gekrümmten, zitternden Löffeleichen hindurch. Von den Hängen stürzten Wasserfluten herab und vereinigten sich zu einem reißenden Bach, der die Krabbe in eine Wolke aus schäumender Gischt hüllte.

Weiter unten stieg die Talsohle leicht an, das Wasser verteilte sich auf schmale Felsspalten und von der Vegetation verborgene Höhlen. Dann flachte die Landschaft zu einer sanft abfallenden, von Gesteinsschutt bedeckten Ebene ab. Vor kurzer Zeit musste hier ein Steinregen niedergegangen sein, die weit auseinander stehenden Bäume hingen noch in Fetzen und zeigten erst wenige neue Triebe.

Aldinjha stemmte sich aus ihrem Sitz hoch. »Ich werde mich jetzt ausruhen. Folge du weiter dem Tal.«

»Nach Süden also«, sagte Groj.

»Dort liegt unser Ziel.«

Er streckte die Hand aus und ergriff ihr Handgelenk.

»Lass mich etwas klarstellen. Ich habe Yeejhza zu dir gebracht. Damit ist mein Job erledigt. Wenn du mir keinen konkreten Grund nennst, warum ich weiter deinen Chauffeur spielen soll, fahre ich keinen Meter weiter.«

Sie blickte ihn ausdruckslos an. »Im Süden formiert sich ein Cluster und es existiert ein Zusammenhang zu Yeejhza. Mehr kann ich dazu noch nicht sagen.«

Aldinjha ging nach hinten in die Kabine. Groj fühlte sich mit einem Mal müde und ausgelaugt. Er dachte an Yeejhza, wie sie schwarzen, öligen Schleim erbrach. Er dachte an das Gespräch mit Lydis Kopf, die fantastische Stadt im Inneren des Plateaus, die schattenhaften Hütergeister … und an das Gefecht vor dem Schacht, die Flucht nach Süden, schließlich das Erwachen der gigantischen Kreatur. Er hatte sich immer für einen abgebrühten Kerl gehalten, doch das waren zu viele gravierende Eindrücke für einen einzigen Tag.

Seine Gedanken wanderten zurück zum Lazarett. Die Sorge um Nori war unter den Ereignissen der vergangenen Tage komplett verschüttet worden. Jetzt fühlte es sich für ihn an, als hätte er sie im Stich gelassen. Wobei ihm bewusst war, dass sowohl Ondra wie auch alle anderen im Lazarett sich mindestens genauso gut, wenn nicht besser um sie kümmern konnten.

Es wurde rasch dunkel, während das Gewitter flackend und rumpelnd über dem Tal tobte. Groj stellte die Krabbe unter einem Felsvorsprung ab, fuhr die Systeme herunter und kippte den Sitz nach hinten. Sein ganzer Körper kribbelte, seine Augen wurden schwer. Er glaubte, Aldinjha in einer fremdartigen Sprache leise reden zu hören – die Sprache der Hütergeister? Er entschied, dass es ihn nichts anging. Zumindest nicht jetzt, denn er wollte sich in seinem erschöpften Zustand nicht auf einen weiteren Disput mit ihr einlassen.

In seinem Dämmerzustand verspürte er die Anwesenheit einer anderen Präsenz, die eine vertraute Schwingung ausstrahlte. Undeutlich wie eine Melodie, die hinter einer dicken Wand hervordrang. Oder der Blick durch ein beschlagenes Fenster, dabei jedoch eindeutig wie ein Fußabdruck in feuchtem Sand.

»Yeejhza?«, flüsterte er.

37. DIE RETTUNGSKAPSEL

Sie brachen im Morgengrauen auf, folgten dem Tal weiter nach Südwesten. Groj vermutete, dass sie das Schürfer-Territorium bereits verlassen hatten und sich im Bezirk Regenbogen befanden, dessen Name auf ein kurioses Missverständnis zurückzuführen war: Die Siedler hatten diese Gegend des Kontinents während einer der seltenen regenarmen Perioden erschlossen – das Bisschen Wasser, das zu jener Zeit gefallen war, hatte wunderschöne Regenbögen an den Himmel gezaubert. Bis die Unwetter wieder einsetzten, aber da hatten sie ihrer neuen Heimat bereits den verheißungsvollen Namen verliehen.

Aldinjha war schweigsam, verhielt sich auf nüchterne Weise distanziert. Groj beschloss, ihr seinen geisterhaften Kontakt mit Yeejhza zu verschweigen. Vielleicht hatte Aldinjha die Verbindung zu ihr selbst hergestellt und er war nur zufällig in den Sog ihrer verschlüsselten Kommunikation geraten. Eine weitere Auswirkung der grauen Kapsel?

Er hatte sich mehr erhofft als eine unerwartete Erektion hier, eine verschwommene Eingebung dort. Bestimmt hatte die Kapsel ihre Wirkung noch nicht voll entfaltet. Und er war sich nicht mehr sicher, ob er das überhaupt noch wollte. Er fand es makaber, Yeejhzas Anwesenheit zu spüren, während sie in einer Art Halbleben durch unbekannte Sphären driftete. Außerdem fühlte er sich immer noch auf unerklärliche Weise geschwächt – die wenigen Stunden Schlaf hatten nicht ausgereicht, seine Kräfte zu regenerieren.

Die ständige Müdigkeit zerrte an seiner Motivation. Und die Fragen, die unaufhörlich durch seinen Kopf kreisten, drohten seine Nerven zu zermürben. Zum Beispiel die Frage nach den Kreaturen und welche Rolle sie für die Hütergeister spielten. Dienten sie wirklich nur zu dem Zweck, die Siedler zu terrorisieren, oder waren sie schon vorher da gewesen – vielleicht noch vor den Hütergeistern? Waren sie die wahren Herren von Daark und demonstrierten nun ihren Anspruch auf Regentschaft, während die Hütergeister in ihrer Totenstadt dem Ende ihrer Zivilisation entgegendümpelten?

Fragen, die in den Hintergrund treten würden, sobald die politischen Aspekte wieder die Oberhand gewannen: Primus Eins, der Weiße Pfad, eine Verschwörung innerhalb der Regierung, eine mögliche Gegenverschwörung inbegriffen. Ein unentwirrbares Knäuel von Vermutungen und Theorien, das sich weder mit Intuition noch mit scharfem Verstand auflösen ließ.

»Halte dich weiter links«, sagte Aldinjha.

Groj tauchte aus seinem Gedankensumpf empor und blinzelte durch den Fensterschlitz. Blickte auf eine neblige Heidelandschaft, die von dichtem, haushohem Gestrüpp bewachsen war. Er konnte sich nicht erinnern, wie sie hierher gelangt waren. Er war einfach nur gefahren, gefahren, gefahren ...

»Was wollen wir hier?«, fragte er. Und lenkte die Krabbe in die angegebene Richtung.

Aldinjha atmete tief ein und schwieg. Für einen Moment hasste er sie für ihre bestimmende, selbstbezogene Art. Einfach nur deshalb, weil er ihr nichts entgegen zu setzen hatte. Warum nicht einfach anhalten, sich den Karabiner, einen Kanister Wasser und eine Hand voll Nährstoffriegel schnappen, und aussteigen? Er hatte schon einmal in der Wildnis von Regenbogen überlebt. Doch damals hatte er ein Ziel gehabt. Wohin sollte er sich dieses Mal wenden?

»Noch fünfhundert Meter«, sagte Aldinjha.

Die Landschaft bildete eine Senke, aus deren Zentrum die verschnörkelten Arme von Seelenfängerpappeln nach dem trüben Himmel griffen. Groj hielt die Krabbe an und kam sich vor wie ein Volltrottel, der blind irgendwelchen obskuren Anweisungen folgte.

Aldinjha richtete sich auf und berührte ihn an der Schulter.

»Gehen wir.«

Er folgte ihr widerspruchslos zum Ausstiegsluk. Sie sprang nicht runter, sondern benutzte die Leiter wie eine normale Sterbliche. Sie gelangten an den weichen, moosbewachsenen Rand der Senke und er blickte auf das Dickicht an ihrem Grund hinab.

Aldinjha zwinkerte ihm aufmunternd zu. »Weiter, Groj. Gleich hast du's geschafft.«

Sie sprang die Böschung hinunter und drang in das Weidengestrüpp ein, bog es mit kraftvollen Bewegungen auseinander. Ein Metallzylinder kam zum Vorschein, etwa zehn Meter lang und vier Meter im Durchmesser, halb in den Boden eingegraben und von Vegetation überwuchert.

Er näherte sich zögernd, ein hohles Gefühl in der Brust.

»Was ist das?«

Doch tief drinnen spürte er, dass ihm eine folgenschwere Enthüllung bevorstand.

»Du weißt genau, was das ist«, erwiderte Aldinjha.

»Es sieht aus wie … eine Rettungskapsel?«

Sie deutete auf eine abblätternde Beschriftung, die ein seltsames, kantiges Symbol zeigte.

»Erkennst du es?«

Er fühlte sich auf einmal schwindlig, ein unangenehmer Druck legte sich auf seine Ohren. Sein Arm begann wieder zu jucken, er ignorierte es.

»Ich glaube, ich habe so etwas schon mal gesehen …«

»In der alten Schrift ist es der Buchstabe M«, erklärte sie. »M wie Mercurius. Sie nannten das ein Logo.«

»Ich verstehe immer noch nicht«, stammelte er. Seine Knie zitterten und er setzte sich vorsichtig auf den nachgiebigen Boden.

Aldinjha baute sich vor ihm auf, die Fäuste in die Hüften gestemmt und den Oberkörper angriffslustig nach vorn gebeugt.

»Du wurdest auf der Mercurius geboren, nicht wahr? Kannst du dich an deine Eltern erinnern?«

»Ungenau«, antwortete er leise. »Sie sind früh gestorben …«

»Du hast keine Eltern«, entgegnete sie schroff. »Du wurdest in einem Labor gezüchtet. So wie Yeejhza und ich, und wie Lydi van Craaft. Die Experimente, die Mercurius durchführte, waren auch damals schon verboten. Aber das galt nicht für den interstellaren Raum. Diese Gesetzeslücke hat es ihnen ermöglicht, ein Auswandererschiff zu sponsoren und für ihre Zwecke zu benutzen.«

»Nein«, erwiderte Groj schwach. »Ich würde mich erinnern. Ganz bestimmt würde ich mich erinnern.«

Aldinjha ging vor ihm in die Hocke und legte ihre Hand auf seine Stirn. »Dann ist es an der Zeit, dass du dich wirklich erinnerst. Ihr wart ungefähr zwanzig Kinder … zweiundzwanzig, sagt der Strom. Zweiundzwanzig künstlich erschaffene Kinder, und eines davon warst du. Doch Lydi war der Favorit, sie hatte die besten Voraussetzungen. Ihre Entwicklung war weit fortgeschritten, als die Mercurius mit dem Kometen kollidierte. Ja, es war ein Komet. Ein nicht kartografierter Brocken aus schmutzigem Eis, der im leeren Raum zwischen den Sternen herumstreunte. Lydi, reaktionsschnell, kaltblütig und geistesgegenwärtig wie niemand sonst auf dem Schiff, hat dich in eine Rettungskapsel gezerrt und euch ins All geschossen. Wochen später seid ihr genau hier gelandet. Die einzigen Überlebenden der Mercurius.«

Groj wollte ihr widersprechen. Wollte seine Geschichte erzählen, so, wie er sie in Erinnerung hatte. Seine Wanderungen von Kolonie zu Kolonie, seine diversen Jobs, die Frauen … doch die Bilder, die aus seinen tieferen Bewusstseinsschichten aufstiegen, erzählten eine andere Geschichte. Eine Geschichte von Feuer und Chaos, von Schreien und sich überschlagenden Lautsprecherstimmen. Das zerstörerische Knirschen, das durch den Schiffsrumpf ging. Die Schwankungen der künstlichen Schwerkraft, die einen zu Boden drücken wollte, um einem im nächsten Moment Flügel zu verleihen.

Und schließlich die Enge der Rettungskapsel, das Driften durch den leeren Weltraum, bereits eingefangen von der Schwerkraft des fremden Planeten.

»Ist es wahr?«, fragte er leise, mehr an sich selbst gerichtet.

Aldinjha nahm ihre Hand von seiner Stirn und zog sich von ihm zurück, lehnte sich an die Rettungskapsel und hielt ihr Gesicht in den Nieselregen. Groj richtete sich mühsam auf und ging, wankend wie ein Betrunkener, zu dem runden Einstiegsluk, bückte sich blinzend in das modrig riechende Halbdunkel. Die Verschalung der Kapsel war von Flechten überzogen, doch an manchen Stellen konnte er die Schmetterlinge erkennen, die jemand vor langer Zeit hinein geritzt hatte.

»Wie ist es dann weitergegangen?«

»Der Weiße Pfad nahm Kontakt zu Primus Eins auf«, antwortete Aldinjha. »Er kooperierte und ließ nach euch suchen. Aber sie wollten nur Lydi. Du warst in ihren Augen wertlos, ein fehl geschlagenes Experiment. Primus Eins bewahrte dich davor, aus dem Verkehr gezogen zu werden. Er ließ dich in eine therapeutische Einrichtung auf den Ledergrasinseln bringen, wo man dir nach und nach künstliche Erinnerungen an ein bewegtes Leben eingepflanzt hat, deinem jeweiligen Alter entsprechend. Für den Pfad warst du Ausschussware. Für Primus Eins ein potenzieller Elitesoldat …«

»Ich bin bei einem Einsatz ganz in der Nähe abgestürzt«, unterbrach er sie mit schleppender Stimme. »Höchstens dreißig Kilometer von hier entfernt. Das kann kein Zufall sein.«

»Du hast unbewusst den Absturz mit der Rettungskapsel nachgestellt«, sagte Aldinjha. »Weil sich dein ursprüngliches Ich zurückgemeldet hat. Auf Daark haben sie keine besonders hellen Leuchten, was tiefenpsychologische Manipulation betrifft.«

»Yeejhza wusste das alles?«

»Zumindest in groben Zügen.«

»Deshalb wollte sie mich als ihren Assistenten. Und Primus Eins hat sich von unserer Zusammenarbeit erhofft, ich würde Fortschritte machen …«

»Auf dem Weg zu seinem persönlichen Klonkrieger? Möglicherweise. Vielleicht wollte er Yeejhza auch nur entgegen kommen. Er hat schließlich Großes mit uns vor.«

Groj stieß sich mit den Händen von der Rettungskapsel ab und wandte sich langsam um.

»Ich brauche … Ruhe«, murmelte er. »In meinem Kopf schwirrt alles durcheinander. Ich muss …«

Seine Knie knickten ein. Sofort war Aldinjha bei ihm, um ihn zu stützen. Die Kraft in ihren Händen und Armen gab ihm für einen Moment Zuversicht.

»Jetzt darfst du schlapp machen«, sagte sie. »Komm, ich bringe dich zurück zur Krabbe.«

Sie erreichten den Rand der Senke. Und erstarrten beide mitten in der Bewegung. Aldinjhas Griff um Grojs Taille lockerte sich und er wäre wie ein Sack zu Boden gefallen, hätte sie nicht sofort reagiert und ihn aufgefangen.

Da stand die Krabbe, nur wenige dutzend Schritte entfernt. Und ein gutes Stück dahinter kauerte die Kreatur im Regendunst – teils Heuschrecke, teils Oktopus, an die zwanzig Meter hoch, mit einem runden Kopf, um den sich ein Kranz kleiner, ovaler Augen zog.

Groj begann zu lachen. »Es ist uns gefolgt«, stieß er hervor. »Nein … es ist *dir* gefolgt! Ich glaube, es hält dich für seine Mutter.«

Ihm wurde schwarz vor Augen und das Letzte, an das er sich erinnerte, waren Aldinjhas Arme, die sich fest um seinen Körper schlossen.

38. VERLUST

Groj träumte grauenhaftes Zeug. Von einem Raumschiff, das viel zu schnell auseinanderbrach. Von den Explosionen, die Scharen von Menschen in eine flammende Tiefe rissen. Von Lydis Gesicht, ganz nah an seinem, und wie sie ihm ins Ohr flüsterte, dass alles gut werden würde.

Das Szenario mischte sich mit der Schattenstadt unter dem Plateau, als würden zwei Filme gleichzeitig auf demselben Bildschirm abgespielt. Die kalt glühenden Türme, die in einen dunklen Himmel ragten, der kein Himmel war. Yeejhzas lebloser Körper, umgeben von den Schattengestalten der Hütergeister, und wie er sich Stück für Stück auflöste ...

Er schreckte aus dem Schlaf hoch, verspürte Schweiß auf seinem erhitzten Gesicht. Konnte sich zuerst nicht orientieren und bekam Panik.

Er befand sich in der Mannschaftskabine der Bergkrabbe – und einen Moment lang glaubte er, Lydis Kopf auf dem Bett neben seinem zu sehen. Aber da war nur ein dunkler Fleck auf der Matratze.

Groj vernahm ein gedämpftes Schluchzen. Auf dem Boden der Kabine kauerte Aldinjha, das Gesicht hinter wirren blonden Strähnen verborgen und vor sich das obskure Trainingsgerät, das Yeejhza ihre Krücke genannt hatte.

»Was ist los mit dir?«, fragte er mit heiserer Stimme.

»Ich habe sie verloren«, erwiderte sie leise.

»Yeejhza?«

»Der Kontakt ist abgerissen. Ich kann sie nirgends finden.«

»Bedeutet das ...« Er hielt kurz inne, ehe er es aussprach. »... dass sie tot ist?«

Sie sah ihn durchdringend an und er schwieg. Langsam setzte er sich auf. Er fühlte sich wie gerädert, jeder Muskel schmerzte.

Aldinjha legte eine Hand auf das Gerät. »Ich habe nachgesehen, was sie zuletzt gemacht hat. Sie hat sich komplett in den Strom eingespeist. Ein Backup von sich angelegt.«

»Dann ist sie nicht wirklich gestorben?«, fragte er.

Sie seufzte leise und wischte Haar von ihren geröteten Augen. »Ich weiß es nicht. Es könnte sein, dass sie zurückkommt. Aber wann? In fünf Minuten? In einem Jahr, oder in zehntausend Jahren? Der Strom fließt außerhalb der Zeit. In ihm ist alles gleichzeitig.«

Aldinjha blickte ihn weiter an – eigentlich durch ihn hindurch, aber er spürte, dass sie ihn erreichen wollte. Sie wähnte sich verloren ohne ihre Schwester, die einzige andere ihrer Art, mit der sie von Anfang an verbunden gewesen war, selbst über die Distanz von Lichtjahren hinweg.

Im nächsten Augenblick drängte sie sich wild an ihn, klammerte sich an ihn wie ein verängstigtes Kind.

»Jetzt habe ich nur noch dich«, flüsterte sie.

Groj strich ihr behutsam über den Rücken – so, als würde er ein zutrauliches, aber unberechenbares Raubtier streicheln.

»Ich glaube nicht, dass du mich brauchst«, erwiderte er. »Du hast dich allein auf den Weg nach Daark gemacht, hast dich zu den Hütergeistern durchgeschlagen und Kontakt zu ihnen aufgenommen …«

Groj begriff, dass er gerade die Chance verspielte, Aldinjha als Verbündete zu gewinnen. Doch er fühlte sich verantwortlich für das, was mit Yeejhza passiert war, und wollte kein zweites Mal scheitern. Im nächsten Moment wurde ihm klar, dass sie nicht von ihm erwartete, dass er sie beschützte. Sondern dass sie etwas ganz anderes von ihm brauchte.

»Ich war ständig mit Yeejhza verbunden«, flüsterte sie. »Auch wenn ich mich als die Bessere von uns beiden gefühlt habe, hat sie mir Kraft gegeben. Jetzt spüre ich, dass mir ihre Kraft fehlt. Ich fühle mich zum ersten Mal allein. Wie gehst du damit um, Groj? Ihr Menschen seid doch ständig allein.«

»Wir kennen es nicht anders«, sagte er. »Aber wir sind gerne mit anderen zusammen.«

»Ihr seid viele, aber ich bin nun die Einzige meiner Art.« Aldinjha zog sich mit langsamen, tranceartigen Bewegungen von ihm zurück. »Du fürchtest dich«, fuhr sie fort. »Hast Angst, wegen mir an deine Grenzen zu kommen. Dass mir etwas zustoßen könnte, für das du dich schuldig fühlen würdest.« Sie blickte Groj traurig an. »Wenn du jetzt gehen willst, dann geh. Ich werde dich nicht aufhalten.«

Ein zwitschernder Laut drang von draußen herein, durchsetzt von einem schrillen Zirpen wie von einer Riesenzikade.

Groj schreckte auf, Adrenalin fuhr in seine Adern.

»Die Kreatur! Ist sie noch da?«

Aldinjha schmunzelte freudlos. »Das Biest hat sich die ganze Zeit nicht vom Fleck bewegt. Vielleicht hält es mich wirklich für seine Mutter.«

»Du musst mit ihm sprechen«, sagte er. »Es darf uns nicht weiter folgen. Ein Wunder, dass man uns noch nicht aufgespürt hat, mit diesem Berg von einem Ungeheuer im Rücken.«

»Mit ihm sprechen? Ausgeschlossen. Diese Kreaturen sind unmittelbare Manifestationen von Daark.«

»Du hast es aus seinem Kokon geholt.«

»Aber nicht mit ihm gesprochen! Der Kontakt war nonverbal, er lief über den Strom ...«

»Alles hängt zusammen«, sagte Groj. »Yeejhza hat das immer wieder betont.«

Aldinjha legte den Zeigefinger an die Lippen und schloss die Augen. »Der Strom", flüsterte sie. »Er bildet den Zusammenhang.«

Groj sah ihr nach, als sie die Stufen zum Cockpit hinaufstieg und das Luk öffnete. Überlegte, ob er ihren Dialog mit der Kreatur über die Außenmonitore mit verfolgen sollte – falls es überhaupt zu einem Dialog kommen würde. Dann fiel sein Blick auf Yeejhzas Trainingsgerät. Vielleicht war dies eine günstige Gelegenheit, seine Beziehung zum Strom zu klären?

Er stand von seinem Bett auf, setzte sich im Schneidersitz auf den Boden und rückte das plumpe Ding vor sich zurecht.

Hier bin ich, sprach er das Gerät in Gedanken an. *Ich habe die graue Kapsel geschluckt, dadurch sind wir irgendwie miteinander verbunden. Kannst du mir sagen, was mit mir los ist? Ich erkenne mich kaum wieder, fühle mich so schwach und verwirrt wie nie zuvor in meinem Leben. Kannst du mir einen Hinweis geben, was ich dagegen unternehmen kann?*

Das Gerät überzog sich mit dem kalten, blauen Schein, den Groj von Yeejhzas Sitzungen kannte. Er entspannte sich und versuchte, an nichts zu denken und seinen Kopf vollständig auszuleeren. Sein Arm begann zu jucken, er kratzte sich geistesabwesend.

Ansonsten geschah nichts.

Ich verstehe. Ich bin nur ein Trittbrettfahrer und werde nicht ernst genommen. Dann zeige mir, was mit Yeejhza passiert. Wo sie jetzt ist, und wie wir ihr helfen können. Sie ist ein Kind des Stroms, und darauf kommt es schließlich an, oder?

Wieder erfolgte keine Reaktion. Aber Groj war noch nicht bereit, aufzugeben.

Na gut, probieren wir etwas anderes aus. Aldinjha und ich stecken hier fest. Was wird unser nächster Schritt sein? Nein, lass es mich anders formulieren: Was hat es mit diesem Cluster auf sich? Müssen wir weiter nach Süden fahren? Oder liegt unsere Bestimmung im Norden? Müssen wir Primus Eins zur Rede stellen, die Verschwörung aufdecken, oder …?

Seine Naivität wurde ihm bewusst. Er hatte keine Ahnung, wie dieses Gerät funktionierte und wozu es wirklich taugte. Bestimmt nicht dazu, Ratschläge zu geben wie ein Hellseher oder ein Beratungscoach.

Mit einem Mal fühlte er sich wieder völlig erschöpft und er streckte sich mit einem Stöhnen auf dem Boden aus. Spürte den viel zu schnellen Schlag seines Herzens und ein Dröhnen im Kopf wie von einem riesigen Gong.

Er dachte noch an Aldinjha, die draußen im Regen mit der Kreatur Kontakt aufnehmen wollte, ehe eine Woge aus nachtschwarzer Dunkelheit über ihm zusammenschlug.

39. FAMILIE

Das beständige Rütteln seiner Unterlage ließ ihn aufwachen. Sein Nacken schmerzte, sein Mund war ausgetrocknet und hatte einen metallischen Geschmack.

Groj stützte sich auf die Hände, dehnte Nacken und Schultern. Die Krabbe war in Bewegung, ganz offensichtlich auf unebenem Gelände.

Er gab sich einen Ruck und stand auf, holte eine Wasserflasche aus dem Vorratsspind und trank sie auf einen Zug leer.

Ich sollte mehr trinken, dachte er. Kein Wunder, dass ich mich so schlapp und ausgedörrt fühle.

Aldinjha lümmelte entspannt im Fahrersitz, hinter dem Fenster-schlitz glitten haushohe Schopfpilze und Kolonien von Korallenstau-den vorbei. Die topografische Darstellung auf der virtuellen Karte zeigte eine Landschaft aus gleichmäßig gerundeten Hügeln, durchzo-gen von sanft gewundenen Wasserläufen.

Der Warzenbuckel, wie die Siedler von Regenbogen diese Gegend nannten. Aldinjha schien in südlicher Richtung zu fahren, entlang der Grenze zum Schürfer-Territorium. Damit riskierte sie, sowohl einer Pa-trouille der Schürfer als auch den Regulären aufzufallen. Andererseits wusste Groj von seinen früheren Einsätzen, dass keine eindeutige Grenz-linie existierte, sondern ein Streifen Niemandsland, über das die Schür-fer-Trupps immer wieder nach Regenbogen vorrückten, um von den Regulären dann hinter ihre eigenen Linien zurück gejagt zu werden.

Er ließ sich in den Sitz neben Aldinjha sinken. »Wohin?«

Sie blickte ihn aus den Augenwinkeln an, als wäre es ihr unange-nehm, zu antworten.

»Immer noch nach Süden«, antwortete sie. »Richtung Küste.«

Er lehnte weit zurück und sah sie von der Seite an. »Wie ist es ge-laufen? Mit dir und dem Biest.«

»Es hat mich nicht gefressen«, antwortete sie. »Und sich auch nicht auf mich drauf gesetzt. Ich habe keine Ahnung, was ich gemacht habe. Diese Dinge laufen rein intuitiv ab … jedenfalls ist es uns nicht ge-folgt, als ich losgefahren bin.«

Der Regen war wieder dichter geworden, überzog die bizarre Land-schaft mit fahlem Grau. Irgendwo am Himmel zuckte konturloses elektrisches Feuer.

»Ich habe mich mit Yeejhzas Trainingsgerät beschäftigt«, sagte Groj. »Dann bin ich ohnmächtig geworden.«

»Sei vorsichtig mit dem Ding. Ich sag's nicht gerne noch einmal, aber …« Sie schluckte, ehe sie weitersprach. »Ich brauche dich.«

Er betrachtete gespannt ihr Profil, während sie die Krabbe an einer Hügelflanke um eine vor Nässe triefende Baumgruppe herum steuerte. Er hatte den Verdacht, dass nun auch Aldinjha dieses Stadium durch-lief, in dem vorher schon Yeejhza ihre emotionalen Features erkundet hatte. Doch wie war es um seine eigenen Gefühle bestellt? Was hatte er während der Jahre, die mit künstlichen Erinnerungen angefüllt wor-den waren, wirklich erlebt und empfunden? Und war es Teil seiner

Konditionierung, dass er so gelassen auf die Enthüllung seiner Identität reagierte?

Die Sensoren gaben Alarmzeichen. Aldinjha hielt an, fuhr die Systeme der Krabbe herunter. Der Antrieb verstummte, die Beleuchtung reduzierte sich auf den matten Schein der wichtigsten Armaturen.

Das Fauchen von Düsentriebwerken durchdrang die gleichförmige Geräuschkulisse des Regens und schwoll zu einem brachialen Dröhnen an, als eine Bomberstaffel in geringer Höhe, jedoch unsichtbar für das Auge, über die grau verhangenen Hügel hinweg zog.

»Reguläre?«, fragte Aldinjha.

Groj nickte. »Es ist gerade kein Sturm, das nützen sie aus.«

»Suchen sie nach der Kreatur?«

»Vielleicht. Aber es gibt Schürfer-Stellungen in der Nähe.«

Eine Serie entfernter Detonationen unterstrich seine Aussage.

»Euer Krieg ist sinnlos«, sagte Aldinjha. »Die Hütergeister wollen ihre Welt zurück, und sie werden keine Rücksicht auf euch nehmen.«

»Ja, es sieht nicht gut für uns aus.« Groj schnaubte fatalistisch. »Der Planet steht unter Quarantäne, man wird ihn nicht evakuieren. Weder das Kartell noch die Kolonialadministration wird auch nur einen Menschen ausfliegen lassen.«

»Außer Primus Eins und die wichtigsten Leute seines Stabes«, meinte Aldinjha mit geringschätzigem Unterton.

»Du fändest das ungerecht?«, fragte er.

Sie umklammerte mit beiden Händen die Steuerknüppel.

»Es wäre nicht richtig!«, stieß sie hervor. »Warum könnt ihr nicht einfach füreinander da sein? Ich hätte mein Leben für Yeejhza gegeben, und sie hätte das Gleiche für mich getan! Weil wir eine Familie waren ... eine kleine Familie, ja, aber was gibt es Wichtigeres?«

»Der Rest der Menschheit ist anscheinend noch nicht so weit.«

»Du versuchst mich zu manipulieren!«, fuhr sie ihn an. »Der Rest der Menschheit – du sagst das, als würde ich dazu gehören!«

»Was willst du?«, entgegnete er schroff. »Ein Attest von mir, dass du ein hoffnungsloser Fall bist, was Menschlichkeit betrifft? Das habe ich bereits mit Yeejhza durchgekaut. Hast du nichts davon mitbekommen über euer transzendentes Büchsentelefon?«

Sie schnaubte entrüstet durch die Nase. »Du hast immer noch nicht verstanden, worum es geht!«

»Ich hätte es schon zu Yeejhza sagen sollen, aber jetzt sage ich es dir. Halt endlich deine verdammte Klappe!«

»Ich halte meine Klappe, wann ich will …«

Er fuhr zu ihr herum und drückte seine Hand auf ihren Mund. In der Erwartung, dass sie ihn im nächsten Moment zu Brei schlagen würde. Doch in ihren weit aufgerissenen Augen spiegelten sich nur Hoffnungslosigkeit und Verzweiflung – und eine Spur Neugier auf das, was nun kommen würde.

»Ich habe eine gute Nachricht für dich«, sagte er mir ruhiger, eindringlicher Stimme. »Dein Selbstmitleid ist durch und durch menschlich. Also vergeude unsere Zeit nicht mit Gejammer über dein seelenloses Roboterdasein.«

Sie packte ihn am Handgelenk, zog seine Hand weg und beugte sich zu ihm vor.

»Wie gehst du damit um, Groj? Jetzt, da du weißt, was du wirklich bist?«

Eine neue Welle von Explosionslärm drang durch die Außenmikrofone ins Cockpit. Dumpf und anonym, es hätte auch ein Feuerwerk sein können.

»Ich glaube, ich habe es immer gewusst«, antwortete er. »Vielleicht habe ich mich deshalb nie gefragt, ob ich ein Mensch wie alle anderen bin. Oder ein mutiertes Nagetier, was auch immer. Die Tage im Dschungel, nach meinem Absturz, haben mir den letzten Schliff gegeben. Dort habe ich begriffen, dass die Gegenwart das Einzige ist, das wirklich zählt. Falls es zutrifft, dass ich in einem Genlabor gezüchtet worden bin und man mir künstliche Erinnerungen eingepflanzt hat – es würde nicht das Geringste ändern.«

Sie fokussierte ihn aus zusammengekniffenen Augen, ihr Blick bekam etwas Forschendes.

»Und Yeejhza?«, fragte sie. »Hast du eine Veränderung an ihr bemerkt?«

In seiner Brust zog sich etwas zusammen. Er atmete tief durch und löste seine Hand aus Aldinjhas Griff.

»Sie ist …« Er zögerte. »Sie war anders als du. Nicht so verbissen, sondern aufgeschlossen für Neues. Sie konnte fröhlich und spontan sein, hatte Humor …«

»Wie war es, mit ihr zusammen zu sein? War das anders als mit normalen Frauen?«

Groj stöhnte gereizt auf. »Was willst du hören? Dass sie eine Granate in der Horizontalen war? Ja, denn sie war neugierig, ohne jede Scham, und in jeder Sekunde zugewandt.«

Aldinjha sank auf ihrem Sitz in sich zusammen. »Seit ich sie nicht mehr spüren kann«, presste sie leise hervor. »ist mir klar, dass ich nie vollständig sein werde.«

Groj fühlte sich von ihren Stimmungsschwankungen überfordert. Alles, was er sagte, konnte zu unvorhersehbaren Reaktionen führen. Und dies in einer Situation, in der ihrer beider Leben vielleicht schon an einem seidenen Faden hing.

Aldinjha fuhr zu ihm herum und sah ihn mit einem beinahe fanatischen Leuchten in ihren hellblauen Augen an.

»Aber wir werden einen Weg finden, nicht wahr?«

Er wusste nicht, was für einen Weg sie meinte, doch er nickte zuversichtlich.

»Ganz bestimmt«, sagte er.

Sie legte ihre Hand auf seine Armstütze und er begriff, dass diese Geste als Aufforderung gedacht war. Er schloss seine Hand um ihre und sie feierten schweigend ihren Pakt, während Dunkelheit sich unter den vom Regen gebeugten Schopfpilzen ausbreitete und ferne Detonationen die Hügel erschütterten.

40. GORDISCHER KNOTEN

Sie warteten den Sturm ab, der die Flieger zu ihrem Stützpunkt zurückscheuchen würde. Anhand der Bombenabwürfe ließen sich die Standorte der Schürfer-Truppen lokalisieren, sodass sie ihnen weiträumig ausweichen konnten. Der Weg nach Süden war frei – vorerst.

Groj übernahm das Steuer. Das motivierte ihn, seine Schläfrigkeit zurückzudrängen, die in Wellen durch ihn hindurch spülte. Seine Gedanken schweiften ab zu Nori, die vielleicht immer noch in ihrem Quarantänezelt vor sich hin vegetierte, während er sich um Yeejhza sorgte – die vielleicht bereits gestorben war, vielleicht aber auch nicht. Doch Nori würde auch ohne seinen Beistand mit ihrer Situation fertig werden. Im Gegensatz zu Aldinjha, die trotz ihrer übermenschlichen Fähigkeiten bereits an ihrer Charakterbildung zu scheitern drohte.

Aldinjha war auf dem Sitz neben ihm eingeschlafen. Wobei er nicht sicher war, ob sie wirklich schlief. Augen geschlossen, den Mund halb geöffnet, eine Hand auf die Brust gelegt. Kommunizierte sie mit dem Strom? Versuchte sie, Kontakt zu Yeejhza aufzunehmen, deren Datensatz nun wie Sternenstaub über den Äther verteilt war?

Groj fuhr weiter, bis der Warzenbuckel an einer sumpfigen Ebene endete, über der das Gewitter mit einer Gewalt tobte, als wollte es den ganzen Planeten zertrümmern. Seine Gedanken hatten sich auf ein kraftloses Hintergrundrauschen reduziert und es strengte ihn an, die Augen offen zu halten. Außerstande, seiner Müdigkeit noch länger Widerstand zu leisten, zog er sich in die Kabine zurück und legte sich auf sein Bett, begleitet vom Tosen des Sturms, dem Rauschen der Regenfluten und dem berstendem Krachen von Donner.

Später kam Aldinjha aus dem Cockpit, schälte sich aus ihrer Montur und kroch zu ihm unter die Decke. Sie schliefen miteinander, mit trägen, ökonomischen Bewegungen und halb in ihre Träume verstrickt, als eine körperliche Fortsetzung ihres Pakts.

»Hast du an sie gedacht?«, fragte sie später, fest an ihn gedrängt und ihre Fingernägel in seine Brustbehaarung gekrallt.

»Warum willst du das wissen?«, entgegnete er.

Sie fuhr ihm mit den Fingern durchs Haar, rieb mit dem Knie über sein erschlafftes Genital. »Weil ich sie gespürt habe! Die ganze Zeit.«

»Ja, da war etwas«, sagte er zögernd. »Auch wenn ich nicht sagen könnte, was.«

Aldinjha lachte leise in sich hinein. »Du weißt, was das bedeuten könnte? Dass sie immer noch irgendwo da draußen ist. Vielleicht habe ich Anteile von Yeejhza in mir, die ihr nun helfen, sich zu erinnern. Und den Weg zurück zu finden.«

»Als euren Konstrukteuren klar wurde, was sie erschufen, haben sie euch aufgesplittet. Vielleicht waren sie dabei nicht gründlich genug?«

»Es könnte auch Teil eines Kalküls sein«, fuhr sie fort. »Unsere Symbiose macht uns erpressbar, das ist unsere Schwachstelle.« Sie gab ein grimmiges Schnauben von sich. »Eines Tages werde ich ihnen in den Arsch treten. So heftig, dass sie sich nie davon erholen werden.«

»Bestimmt haben sie für diesen Fall Vorkehrungen getroffen«, meinte er.

»Ganz sicher haben sie das. Aber das wird mich nicht aufhalten können. Ich habe ebenfalls Vorkehrungen getroffen. Sobald sie ihr Knock-out-Programm aktivieren, weiß ich auch, wie ich es löschen kann.«

»Falls es dann nicht zu spät ist.«

»Nicht nur Yeejhza steckt voller Überraschungen.« Aldinjha kniff die Augen zusammen und fuhr leise fort: »Ist das nicht pervers? Ich verdanke ihnen mein Leben, und ich wünsche ihnen den Tod.«

»Du bist ihnen nichts schuldig«, widersprach er. »Dein Leben gehört dir und niemandem sonst.«

»Und wenn nicht?« Aldinjha winkelte den Arm an und stützte den Kopf auf ihre Hand. Groj fröstelte – genau diese Geste hatte er an Yeejhza beobachtet, in fast der gleichen Situation.

»Vielleicht haben sie uns absichtlich entkommen lassen und unsere Flucht war nur ein Täuschungsmanöver«, sagte sie. »Und der Drang, an den Ursprung des Stroms zu gelangen, wurde in mein Unterbewusstsein gepflanzt.«

»Aber zu welchem Zweck?«

»Hältst du es für einen Zufall, dass die Welt der Hütergeister der einzige bekannte Planet ist, auf dem Supralith vorkommt? Und dass sie sich ohne technische Hilfsmittel zwischen den Sternen fortbewegt haben?«

Groj spürte, dass das Thema ihn anstrengte. In seinem Kopf wollten sich Kombinationen aus all den verschiedenen Möglichkeiten bilden, Hypothesen und Theorien deuteten sich an, wollten weitergesponnen werden.

Aldinjha strich ihm über die Stirn. »Du musst dich ausruhen, bevor wir weiterfahren.«

»Nein, mir geht's gut«, murmelte er.

»Du hast für uns viel auf dich genommen«, fuhr sie fort. »Vielleicht zu viel. Deine Schwäche beunruhigt mich.«

Er setzte sich auf, schwang seine Beine über den Bettrand. »Ich werde meine Kräfte einteilen. Und jetzt lass uns aufbrechen.«

»Du spürst es auch?«

»Ich weiß nicht, was es ist. Nur, dass sich gerade etwas über uns zusammenbraut.«

Aldinjha griff nach ihrer Montur, während er sich in die Nasszelle zwängte. Mit einem Anflug von Bedauern wusch er die halb getrockneten Rückstände des Liebesaktes ab, als ein dumpfes Rumpeln von außen hereindrang. Eine Erschütterung lief durch den Boden und die Krabbe schien für einige Sekunden zu wackeln, im Cockpit schlugen die Sensoren an.

Er schlüpfte hastig in seine Kleider und lief ins Cockpit hinauf, wo Aldinjha bereits den Fahrersitz eingenommen hatte.

»Fliegerangriff?«, fragte er und beugte sich über die Anzeigenschirme

Aldinjha schüttelte den Kopf. »Keine Flieger, keine Bomben. Und auch keine Kreatur.«

»Vielleicht ein Erdrutsch«, sagte er. »Zwischen den Hügeln bilden sich manchmal regelrechte Stauseen, vor allem an den unteren Ausläufern des Warzenbuckels. Dort trifft das ganze Wasser aus dem Hochland zusammen und reißt auch mal einige Hügel mit.«

Sie blickte Groj gespannt an. »Was bedeutet das für uns?«

»Dass wir ganz langsam von hier verschwinden, bevor eine weitere Fuhre herunterkommt. Unter der Ebene existieren Hohlräume, das Gelände ist ziemlich morsch. Wenn sich die Vegetation vollgesaugt hat und ausreichend Wasser in den Mulden steht, können die Erschütterungen durch einen Erdrutsch diese Hohlräume einstürzen lassen.«

Aldinjha startete den Antrieb und setzte die Krabbe vorsichtig in Bewegung, während rumpelnder Donner am Himmel vorüberzog und der Regen zornig gegen die Fenster schlug.

Groj blieb weiter auf die Frontkonsole gestützt, behielt die Monitore im Auge. Auf der einsamen Wanderung nach seinem Flugzeugabsturz war er in eines dieser Löcher gefallen, einen kreisrunden Schlund von mindestens dreißig Metern Durchmesser. Das war nicht hier auf der Ebene passiert, sondern weiter westlich im Dschungel. Das Loch war von Vegetation überwuchert gewesen, was ihm beinahe zum Verhängnis geworden wäre, ihn aber auch gerettet hatte. Kopfüber in einem Gewirr von Flechten, Ranken und Luftwurzeln hängend, über einem vielleicht hunderte Meter tiefen, nach Fäulnis stinkenden Abgrund und umgeben von feuchtwarmer, mikrobengeschwängerter Luft, hatte er nüchtern über seine verbleibende Lebensspanne spekuliert – und war zu dem Schluss gekommen, dass sich der mühsame Aufstieg lohnen könnte, zumal er nach zwei Tagen ungeschützten Aufenthalts in der menschenfeindlichen Natur noch immer keine Symptome einer Infektion gezeigt hatte.

Erneutes Donnern ließ die Krabbe vibrieren, ein Netzwerk von Blitzen formte eine flackernde violette Kuppel über der kargen Ebene. In den Donner mischte sich ein dumpfes, rasch anschwellendes Brausen. Groj spürte, dass sich die Krabbe auf die Seite neigte, ehe die Hydraulik die Schräglage aussteuerte.

»Noch ein Erdrutsch?«, fragte Aldinjha.

»Dieses Mal ganz sicher«, erwiderte er. »Und sehr viel näher als der erste.«

Sie überflog die Anzeigendisplays. »Rechts von uns hat sich eine Vertiefung gebildet. Das ganze Wasser strömt jetzt da hinein.«

»Fahr schneller«, sagte er. »Hier bricht wahrscheinlich gleich die Hölle los.«

Sie ließ den Antrieb aufheulen und jagte das Fahrzeug in einen Vorhang aus Regen und zuckendem Licht hinein. Mehr als einmal glaubte Groj, ein hohles Knirschen aus dem Untergrund zu hören. Er setzte sich neben Aldinjha und ließ die Gurte zuschnappen. Überzeugte sich mit einem schnellen Blick davon, dass sie das Gleiche bereits getan hatte.

Die Krabbe machte einen Hüpfer, kam jedoch wieder auf und kämpfte sich mit durchdrehenden Rädern aus einer mit Wasser gefüllten Senke heraus. Eine weitere Familie von Blitzen stakste vor ihnen auf dürren elektrischen Beinen über die Ebene.

Eine grelle, orangefarbige Wolke schoss in unmittelbarer Nähe mit einem Knall aus dem Boden hervor, formte sich zu einem Pilz und löste sich auf. Dann, nur wenige hundert Meter daneben, das gleiche Schauspiel. Und unmittelbar darauf drei, vier weitere Explosionsflammen, dieses Mal in größerer Entfernung.

»Diese Hohlräume«, sagte Aldinjha. »Sie sind doch nicht etwa mit Gas gefüllt?«

Groj gab ein mürrisches Grunzen von sich. »Manche anscheinend schon«, brummte er – unzufrieden mit sich selbst, weil er diese Möglichkeit nicht bedacht hatte. »Vermutlich Methan. Die Blitze müssen es entzündet haben ...«

»Wie geht es weiter?«, unterbrach sie ihn ungeduldig. »Welche Richtung hältst du für die sicherste?«

Ein Rütteln ging durch den tonnenschweren Leib der Krabbe. Der Antrieb heulte auf, Groj hatte das Gefühl zu fallen. Ein harter Ruck drückte ihn in den Sitz, er stieß keuchend Luft aus. Aldinjha drosselte das Tempo. Die Räder gruben sich mit einem scharrenden Geräusch in den Untergrund. Die Scheinwerfer enthüllten eine steile Wand aus porösem Gestein, von Wasserfluten überströmt und teils von herabhängender Vegetation bedeckt.

Die Krabbe kam zum Stehen. Groj scannte die Umgebung ab und seufzte resigniert.

»Wir sitzen fest«, sagte er. »Das Land hat sich hier gerade um mindestens zwölf Meter abgesenkt. Ein Kessel, aus dem es auch die Krabbe nicht herausschafft.«

»Besser, als in eines dieser Löcher zu stürzen«, sagte Aldinjha, die Hände immer noch um die Steuerknüppel gelegt.

»Warten wir ab, ob sich der Kessel noch erweitert. Vielleicht entsteht dabei eine Schräge, auf der wir es zurück nach oben schaffen.«

Aldinjha sah ihn prüfend an. »Ansonsten heißt es: Klettern.«

»Zu Fuß kommen wir nirgendwohin«, entgegnete er.

»Du hast es damals auch geschafft.«

»Nur ein paar Kilometer durch den Urwald. Dafür habe ich eine Woche gebraucht.«

»Wir schlagen uns zum nächsten Schürfer-Stützpunkt durch und kapern eines ihrer Fahrzeuge.«

»Dann haben wir die ganze Meute am Hals.«

»Keine Sorge, Groj. Mit der Meute werde ich fertig.«

»Und der neue Cluster?«

Sie zuckte mit den Achseln. »Bleibt so oder so unser vorrangiges Ziel.«

»Es könnte Tage dauern, bis wir einen Stützpunkt finden«, wandte er ein.

»Ich habe eine gute Nase für so etwas.«

Groj löste die Gurte und stand auf, er brauchte Bewegung. »Sind wir denn nicht längst am Ende? «, fragte er. »Yeejhza ist tot …«

»Nicht wirklich«, entgegnete Aldinjha.

»… wir sitzen mitten im Kriegsgebiet fest«, fuhr er unbeirrt fort. »Und mein Auftraggeber ist in eine Intrige aus Verschwörungen und Gegenverschwörungen verstrickt.«

»Ein Gordischer Knoten«, sagte sie mit einem süffisanten Lächeln.

»Was ist das?«

»Ein antiker Mythos von der Erde. Es geht um einen unentwirrbaren Knoten, den nur der künftige Herrscher über die Welt lösen kann. Alle, die es versucht haben, sind gescheitert. Bis auf einen, der hat ihn einfach mit seinem Schwert durchschlagen.«

»Unser Knoten umspannt einen ganzen Planeten«, erwiderte er.

»Und doch ist es nur ein Knoten«, sagte sie.

Von draußen drang dumpfes Krachen herein, ließ die Krabbe ein weiteres Mal erbeben. Groj beugte sich über die Kontrolldisplays. Aldinjha spähte durch den Fensterschlitz in den Regen.

Ein Teil des abgesenkten Geländes war eingestürzt. Im Flackern der Blitze war Bewegung zu erkennen. Etwas Schwarzes, Dornenbewehrtes schob sich zitternd über den Rand des Abgrunds. Gefolgt von etwas Spitzem, Starrem, geformt wie ein riesiges Geweih. Darunter silbrige Schuppen, schimmernd wie Pailletten auf schwarzer, zerfurchter Haut.

Ein monströser, augenloser Schädel schob sich nach. Und ein weiteres, von unregelmäßigen, dornenartigen Auswüchsen überzogenes Körperteil, das nun auf dem Grund der Senke nach Halt tastete.

»Schießen wir es in Stücke«, flüsterte Groj, während sich seine Nackenhaare aufrichteten.

»Warte«, flüsterte Aldinjha.

41. EINE VON IHNEN

Die Kreatur stemmte sich auf das, was vielleicht Vorderbeine, vielleicht aber auch riesige Flügel waren, und arbeitete sich aus dem Abgrund hervor. Sie war so massig und schwarz, ihre Gestalt so bizarr geformt, dass sie in der Dunkelheit nicht vollständig zu erkennen war.

Ihr Schädel, halb so groß wie die Bergkrabbe, näherte sich mit schaukelnden Bewegungen, um schließlich in nur wenigen Metern Entfernung still zu halten.

»Es ist wunderschön«, hauchte Aldinjha.

»Im Ernst?«, fragte Groj, ebenfalls unfähig, den Blick anzuwenden.

»Ich glaube, es will uns etwas mitteilen.«

»Mach ihm klar, dass du nicht seine Mutter bist …«

Sie stieß ihren Ellbogen in seine Rippen. »Idiot!«

Das Wesen rückte noch ein Stück weiter vor, legte seinen Kopf auf die Frontpartie die Krabbe. Die Hydraulik gab dem Gewicht mit einem apathischen Keuchen nach.

»Was sagt es?«, flüsterte Groj. »Kannst du es verstehen?«

»Nur ein Murmeln«, wisperte Aldinjha. »Vielleicht kennt der Strom die Antwort.«

Im nächsten Moment kippte ihr Kopf zur Seite und sie sank auf ihrem Sitz in sich zusammen.

Groj starrte die schwarze Masse an, deren Schuppen das Aufleuchten entfernter Blitze reflektierten.

»Was hast du mit ihr gemacht?«, fragte er.

Die Kreatur richtete sich auf und entfaltete ihre Dornenschwingen, sträubte die geweihartigen Auswüchse hinter ihrem Schädel und stieg mit behäbig wirkenden Flügelschlägen in den dunklen Regenhimmel auf. Sie schleifte einen langen, stachligen Schwanz hinter sich her, mit dem sie eine breite Schneise in die senkrechte Wand des abgesunkenen Kessels riss.

Groj betrachtete die reglose Aldinjha und kam unmittelbar zu der Erkenntnis, dass sie keine Hilfe benötigte. Vielleicht lag es an der grauen Kapsel, die über den Strom eine Verbindung zu ihr herstellte – er konnte Aldinjhas Vitalität unter dem Mantel der äußerlichen Schwäche deutlich spüren.

Er zog die Steuerknüppel auf seine Seite und beschleunigte die Krabbe, lenkte sie auf die Schneise zu. Die Steigung betrug geschätzte dreißig bis fünfundvierzig Grad, hinzu kam die schwierige Bodenbeschaffenheit – lockeres Geröll, feuchter Humus, zerquetschte Pflanzen. Doch die Krabbe würde es schaffen, sie war für Extreme wie dieses konzipiert.

Die Hydraulik konnte die Erschütterungen nicht gänzlich ausgleichen, Groj wurde in seinem Sitz hin und her geschüttelt. Er aktivierte mit einem schnellen Handgriff Aldinjhas Gurte, ehe sie aus dem Sitz rutschen konnte. Und arbeitete sich Stück für Stück die Steigung hinauf, an deren oberem Ende ein etwa vier Meter hoher Überhang den Weg versperrte. Groj feuerte eine Rakete ab, die das Hindernis in eine Wolke aus Matsch und zersplittertem Karstgestein verwandelte.

Mit einem erleichterten Aufschrei steuerte er die Krabbe auf die Ebene zurück. In großem Bogen wich er dem Gebiet aus, auf dem die Gasexplosionen stattgefunden hatten. Mit wachsender Entfernung zum Warzenbuckel wurde das Gelände flacher, was er als gutes Zeichen wertete.

Er rüttelte sanft an Aldinjhas Schulter. »Du kannst jetzt aufwachen. Wir haben es geschafft.«

Sie wand sich stöhnend in ihrem Sitz. »War ich lange weggetreten? Wo sind wir überhaupt?«

»Wieder auf dem Weg nach Süden.«

Aldinjha setzte sich auf und blinzelte nach draußen. »Wie hast du das gemacht? Und wo ist dieses riesige Biest?«

»Weggeflogen«, antwortete er. »Dabei hat es den Rand des Kessels ramponiert. Hast du ihm das eingeflüstert?«

»Ich …? Nein, ich habe überhaupt nichts getan.« Sie rieb ihre Stirn, fuhr sich mit den Fingern durchs Haar. »Ich glaube, ich habe geträumt. Aber ich bin mir nicht sicher.«

»Erzähle mir davon.«

Sie lehnte sich zurück und blickte ihn aus müden Augen an. »Du hast diesen Witz gemacht«, sagte sie. »Dass ich nicht seine Mutter bin, erinnerst du dich? Das erscheint mir nicht mehr so weit hergeholt.«

»Wie meinst du das?«

»Es mag seltsam für dich klingen, aber …« Aldinjha machte ein verbissenes Gesicht und formte ihre Finger zu Klauen, als wollte sie die richtigen Worte aus dem Äther zerren. »Ich bin mir jetzt sicher, dass sie mich für eine von ihnen halten.«

»Alles hängt zusammen, nicht wahr?«, fragte Groj. »Die Kreaturen sind auf die eine oder andere Weise Geschöpfe des Stroms. So wie du und Yeejhza.« Er gab ein leises, humorloses Lachen von sich. »Bei Mercurius haben sie bestimmt keine Ahnung, was sie wirklich erschaffen haben.«"

»Ich wünschte, ich wüsste es.« Aldinjha schnallte sich los und stand auf, sie wirkte zittrig. »Kommst du zurecht, Groj? Ich fühle mich erschöpft.«

»Bei Tagesanbruch will ich die Kobaltschluchten erreichen«, sagte er. »Bis dahin erwarte ich keine Schwierigkeiten.« Er tätschelte unbeholfen ihren Arm, ihre plötzliche Schwäche machte ihm Sorgen. »Willst du, dass ich nach dir sehe?«

Sie schüttelte den Kopf. »Ich bin nicht krank. Ich brauche wirklich nur ein bisschen Ruhe.«

42. GEFANGENNAHME

Der Kampfjet hatte sich tief ins Erdreich gebohrt. Seine Tragflächen waren beim Aufprall in Stücke gerissen worden, die über das savannenartige Gelände verstreut lagen. Lediglich das Seitenruder war teilweise am Rumpf verblieben, verkrümmt und halb zerfetzt ragte es wie eine abstrakte Skulptur ins regnerische Morgengrauen. Aus den Triebwerken des Wracks kräuselte sich eine dünne, schwarze Rauchfahne empor.

Groj justierte die Bewegungsscanner auf höchste Empfindlichkeit und konzentrierte sich auf die Ausläufer des Waldes, etwa einen halben Kilometer von der Absturzstelle entfernt. Die Auswertungen ergaben nichts Verdächtiges, lediglich die zu erwartenden Spuren von tierischer Aktivität.

»In diesem Abschnitt liegen bestimmt noch andere Wracks herum«, sagte Aldinjha. »Was interessiert dich ausgerechnet an diesem?«

»Der Absturz ist noch nicht lange her«, antwortete er. »Der Pilot könnte noch leben.«

»Würdest du ihn dann retten wollen? Ihn zu deinem alten Lazarett bringen und …?«

»In deiner Welt geht es nur um Yeejhza und dich", unterbrach er sie gereizt. »In meiner geht es noch um unzählige andere. Solange du das nicht verstanden hast, kannst du dich weiter über deine Einsamkeit beklagen."

Er richtete sich auf und nahm den Karabiner von der Wand. Aldinjha ließ sich mit einem skeptischen Blick auf dem Fahrersitz nieder und zog das Armierungstablet heran. Groj war überrascht, dass sie keine weiteren Einwände erhob. Er traute ihr sogar zu, dass sie versuchte, seine Motive zu verstehen.

Er öffnete das Luk und fuhr die Leiter aus. Seine Stiefel versanken in feuchtem Moos, als er den Boden betrat. Den entsicherten Karabiner im Anschlag, näherte er sich Schritt für Schritt dem Flugzeugwrack. Ganz in der Nähe gab ein Tier rhythmische, klopfende Geräusche von sich. Als würde jemand auf einen kleinen, hohlen Gegenstand trommeln. Er kannte dieses Geräusch von seinem Gewaltmarsch durch den Dschungel, konnte es jedoch keiner bestimmten Lebensform zuordnen.

Das Cockpit des Jets war zertrümmert, der Pilot hing leblos in seinen Gurten. Unter seiner Atemmaske drang grünlicher Schaum hervor. Groj hob die Maske an und blickte in ein junges, ebenmäßiges Frauengesicht – die Augen im Tod auf etwas gerichtet, das kein Lebender je erblicken würde.

»Groj«, tönte es aus seinem Armbandkom. »Sie sind im Anflug.«

Er hörte von fern die Turbinen der Quadrokopter, die aus den Kobaltschluchten jenseits des Waldes aufstiegen, und trat von dem Wrack zurück. Es waren sechs oder sieben Maschinen, die wie angriffslustige Rieseninsekten dicht über den Baumwipfeln heran jagten. Sie mussten in den Schluchten auf der Lauer gelegen haben, um die Bergungskräfte zu attackieren, sobald diese sich des abgeschossenen Jets annehmen würden.

»Wie viele kannst du ausschalten?«, fragte er.

»Zwei oder drei, höchstens vier«, antwortete Aldinjha. »Es sind zu viele, Groj. Was sollen wir tun?«

Er wandte sich um und stapfte zur Krabbe zurück. »Gar nichts«, erwiderte er. »Wir ergeben uns.«

»Und dann?«

»Reden wir mit ihnen.«

»Vielleicht wollen sie nicht mit uns reden.«

»Wenn sie uns umbringen wollten, hätten sie längst das Feuer eröffnet.«

Die Kopter versammelten sich mit heulenden Turbinen über der Krabbe. Groj hob demonstrativ den Karabiner in die Höhe und warf ihn zu Boden. Aldinjha stieg aus dem Luk, kletterte die Leiter herab und stellte sich neben ihn. Ihre Nähe gab ihm Sicherheit und Zuversicht, auch wenn er gerade nicht wusste, warum. Denn ein Massaker würde nicht zu einer Lösung führen, sondern zu weiteren Komplikationen.

Eine der Maschinen senkte sich dem Boden entgegen und fuhr noch in der Luft die Rampe aus, auf der etwa zwanzig schwer bewaffnete Kämpfer versammelt waren. Sobald der Kopter aufgesetzt hatte, schwärmten der Trupp aus und bildete einen lockeren Kreis um Groj und Aldinjha. Zwei Mann stiegen zum Cockpit der Krabbe hinauf. Groj machte sich keine Gedanken, ob sie da drin etwas beschädigen würden. Dafür war die Krabbe eine viel zu wertvolle Beute.

Ein weiterer Soldat verließ den Kopter. Ein extrem großer, breitschultriger Kerl in der ockerfarbigen Kampfmontur der Schürfer, das Gesicht halb von seiner Atemmaske bedeckt und den Lauf seiner Waffe nach unten gerichtet. An seinem Gürtel trug er den Dolch, der ihn als Kommandant der Truppe auswies.

Groj verspürte eine gespannte Unruhe, die von Aldinjha ausging. Es reizte sie, sich mit dem Hünen anzulegen. Er hoffte, sie würde die Kontrolle behalten und sich nicht zu einer spontanen Aktion hinreißen lassen.

Der große Mann schob die klobige Maske unter sein Kinn und trat vor Groj hin. Er hatte ein breites, pockennarbiges Gesicht mit dunklen Augen, in denen keine unmittelbare Feindseligkeit zu erkennen war.

Der Hüne musterte zuerst Groj, dann Aldinjha und schließlich wieder Groj. Er deutete mit dem Daumen auf Aldinjha. »Wer ist sie?«

»Warum fragst du nicht mich?«, entgegnete Aldinjha in unerwartet freundlichem Tonfall.

Ein Schmunzeln huschte über das Gesicht des Mannes. »Also gut, dann frage ich dich. Leitest du euren Einsatz?«

»So ist es. Was du ebenfalls wissen solltest: Unser Einsatz hat nichts mit dem Krieg zu tun.«

»Eine Suchaktion«, ergänzte Groj.

»Und wonach sucht ihr?«, hakte der große Mann nach.

»Nach einer Wissenschaftlerin«, antwortete Aldinjha. »Sie ist südlich des Plateaus verschollen.«

Der Mann kratzte sich an der Wange. Groj wusste, dass seine Narben von einer Pilzinfektion herrührten, die im Süden des Kontinents weit verbreitet war. Selbst nach überstandener Krankheit plagte einen noch jahrelang ein lästiges Brennen.

»Eine Wissenschaftlerin, sagst du«, murmelte der große Mann. »Und was erforscht sie?«

»Sie sucht nach Spuren, die auf eine alte Zivilisation hindeuten«, sagte Aldinjha.

Der Mann gab ein amüsiertes Schnauben von sich. »Seit über fünfzig Jahren graben wir diesen beschissenen Planeten um. Ich selbst habe dreißig Jahre in den Minen geschuftet. Wären da irgendwelche Artefakte, von mir aus auch versunkene Städte – glaubt mir, man hätte längst etwas gefunden. Aber hier gibt's nur Viehzeug, das immer größer wird, dazu eine Armee von widerwärtigen Bakterien und ein Scheiß-Gewitter nach dem anderen."

Wie zur Bestätigung rollte knirschendes Donnern über die Ebene, über dem dunstverhangenen Horizont flackerte verschwommenes Wetterleuchten. Aus Richtung des Plateaus schoben sich kilometerhoch aufgetürmte Wolkenmassen heran.

»Kommandant Pickert!«, rief einer der Schürfer-Soldaten aus dem Einstiegsluk der Krabbe. »Wir haben was gefunden!«

Yeejhzas Trainingsgerät, dachte Groj.

»Was habt ihr gefunden?«, rief der Große mit rauer Stimme zurück.

»Wissen wir nicht. Sollen wir's rausbringen?«

»Ich bitte darum!«

Kommandant Pickert wandte sich wieder Groj und Aldinjha zu. »Ich kann euch nicht eurer Wege ziehen lassen. Denn es gibt eine Menge zu besprechen. Aber zuerst kehren wir zu unserer Operationsbasis zurück.« Er deutete auf die Rampe des Quadrokopters. »Gehen wir, meine Herrschaften. Fühlt euch wie zuhause.«

»Keine Fesseln, keine Handschellen?«, fragte Groj.

Der große Mann grinste und wies mit dem Kinn auf Aldinjha. »Ich glaube nicht, dass das sie aufhalten könnte. Stimmt doch, schöne Frau, oder etwa nicht?«

Aldinjha grinste zurück. »Sie verstehen es, mir zu schmeicheln, Kommandant.«

43. UNTERREDUNG MIT PICKERT

Sie verbrachten den Flug im Laderaum des Kopters, umgeben von waffenstarrenden Schürfer-Soldaten. Groj empfing ruhige, ausgeglichene Schwingungen von Aldinjha – sie hatte die Situation akzeptiert und ihre aggressiven Impulse völlig unter Kontrolle.

Kommandant Pickert war nicht anwesend, hatte sich vermutlich ins Cockpit zurückgezogen. Groj versuchte, ihn einzuschätzen. Pickerts Verhalten wich in vielerlei Hinsicht von den Maximen der Schürfer-Miliz ab, die auf kompromisslose Konfrontation setzte. Ob dies aus einer Laune heraus geschah oder ob es zu seiner Taktik gehörte, vielleicht sogar einer tieferen Erkenntnis zuzuschreiben war, würde sich vielleicht bald herausstellen.

Der Stützpunkt lag tief in den Kobaltschluchten, die ihren Namen dem dichten Bewuchs von Blauschimmelbäumen verdankten – einer bis zu dreißig Meter hohen Pflanze, deren große, labbrige Blätter mit der Zeit eine bläuliche, pelzige Oberfläche ausbildeten.

Der Kopter landete auf einem schmalen, sandigen Streifen zwischen geduckten Betonbaracken. Die Rampe wurde ausgefahren und die Soldaten geleiteten Groj und Aldinjha, auf sicheren Abstand bedacht, zu einem der Gebäude.

Sie betraten einen niedrigen, halbdunklen Raum, vor dem die Soldaten Position bezogen. Das Mobiliar bestand aus einem langen Tisch und unbequem aussehenden Stühlen. An seinem hinteren Ende gab es einen Durchgang, vielleicht zu den Toiletten.

Aldinjha setzte sich, begutachtete die Karaffen auf dem Tisch. Zog eines der Gläser heran, die das Getränkeangebot flankierten, und goss sich aus einer Karaffe ein.

»Weißt du, was das ist?«, fragte Groj.

»Nein“, antwortete sie. »Aber du kennst das von Yeejhza: Wir sind süchtig nach Erfahrungen.«

Sie trank das Glas auf einen Zug aus, lehnte sich auf ihrem Stuhl zurück und griff sich an den Hals.

»Nicht schlecht … aber man muss sich daran gewöhnen.«

»Eine Spezialität des Südens«, tönte Pickerts Stimme von der Tür her, die er mit seiner imposanten Silhouette verdunkelte. »Destilliert aus einheimischen Pflanzen. Für uns Schürfer oft der einzige Weg, unsere prekäre Situation zu ertragen.«

Pickert hatte Grojs Karabiner in den Händen. Er trat ein und legte die Waffe auf den Tisch. Dann schenkte er zwei weitere Gläser ein.

»Terval Grojin'nan, nicht wahr?« Er schob eines der Gläser vor Groj hin, dann setzte er sich Aldinjha gegenüber und füllte ihr Glas auf. »Du hast uns großen Schaden zugefügt. Damals, als du noch für die Regulären gekämpft hast. Aber dann hast du in einem Lazarett gearbeitet, das auch Schürfer aufgenommen hat. Dafür möchte ich dir danken.«

»Ich war kein Soldat mehr«, erwiderte Groj. »Menschen waren für mich nur noch Menschen.«

Pickert nickte bedächtig. »Vor kurzem hat unser Hauptquartier einen Funkspruch empfangen. Von einer unserer Kommandantinnen, die in die Hände der Regulären gefallen ist. Erstaunlicherweise war es ihr gestattet, frei mit uns zu sprechen. Und sie hatte ebenso Erstaunliches zu berichten.«

Groj setzte sich zu Aldinjha und griff nach seinem Glas. »Du machst es spannend, Kommandant.«

»Sie hat einen Appell an uns gerichtet«, fuhr Pickert fort. »Unser Krieg sei sinnlos, wir sollten die Verhandlungen mit Primus Eins wieder aufnehmen. Damit hat sie Hochverrat begangen, aber ihre Argumente sind nicht von der Hand zu weisen. Der gescheiterte Überfall auf den Lebensmittelkonvoi, das Versagen beim Angriff auf Grande – wir sind den Regulären in jeder Hinsicht unterlegen. Ich frage mich schon seit geraumer Zeit, warum noch kein interstellarer Schlachtkreuzer unsere Stellungen aus einer Million Meilen Entfernung in Asche verwandelt hat.«

»Primus Eins will euch nicht tot sehen«, erwiderte Groj. »Er will, dass ihr an den Verhandlungstisch zurückkehrt.«

»Was sich mit den Hardlinern in unserem Revolutionsrat nicht machen lässt.« Pickert hob sein Glas und führte es an die Lippen. »Es tut gut, mit euch zu reden. Darauf möchte ich trinken.«

Sie tranken. Groj unterdrückte ein Husten – das Gebräu war scharf, es war bitter und hochprozentig. Pickert gab ein wohliges Ächzen von sich. Aldinjha verzog dieses Mal keine Miene.

»Es gibt Gerüchte«, sagte der Schürfer-Kommandant. »Über eine Spezialeinheit, die uns das Fürchten lehren soll. Um uns zum Aufgeben bewegen. Ihr beide seid doch nicht zufällig diese Spezialeinheit?«

Aldinjha hob die Hand. »Diese Spezialeinheit bin ich. Aber solange ihr euch korrekt verhaltet, habt ihr von mir nichts zu befürchten.«

Warum hältst du nicht den Mund?, dachte Groj. Doch Pickert lachte befreit auf.

»Unsere Kommandantin hat von dir berichtet«, sagte er. »Von deiner raffinierten Art zu foltern, ohne Schäden zu hinterlassen. Von deiner Schnelligkeit, deinem Kampfgeist und deinem übermenschlich sicheren Gebrauch von Waffen. Wir haben das als Warnung verstanden, doch jetzt sitzt du hier, jung und schön und friedfertig, und wir alle leben noch. Mal ehrlich – ihr sucht doch nicht tatsächlich nach dieser … Wissenschaftlerin.«

»Sie ist meine Schwester«, sagte Aldinjha.

Pickert nickte langsam, schenkte sich Schnaps nach. »Verstehe. Aber nur aus diesem Grund hätten sie dich nicht hereingelassen. Der Planet ist isoliert.«

»Beziehungen«, erwiderte Aldinjha.

»Es wird immer interessanter.« Der Kommandant kippte den Schnaps in sich hinein, schob die Karaffe über den Tisch. »Ihr ahnt es bestimmt schon: Ich liege nicht auf einer Linie mit dem Revolutionsrat. Sonst hätte ich euch angegriffen, hätte die Hälfte meiner Maschinen verloren plus eine Menge Leute, die es nicht verdient haben zu sterben. Wenn ihr wirklich über so gute Beziehungen zu Primus Eins verfügt, dann stellt für mich den Kontakt zu ihm her. Ja, das macht auch mich zum Verräter. Aber dieser Krieg muss ein Ende haben.«

Groj füllte sein Glas nach und trank. Er hatte noch nie etwas für Trinkrituale übrig gehabt, aber Pickert würde es zu schätzen wissen.

»Gib uns freies Geleit bis Kap Lucien«, sagte er. »Unsere Mission hat absoluten Vorrang, doch sie steht kurz vor dem Abschluss. Dann unterbreiten wir Primus Eins dein Angebot.«

»Wie lange wird das dauern?«, fragte Pickert.

»Ein paar Tage«, antwortete Aldinjha. »Eine Woche, nicht länger.«

»Aber wir können nicht garantieren, dass er uns zuhört«, fügte Groj hinzu.

»Wenn er den Krieg wirklich beenden will, wird er zuhören.«

»Warum vertraust du ausgerechnet uns?«, fragte Aldinjha.

Pickert kratzte sich an seinem stoppelbärtigen Kinn. »Es gibt diese Momente. Da weißt du genau, dass du das Richtige tust, auch wenn in deinem Buch etwas ganz anderes steht.«

»Du riskierst Kopf und Kragen«, sagte Groj. »Ist dir der Frieden so viel wert?«

Pickert prostete ihm zu. »Wenn ich mich geirrt habe, werde ich die Zeche bezahlen. Und nun lasst uns, verdammt noch mal, Nägel mit Köpfen machen.«

»Das klingt gut, Kommandant«, sagte Aldinjha-

»Die Kobaltschluchten sind extrem unwegsames Gelände«, fuhr Pickert fort. »Auch mit eurem wunderbaren Gefährt werdet ihr drei Tage bis Kap Lucien benötigen. Und es braut sich ein Sturm zusammen, der bis hinunter in die Täler für Probleme sorgen wird. Aber ich könnte euch mit einem Kopter bis zur Demarkationslinie bringen lassen.«

»Einverstanden«, sagte Groj.

Sie tranken. Heftiger Donner brachte die Betonbaracke zum Erzittern, Regen setzte ein.

Pickert schob den Karabiner vor Groj hin und stand auf. »Genug geredet. Kommt mit, ich bringe euch zu eurem Fahrzeug.«

44. TURBULENZEN

Die Krabbe stand in einer Schneise zwischen hoch aufragenden Blauschimmelbäumen, die sich im aufkommenden Sturm weit herab krümmten. Die Tragetaue waren noch befestigt und verbanden sie mit einem Kopter, der am Ende der Schneise geparkt war.

Pickert stürmte voran, die massige Gestalt gegen den Sturm gestemmt und den Kopf eingezogen. Ein Schwarm Krähenschaben regnete vom Himmel, um im Dickicht unter den Palmen Schutz zu suchen. Die Biester abzuwehren war sinnlos, also zog Groj den Kragen seiner Jacke rauf und beugte das Gesicht nach unten. Die Einschläge an seinem Rücken und an seinen Beinen waren unangenehm, aber nicht sehr schmerzhaft. Ungefähr so, als würde man sich im Pyjama einem milden Hagelschauer aussetzen.

Zwei Minuten später saß er mit Aldinjha im Laderaum des Kopters. Eine Schabe hatte sie unter dem Auge getroffen, das nun blutunterlaufen und geschwollen war. Auch ihre Wange hatte eine Schramme abbekommen.

Sie schob seine Hand weg, als er sich die Verletzung ansehen wollte. »Das wird gleich wieder«, versicherte sie. »Lass dich nicht von Äußerlichkeiten beeindrucken.«

Die Turbinen heulten auf und der Kopter löste sich träge vom Boden. Ein Ruck ging durch die Maschine, als sich die Taue spannten und die Krabbe in die stürmische Luft gehoben wurde.

»Traust du ihm?«, fragte Aldinjha.

»Pickert?« Groj zuckte mit den Achseln. »Im Wesentlichen schon. Aber er verfolgt auch seine eigene Agenda.«

»Er will sich an die Spitze der Schürfer-Revolte stellen. Was wäre daran schlecht?«

»Nichts, solange er wirklich Frieden will«, sagte er. »Daark ist ein Spielball höherer Mächte. Wir müssen zusammenhalten, wenn wir nicht untergehen wollen.«

»Glaubst du, er hat das verstanden?«, fragte sie.

»So hat er sich für mich jedenfalls angehört.«

Groj betrachtete Aldinjhas Auge – es sah beinahe wieder unversehrt aus.

»Hältst du es wirklich für möglich, dass Yeejhza zurückkommt?«

»Im Strom ist sie wieder als lebendig markiert«, sagte sie.

»Der Strom umfasst die Ewigkeit, nicht wahr?«, entgegnete er. »Wenn Yeejhza irgendwann einmal lebendig gewesen ist, und das war sie … dann wird sie im Strom lebendig sein. Aber nicht unbedingt hier.«

Aldinjha nahm seine Hände und sah ihm tief in die Augen. »Groj, versteh doch – sie hat sich in den Strom eingespeist. Weil sie eine Ahnung hatte, was passieren würde. Ich weiß nicht, auf welche Weise sie zu uns zurückkehren wird. Aber dass sie zurückkehrt, daran zweifle ich nicht mehr im Geringsten.«

»Kannst du sie spüren?«, fragte er.

»Anders als vorher. Nicht mehr als einen Teil von mir, sondern als etwas Eigenständiges.«

»Was könnte das bedeuten?«

Sie zuckte mit den Achseln. »Eine Transformation möglicherweise. Yeejhza wurde von Menschen erschaffen, doch jetzt befindet sie sich im Strom. Sie wird nicht ganz dieselbe sein, wenn sie zurückkehrt.«

Falls sie zurückkehrt, korrigierte er sie in Gedanken.

Der Kopter wankte unter einer Sturmbö. Groj machte sich Sorgen um die Krabbe. Die Kobaltschuchten waren eng und tückisch, unter der Vegetation verbargen sich schroffe Klippen und Felsvorsprünge. Einen Aufprall würde das Vehikel nicht unbeschadet überstehen.

»Yeejhzas Trainingsgerät«, sagte er. »Ich glaube, die Schürfer haben es behalten.«

»Und wenn schon«, erwiderte Aldinjha. »Sie könnten nichts damit anfangen.«

»Brauchst du es?«

Sie schüttelte den Kopf. »Ich habe andere Möglichkeiten.«

Wieder kam der Kopter ins Trudeln, seine Turbinen protestierten mit einem energischem Aufheulen.

»Das gefällt mir nicht«, sagte Groj. »Ich sehe im Cockpit nach.«

Die beiden Piloten kämpften verbissen gegen die Böen an, die mit zerstörerischer Gewalt in die enge Schlucht fuhren. Groj hatte den Eindruck, dass sie ihre Sache gut machten, aber auch ein Quadrokopter wurde nicht mit jedem Unwetter fertig.

»Setzt uns ab und fliegt zu eurem Stützpunkt zurück«, sagte er, von hinten über die Pilotensitze gebeugt, während der Kopter eine Front aus wirbelnden Regenschwaden durchstieß. »Niemand hat etwas davon, wenn ihr euer Leben für uns riskiert.«

»Wir machen das nicht zum ersten Mal«, erwiderte einer der Piloten.

»Außerdem haben wir unsere Befehle«, fügte der andere Pilot hinzu.

»Wir bringen euch nach Kap Lucien«, sagte der erste. »Bis hinter die Grenze. Alles läuft wie geplant.«

Groj kehrte zu Aldinjha in den Laderaum zurück und setzte sich zu ihr. »Sie wollen es bis zu Ende durchziehen. Aber auch ohne die Krabbe im Schlepptau wäre es riskant.«

»Alles wird gut«, sagte sie. Und fügte mit einem rätselhaften Lächeln hinzu: »Auf die eine oder andere Weise.«

Der Kopter sackte ab. Groj hatte kurz das Gefühl, als würde sein Magen nach oben kommen. Die Turbinen kreischten vor Anstrengung, um die Maschine wieder in die Höhe zu bringen.

Aldinjha hatte nicht auf die Turbulenz reagiert. Saß entspannt da, den Kopf nach vorn geneigt und die Hände im Schoß verschränkt. Groj beugte sich zu ihr hinüber und stellte fest, dass sie eingeschlafen war.

Er lehnte sich zurück und schloss die Augen. Müdigkeit zerrte an seinen Gliedern, pessimistische Gedanken stiegen aus der Tiefe seines Bewusstseins an die Oberfläche. Ein Gefühl von Sinnlosigkeit und Vergeblichkeit wollte sich in ihm ausbreiten, er drängte es zurück. Und da war wieder dieser Juckreiz in seinem rechten Oberarm. Er hob die linke Hand, um sich zu kratzen, und ließ sie wieder sinken, blendete das Jucken aus.

Du hast den Dschungel überlebt, dachte er. Da gab es keine Sekunde, in der nicht irgendwas gejuckt hat. Also stell dich nicht so an.

45. STERNENKLAR

Die Schürfer setzten die Krabbe auf dem Hochland von Kap Lucien ab, inmitten einer kargen, flachen Landschaft, die vorwiegend von Moos, Flechten und Korallenstauden bewachsen war. Kaum waren Groj und Aldinjha von Bord gegangen, schwang sich der Kopter in die Höhe und drehte in Richtung Norden ab.

Es war eine sternenklare Nacht – vom Ozean her wehte ein starker Wind, der das Unwetter landeinwärts geschoben hatte. Vier von Daarks Monden standen am Himmel, zwei davon annähernd rund, die beiden anderen, tiefer stehenden, zu stumpfen Sicheln geformt, und übergossen das Land mit silbrig-weißem Licht.

»Sieh nur – wie majestätisch es ist!«

Aldinjha meinte das Große Plateau, dessen stumpfer Buckel sich weit im Nordosten empor wölbte, vom Mondlicht diskret aus der Nacht geschält. Groj hatte es noch nie annähernd in seiner Gänze erblickt und war für einen Moment starr vor Ergriffenheit.

»Das Reich der Hütergeister«, sagte er. »Und niemand weiß es.«

»Der ganze Planet ist ihr Reich«, sagte Aldinjha. »Lange bevor es Menschen gab, waren sie die Herrscher des Universums. Ihre Zeit mag abgelaufen sein, doch der Strom ist ihr Erbe. Vielleicht ist es möglich, ihn für die Menschen zugänglich zu machen?«

Er blickte sie verwundert an. »Für die Menschen? Du fühlst dich nicht einmal wie eine von ihnen.«

»Vielleicht ist genau das mein Irrtum.« Sie wandte sich ihm zu, legte ihre Hände auf seine Arme. »Wir beide sind uns sehr ähnlich, Groj. Ähnlicher, als du es dir vorstellen kannst. Aber du wurdest als Embryo erschaffen. Du hattest Zeit, dich zu entwickeln, dich anzupassen. So wie fast jeder andere Mensch auch. Yeejhza und ich wurden als Erwachsene in die Welt gesetzt, mit übermenschlichen Eigenschaften ausgestattet, aber naiv und in vielen Dingen absolut inkompetent. Und doch werden wir den gleichen Weg nehmen wie du. Denn du bist der Beweis, dass es möglich ist.«

Er dachte an Lydi von Craaft, die weniger Glück gehabt hatte als er. Die zu einem zynischen, das Leben verachtenden Kyborg umfunktioniert worden war.

»Manchmal ist es von Vorteil, für andere keinen offensichtlichen Nutzen darzustellen«, sagte Aldinjha.

Groj runzelte die Stirn. »Du spionierst meine Gedanken aus?«

»Nein, keineswegs. Wir sind miteinander verbunden, das war deine eigene Entscheidung.«

Sie nahm ihn in die Arme und schmiegte sich an ihn. Er versteifte sich kurz, dann erwiderte er vorsichtig die Umarmung.

»Wir sind verbunden, Groj«, sagte sie. »Du, ich, Yeejhza. Und der ganze Rest. Es fällt mir nicht leicht, das einzusehen. Doch es ist nun mal so. Ich wollte frei und unabhängig sein, meinen Feinden die Stirn bieten. Aber wo ist mein Platz in diesem chaotischen Universum? Bei den Menschen? Die mich niemals akzeptieren werden als das, was ich bin?«

»Du setzt die falschen Maßstäbe«, entgegnete er. »Die Menschheit besteht nicht nur aus korrupten Regierungen, gierigen Kartellen und machthungrigen Verschwörercliquen. Würdest du einen Tag in dem Lazarett verbringen, in dem ich gearbeitet habe, würdest du anders denken.«

»Aber sieh dir die Menschen an!«, begehrte sie auf. »Wie viel Zeit haben sie? Fünfzig Jahre, siebzig Jahre, hundert Jahre – weit davon entfernt, ihr wirkliches Potenzial zu entfalten! Ich werde in hundert Jahren nicht wesentlich anders aussehen als jetzt, so wollten es meine Schöpfer. Aber ich werde anders denken, anders handeln, anders fühlen als jetzt. Weil ich nicht die Begrenztheit meines Daseins vor Augen habe.«

»Du bist also nicht allein aus dem Grund nach Daark gekommen, um deinen Ursprung zu ergründen?«

»Genau das und nichts anderes wollte ich«, erwiderte sie. »Ich wollte mich selbst verstehen, meinen Platz in der Welt finden. Doch ich begreife allmählich, wie sehr alles zusammenhängt. Dass ich kein losgelöstes Molekül bin, keine Insel, kein einsamer Stern im leeren Raum. Zuerst fühlte es sich großartig an. Wie eine Befreiung, ein Durchbruch – doch ich musste einsehen, dass dies nur Optionen sind. Dass ich an mir arbeiten, mich auf Erfahrungen einlassen muss, um aus meinem inneren Gefängnis zu entkommen.«

»Jenseits dieses Gefängnisses liegt die Gemeinschaft«, sagte er.

»Und genau davor fürchte ich mich«, murmelte sie.

Für eine Weile blickten sie schweigend auf das mondbeschienene Plateau, das nun teilweise von dunklen Wolken verborgen war. Auch vom Ozean her schob sich eine schwarze Wetterfront näher und hatte bereits einen der Monde geschluckt.

»Wir sollten weiterfahren«, sagte Aldinjha.

»Fahren wir«, sagte Groj. »Und der Cluster weist uns den Weg?«

»Das wird er.«

Sie krallte ihre Finger in seinen Rücken, dann löste sie sich mit einem knurrenden Laut von ihm. Er hatte den Verdacht, dass sie jetzt gerne mit ihm geschlafen hätte. Doch ihre Mission hatte Vorrang. Und ihre Mission war auch die seine.

46. CHECKPOINT

Sie stiegen in die Krabbe und sahen nach Yeejhzas Trainingsgerät. Pickert hatte es behalten, warum auch immer. Vielleicht hatte er auch nur vergessen, es zurückzugeben. Aldinjha nahm den Verlust mit Gelassenheit.

»Es ist nutzlos für die Schürfer«, sagte sie. »Und Yeejhza wird es nicht mehr brauchen, wenn sie wieder bei uns ist.«

Aldinjha übernahm das Steuer und jagte die Krabbe über die stürmische Ebene. Regen kam ihnen in dichten Vorhängen aus Richtung des Ozeans entgegen, Blitze tanzten leuchtende Muster über dem dunklen Horizont. Die Krakenbäume, die in weiten Abständen aus dem flachen Land ragten, überließen ihre flatternden Tentakel der wütenden Luft, was auf Groj einen verspielten Eindruck machte. Die Bäume und der Sturm kannten sich seit Urzeiten. Nur die Menschen waren fremd hier.

Die Krabbe fraß Kilometer um Kilometer. Scheuchte hier und dort etwas Lebendiges auf, das mit grotesken Sprüngen in die Nacht flüchtete oder sich hektisch flatternd von einer Windbö davontragen ließ.

Die Ebene endete abrupt an einem steilen, schwarzen Abgrund. Tief unten erstreckte sich die Küstenregion von Kap Lucien, mit der gleichnamigen Hauptstadt weit draußen auf ihrem Fundament aus Erz und glashartem Urgestein. Dieser Abgrund zog sich mit Unterbrechungen um den gesamten Kontinent herum, was einer der Gründe war, dass die Küstenregionen noch spärlicher besiedelt waren als das Binnenland. Ein Geologe, der sich von der Suche nach Supralith-Vorkommen eine Auszeit genommen und Exkursionen entlang der Küsten durchgeführt hatte, war zu dem Schluss gekommen, dass es sich um einen Kontinentalschelf handelte und der Kontinent vor Jahrmillionen deutlich kleiner gewesen sein musste. Da der Planet jedoch keine gefrorenen Polkappen aufwies, ließ sich das Phänomen nicht durch ein Absinken des Meeresspiegels erklären. Eher damit, dass sich der Kontinent vor langer Zeit weiter aus dem Ozean geschoben und seine jetzige Gestalt ausgeprägt hatte. Ähnlich den Kokons, die aus dem Boden gedrückt wurden und die merkwürdigsten Kreaturen hervorbrachten.

Groj studierte die Karte. Sie wies zwei Routen aus, die zur Küste hinab führten. Eine im Westen, die Kap Lucien mit Regenbogen verband. Und eine zweite weiter östlich, die von Grünhausen aus durch Schürfer-Territorium führte und deshalb kaum mehr benutzt wurde.

»Nach Osten«, sagte Groj. »Die Straße liegt näher und führt direkt nach Kap Lucien. Allerdings wird sie schärfer überwacht, und ...«

Aldinjha unterbrach ihn mit einer knappen Geste. »Das werden wir riskieren. Außerdem haben wir immer noch die verdeckte Operation als Trumpf im Ärmel.«

»Falls Primus Eins noch hinter uns steht«, gab er zu bedenken.

»Was wiederum voraussetzt, dass er von der Gegenverschwörung noch nicht ausgeschaltet worden ist.«

»Darüber können wir uns noch stundenlang den Kopf zerbrechen«, sagte er. »Lass es uns jetzt einfach durchziehen.«

Aldinjha steuerte die Krabbe in sicherer Entfernung an dem Abgrund entlang, aus dem gespenstisch anmutende Wolkenfetzen nach ihnen griffen. Groj lehnte sich in seinem Sitz zurück, hing seinen Gedanken nach – und fühlte sich mit einem Mal wieder so entkräftet, dass er gegen den Schlaf ankämpfen musste. Auch sein Arm begann zu jucken, aber er war zu träge, um sich zu kratzen.

»Hast du manchmal Albträume?«, fragte er.

»Ich träume vom Strom«, antwortete Aldinjha. »Von den Welten und Zeiten, die er miteinander verbindet. Ich träume von den Hütergeistern, die mich unbeschreibliche Dinge gelehrt haben. Und von Yeejhza ...« Aldinjha stockte und Groj glaubte, in ihrem Augenwinkel eine Träne zu erkennen. »Ich habe nicht gewusst, wie sehr ich sie liebe«, fuhr sie fort. »Dass ich überhaupt lieben kann. Oder ...« Sie warf ihm einen forschenden Blick zu. »Denkst du, das bilde ich mir nur ein?«

»Zuletzt hast du es als Symbiose definiert«, erwiderte er. »Mit dem Zusatz, es wäre viel, viel mehr.«

Aldinjhas Miene hellte sich auf, ein vitales Leuchten eroberte ihre Augen. »Du willst wissen, wie ich Liebe für mich definiere? Jetzt kann ich es dir sagen. Liebe bedeutet für mich, dass ich zu mir und meinem Leben uneingeschränkt ja sagen kann. Zu den Menschen, die mir begegnen. Und zu den Dingen, die mir widerfahren."

Groj wog abwägend den Kopf. »Eine sehr reife Auslegung«, meinte er schließlich.

Sie fixierte ihn mit ihrem wasserblauen Blick. »Was empfindest du für mich, Terval Grojin'nan?«

Er zögerte, das auszudrücken, was ihm spontan in den Sinn kam. Sagte es dann aber doch.

»Ich bin mir nicht sicher. Wahrscheinlich würde ich mein Leben für dich opfern. So wie ich es für Yeejhza auch getan hätte. Ich würde nicht einmal darüber nachdenken.«

Aldinjha atmete tief durch. »Ich würde es genauso machen«, sagte sie leise. »Es ist irrational, es ist idealistisch und moralisch. Doch bevor ich mein Leben opfere, nehme ich das Leben derjenigen, die mir und meinen Liebsten Böses wollen. Ich bin als Kriegerin konzipiert, und ich würde immer das Beste daraus machen.« Sie lächelte versponnen. »So gesehen ergibt meine Existenz plötzlich einen Sinn«, fuhr sie fort. »Es ist so einfach, das ich es nicht erkannt habe.«

Groj streckte sich in seinem Sitz aus. Während er schwerfällig über Aldinjhas Worte nachdachte, schlief er ein, wachte nach einigen Sekunden wieder auf, schlief weiter. Das ging eine ganze Weile so, bis er sich entschlossen aufsetzte und seiner lähmenden Müdigkeit den Kampf ansagte. Er zog die Möglichkeit in Erwägung, dass er sich letztlich doch einen Infekt eingefangen hatte, und verwarf sie wieder. Vielleicht hatte er sich einfach nur überschätzt und die Ereignisse hatten ihn noch stärker gefordert, als er sich eingestehen wollte.

Schweigend fuhren sie ins Morgengrauen hinein, immer dem zerklüfteten Abgrund folgend. Sie passierten eine Siedlung, von der aus auf sie geschossen wurde, und setzten die Fahrt auf einer unbefestigten schmalen Straße fort. Das Land senkte sich allmählich ab, schließlich kam das dunkle Band der Grünhausen-Route in Sicht.

Die Einmündung der Straße wurde von einer Festung aus Panzerfahrzeugen der Regulären bewacht. Aldinjha verringerte das Tempo und hielt die Krabbe vor einer Gruppe Soldaten an, deren Helmscheinwerfer irritierende Blendenflecke auf den Fensterschlitzen erzeugten.

Sie deutete auf das Funkgerät, dessen Display mit einem blinkenden Signal auf sich aufmerksam machte.

»Sie wollen mit uns reden. Machst du das?«

Groj stellte auf dem Kontrollfeld der Mittelkonsole die Verbindung her. »Kennung Zarathustra sieben-Strich-einundzwanzig, verdeckte Operation im Auftrag von Primus Eins. Wir fordern euch auf, uns ungehindert passieren zu lassen.«

Nach einer längeren Pause ertönte eine kühle, emotionslose Stimme aus den Lautsprechern.

»Eure Kennung ist verifiziert. Doch um eure Identität festzustellen, ist es unerlässlich, dass wir eine Inspektion vornehmen.«

»Das können wir nicht zulassen«, entgegnete Groj. »Aber es gibt einen anderen Weg, uns zu identifizieren. Seid ihr in der Lage, mit dem Stützpunkt Grande Kontakt aufzunehmen?«

»Wir werden sehen, was sich machen lässt. Stellt den Antrieb ab und wartet auf unsere Rückmeldung.«

Aldinjha fuhr den Motor herunter und sah Groj fragend an.

»Wieso lässt du sie nicht an Bord kommen? Wir haben nichts vor ihnen zu verbergen.«

»Ich denke an die Gegenverschwörung«, sagte er. »Die Leute, die Lydi van Craaft auf uns angesetzt haben. Wir wissen nicht, wie weit die Regulären von ihnen infiltriert worden sind.«

»Und wenn schon. Ich würde im Handumdrehen mit ihnen fertig werden.«

»Ich weiß. Aber solange wir unterwegs sind, ist die Krabbe unser Zuhause. Ich will kein verdammtes Gemetzel hier drin.«

»Verstehe«, sagte sie. »Und wenn sie lästig werden, können wir immer noch ihren Fuhrpark in Stücke schießen.«

Das Funkgerät machte kratzende Geräusche, dann war wieder die Stimme des Soldaten zu hören.

»Der Kontakt steht, Zarathustra.«

»Dann will ich mit Offizier Nevada Kwan sprechen«, sagte Groj. »Möglicherweise befindet sie sich noch auf der Krankenstation.«

»Wir kümmern uns darum.«

Er betrachtete trübsinnig die buckligen Fahrzeuge, draußen im regnerischen Zwielicht. Wie hat es so weit kommen können, dachte er, dass wir uns gegenseitig bekriegen, während der ganze Planet versucht, uns wie Parasiten abzuschütteln? Auf der Erde war es ähnlich gelaufen. Aber dort hatten sie die Probleme in den Griff bekommen. Während auf Daark der ganze Scheiß von vorne angefangen hatte.

»Groj? Bist du das?«

Das war Nevadas Stimme. Sie klang aufgeregt, aber auch ein bisschen erfreut.

»Ja, ich bin's. Schön, dich zu hören, Nevada. Geht's dir gut?«

»Ich kann wieder gehen«, sagte sie. »Okay, nur ein paar Schritte – aber sie sagen, dass es vollständig geheilt werden kann. Groj … ich hatte noch keine Gelegenheit, dir zu danken für alles, was du für mich … was ihr für uns getan habt. Du und dein geniales Schätzchen. Ist sie noch bei dir?«

»Ja, ich bin hier«, sagte Aldinjha. »Freut mich zu hören, dass du aus dem Gröbsten heraus bist.«

»Man hat mir erzählt, was du für uns getan hast. Schade, dass ich nicht helfen konnte.«

»Du hast nicht viel versäumt. Es war ziemlich schnell vorbei.«

»Wenn du so weitermachst, wirst du noch zu einer Legende.«

Aldinjha lachte glucksend. »Ach was, ich habe nur getan, was ich am besten kann. Es war Groj, der sich um dich gekümmert hat.«

»Danke, Groj«, sagte Nevada. »Auch im Namen der anderen, die ihr nach Grande gebracht habt.

»Nevada«, meldete sich der Soldat zu Wort, »kannst du die Identität der Beteiligten an der Operation Zarathustra bestätigen?«

»Ich weiß nicht, was hier läuft«, erwiderte Nevada. »Aber ich weiß, dass ich mit den Leuten spreche, die in Cloverfield den Überfall auf meinen Konvoi abgewehrt und mir das Leben gerettet haben.«

»Danke, Nevada. Und ihr, Zarathustra, könnt nun weiterfahren. Eine Inspektion eures Fahrzeugs ist nicht mehr nötig. Lang lebe Primus Eins.«

»Lang lebe Primus eins«, sagte Groj.

Er wandte sich Aldinjha zu und flüsterte: »Das habe ich vor über zehn Jahren zum letzten Mal gehört.«

Sie zog die Augenbrauen zusammen. »Also doch …?«

»Ich weiß es nicht. Vielleicht versumpfen sie schon seit einer Ewigkeit auf diesem Außenposten und halten an den alten Phrasen fest, um ihren Zusammenhalt zu demonstrieren.«

»Allmählich verstehe ich, was es bedeutet, paranoid zu sein.«

»Gewöhne dich erst gar nicht daran.«

Die gepanzerten Militärfahrzeuge stießen eines nach dem anderen zurück und machten eine Gasse frei. Aldinjha startete den Antrieb und lenkte die Krabbe langsam hindurch. Groj platzierte das Armierungstablet in Griffweite und beobachtete die Sensoren, ohne irgendwelche Auffälligkeiten zu entdecken.

»Sie spielen mit«, sagte er. »Du kannst jetzt beschleunigen. Die Straße gehört dir.«

47. IM KRATER

Die Straße verlief schräg zum Steilhang, meistens schräg nach unten weisend, manchmal in klaustrophobische Tunnelröhren gezwängt. Als sie mit der Krabbe von oben die aufgepeitschte Wolkendecke durchstießen, breitete sich unter ihnen eine felsige, graubraune Wüstenlandschaft aus, in der ein riesiges, kreisrundes Loch klaffte – eine alte Supralith-Mine, mindestens einen Kilometer im Durchmesser und vermutlich genauso tief.

»Warum ausgerechnet dort?«, fragte Groj.

»Die Informationsverdichtung«, antwortete Aldinjha.

»Das ist alles? Ich dachte, du hättest eindeutige Hinweise, wo wir Yeejhza finden.«

Sie schwieg und blickte starr auf die Straße vor ihnen. Groj empfand eine gespannte Unruhe, die an seinen Nerven zerrte wie ein aufsässiger Köter. Falls sich Aldinjha ihrer Sache nicht sicher war, war es ihr nicht anzumerken. Doch er konnte sich nicht plausibel machen, dass sie ausgerechnet in dieser Mine auf Yeejhza treffen würden. Am ehesten noch auf eine weitere monströse Kreatur, die, wenn es gut lief, Aldinjha als Familienmitglied betrachtete.

Am Fuß des Steilhangs, von wo aus die Straße nach einer weiten Biegung schnurgerade die Wüste durchtrennte, fiel ein Hagelschauer über die Ödnis her und verwandelte das Cockpit in ein dröhnendes Inferno. Aldinjha nahm dies zum Anlass, in übermütiges Lachen auszubrechen und das Tempo zu verschärfen. Groj nahm es als schlechtes Omen. Und wunderte sich erneut über seine andauernde Verzagtheit. Konnte es sein, überlegte er, dass er sich vor der Wiedervereinigung der Klon-Geschwister fürchtete? Weil sie ihn nicht mehr brauchen und die Dinge selbst in die Hand nehmen würden? Auch wenn er mehr als einmal mit dem Gedanken gespielt hatte, Aldinjha nicht weiter zu unterstützen, empfand er zu ihr eine Zugehörigkeit, die ihm mehr bedeutete, als er sich eingestehen wollte.

Aldinjha bog mit Schwung in die Zufahrt zur Mine ein. Eine verwahrloste Schlaglochpiste, zerfurcht von den Reifen der Schwertransporter, die das Gestein zu den Verhüttungswerken von Kap Lucien gebracht hatten. Die bunkerartigen Unterkünfte links und rechts der Fahrbahn, halb in den Boden eingegraben, weckten Erinnerungen an die Ursachen der Schürfer-Revolte. Mangelnde Energieversorgung, minderwertige Lebensmittel, keine Kanalisation, keine Schulen – und nur ein einziger überforderter Arzt für zweitausend Leute, die den Attacken heimtückischer Mikroorgansimen ausgesetzt gewesen waren.

Die verlassene Siedlung wich eingestürzten Hangars und Bergen von verrottendem Metall. Ausgeschlachtete, von den Stürmen umgeworfene Fahrzeugwracks, zusammengebrochene Förderbänder und zylinderförmige Silos, zur Seite geneigt und auf absurde Weise deformiert. Groj erinnerte sich an einen Bergbauingenieur, der ihm einmal erklärt hatte, warum keine Roboter zum Abbau von Supralith eingesetzt wurden: Sie waren schlichtweg zu teuer, um sie dem grimmigen Wetter auszuliefern. Menschen waren billiger, und sie waren leicht zu ersetzen.

Aldinjha ließ die Krabbe ausrollen und richtete sich auf. »Was ist los mit dir, Groj? Du siehst beschissen aus. Wie ein verängstigtes Kind.«

»Ich … mir geht's gut«, stammelte er. »Es ist nur so, dass ich …« Er atmete keuchend aus. »Ich habe keine Ahnung, was mit mir los ist.«

»Du wirst also nicht mitkommen?«

»Doch, aber ich …« Zögernd erhob er sich aus seinem Sitz, rieb seine Stirn und seinen Nacken. »Es ist kein guter Ort. Warum sollte Yeejhza ausgerechnet hier …?«

Sie packte ihn fest an der Schulter. »Aber sie ist hier!«, fuhr sie ihn an. »Und nun reiß dich zusammen. Bevor ich anfange, mir Sorgen um dich zu machen.«

Sie nahm nicht die Leiter, sondern sprang. Unter ihren Stiefeln knirschten die angetauten Eiskörner, die der Hagelschauer hinterlassen hatte. Zielstrebig ging sie auf den Rand des Kraters zu. Groj folgte ihr durch den Regenwind, mühsam einen Fuß vor den anderen setzend. Warum nur fühlte er sich so niedergeschlagen, so müde und deprimiert? Falls Aldinjha sich nicht irrte, würden sie bald Yeejhza wieder begegnen – er sollte sich verdammt noch mal freuen.

Sie blickten in den klaffenden Schlund der Mine hinunter. Ein Fahrweg führte in einer Spirale in die Tiefe, die an einer dunkelblauen Wasseroberfläche endete. Seit die Pumpen abgeschaltet worden waren, hatte sich in dem Krater der Regen angesammelt. Der Ausläufer eines Tsunamis hatte ihn schließlich zu mehr als drei Vierteln gefüllt.

»Da ist niemand«, brummte Groj.

Aldinjha ging am Kraterrand entlang, bis zum Beginn des abwärts führenden Transportwegs. Sie blieb kurz stehen, um Groj einen auffordernden Blick zuzuwerfen, und machte sich an den Abstieg.

Zerschmetterte Gerüste und Rohrleitungen, an den Fels gedrückte Überreste von schmalen Baracken, verrostete Maschinenteile. Der Weg nach unten glich einer Parade von Zeugnissen des Untergangs. Groj strich mit der Hand über den nassen, kalten Fels und glaubte, den Schmerz des Planeten zu verspüren, dem man diese hässliche Wunde zugefügt hatte.

Aldinjha, etwa zwanzig Schritte vor ihm, verfiel in einen geschmeidigen Trab. Groj lief hinter ihr her, von plötzlicher Aufregung erfasst. Ihm fiel ein, dass er den Karabiner vergessen hatte – doch brauchte er den überhaupt? Hier war nichts, hier war niemand, nur der Sturm und der Regen und das gigantische Loch mit seinen maroden Artefakten.

Aldinjha winkte ihm und er rannte zu ihr. Sie deutete auf eine Ausbeulung in der Kraterwand – ein schmales, senkrechtes Oval, ungefähr zwei Meter hoch.

Sein Puls wurde schneller, pochte in seinem Hals und in seinen Schläfen.

»Glaubst du, sie ist da drin?«

Aldinjha nickte. Ihr Gesicht hatte unter den regennassen Haaren einen rosigen Teint angenommen.

»Ja, ist sie. Jetzt müssen wir nur noch warten.«

»Warten«, sagte er. »Können wir denn gar nichts tun? Den Kokon freilegen, oder ...«

»Auf keinen Fall«, entgegnete sie scharf. »Der Planet wird sie freigeben, wenn es an der Zeit ist.«

»So wie die Kreaturen?«

»Es ist dasselbe Prinzip. Aber es steckt meine Schwester in diesem Kokon, und deshalb werden wir warten.«

Er legte seine Hand auf die Wölbung in der Hoffnung, ein Lebenszeichen von Yeejhza zu erhalten. Ein Pulsieren, eine Vibration, was immer auch. Das Einzige, was er spürte, war ein Hauch von Heiterkeit, die ein vages optimistisches Gefühl bei ihm auslöste.

»Ich glaube, sie ist es wirklich«, sagte er. »Aber wie lange wird es dauern?«

»Warum ist das so wichtig für dich?«, fragte Aldinjha.

»Es ist kein Geheimnis, wo wir uns aufhalten. Die Regulären wissen es, und dann wissen es wahrscheinlich auch die Verschwörer. Die

Schürfer werden sich ebenfalls ihren Reim darauf machen, wenn sie die Kommunikation der Regulären abhören.«

Sie kniff die Augen zusammen. »Was schlägst du vor?«

»Ich gehe zurück nach oben", sagte er. »Und überwache von der Krabbe aus die Umgebung.«

Sie nickte zögernd. »Dann tu das. Aber sorge dafür, dass du wach bleibst. Dein Energiepegel ist in den letzten Stunden stark abgesunken.«

»Ich komme schon klar«, versicherte er.

Doch er war sich auf einmal nicht mehr so sicher.

48. ENTFÜHRUNG

Als Groj aus dem Krater an die Oberfläche zurückkehrte, beutelte ihn der Sturm mit der Grobheit einer rauflustigen Geisterarmee. Mit wackligen Knien kletterte er die Leiter zum Cockpit hinauf. Auch nachdem er das Luk verschlossen und sich hinters Steuer gesetzt hatte, hallte das Fauchen und Heulen der aufgepeitschten Luft viel zu laut in seinen Ohren nach.

Es strengte ihn an, die Monitore und Displays im Auge zu behalten. Immer wieder wurde sein Blick verschwommen und das Kinn sackte ihm auf die Brust. Ein Aufputschmittel, wie es zur Standardausrüstung der Streitkräfte gehörte, hätte vielleicht geholfen. Doch er hatte so sehr auf seine natürliche Konstitution vertraut, dass er erst gar nicht auf die Idee gekommen war, eines einzupacken.

Sein rechter Arm juckte. Wieder an der gleichen Stelle, aber stärker als die vorigen Male. Der Reiz lenkte ihn ab, ließ sich ums Verrecken nicht ausblenden. Groj zog die Jacke aus und warf sie zu Boden, krempelte den Ärmel hoch. Da war nichts zu sehen – bis auf einen winzigen, blassroten Punkt. Definitiv kein Infekt. Der hätte sich längst ausgebreitet, vielleicht schon den halben Arm weggefressen.

Er tastete die Stelle ab. Da war nichts – oder vielleicht doch? Diese stecknadelkopfgroße Geschwulst, tief unter der Haut ... warum hatte er sie vorher noch nicht bemerkt?

Der namenlose, kahlköpfige Abgesandte aus dem Stab von Primus Eins fiel ihm ein. Der hatte ihn nur ein einziges Mal berührt, genau an dieser Stelle.

Dieser Schweinehund.

Groj ging runter in die Kabine und holte das Mediset aus dem Spind. Schälte das Skalpell aus seiner sterilen Verpackung und setzte es an seinem Arm an.

Jetzt die Zähne zusammenbeißen, und ...

Das Ding war eiförmig, farblos und winzig. Es musste noch viel winziger gewesen sein, als es ihm der Kurier unter die Haut gejagt hatte, wo es zu seiner jetzigen Größe angewachsen war.

Groj warf das Implantat auf den Boden und zertrat es mit dem Absatz seines Stiefels. Er suchte nach Verbandszeug, um die blutende Wunde zu versorgen. Zurrte die Mullbinde mit der linken Hand und den Zähnen fest, bis sie richtig saß.

Die Sensoren schlugen an. Groj hastete ins Cockpit hinauf.

Klassifizierung dreizehn. Das konnte nur eines bedeuten ...

Der Nanojet jagte im Tiefflug von Westen heran. Groj versuchte, ihn mit dem Raketenwerfer zu erfassen, aber das Ding war zu schnell und er reagierte zu langsam. Es schwirrte mit seinen Libellenflügeln dicht über die Krabbe hinweg und stürzte sich jäh in den Krater hinab.

Er hätte eine Rakete hinterherschicken können, aber da unten war Aldinjha. Und Yeejhza, hilflos in ihren Kokon eingeschweißt.

Groj versuchte, Aldinjha mit dem Armbandkom zu erreichen. Hatte sie überhaupt eines? Wohl eher nicht. Bestimmt war irgendein ausgefuchstes Kommunikations-Gadget in ihre Montur integriert. Doch sie trug keines von diesen Steinzeit-Dingern, die ausschließlich auf Daark ihren Zweck erfüllten.

Er konzentrierte seine Gedanken auf sie. Versuchte, ihr eine Warnung zukommen zu lassen. Und erkannte im selben Moment, wie unsinnig das war. Sie musste den Nanojet nur Sekundenbruchteile nach ihm bemerkt haben.

Groj verlegte die Bedienung des Waffensystems auf sein Kom, nahm den Karabiner von der Wand und ging zum Luk. Stieg die Leiter runter und lief zum Kraterrand. Der Nanojet schwebte neben der Stelle, wo Groj Aldinjha zurückgelassen hatte. Dort unten lag sie – reglos, Arme und Beine ausgestreckt. Und über sie gebeugt eine kräftige Gestalt, ebenfalls in eine dieser HiTec-Monturen gekleidet, der kahl rasierte Schädel leuchtete durch den Regen wie eine Zielscheibe.

Groj legte an, doch ihm war bewusst, dass der Plasmakarabiner auf diese Entfernung eine zu große Streuung haben würde. Er ließ die Waffe sinken. Den Burschen jetzt abzuknallen wäre kein Problem gewesen, doch Aldinjha hätte einen Teil der Ladung mit abbekommen.

Was machte der Kerl da eigentlich? Er hatte irgendein Gerät in den Händen und fummelte damit an der Felswand herum. Wollte er Yeejhza aus ihrem Kokon befreien? Danach sah es jedenfalls aus.

Groj fühlte Angst und Ohnmacht in sich aufsteigen. Wenn er jetzt mit der Krabbe … aber der Fahrweg war zu schmal für das wuchtige Gefährt. Machte er sich zu Fuß auf den Weg, würde er fünf bis zehn Minuten benötigen. Falls er es in seinem angeschlagenen Zustand überhaupt ein zweites Mal bis nach unten schaffte.

Der Kahlköpfige zerrte etwas aus dem Gestein. Einen menschlichen Körper, schlank und blass und schlaff, mit langem, schwarzem Haar. Yeejhza war tatsächlich zurückgekehrt – doch nur, um diesem Verräter in die Hände zu fallen, der sie nun in den Nanojet schaffte. Groj legte an, um ihn zu erwischen, sobald er ins Freie zurückkehren würde. Doch seine Reaktionen waren verlangsamt, die Wunde an seinem Arm schmerzte, seine Hände zitterten.

Der Mann kam raus, beugte sich nun über Aldinjha. Groj nahm ihn wieder ins Visier.

Deine Schwester hat den Weg zurück gefunden, dachte er. Dann wirst du ihn auch finden. Verzeih mir, Aldinjha.

Er drückte ab. Die Explosion warf den Kahlköpfigen zu Boden. Im nächsten Moment richtete er sich auf die Knie auf, er hatte eine Waffe in der Hand und erwiderte das Feuer. Groj robbte vom Kraterrand zurück, keuchend und von Adrenalin durchflutet. Als er das nächste Mal in die Tiefe spähte, hatte der Unhold Aldinjha bereits halb in den Nanojet gezogen.

Das dunkle Wasser am Grund des Kraters begann zu brodeln. Groj zwinkerte, rieb seine Augen – was ging da vor sich? Ein riesiger Körper schnellte in einer Gischtwolke empor. Heuschreckenbeine, ein Rumpf wie der eines Gorillas, kein erkennbarer Kopf … die Kreatur, die ihnen auf der Straße nach Schwarzwind aufgelauert hatte.

Groj stockte der Atem, als die Kreatur ihre Beine um den Nanojet klammerte und ihn in die Tiefe riss. Und mit ihrer Beute im schäumenden Wasser untertauchte.

49. RETTUNG

Er rannte keuchend den Fahrweg hinunter, stets den Kratersee im Auge behaltend, über dessen Oberfläche konzentrische Wellen liefen. Seine Lungen brannten, seine Beine wurden schwer ... nicht einmal nach seinem einsamen Dschungelabenteuer hatte er sich so kraftlos gefühlt.

Was hatte dieses Implantat noch alles mit ihm gemacht?

Eine kleine, helle Gestalt tauchte aus dem Wasser auf. Das musste Aldinjha in ihrer Montur sein – oder war es der verdammte Glatzkopf? Nein, es war Aldinjha, und sie hatte Yeejhza bei sich, zog sie im Achselschleppgriff auf die Kraterwand zu – dort, wo der Fahrweg in den See eintauchte. Groj schätzte die Entfernung auf etwa zweihundert Meter. Auch ein durchschnittlich trainierter Schwimmer ohne außergewöhnliche Kräfte konnte diese Strecke meistern.

Die Kreatur machte ihm größere Sorgen. Warum blieb sie unter Wasser? Und war es tatsächlich dieselbe, die sie zu Beginn der Reise attackiert hatte? Falls dies überhaupt ein feindseliger Akt gewesen war. Die Schwestern hatten eine eigentümliche Beziehung zu diesen Monstern, die er noch nicht gänzlich verstand. Dass das Wesen gezielt zu ihrer Verteidigung gehandelt hatte, erschien ihm jedoch unwahrscheinlich.

Und noch ein weiteres Rätsel beschäftigte ihn auf seinem Lauf nach unten: Wie hatte der Verräter Aldinjha so mühelos ausschalten können? Hatte er Zugriff auf die Knockout-Vorrichtung in ihrem System gehabt? Doch warum hatte er so lange damit gewartet, wenn es so einfach war, sie außer Gefecht zu setzen?

Die Schwestern erreichten das Ufer. Aldinjha zerrte Yeejhza aus dem Wasser und beugte sich über sie. Sie blickte kurz zu Groj hinauf, dann lud sie sich ihre Schwester auf die Arme. Mit keiner Geste gab sie ihm zu verstehen, wie es um Yeejhza bestellt war.

Sie begegneten einander an einer Ausbuchtung des Fahrwegs, vor einem Bündel verbeulter Leitungsrohre, durch die früher einmal weiß Gott was in den Krater geleitet worden war. Aldinjhas Blick unter ihren nassen Haarsträhnen war ernst, Yeejhzas Gesicht dagegen völlig entspannt – so wie ihr ganzer Körper.

»Lebt sie?«, stieß Groj schwer atmend hervor.

»Noch nicht«, erwiderte Aldinjha und setzte ihren Weg unbeirrt fort. »Sie wurde zu früh herausgeholt.«

Er folgte ihr. Versuchte, mit ihren weit ausholenden Schritten mitzuhalten.

»Kannst du ihr helfen? , fragte er.

»Ja.«

Groj konnte ihre Anspannung beinahe körperlich spüren. Er wünschte, etwas für Yeejhza tun zu können, aber in dieser Situation war er nicht gefragt. Zudem kam er sich als Versager vor, weil es ihm nicht gelungen war, den Nanojet abzufangen. Also kämpfte er sich schweigend hinter Aldinjha und ihrer Last den Weg zum Kraterrand hinauf, während der Regen allmählich stärker wurde und der Wind das Rumpeln von nicht mehr allzu fernem Donner herantrug.

Sie brachten Yeejhza über die Heckrampe in die Krabbe. Aldinjha legte sie auf ihrem Bett ab und deckte sie zu, setzte sich zu ihr und bettete das Gesicht auf ihre Brust.

»Wir können hier nicht bleiben«, sagte Groj. »Man wird nach dem Nanojet suchen.«

»Dann bleiben wir eben nicht hier«, entgegnete Aldinjha schroff.

Er begriff, dass er gerade einfach nur störte, und zog sich ins Cockpit zurück. Die Sensoren zeigten keine verdächtigen Aktivitäten an. Was sich jeden Moment ändern konnte – in der flachen, kargen Steinwüste war die Krabbe leicht zu entdecken. Also Primus Eins kontaktieren und sich von den Regulären herausholen lassen? Der Auftrag war abgeschlossen, Yeejhza und ihre Schwester waren wieder vereinigt. Ob sie sich nun auf Seiten der Regulären an der Niederschlagung des Schürfer-Aufstandes beteiligen würden, war allein ihre Entscheidung. Aber dafür musste Yeejhza erst vollständig ins Leben zurückgekehrt sein.

Grojs Gedanken wanderten nach hinten in die Kabine und sein Magen zog sich zusammen. Er hatte gelernt, Sorgen und Ängste zurückzudrängen, ihnen keine Macht über sich zu geben. Aber die Ungewissheit schwächte ihn zusätzlich, sie sabotierte seine Konzentration. Er hielt inne und schloss die Augen, legte die Handflächen aufeinander und versenkte sich in einen Zustand der inneren Leere – ein Ritual, das er schon lange nicht mehr durchgeführt hatte.

Er hörte Stimmen aus der Kabine und atmete für einen Moment erleichtert auf. Doch es war nur Aldinjhas Stimme. Neutral und emotionslos, als würde sie eine Litanei herunterbeten.

Groj fuhr den Antrieb hoch, um sich selbst zu einer Entscheidung zu drängen. Die beiden Routen, die auf direktem Weg von der Küstenebene zum Schelf hinaufführten, waren die eine Option. Beide wurden von den Regulären bewacht, die entweder loyal oder unterwandert sein konnten. Option Nummer zwei: in westlicher Richtung zur Küste vorstoßen, wo sich das Schelf an der Grenze zum Regenbogen-Bezirk auf Meeresniveau absenkte. Dann war da noch Kap Lucien, die Stadt auf dem Felsen, deren Außenbezirke mit ihren still gelegten Industrieanlagen eine Fülle brauchbarer Verstecke boten.

Er wusste nicht, wie lange es dauern würde, bis Yeejhza sich regenerierte. Von daher war Kap Lucien die beste Lösung. Einen Unterschlupf finden und dort ausharren, bis das Team vollständig war. Und dann über das weitere gemeinsame Vorgehen beraten.

Groj wendete die Krabbe und fuhr zur Verbindungsstraße zurück. Überprüfte ständig die Außenmonitore in der Erwartung, die Kreatur aus dem Krater hervorspringen zu sehen. Oder ein Geschwader Nanojets, vielleicht aber auch eine Staffel Quadrokopter, die aus den tief hängenden Wolken herab stießen.

Nichts dergleichen geschah.

50. SCHWESTERN

Die Fabrikhalle befand sich am äußersten Rand von Kap Lucien. Leer geräumt bis auf eine Reihe kolossaler Turbinen, die nun von einer dicken Staubschicht bedeckt waren. Groj fand es erstaunlich, dass die schäbige, dem Anschein nach in aller Eile errichtete Konstruktion von den Stürmen und anderen Naturgewalten noch nicht platt gewalzt worden war.

Yeejhza saß auf ihrer Koje, den Kopf zwischen die Schultern gezogen, und ließ sich von Aldinjha Instant-Suppe einflößen. Sie trug die Kleidung, die sie aus Schwarzwind mitgebracht hatte: braune Hose und kariertes Hemd, aber keine Schuhe. Sie blickte auf und sah Groj verunsichert an, als er die Kabine betrat.

»Lange nicht gesehen«, sagte sie mit einem scheuen Lächeln. »Tut mir leid wegen der Schwierigkeiten, die ich euch gemacht habe.«

Er kniete sich vor sie, berührte sie zögernd an der Schulter. »Es ist schön, dich wiederzusehen. Du bist es doch wirklich, Yeejhza?«

»Wer sollte sie sonst sein?«, knurrte Aldinjha und schob ihrer Schwester einen Löffel mit erbsengrüner Suppe in den Mund.

Yeejhza schluckte die Suppe runter und fuhr mit der Zunge über ihre Lippen. »Ja, ich bin's«, sagte sie leise. »Aber mein Körper ist neu. Er braucht noch eine Weile, um sich vollständig zu konfigurieren.«

»Diese Kreatur ...«, begann Groj.

»Sie hat auf mich gewartet, um mich zu beschützen. Ich weiß jetzt, was es mit den Kreaturen auf sich hat. Aber es ist nicht einfach zu verstehen.«

»Warum hat dieses Mal kein Schatten eingegriffen wie in Lavendel?«

»Weil wir beide deaktiviert wurden«, erklärte Yeejhza. »Damit hatten wir keinen Kontakt zum Strom ...«

»Du sollst jetzt nicht so viel reden«, sagte Aldinjha mit milder Strenge.

Groj seufzte. »Dann halte ich jetzt im Cockpit die Stellung.«

Yeejhza griff nach seiner Hand. »Nein, ich will reden. Sofort. Wir müssen Entscheidungen treffen.« Sie wandte sich an ihre Schwester. »Und du solltest weniger besorgt um mich sein. Ich fühle mich mit jedem Atemzug besser.«

»Gut, dann reden wir«, lenkte Aldinjha ein.

»Genau genommen haben wir nur eine Option«, sagte Groj. »Ich informiere Primus Eins, dass ich meinen Auftrag abgeschlossen habe. Danach müsst ihr euch mit ihm darüber auseinander setzen, ob ihr gegen die Schürfer kämpfen werdet …«

»Den Teufel werden wir tun«, fuhr ihm Aldinjha ins Wort. »Wir überbringen ihm die Botschaft von Kommandant Pickert und damit hat es sich.«

»Ich denke nicht, dass Primus Eins das wirklich wollte«, sagte Yeejhza. »Uns gegen die Schürfer einsetzen. Aber es war ein gutes Argument, mich nach Daark einreisen zu lassen.«

»Wem gegenüber?«, fragte Groj.

»Seinen Verbündeten beim Weißen Pfad«, antwortete Aldinjha.

»Die aber nur zum Schein mit ihm kooperieren«, fuhr Yeejhza fort. »Während sie darauf hinarbeiten, die Regierung zu stürzen und den Planeten unter ihre Kontrolle zu bringen.«

»Deshalb wollten sie euch ausschalten«, überlegte Groj. »Weil sie davon ausgehen mussten, dass Primus Eins euch nicht gegen die Schürfer einsetzen wollte. Sondern dass er insgeheim auf eure Unterstützung im Kampf gegen den Weißen Pfad hofft.«

Aldinjha nickte. »Die kann er auch bekommen. Aber zuerst müssen wir den Knockout-Schalter in unseren Systemen überbrücken.«

»Könnt ihr das?«

Die Schwestern blickten einander in die Augen. Ein kleiner Stich fuhr durch Grojs Brust, er fühlte sich in diesem Moment ausgeschlossen. Doch er verstand, dass die Beziehung zwischen Yeejhza und Aldinjha gerade erst am Erblühen war und er nur eine Nebenrolle dabei spielte.

»Wir können das«, sagte Yeejhza. »Aber auch das braucht Zeit.«

»Dann zeige mir jetzt«, sagte Aldinjha, »was du bei deiner Exkursion in die Ewigkeit gelernt hast.«

Yeejhza zwinkerte ihr zu. »Oh, du wirst dich wundern!«

»Bevor ihr euch ins Nirvana begebt«, sagte Groj, »befragt den Strom nach dem Mistkerl, der euch entführen wollte.«

»Haben wir schon«, erwiderte Aldinjha.

»Und?«

Sie zuckte mit den Achseln. »Ihr würdet es so ausdrücken: Seine Akten sind geschwärzt.«

»Und ihr findet das nicht merkwürdig?«

»Absolut nicht«, sagte Yeejhza. »Es kann noch eine halbe Ewigkeit dauern, bis wir den Strom wirklich verstehen.«

Groj gab ein resigniertes Ächzen von sich, holte ein isotonisches Getränk aus dem Spind und kehrte ins Cockpit zurück. Lauschte dem An- und Abschwellen des Sturms, der sich gegen die Wände der Fabrikhalle warf, und wartete darauf, dass etwas passierte. Denn dass etwas passieren würde, war unvermeidlich. Die Route, welche die Krabbe von der Mine aus genommen hatte, ließ sich für Freund und Feind leicht nachvollziehen. Die Frage war, wer als Erster eintreffen würde und ob die Schwestern bis dahin ihr Knockout-Problem lösen konnten.

In der Kabine blieb es still. Was trieben die beiden dort? Bereisten sie auf mentalen Schwingen den Strom auf der Suche nach dem biotechnischen Schaltkreis, mithilfe dessen man sie durch einen einzigen Knopfdruck in wehrlose Puppen verwandeln konnte?

Groj empfand wieder Eifersucht – dieses ekelhafte, säurehaltige Gefühl, das er zum ersten Mal verspürt hatte, als Lydi auf der Mercurius mit einem älteren Jungen herumgezogen war. Er hatte sich ausgemalt, dass sie sich von ihm abwenden würde. Dass niemand mehr die Wunder des Biotops mit all den Schmetterlingen, Fröschen und Eidechsen mit ihm teilen würde. Später hatte ihm Lydi gesteckt, wie blöd sie den Jungen fand. Aber dass man auch zu den Blöden nett sein müsse, hatte sie hinzugefügt. Weil man sonst ein mieses Karma auf sich laden würde.

Lydi, die vom Weißen Pfad in eine seelenlose Kampfmaschine verwandelt worden war. Die er während des finalen Schwindens ihrer Existenz begleitet hatte. Ein abgetrennter Kopf in einer Schlafkoje, mürrisch und aggressiv, und doch hatte sie sich erinnert. An ihn. Und an die Schmetterlinge.

Das Warten machte ihn melancholisch. Die gerade erst überwundene Schwäche versuchte, in seinen ausgebeuteten Körper zurückzukriechen. Um seine Lebensgeister in Schwung zu bringen, beschloss er, die Umgebung zu inspizieren. Er nahm den Karabiner aus der Halterung, ließ das Luk aufzischen und stieg auf den Boden der Halle hinunter.

Die Notbeleuchtung der Krabbe schälte die monolithischen Gehäuse der Turbinen aus dem Dunkel und warf Grojs überdimensionalen Schatten an die blanken Wände mit ihren Mustern aus nutzlosen Röhren und Kabelsträngen.

Er ging zu dem Tor, durch das er die Krabbe hereingefahren hatte, und schob es ein Stück weit auf. Draußen tobte die Sturmnacht, Wolken glühten elektrisch in der Ferne, Donner walzte über den Himmel.

Sein Armbandkom – er hatte es mit den Überwachungssensoren der Krabbe synchronisiert – gab ein rhythmisches Piepen von sich: Da draußen bewegte sich etwas. Das konnte ein Tier sein, eine losgerissene Korallenstaude. Oder ein Mensch …

Ein Geschoss schlug funkensprühend in dem Tor ein, dicht über seinem Kopf. Er ging in Deckung, schob das Tor wieder zu. Die Halle dröhnte unter weiteren Einschlägen. Groj lief zur Krabbe zurück, kletterte die Leiter hinauf und warf sich in den Pilotensitz. Die Hallenwände behinderten die Bewegungsscanner, doch er war sicher, dass die Angreifer von geringer Zahl und schlecht ausgebildet waren. Militärisch geschulte Truppen wären anders vorgegangen. Es musste sich um eine der Gangs handeln, die im Umland von Kap Lucien nach Flüchtlingen aus den umkämpften Grenzgebieten Ausschau hielten, um ihnen Fahrzeuge und Ausrüstung abzunehmen.

Er schaltete die Kameras in der Mannschaftskabine ein. Yeejhza lag mit geschlossenen Augen auf ihrem Bett, Aldinjha daneben auf dem Boden. Von den beiden war keine Unterstützung zu erwarten. Die Verantwortung ruhte allein auf seinen Schultern.

Das Tor wurde von außen aufgestemmt. Die Geschütze der Krabbe waren feuerbereit – aber viele von den Leuten da draußen waren vermutlich noch halbe Kinder, arm und auf sich selbst gestellt. Groj schaltete die Scheinwerfer ein und ließ den Antrieb aufheulen. Er gab einen Warnschuss durch das halb offene Tor ab und setzte die Krabbe in Bewegung. Die Granate explodierte weit draußen im Brachland. Mündungsfeuer blitzte auf, die Projektile prallten wirkungslos von der Panzerung ab.

Er steuerte die Krabbe ins Freie. Schattenhafte Gestalten sprangen zu beiden Seiten aus dem Weg und verschmolzen mit der Nacht. Er beschleunigte und fuhr geradewegs in die steinige Wildnis hinein. Für eine Weile folgten ihm zwei ruckelnde Scheinwerferbündel – wahrscheinlich improvisierte Geländefahrzeuge, mit denen die Bande durch die Außenbezirke von Kap Lucien patrouillierte. Die Krabbe hängte sie mühelos ab und nach etlichen Kilometern wandte sich Groj in einem weiten Bogen nach Westen, wo die dampfenden Dschungel von Regenbogen warteten.

Kap Lucien fiel in Regen und Dunkelheit zurück. Vor Jahren hatte er von einem Restaurant gehört, hoch oben in einem der Türme, die der Stadt ein unverwechselbares Profil verliehen. Mit einer grandiosen Aussicht auf die ungeheuren Wogen, die von Süden her auf die Küste zu rollten, ehe sie von kolossalen Wellenbrechern gezähmt wurden. In dem Restaurant wurde Lachs aus eigener Zucht serviert und selbst gebrautes Bier, das es angeblich mit der importierten Konkurrenz aufnehmen konnte. Auf seiner Wanderung durch den Dschungel von Regenbogen hatte er sich vorgenommen, eines Tages in diesem Lokal einzukehren, falls er den Trip überlebte.

Für einen Moment überkam ihn eine sentimentale Stimmung und er fragte sich, ob er diesem Wunschziel jemals wieder so nahe kommen würde wie in dieser Nacht.

51. VISION

Als der Morgen heraufdämmerte, hörte der Regen auf, das Gewitter war ins Landesinnere abgedriftet. Groj verspürte den Drang, sich die kribbelnden Beine zu vertreten, und hielt die Krabbe neben einem flachen Tümpel an, dessen spiegelnde Oberfläche sich in eine Kuhle zwischen zwei wulstigen Gesteinsformationen schmiegte. Er sah nach den Schwestern und stellte fest, dass sie ihre Lage nicht verändert hatten: Yeejhza auf dem Bett, Aldinjha neben ihr auf dem Boden. Schliefen sie? Waren sie überhaupt in ihren Körpern anwesend? Zumindest atmeten sie, was Groj aus dem regelmäßigen Heben und Senken ihrer Brustkörbe schloss.

Er holte den Karabiner und stieg aus, ging am Rand des Tümpels entlang und sah kleinen, kaulquappenartigen Wesen nach, die sich, aufgescheucht durch die Erschütterungen seiner Schritte, schlängelnd vom Ufer weg bewegten. Er pinkelte auf einen Steinbrocken, der eine rudimentäre Ähnlichkeit mit dem Konterfei des glatzköpfigen Unholds aufwies, streckte sich mit einem inbrünstigen Stöhnen und atmete die kühle, feuchte Morgenluft.

Allmählich fühlte er sich besser. Doch lange würde er nicht mehr durchhalten. Und er hatte keine Ahnung, wann die Schwestern ihr stummes Ritual abschließen würden.

Aus der Ferne näherte sich das wütende Fauchen von Triebwerken. Zu weit weg, um die Maschinen jetzt schon sehen zu können.

Groj rannte zur Krabbe, brachte sämtliche Waffensysteme in Bereitschaft. Zwar besaßen die Schürfer keine Kampfjets, doch spätestens seit dem Zwischenfall in der Mine konnte er auch den Regulären nicht mehr über den Weg trauen.

Drei Maschinen zogen im Formationsflug eine Schleife – so tief, dass er die Beschriftung an Rümpfen und Tragflächen entziffern konnte. Sie schwenkten in Richtung der Küste ab, wo sie vom Dunst geschluckt werden. Nur ihre Triebwerksgeräusche verrieten, dass sie sich weiter in der Nähe aufhielten.

Das Funkgerät blinkte. Groj ging auf Empfang.

»Zarathustra sieben-Strich-einundzwanzig, könnt ihr uns hören?«

»Wir hören euch«, erwiderte Groj.

»Behaltet euren Standort bei«, fuhr die Stimme aus dem Lautsprecher fort. »Das Kommando, das euch abholen wird, ist auf dem Weg.«

»Abholen?«

»Mehr kann ich dazu nicht sagen. Nur noch eine Sache: Primus Eins möchte wissen, ob die Fracht unversehrt ist.«

»Darüber gebe ich keine Auskunft«, antwortete Groj. »Nicht, solange ihr euch nicht identifiziert habt.«

»Verstanden. Das Einsatzkommando wird das übernehmen. Wir bleiben einstweilen in der Nähe und halten euch, falls nötig, jegliches Gesindel vom Leib.«

Groj lehnte sich zurück, behielt die Kontrollscreens im Auge. Die Reise war also zu Ende. Hier, in der Küstenebene von Kap Lucien, die von monströsen Tsunamis fast vollständig ihrer Vegetation beraubt worden war. Vierhundert Kilometer von der Grenze zum Bezirk Regenbogen entfernt, durch den er die Rückfahrt nach Norden geplant hatte.

Er sah via Monitor nach den Schwestern. Sie hatten sich beide auf die Seite gedreht, Yeejhza zur Bettkante hin und Aldinjha ihr zugewandt. Wahrscheinlich hatte sich das synchron abgespielt, anders konnte er es sich bei ihnen nicht vorstellen.

Die Kampfjets kreisten weiter über der Krabbe, höher als vorher, im Hochnebel unsichtbar. Groj kämpfte gegen seine Müdigkeit an. Doch war dies wirklich nötig? Er hatte seinen Job erledigt, die Schwestern waren in Sicherheit. Und er musste unbedingt schlafen.

Die frontalen Fensterschlitze verdunkelten sich. Die schwarze Kreatur aus der Absenkung am Fuß des Warzenbuckels hatte ihren riesigen, augenlosen Schädel wieder auf die Frontpartie der Krabbe gelegt. Ihre paillettenartigen Schuppen glänzten matt im diffusen Tageslicht.

»Was willst du?«, fragte Groj, von absurder Heiterkeit erfasst. »Möchtest du mir etwas mitteilen? Nur zu, ich bin auf alles gefasst.«

Das Wesen sträubte seinen Hörnerkamm, das sah beeindruckend aus. Groj schmunzelte. Wenn man erst einmal einen Draht zu den Biestern hatte, konnten sie auf ihre Art ziemlich umgänglich sein.

Die Perspektive wechselte und er blickte in den schwarzen Weltraum. Die blaugraue Kugel eines Planeten schob sich in den Vordergrund, bis die aufgewühlten Wolkengebirge in ihrer Atmosphäre zu erkennen waren – überragt vom ockerfarbenen Leib des Großen Plateaus, wie eine steinerne Matrone über den Kontinent wachend und von einem Gestrüpp aus Blitzen umwittert.

»Warum zeigst du mir das?«, fragte Groj.

Dann sah er die Raumschiffe. Sie bildeten einen Ring um den Planeten, ihre Geschütze auf strategische Ziele ausgerichtet: der Regierungsbunker im Norden, Grande, Kap Lucien … das waren nicht die kleinen Wachschiffe, die für die Einhaltung der Quarantäne sorgten. Sondern Schlachtkreuzer der Hades-Klasse, mit dem Logo des Mendelson-Kartells versehen.

Die Geschütze spuckten Feuer. In dem Wolkenmeer, das den Planeten umhüllte, bildeten sich pilzförmige Glutwolken.

Groj erschauerte.

»Ist das unsere Zukunft?«

Ein Ruck ging durch seinen Körper und er öffnete die Augen, blinzelte ins trübe Tageslicht. Hatte er geträumt? Eine Vision gehabt?

Sein Puls raste, er schnappte nach Luft. Er sah nach den Schwestern, sie hatten ihre Lage nicht verändert.

Nur ein Traum ... oder doch nicht? Er hatte die graue Kapsel geschluckt, die ihn, auf welche Weise auch immer, mit den Schwestern verband – und ihm damit einen zumindest indirekten Zugang zum Strom ermöglichte. War die Botschaft des Monsters an die Schwestern gerichtet gewesen und er hatte nur zufällig seine Nase in den Informationsfluss gehalten?

Das Funkgerät riss ihn aus seinen Gedanken.

»Alles klar bei euch, Zarathustra?« Die jugendliche Stimme einer Frau, optimistisch und voller Energie. »Wir schicken euch jetzt unseren Einsatzcode, okay?«

Über ein Display der Mittelkonsole lief eine schier endlose Reihe aus Zahlen, Buchstaben und Sonderzeichen. Der Decoder gab grünes Licht – der Einsatz war vom Regierungsbunker abgesegnet. Dennoch verspürte Groj ein nagendes Misstrauen. Die Vision hatte ihn verstört, ein guter Ausgang der Geschichte schien in weite Ferne gerückt zu sein.

»Euer Code wurde verifiziert«, sagte er. »Wie geht es weiter?«

»Wir kommen jetzt runter und holen euch ab.«

Vier Quadrokopter bezogen mit lärmenden Turbinen hoch über der Krabbe Position. Einer davon löste sich aus dem Pulk und sank tiefer herab. Die Rampe wurde ausgefahren, mehrere Soldaten seilten sich ab und kamen auf die Krabbe zu.

Groj ging zum Luk. Unten stand eine zierlich gebaute Person in einem Kampfanzug, eine großkalibrige Handfeuerwaffe im Gürtelhalfter.

»Vanessa Lin, Einsatzleiterin. Bitte um Erlaubnis, an Bord kommen zu dürfen.«

»Erteilt«, sagte Groj.

Vanessa kletterte die Leiter herauf und öffnete ihren Helm. Ein glattes, braunes Gesicht mit wachen, mandelförmigen Augen kam zum Vorschein. Sie erwies Groj einen zackigen militärischen Gruß.

»Wir bringen euch nach Norden«, sagte sie. »Regierungs-Territorium. Primus Eins kann es kaum erwarten, euch persönlich kennen zu lernen. Darf ich jetzt die Klone sehen?«

Er wies auf den Durchgang zur Kabine. Sie warf einen Blick hinein und drehte sich zu ihm um.

»Was ist mit ihnen? Schlafen sie?«

»Sie arbeiten an sich«, erwiderte er.

Vanessa wirkte nur für einen Moment verwirrt, dann nickte sie. »Gut, wir wollen sie auch nicht stören. Nur ein bisschen absichern, damit sie nicht verrutschen können.« Sie grinste burschikos und klopfte ihm auf die Schulter. »Du fliegst mit uns, Terval Grojin'nan. Du siehst aus, als könntest auch du eine Ruhepause brauchen.«

Er trat vor sie hin und musterte sie eisig. »Entweder kommen die beiden mit mir, oder ich bleibe hier.«

»Tut mir leid, Groj«, erwiderte Vanessa. »Ich führe nur meine Befehle aus. Einer davon lautet, die Klone während des Flugs zu isolieren.«

»Dann lass mich den Grund wissen«, beharrte er.

Sie tätschelte den Griff der Waffe in ihrem Halfter. »Bitte lege es nicht darauf an, dass wir unsere Order mit Gewalt durchsetzen. Bedenke eines: Wenn wir die Klone aus dem Verkehr ziehen wollten, hätten die Kampfjets das längst erledigt.«

Groj deutete eine beschwichtigende Geste an und trat einen Schritt zurück. »Mir gefällt nicht, wie das hier läuft«, sagte er. »Aber ich werde keinesfalls den tragischen Helden spielen.«

»Das ist eine gute Entscheidung.« Vanessa setzte wieder ihr lausbübisches Grinsen auf und rieb die Handflächen aneinander. »So, und jetzt werden wir mal die Krabbe vertäuen.«

52. ZWISCHENLANDUNG

Nach dem Start verbrachte Groj noch eine Weile in der Pilotenkanzel des Kopters und blickte auf den aufgewühlten Ozean hinab. Er hatte sich vorher niemals weiter als ein paar Kilometer vom Festland entfernt, der endlose graue Horizont machte ihm Angst. Die Küste war im Dunst versunken, immer wieder vernebelten tiefe Wolkenschleier die Sicht und der Kopter wurde von kräftigen Böen durchgeschüttelt.

Die Krabbe baumelte von einem der anderen Flugzeuge. Groj hoffte, die Schwestern würden die Situation richtig einschätzen, falls sie zu sich kamen. Er hatte ihnen eine Notiz in der Kabine hinterlassen: *Wir fliegen nach Norden. Alles wird gut.*

Außer Vanessa Lin war nur ihr Pilot anwesend, die restliche Besatzung flog mit der Transportmaschine – vermutlich, um die Schwestern zu bewachen. Groj konnte sich die Maßnahmen nicht wirklich erklären. Schließlich hatte Primus eins die beiden nicht nur einreisen, sondern auch ungehindert ihrer Wege ziehen lassen.

Vanessa, die als Copilotin fungierte, musterte ihn mitfühlend. »Wir haben im Laderaum ein Bett für dich aufgestellt. Du solltest dich jetzt endlich ausruhen.« Sie wies auf einen Monitor, der die Kabine der Krabbe zeigte. »Du musst dir wegen der beiden keine Sorgen machen. Sobald sich bei ihnen etwas tut, holen wir dich.«

Sie hatten nicht eines, sondern drei Betten vorbereitet. Standardpritschen mit Gurten zum Festschnallen und am Boden verankert. Groj zog die Stiefel aus und legte sich auf die mittlere, deckte sich zu und schlief auf der Stelle ein.

Vier Stunden später erwachte er von einem gleichmäßigen, ratternden Geräusch. Ein Hagelschauer? Er glich die Uhr über dem Durchgang zum Cockpit mit der Zeitanzeige seines Koms ab. Eine Zwischenlandung zum Auftanken, vermutlich auf der Toteninsel – einem schroffen Felsklumpen, der zweihundert Kilometer vor der Westküste aus dem Meer ragte. Die Militärbasis war zu Beginn des Schürfer-Aufstands errichtet worden für den Fall, dass Regenbogen und Sankt Benedict eingenommen wurden. Die Insel lag auf demselben Breitengrad wie das Lazarett in Paramount. Mehr als die Hälfte des Strecke war also bereits zurückgelegt.

Groj ging nach vorn ins Cockpit, wo der Krach noch lauter war. Der Hagelsturm, der über den Hangars und Startbahnen wütete, schränkte die Sicht auf wenige Meter ein.

Ein Blick auf den Überwachungsmonitor: Die Schwestern, mit gepolsterten Gurten gesichert, lagen wieder auf dem Rücken, Augen geschlossen und die Hände auf der Brust überkreuzt. Sie sahen so fromm aus, wie Heilige auf dem Totenbett. Das gefiel ihm nicht. Am liebsten wäre er zu ihnen hinübergelaufen und hätte sie wachgeschrien. Vorausgesetzt, dass er die Krabbe in dem Wetterchaos überhaupt gefunden hätte.

»Du machst dir immer noch Sorgen«, sagte Vanessa Lin, die entspannt in ihrem Sessel lümmelte. Groj hatte gedacht, sie würde ein Nickerchen halten.

»Ja, verdammt nochmal«, erwiderte er mürrisch. »Ich habe keine Ahnung, was sich da abspielt. Ob sie jemals wieder von ihrem Trip zurückkommen.«

Der Pilot im Sitz neben Vanessa regte sich. »Sie sind Klone«, sagte er. »Neueste Generation, bei denen blickt niemand durch. Versteh mich nicht falsch, Kumpel – du hast viel Zeit mit den beiden verbracht und wahrscheinlich hast du sie ins Herz geschlossen. Aber ich bin froh, dass sie in der Krabbe friedlich vor sich hin schlummern.«

»Sie sind als unberechenbar und potenziell gefährlich eingestuft«, erklärte Vanessa in schläfrigem Tonfall. »Aber Primus Eins scheint genau darauf voll abzufahren.«

»Ihr habt nicht zufällig vor, die Krabbe über dem Meer abzuwerfen?«, fragte Groj. »Rein versehentlich, versteht sich?«

Der Pilot, ein junger Kerl mit einem feisten, gutmütigen Gesicht, wandte den Kopf zu ihm um. »Unser Auftrag lautet, euch unversehrt im Regierungsbunker abzuliefern. Noch Fragen?«

Groj warf einen letzten Blick auf den Monitor und kehrte auf seine Pritsche zurück, gurtete sich fest und wartete auf den Schlaf. Er bekam noch mit, als der Kopter startete und sich mit heulenden Turbinen dem Sturm entgegenwarf, ehe ihn eine Woge aus samtiger Schwärze überrollte und ins Reich traumloser Gleichgültigkeit hinab zog.

53. PRIMUS EINS

Das Regierungs-Territorium erstreckte sich entlang der gesamten Nordküste des Inselkontinents. Die unwirtliche Gebirgs- und Felsenlandschaft, hoch über dem Ozean und den südlicheren Bezirken gelegen, wurde nur selten von den extremen Unwettern heimgesucht, die dem Rest des Kontinents so schwer zusetzten. Der Regierungsbunker selbst präsentierte sich als ausgedehnter Komplex aus flachen, ineinander verschachtelten Elementen, seitlich abgeschrägt wie Pyramiden, die man dicht über ihrer Basis gekappt hatte.

Der Kopter drehte von den anderen Maschinen ab und nahm Kurs auf eine markierte Plattform in der Mitte des Komplexes. Kaum hatten seine Teleskopstützen aufgesetzt, senkte sich die Plattform ins Innere des Bauwerks ab.

Vanessa Lin drehte sich zu Groj um, der den Landeanflug aus der zweiten Reihe verfolgt hatte. »Jetzt hast du's geschafft«, sagte sie mit einem ironischen Unterton. »Willkommen im Zentrum der Macht.«

»Was geschieht mit den Schwestern?«, fragte er.

»Sie werden ins Medicenter überführt, das hat einen eigenen Landeplatz auf der Ostseite. Dort warten bereits Leute, die sich mit Klonen auskennen. Sie werden sehr vorsichtig mit den Schwestern umgehen.«

Die Plattform beendete ihren Abstieg mit einem sanften Ruck. Vanessa erhob sich aus ihrem Sitz und gab Groj einen Wink.

»Gehen wir«, sagte sie. »Ich übergebe dich jetzt den internen Sicherheitskräften.«

Er folgte ihr durch den Laderaum und die Heckrampe hinunter. Dort stand eine Hand voll Soldaten herum, die auf Groj einen seltsam unordentlichen Eindruck machten. Auch wenn Daark in vielerlei Hinsicht nicht mit den üblichen Maßstäben gemessen werden konnte – am Regierungssitz eines Planeten hatte er das nicht erwartet.

Zwei Soldaten traten vor und salutierten. »Bitte folge uns«, sagte einer von ihnen mit überdeutlicher Artikulation, als wollte er einen Akzent verbergen. »Wir bringen dich zu Primus Eins.«

Groj nickte Vanessa zum Abschied zu. Und wunderte sich über ihr verkniffenes Gesicht. Ohne ihn weiter zu beachten, drehte sie sich um und ging rasch die Rampe hinauf. Während Groj mit seiner Eskorte in einen fahl beleuchteten Korridor trat, hörte er das typische hydraulische Summen, als die Rampe eingefahren wurde.

Das Zentrum der Macht schien vor allem aus einem Labyrinth von gleichförmigen Gängen zu bestehen, quadratisch im Querschnitt und von diffusem, kaltem Licht erfüllt. An den Kreuzungen und Abzweigungen wachten Soldaten, in deren Gesichtern Groj Spuren von Nervosität und Anspannung zu erkennen glaubte. Hatte es einen Vorfall gegeben, oder erwartete man einen? An der Ankunft der Schwestern konnte es nicht liegen, zumal deren Existenz sicherlich weitgehend geheim gehalten wurde.

Seine Eskorte ließ ihn durch eine schmucklose Tür treten und zog sich zurück. »Hier endet unser Auftrag«, erklärte einer der beiden Männer. »Primus Eins wird jeden Moment da sein.«

Groj sah sich in dem Raum um. Nackte Wände, Türen, ein Konferenztisch mit Stühlen und einer Projektionsfläche an der Stirnseite.

Er setzte sich an den Tisch und dachte an die Schwestern. Hoffte, sie würden aus ihrem selbst erzeugten Koma erwachen, bevor ihnen die einheimischen Spezialisten mit ihrem Halbwissen zu Leibe rückten.

In seinem Kopf begann es zu prickeln wie von schwachem Strom. Das hielt einige Sekunden an, dann folgte ein kurzes Schnippen – als würde sich eine Spannung lösen, die er vorher nicht bemerkt hatte. Groj schloss die Augen und versuchte, der merkwürdigen Empfindung nachzuspüren. Ganz sicher hatte es mit den Schwestern zu tun, deren Präsenz ihm nun wieder deutlicher bewusst wurde.

Sie waren aufgewacht, begriff er.

Eine der Türen wurde forsch geöffnet. Ein Mann in einem pastorenhaften dunkelgrauen Anzug trat ein. Primus Eins war ein attraktiver Bursche in den Vierzigern, schlank und mit grauem Bürstenhaarschnitt, seine Bewegungen energiegeladen und jugendlich. Er musterte Groj aus seinen dunkelblauen Augen über den Konferenztisch hinweg und lächelte. Das sah einstudiert aus, wirkte jedoch nicht unsympathisch.

»Terval Grojin'nan«, sagte er. »Endlich sehen wir uns wieder.«

»Haben wir uns denn schon mal gesehen?«, fragte Groj.

»Ja, das haben wir. Als du noch ein kleiner Junge warst. Du kannst dich nicht daran erinnern, aber …«

»Meine Erinnerungen kehren gerade zurück. Und ich komme gut damit zurecht.«

Primus Eins wirkte für einen Moment verstört, ehe er sein Mienenspiel wieder im Griff hatte. »Es war zu deinem Besten«, sagte er. »Und ich bin erleichtert, dass du keinen Groll gegen uns hegst.«

»Dafür sehe ich keinen Grund«, erwiderte Groj. »Doch ich finde es an der Zeit, diverse Ungereimtheiten zu klären.«

Primus Eins setzte sich ihm gegenüber, verschränkte die Hände auf dem Tisch und schien nach den richtigen Worten zu suchen. »Du bist misstrauisch«, begann er schließlich. »Was ich gut verstehen kann. Zum einen sehe ich viel zu jung aus für einen, dem du vor achtundzwanzig Standardjahren zum ersten Mal begegnet bist. Tatsächlich bin ich einhundertsiebzehn Jahre alt und war einer der Ersten, die diesen Planeten betreten haben. Schon damals war ich nicht mehr der Jüngste und ich musste mich mehrmals physisch optimieren lassen, um den Laden hier am Laufen zu halten.«

»Mercurius hat ein wenig bei deiner Verjüngung nachgeholfen«, vermutete Groj.

»Damit liegst du nicht falsch«, räumte Primus Eins zögernd ein. »In jungen Jahren strebte ich eine Laufbahn als Gentechniker an. Ich knüpfte Verbindungen zu Leuten, die sich später zu einer Organisation zusammenschließen sollten, die sich jetzt Weißer Pfad nennt. Leute, die sich für Daark interessierten, weil sie hofften, im Schatten des Supralith-Rauschs ungestört ihre Forschungen durchführen zu können. Soweit die Version, die mir aufgetischt wurde. Dass sie in Bezug auf das Supralith und seine Bedeutung für die Menschheit noch ganz andere Ziele verfolgten, ahnte ich zu jenem Zeitpunkt nicht.«

Primus Eins blickte nachdenklich ins Leere, ehe er die Augen wieder auf seinen Besucher fokussierte. »Sie machten mich zum Regenten über diesen ungastlichen Planeten«, fuhr er fort. »Damit ich mich kraft meines Amtes für ihre Interessen einsetzen konnte. Doch dann entdeckten sie einen vagabundierenden Asteroiden und verlagerten ihre Forschungslabore nach und nach dorthin. Inzwischen ist mir klar, dass sie bereits damals Pläne hatten, deren Auswirkungen ihre Labore auf Daark in Gefahr bringen würden.«

»Und doch hast du immer noch Freunde beim Weißen Pfad«, behauptete Groj.

Primus Eins' Züge verhärteten sich, ehe er ein verlegenes Lächeln aufsetzte. »Man kann sich seine Freunde nicht immer aussuchen.«

»Der Auftrag, den du mir erteilt hast, hat mich mehrmals an deiner Integrität zweifeln lassen. Spielst du ein doppeltes Spiel, oder gibt es Verräter in deinen Reihen?«

Primus Eins gefror das Lächeln auf den Lippen. »Ich bin mir nicht sicher, ob ich deine Direktheit begrüßen oder unser Gespräch auf der Stelle beenden soll.«

Groj fand seine Entrüstung nicht überzeugend. Er blickte seinem Gegenüber in die Augen und sah die Fassade des Machtmenschen abbröckeln. Doch auch das wirkte einstudiert.

Er steht unter Druck, stellte Groj fest. Aber nicht wegen mir.

»Der Pfad unterstützt uns mit Technologie und Logistik«, lenkte Primus Eins in bedächtigem Tonfall ein. »Doch es wurde immer offensichtlicher, dass ein Ende des Aufstands nicht wirklich erwünscht ist. Und dass mein Stab von Maulwürfen durchsetzt war, die gegen mich arbeiteten. Als die erste der beiden abtrünnigen Klonschwestern eine Einreisegenehmigung beantragte, sah ich dies als meine Chance. Denn der Pfad musste aktiv werden, um seine Agenten vor der potenziellen Bedrohung zu schützen. Allerdings ist Aldinjha so rasch untergetaucht, dass ihre Spur nicht nachzuverfolgen war. Erst als Yeejhza auf den Plan trat, ergab sich wieder eine Möglichkeit. Ich stellte dich ihr zur Seite, um sicherzugehen, dass sie nicht genauso schnell verschwinden würde wie ihre Schwester.«

»Hat es zum erwünschten Ergebnis geführt?«, fragte Groj.

Primus Eins nickte. »Yeejhzas Anwesenheit hat eine Flut von Aktivitäten in unserem internen Kommunikationssystem ausgelöst. So konnten wir das Netzwerk der Verschwörer identifizieren. Unter ihnen auch einer meiner engsten Vertrauten, sein Name ist Kahrn. Du kennst ihn – er hat dich für deinen Auftrag gebrieft.«

»Ich hatte ein weiteres Mal das Vergnügen. Für die Schwestern hätte das böse enden können.«

»Es tut mir leid, dass sie diesem Risiko ausgesetzt waren.« Primus Eins legte die Fingerspitzen aneinander und fuhr fort: »Des weiteren habe ich sämtliche Repräsentanten des Weißes Pfads ausgewiesen und die letzten verbliebenen Forschungseinrichtungen von Mercurius schließen lassen.«

Warum erzählst du mir das alles?, dachte Groj. Um mich glauben zu lassen, dass du die Situation im Griff hast?

Von einer der Türen ertönte ein sanftes Klopfen. Dann betrat ein dünner, alter Mann in einer blauen Livree den Raum und stellte mit zitternden Händen ein Tablett mit einer Kanne Tee und zwei Tassen auf dem Tisch ab. Er beugte sich zu Primus Eins hinunter und raunte ihm etwas zu. Primus Eins verabschiedete ihn mit einer freundlichen Geste und wandte sich wieder Groj zu.

»Die Schwestern sind aus ihrem entrückten Zustand erwacht«, sagte er. »Beide auf die Sekunde zur gleichen Zeit. Das Personal muss einen schönen Schrecken bekommen haben.«

»Um euer medizinisches Personal solltest du dich am allerwenigsten sorgen«, erwiderte Groj. »Weil man sich beim Weißen Pfad nicht mit dem Rauswurf abfinden wird. Das Ziel war immer die Übernahme der Supralith-Produktion. Davon werden sie keinen Millimeter abrücken.«

Primus Eins schenkte Tee ein. »Daark steht unter dem Schutz des Mendelson-Kartells«, erklärte er. »Das lässt sich von einer obskuren Verschwörerbande nicht in die Suppe spucken.«

»Soviel ich weiß, ist die Führungsspitze des Kartells bereits vom Pfad unterwandert. Ich wundere mich – bei allem Respekt – über deine Naivität. Zumal du ihre Infiltrationsmethoden aus nächster Nähe studieren konntest.«

»Das Kartell verfügt über andere Möglichkeiten als wir«, entgegnete Primus Eins mit der souveränen Gelassenheit eines Berufspolitikers. »Du wirst sehen, dass von nun an alles zu unseren Gunsten verläuft. Ich bin im Begriff, mit dem Kartell eine höhere Beteiligung für die Schürfer auszuhandeln. Sobald ein konkretes Angebot besteht, werde ich sie zurück an den Verhandlungstisch holen. Damit wir uns gemeinsam den dringendsten Problemen widmen können. Den Epidemien, und natürlich auch den Kreaturen.«

Groj übersprang den Punkt, an dem er Kommandant Pickerts Angebot zur Sprache hätte bringen können. Solange er über die Situation keine Klarheit hatte, konnte er nicht ausschließen, dass er Pickert in Gefahr brachte. Außerdem drängte es ihn, Yeejhza und Aldinjha zu sehen und sich ein Bild von ihrem Zustand zu machen.

Er trank von seinem Tee und meinte, wie beiläufig: »Vor allem zu den Kreaturen werden die Schwestern interessante Einsichten beisteuern können. Und noch zu einigen anderen Dingen.«

Primus Eins hob die Brauen. »Ja? Ich bin gespannt! Wir werden mit ihnen sprechen, sobald man sie medizinisch durchgecheckt hat.« Er lächelte versöhnlich. »Dabei wollte ich dir nur persönlich für deinen Einsatz danken. Und hier sitzen wir nun und debattieren über die Zukunft der Kolonie!«

Groj hätte ihm von dem Traum erzählen können. In dem ihm die Kreatur ein Fenster in die Zukunft geöffnet hatte: Raumkreuzer des Kartells, die todbringende Salven auf Daark abfeuerten. Eine Illusion, oder ein Blick auf eine mögliche Realität? Doch für den Verwaltungschef des Planeten war er vielleicht immer noch der traumatisierte kleine Junge aus der Rettungskapsel, den er vor langer Zeit in seine Obhut genommen hatte. Es war kaum abzusehen, ob er ihn ernst nehmen würde.

Primus Eins stellte seine Tasse ab. »Wollen wir uns auf den Weg machen? Wenn wir uns nicht zu sehr beeilen, kommen wir bestimmt gerade rechtzeitig.«

54. STAATSSTREICH

Sie verließen den Konferenzraum durch die Tür, durch die Primus Eins eingetreten war. Auf dem Korridor dahinter warteten sechs Soldaten in voller Kampfmontur.

»Sie sind nicht wegen dir anwesend«, erklärte Primus Eins in beschwichtigendem Tonfall. »Prinzipiell lege ich keinen Wert auf eine Leibgarde, doch in diesen schwierigen Zeiten gibt es mir zumindest das Gefühl von Sicherheit.«

Alles nur wegen der Schwestern?, dachte Groj. Wenn du gesehen hättest, wie nur eine von ihnen mit einer schwer bewaffneten Räuberbande fertig geworden ist, würdest du wahrscheinlich ein ganzes Bataillon um dich scharen.

Doch er bezweifelte, dass dies wirklich der Grund war.

Der Marsch durch den Regierungsbunker zog sich hin. Zwei Soldaten vorne, vier hinten. Primus Eins betätigte sich als Fremdenführer: »Wir befinden uns gerade unter dem Parlamentstrakt. Einundfünfzig Sitze, von denen zurzeit nur siebenunddreißig besetzt sind. Die restlichen bleiben für die Vertretungen der Schürfer reserviert, bis wir wieder alle an einem Strang ziehen.«

Warum quatscht er so viel?, dachte Groj. Steht er wirklich derartig unter Stress? Nicht, dass der höchste Politiker eines Planeten ständig gesalbte Worthülsen von sich zu geben hätte – Primus Eins war bekannt für seine umgängliche Art, doch wirkte er auf Groj in seiner Leutseligkeit zu gekünstelt, um authentisch zu erscheinen.

Groj verfiel in verschärften Paranoia-Modus. War dies eine Falle? Doch warum war sie dann noch nicht zugeschnappt?

Weil sie auf die vornehme Art ausgehorcht werden sollten. Yeejhza, Aldinjha und er. Ohne Folter, ohne Erpressung – um nicht das Risiko einzugehen, dass sich die *potenziell gefährlichen* Klone von ihrer kratzbürstigen Seite zeigten.

Aber woher der plötzliche Sinneswandel, nachdem vorher alles darangesetzt worden war, die Schwestern zu beseitigen?

Die Gorillaspinne, begriff er. Irgendein Kollaborateur im Dienst des Weißen Pfads musste den Angriff auf Kahrn und seinen Nanojet als Rettungsaktion interpretiert und daraus den Schluss gezogen haben, dass zwischen den Schwestern und den Kreaturen eine Beziehung existierte. Falls dieser hypothetische Schlaukopf darüber hinaus von der Existenz des Stroms und seiner Bedeutung für die Schwestern wusste, hatten die Alarmglöckchen in seinem verschwörerischen Gehirn angeschlagen.

Groj wurde endgültig bewusst, dass er mitten in einer Inszenierung steckte.

Primus Eins sah ihn neugierig von der Seite an. »Warum so schweigsam, mein Freund? So beeindruckend ist unser Betonlabyrinth nun auch wieder nicht.«

»Ich bereite mich auf das Wiedersehen mit den Klongeschwistern vor«, antwortete Groj. »Mir wird erst jetzt deutlich, wie viel ich noch verarbeiten muss von dem, was wir zusammen durchgestanden haben.«

»Vielleicht lässt du dir noch etwas Zeit damit? Du weißt doch – nach dem Sturm ist manchmal vor dem Sturm.«

War dies eine Warnung? Groj spannte sich innerlich an.

»Ich verstehe«, erwiderte er. »Solange die Schürfer nicht wirklich zu Verhandlungen bereit sind, kann noch einiges Unvorhergesehenes geschehen.«

Primus Eins nickte bedächtig. »Nicht zu vergessen das Problem der Kreaturen. Sowie diverse andere Faktoren.«

»Ich finde es beruhigend, dass du mich in die größeren Zusammenhänge eingeweiht hast«, sagte Groj. »Wer sonst in deiner Position würde das tun?«

Primus Eins fasste an sein Ohr und neigte sich zu Groj hinüber. »Verzeihung – sagtest zu *beruhigend* oder *beunruhigend*?«

Ihre Gruppe gelangte in einen hell beleuchteten Saal, in den aus verschiedenen Richtungen mehrere Korridore mündeten. Reihen von unbenutzten Krankenbetten und Ansammlungen von medizinischem Gerät verrieten, dass es sich um den Eingang zum Krankenhaustrakt handelte. An den Wänden waren in regelmäßigen Abständen Soldaten in schlecht sitzenden Monturen postiert. Keiner von ihnen salutierte vor Primus Eins oder nahm zumindest Haltung an. Diese Soldaten in ihren geborgten Kampfanzügen dienten einem anderen Herrn, der sie nur unzureichend auf ihre Aufgabe vorbereitet hatte. Vielleicht deshalb, weil er sich seiner Sache so sicher war, dass er einen perfekten Schein für verzichtbar hielt?

Einer der Korridore führte zu einem abgesperrten Bereich, in dem es von Bewaffneten wimmelte. Es herrschte eine unterschwellig nervöse Atmosphäre, die Groj nicht allein auf die Nähe zu den Schwestern zurückführte.

Durch ein massives hydraulisches Schott betraten sie einen hohen, quadratischen Raum – eine der Quarantänestationen des Regierungskomplexes. Auch hier war ein knappes Dutzend Soldaten anwesend, dazu ein Mann und eine Frau in den weinroten Overalls der Genetik-Spezialisten, flüsternd über eine Projektionstafel gebeugt. Am Ende des Zimmers standen zwei Betten, mehrere Meter voneinander entfernt. Auf dem linken im Lotussitz Aldinjha, die Hände im Schoß ineinander gelegt. Auf dem rechten Yeejhza, immer noch in ihren Zivilklamotten, halb auf der Seite liegend und einen erschöpften Eindruck verbreitend.

Die Genetikerin wandte sich an Primus Eins, widmete dabei Groj einen verunsicherten Blick. Sie war blass und wirkte aufgewühlt, außerdem schien sie zu zittern.

»Bitte geht es sanft an«, sagte sie. »Die Klone sind noch stark geschwächt. Wir kennen uns mit dieser Generation nicht gut aus. Sie sind hoch komplexe Organismen mit Funktionen, die wir erst noch entschlüsseln müssen.«

Primus Eins tätschelte kameradschaftlich ihre Schulter. »Ich verspreche, dass wir die Damen nicht mit unseren Fragen zuschütten werden. Außerdem …« Er deutete auf Groj, der neben ihm stand. »… habe ich ihren besten Freund mitgebracht.«

Die Frau sah Groj erstaunt an. »Sie meinen … diese Klone können Freundschaften schließen?«

»Es liegt am Stallgeruch«, sagte Groj und nahm Blickkontakt zu Aldinjha auf, die nun den Kopf hob und ihn aus leeren Augen anstarrte. Er schaute zu Yeejhza hinüber, die ihm unmerklich zuzwinkerte.

Sie hatten ihre Körperfunktionen auf ein Minimum runtergefahren, begriff er. Stoffwechsel, Puls, Blutdruck, einfach alles. Und sie wussten genau, was hier gespielt wurde.

»Groj!« Aldinjha breitete die Arme aus. »Komm zu mir! Es ist so schön, dich wiederzusehen!«

Er zupfte Primus Eins am Ärmel und ging auf Aldinjha zu. Das Rascheln von Uniformstoff verriet, dass die Soldaten ihre Waffen in Anschlag brachten.

Aldinjha schlang ihre Arme um seinen Nacken und drückte ihr Gesicht an seinen Hals. »Es war einfach fantastisch mit dir«, gurrte sie. »Bitte sag, dass ich dir mehr Vergnügen bereitet habe war als meine kleine dumme Schwester.«

»Dazu fehlt mir der direkte Vergleich«, sagte er und küsste sie auf die Schläfe. »Ihr solltet unbedingt über meinen Vorschlag nachdenken, was den Dreier betrifft.«

»Da mussten wir nicht lange nachdenken«, meldete sich Yeejhza von der anderen Seite des Zimmers zu Wort. »Oh Mann, wir werden's dir dermaßen besorgen, dass du nicht mehr weißt, ob du Männchen oder Weibchen bist.«

Die Soldaten lachten verhalten. »Ich glaub's nicht«, murmelte einer von ihnen.

»Das will ich sehen«, gluckste ein anderer.

»Da würde ich glatt mitmachen«, sagte ein dritter.

»Runter!«, zischte Aldinjha.

Sie stieß Groj zur Seite und schnellte aus dem Sitzen vor wie ein Raubtier. Groj packte Primus Eins an den Schultern und riss ihn zu Boden, warf sich der Länge nach auf ihn. Das Geräusch von harten Schlägen und fallenden Körpern jagte ihm eine Gänsehaut über den Rücken.

Primus Eins blickte ihn aus weit aufgerissenen Augen an. »Was geschieht da gerade?«, flüsterte er.

»Ich denke, es ist bereits geschehen.«

Groj rutschte von ihm herunter und richtete sich auf, half ihm beim Aufstehen. Yeejhza sprang über die Soldaten hinweg, die kreuz und quer auf dem Boden verstreut waren, und blockierte den Öffnungsmechanismus des Hydraulikschotts. Aldinjha nahm den Soldaten die Waffen ab und reichte eine an Yeejhza weiter. Eine weitere warf sie Groj zu, der sie mit der Hand aus der Luft fischte.

»Du!«, richtete sie sich an Primus Eins. »Kannst du schießen?«

»Ich war mal gut darin«, antwortete der planetare Verwaltungschef. »Aber das ist lange her.«

Aldinjha warf eine zweite Waffe. Groj fing sie auf und reichte sie an Primus Eins weiter.

Die beiden Gentechniker wedelten abwehrend mit den Händen, als Aldinjha sie mit einem herausfordernden Blick bedachte, die nächste Waffe zum Wurf bereit.

»Dann eben nicht«, brummte sie und brach die Waffe über dem Knie entzwei.

»Lagebesprechung«, sagte Yeejhza und winkte die anderen heran. »Und keine ausschweifenden Reden, wir haben nicht viel Zeit.« Sie deutete auf Primus Eins. »Du bist hier der Boss, stimmt's? Was ist passiert?«

»Kurz nachdem ich die Repräsentanten des Weißen Pfads ausgewiesen hatte, wurden Geiseln genommen«, sagte der Verwaltungschef. »Familien von Parlamentariern und Offizieren … es gab Schläfer unter den Streitkräften, die wir vorher nicht identifizieren konnten.«

»Wo sind die Geiseln jetzt?«, fragte Aldinjha.

»Die meisten werden im Wohntrakt festgehalten, aber es gibt noch eine andere Gruppe im Versorgungstrakt.«

»Und diese Schläfer haben die restlichen Kämpfer eingelassen?«, hakte Groj nach.

Primus Eins nickte. »Es müssen an die zweihundert Leute sein, die an verschiedenen Orten außerhalb des Bunkers auf ihren Einsatz gewartet haben.«

»Einhundertneunundsiebzig«, sagte Yeejhza. »Behauptet der Strom.«

Primus Eins sah sie irritiert an. »Der *Strom*?«

»Später«, raunte Groj ihm zu.

»Zuerst müssen wir hier raus«, sagte Aldinjha. »Die Krankenstation säubern. Dann teilen wir uns auf. Primus kommt mit mir zu den Unterkünften, Yeejhza und Groj nehmen sich den Versorgungstrakt vor.« An Groj und Primus Eins gewandt, fuhr sie fort: »Und dann kümmern wir uns um die wirklichen Probleme.«

Draußen wurde auf das Schott geschossen, die Einschläge bildeten kleine Beulen im Metall.

Aldinjha wandte sich an ihre Schwester. »Du kannst ihn jetzt herauslassen.«

Yeejhza trat einen Schritt zurück und schloss die Augen. Die Luft um sie herum schien sich zu verdunkeln und ein schwarzes, konturloses Schemen zeichnete sich ab. Die Gentechniker, die sich in den hinteren Teil des Zimmers verdrückt hatten, stießen unisono ein Keuchen aus.

»Danke für deine Begleitung«, sagte Yeejhza. »Doch jetzt brauche ich noch ein weiteres Mal deine Hilfe.«

Der Hütergeist dehnte sich noch ein Stück aus, dann löste er sich von Yeejhza, huschte lautlos durch den Raum und verschwand in dem stählernen Schott.

»Wenn wir jetzt da rausgehen«, sagte Aldinjha zu Primus Eins, »könnte es dort aussehen wie in einem Schlachthaus. Sieh also nicht zu genau hin, falls du einen schwachen Magen hast.«

55. PRIMUS GROJ

Der Hütergeist hatte ganze Arbeit geleistet. Ein wahrer Meister des Todes. Groj empfand Mitleid für die Kämpfer, deren Blut und zerfetzte Leichen den Boden der Hallen und Gänge bedeckten. Die meisten von ihnen hatten wahrscheinlich nicht einmal gewusst, für wen sie ihr Leben opferten. Angeheuert auf irgendeiner abgelegenen Kolonie, geködert mit der Aussicht auf eine verlockenden Prämie – ein Ticket ins Verderben.

»Mach dir nicht so viele Gedanken«, sagte Yeejhza, die wenige Meter vor ihm in das Labyrinth aus menschenleeren Korridoren vordrang, ihre Waffe lässig unter den Arm geklemmt. »Die oder wir, es ist eine simple Rechnung.«

»Ich weiß«, sagte Groj. »Aber trotzdem …«

»Mir tun sie auch leid«, unterbrach sie ihn. »Aber ich will leben. Jetzt erst recht, nachdem ich schon einmal gestorben bin.«

»Dieser Hütergeist – hast du ihn aus dem Strom mitgebracht?«

»Er hat mir geholfen, den Weg zurück zu finden.« Yeejhza deutete den Gang hinunter. »Die Gabelung da vorne«, fuhr sie mit leiser Stimme fort. »Auf der rechten Seite geht es zu dem Lagerraum, in dem dreihundertsiebzehn Geiseln von einunddreißig Kämpfern in Schach gehalten werden. Sechs weitere Kämpfer bewachen die Tür von außen.«

»Kann sich nicht dein Schattenfreund darum kümmern?«, fragte er.

»Ich denke nicht, dass er bei so vielen Menschen zwischen Freund und Feind unterscheiden kann«, erwiderte sie. »Außerdem ist er inzwischen in seine Stadt zurückgekehrt.« Sie sah Groj fest in die Augen. »Bist du bereit?«

Er nickte und sie wandte sich um, ging mit tänzerisch anmutenden Schritten voraus. Sie näherten sich der Gabelung. Aus einem anderen Gebäudeteil waren Schüsse zu hören. Yeejhza sprintete vor, geduckt und dicht an der Wand entlang. Kurz vor der Gabelung ließ sie sich zu Boden gleiten und rutschte in den Korridor hinein, feuerte im Viertelsekundentakt ihre Waffe ab.

Später würde er sich an die Erstürmung des Lagerraums erinnern wie an einen Traum – in zeitlupenhaften Sequenzen und teils glasklaren, teils verwischten Eindrücken. Yeejhza, die sich mal mit Saltos, mal wie ein Insekt dicht über den Boden flitzend, durch den Raum bewegte und aus jeder Lage präzise Schüsse abgab. Die überrumpelten

Kämpfer, die sich in ihrer Verwirrung gegenseitig niederstreckten. Die Geiseln, die sich geistesgegenwärtig zu Boden warfen, wie sie es für Situationen wie diese trainiert hatten. Soldaten der Sicherheitskräfte, die, ihrer Uniformen beraubt und mit nichts am Leib als ihrer Unterwäsche, mit bloßen Händen die Putschisten angriffen.

»Es ging alles so schnell«, sagte Primus Eins, als sie sich zwei Stunden später in seinem Büro versammelt hatten: Groj, Yeejhza, Aldinjha und eine Hand voll Leute aus seinem Stab, denen die Strapazen und der Schrecken der vergangenen Stunden noch ins Gesicht geschrieben standen. »Aber im Augenblick bin ich einfach nur glücklich, dass wir es geschafft haben. Es werden bereits die ersten überlebenden Putschisten vernommen und es zeichnet sich ab, dass sie in die Hintergründe der Aktion nicht eingeweiht waren. Leider ist ihr Anführer mit einem Kopter geflohen und konnte bis jetzt nicht identifiziert werden. Angeblich trug er ständig einen geschlossenen Kampfanzug und hat sich nicht an dem Gefecht beteiligt.«

Primus Eins wandte sich an die Klonschwestern, die sich in ihrer blutbespritzten Kleidung an die Wand zurückgezogen hatten. »Ich möchte euch meinen Dank aussprechen. Ohne euch auf unserer Seite wäre das Schicksal der Kolonie besiegelt gewesen. Auch wenn manche Aspekte dieser Auseinandersetzung noch geklärt werden müssen.«

»Wir sind nicht auf eurer Seite«, entgegnete Aldinjha ruhig. »Wir kämpfen für den Planeten.«

Primus Eins blinzelte verstört. »Ich verstehe nicht ganz – der Planet, das sind doch wir. Die Siedler.«

»Die Siedler sind unerwünschte Eindringlinge, die nach Bodenschätzen wühlen«, sagte sie. »Doch für uns hat der Planet, den ihr Daark nennt, eine andere Bedeutung. Hier liegt unser wirklicher Ursprung.«

Primus Eins blickte Groj an, dann wieder Aldinjha und schließlich Yeejhza. Ein nervöses Raunen ging durch die Reihe seiner Mitarbeiter.

»Ist das eine Metapher?«, fragte er.

»Ja und nein«, antwortete Yeejhza. »Aber ihr wisst so vieles nicht, weil ihr euch von Anfang an nur für das Supralith interessiert habt. Euch ist völlig entgangen, dass hier eine der ältesten Kulturen des Universums ihren Anfang genommen hat. Und diese Kultur existiert immer noch! Sie ist symbiotisch mit dem Planeten verbunden, und sie steht kurz davor, die Menschen von seiner Oberfläche zu tilgen.«

»Sprichst du von diesem merkwürdigen schwarzen Etwas?«

»Es gibt Milliarden von ihnen«, sagte Aldinjha. »Sie sind mit einem Datenstrom verbunden, der sich durch den gesamten Kosmos erstreckt. Meine Schwester und ich wurden auf der Basis von Informationen konstruiert, die man aus diesem Strom extrahiert hat.«

»Der Strom generiert sich aus dem Element, das ihr Supralith nennt«, fuhr Yeejhza fort. »Ihr nutzt nur einen Bruchteil seiner Eigenschaften, denn um dieses Element zu verstehen, muss man zuerst den Planeten und seine alte Zivilisation verstehen.«

»Warum haben wir nie etwas von dieser Zivilisation mitgekriegt?«, fragte eine kleine, weißhaarige Frau aus Primus Eins' Stab.

»Weil sie es nicht wollten«, antwortete Aldinjha. »Sie denken in Maßstäben von Jahrtausenden, vielleicht auch von Jahrmillionen. Wahrscheinlich sind sie davon ausgegangen, dass ihr bald wieder verschwinden würdet. Doch euer Krieg setzt so viel negative Energie frei, dass der Planet angefangen hat, sich gegen euch zu wehren. Die Krankheiten, die Kreaturen, die Stürme – das sind Reaktionen des Immunsystems von Daark. Und sie sind erst der Anfang.«

»Angenommen, diese Zivilisation existiert tatsächlich«, sagte Primus Eins. »Wie können wir uns von ihrer Existenz überzeugen?«

»Seht euch um«, erwiderte Yeejhza. »Seit Jahrzehnten zeigt euch der Planet, dass er euch nicht haben will. Vielleicht behaupten eure Wissenschaftler, dass es sich um Zyklen handelt, die noch erforscht werden müssen. Aber habt ihr die Natur von Daark jemals wirklich erforscht? Eure Besessenheit von Supralith hat euren Blickwinkel eingeengt. Ihr habt keine Ahnung, was sich unter der Oberfläche dieses Planeten verbirgt. Was für ein komplexer Organismus er in Wirklichkeit ist. Die wahren Herrscher von Daark zeigen sich nicht, weil sie es nicht für nötig befinden. Ihr seid nur eine Fußnote in ihrer langen Geschichte. Und doch werden sie nicht zögern, euch auszulöschen, wenn ihr dieser Welt weiterhin Schaden zufügt.«

Für einen langen Moment herrschte bleiernes Schweigen. Groj, der neben dem Eingang am Türrahmen lehnte, musterte die Gesichter der Anwesenden. Er registrierte Skepsis, Erstaunen, blanke Ungläubigkeit. Die Situation stand auf der Kippe – gerade erst hatten diese Leute einen Putschversuch überstanden und von der Existenz der Klonschwestern erfahren. Um sich nun mit einer Bedrohung konfrontiert zu sehen, die ihr Vorstellungsvermögen zu übersteigen drohte.

»Was können wir tun, um diese *Herrscher* zu besänftigen?«, fragte schließlich die weißhaarige Frau.

»Frieden schließen«, antwortete Aldinjha. »Und die Ausbeutung beenden.«

»Wir sind im Begriff, die Verhandlungen mit den Schürfern wieder aufzunehmen«, sagte Primus Eins. »Aber das Supralith ist unverzichtbar für unsere Technologie.«

»Der Kern des Planeten besteht aus Supralith«, entgegnete Yeejhza. »Ihr kratzt nur ein paar Krumen von seiner Oberfläche. Und falls ihr eines Tages versteht, worin das wirkliche Potenzial dieses Elements liegt, müsst ihr auch nicht mehr in kilometertiefen Löchern danach graben.«

»Worin liegt nun dieses angebliche Problem?«, fragte ein junger Mann aus dem Stab mit leidenschaftlich erhobener Stimme.

Aldinjha blickte ihn durchdringend an und trat einen Schritt vor. »Das Problem liegt darin, dass ein Verband aus sieben Kampfschiffen des Kartells unterwegs ist, um auf Daark klare Verhältnisse zu schaffen für den Fall, dass der Putschversuch scheitert. Um alle Städte und Siedlungen zu zerstören und die totale Kontrolle über die Supralith-Gewinnung in die Hände des Weißen Pfads zu übergeben.«

Wieder herrschte Schweigen in dem Raum. Primus Eins wandte sich an Groj, der neben dem Eingang am Türrahmen lehnte.

»Wie siehst du das, Terval Grojin'nan?«

»Nicht anders als die Schwestern«, antwortete Groj.

»Das Kartell würde uns niemals verraten«, sagte jemand. »Es gibt Verträge! Vereinbarungen! Abkommen!«

»Das Kartell ist vom Weißen Pfad unterwandert«, erklärte Yeejhza. »Und diese Leute haben sich nichts anderes in den Kopf gesetzt als die totale Kontrolle über den kolonisierten Weltraum.«

Primus Eins' gesunder Teint wich einer kreidigen Blässe. »Ich habe von solchen Bestrebungen gehört. Aber ich hielt das für ein Gerücht.«

»Es geht noch weiter«, sagte Aldinjha. »Die Hütergeister – damit meine ich die alte Zivilisation von Daark – werden diese Schändung ihrer Welt nicht hinnehmen. Und sie verfügen immer noch über die Möglichkeit, sich ohne Zeitverlust im Kosmos zu bewegen. Manche von euch haben erlebt, wozu ein Einzelner von ihnen imstande ist. Nun stellt euch vor, was mit der Menschheit geschieht, wenn eine Milliarde oder mehr von ihnen über die Erde und ihre Kolonien ausschwärmt.«

Ein korpulenter Mann in einem engen, grauen Rollkragenpullover sprang von seinem Stuhl auf, das Gesicht vor Ärger gerötet. »Diesen Quatsch höre ich mir keine Sekunde länger an!«, stieß er hervor. »Sind hier denn alle übergeschnappt?«

Er stürmte mit polternden Schritten zum Ausgang und Groj wich zur Seite, um ihn durchzulassen. Primus Eins sah ihm dem empörten Stabsmitglied, bis die schwere Flügeltür hinter ihm zugefallen war.

»Angenommen, es ist so, wie ihr es darstellt«, wendete er sich an die Schwestern. »Können wir dann überhaupt noch etwas unternehmen?«

»Ihr müsst ihnen beweisen, dass ihr nicht alle Arschlöcher seid«, sagte Aldinjha. »Dass ihr es verdient habt, verschont zu werden.«

Primus Eins lachte sarkastisch auf. »Und wie sollen wir das tun?«

»Der oberste Repräsentant eurer Spezies auf diesem Planeten müsste sich einer Prüfung unterziehen«, sagte Yeejhza. »Wie genau diese Prüfung ablaufen würde, lässt sich nicht vorhersagen. Und es gibt keine Erfolgsgarantie.«

Primus Eins fasste sich an den Kragen und lockerte ihn ein Stück weit. »Der oberste Repräsentant, das bin ich. Aber als Politiker bin ich alles andere als eine Lichtgestalt. Ich habe einen Krieg geführt, habe viele Male intrigiert und manipuliert ...«

»Den Hütern geht es nicht um Moral«, entgegnete Aldinjha. »Sondern um Authentizität. Mann oder Maus, ungefähr so.«

»Aber damit wäre der Angriff des Weißen Pfads doch nicht abgewendet?«

»Glaubst du, die Hüter sähen tatenlos zu, wenn ihre Welt von machtgierigen, profitgeilen Zecken mit Nuklearsprengköpfen beworfen wird?« Yeejhza hob beschwörend die Hände. »Nein, das werden sie keinesfalls! Aber noch können wir verhindern, dass Daark zerstört wird und die Hüter Kahlschlag an der Menschheit betreiben.«

Primus Eins fixierte Groj über seinen wuchtigen Schreibtisch hinweg. »Kannst du diese Aussagen bestätigen?«

Groj zuckte mit den Achseln. »Ich habe zumindest nichts Wesentliches hinzuzufügen.«

»Ich sehe mich nicht in der Lage, eine solche Prüfung zu bestehen. Was ist mir dir, Groj?«

»Ich bin ein Klon«, erwiderte Groj. »Und ganz sicher kein Repräsentant der planetaren Administration.«

»Klon hin, Klon her – du bist einer von uns! Ich kenne dich von Kindesbeinen an. Du warst immer unbestechlich, bist immer dir selbst treu geblieben. Der authentischste Mensch, der mir jemals begegnet ist.«

»Dass du geklont bist«, sagte Aldinjha zu Groj, »würde die Hüter wahrscheinlich nicht stören. Zumal deine Zusammensetzung rein menschlicher Natur ist.«

»Auch ihr beide seid aus menschlichen Genen zusammengesetzt«, wandte Groj ein.

»Wir sind Kinder des Stroms«, sagte Yeejhza. »Deshalb können wir euch auf keinen Fall repräsentieren.«

»Aber ich habe die graue Kapsel geschluckt.«

»Sie verbindet dich mit uns«, erklärte Aldinjha geduldig. »Sie sorgt für eine gute Chemie, das würde dir von Nutzen sein.«

»Uns allen«, fügte Yeejhza leise hinzu.

Primus Eins trat hinter seinem Schreibtisch hervor. »Ich verstehe nicht alles, um was es hier geht, aber ...« Er blickte in die Runde und fuhr entschlossen fort: »Ich habe genug verstanden, um eine Entscheidung zu treffen. Das Wohl der Kolonie geht mir über alles. Deshalb trete ich mein Amt an dich ab, Groj. Ich werde dich auf der Stelle vereidigen!«

Groj winkte ab. »Ich glaube kaum, dass sie das akzeptieren würden.«

Aldinjha blickte ihm fest in die Augen. »Den Hütern wäre es egal, wie du auf dein Pöstchen gelangt bist. Bedenke folgendes: Wenn die Hüter ihre Strafaktion beendet haben, wird es keinen Planeten mehr geben, auf dem Menschen überleben können. Auch nicht Yeejhza und ich. Und du hast einmal gesagt, dass ...«

»... ich mein Leben für euch geben würde«, sprach Groj ihren Satz zu Ende.

Er sah die Schwestern abwechselnd an, sah das Vertrauen in ihren Augen. Und empfand plötzlich die Gewissheit, dass alles gut werden konnte. Nicht unbedingt in dem Sinne, dass er heil aus der Sache herauskam. Sondern dass er das Richtige tun würde.

»Also gut«, sagte er. »Ich mach's.«

56. HÖCHSTENS ACHT STUNDEN

Die Vereidigung war in weniger als zwei Minuten über die Bühne gegangen. Unmittelbar vorher hatte Primus Eins die Kopter angefordert, die Groj und die Schwestern zum Regierungsterritorium gebracht hatten. Zusammen mit einer Eskorte von Soldaten und einigen Mitgliedern seines ehemaligen Stabs begleitete er das Trio zur Landeplattform, wo Vanessa Lin und ihr Pilot unter dem Bug des Kopters Haltung angenommen hatten.

»Terval Grojin'nan!« Der geschiedene Regierungschef breitete die Arme aus und drückte Groj an seine Brust. »Du wirst es schaffen! Schon als wir dich aus der Rettungskapsel geholt haben, wusste ich, dass du für die ganz großen Aufgaben prädestiniert bist."

Er wandte sich den Schwestern zu und verneigte sich vor ihnen, ehe er sich zu seinem Gefolge zurückzog und stramm salutierte. Groj erwiderte die Geste, wandte sich um und ging mit den Schwestern auf die Crew des Kopters zu.

»Wohin soll's diesmal gehen?«, fragte Vanessa Lin.

»Zum Großen Plateau. Auf dem schnellsten Weg.«

Sie zog die Brauen hoch. »Das wird ein heißer Ritt, Primus. Nordende und Cloverfield melden schwere Gewitter, und im Grenzgebiet zwischen Löwenberge und Lavendel soll es Steine regnen. Außerdem müssen wir zum Auftanken einen Zwischenstopp in Grande einlegen.«

»Wie lange werden wir brauchen?«, fragte er.

»Sieben bis acht Stunden, wenn wir keine Ausweichmanöver fliegen müssen.«

Groj sah die Schwestern an.

»Uns bleiben zwölf bis vierzehn Stunden«, sagte Yeejhza. »Vielleicht auch sechzehn Stunden, aber keinesfalls mehr.«

Er hatte also vier bis höchstens acht Stunden, die Hütergeister davon zu überzeugen, dass die Menschen es verdienten, weiter zu existieren. Ehe die Kampfschiffe des Kartells die Siedlungen auf Daark in Schutt und Asche legten – und die wahren Herren des Planeten im Gegenzug die Menschheit schlichtweg ausradieren würden.

Sie stiegen über die Gangway zum Cockpit hinauf. Der Pilot setzte sich ans Steuer und ließ die Turbinen aufheulen, während die Plattform zur Oberfläche empor glitt.

»War ein ziemliches Chaos, hm?« Vanessa schnaubte verächtlich durch die Nase. »Ich hatte sofort das Gefühl, dass etwas nicht stimmt. Zuerst kam ich ums Verrecken nicht dahinter! Bis ich mir die Soldaten genauer angesehen habe – ihre Uniformen! Zu eng, zu weit, zu schlabbrig. Wo doch Primus Eins, also der frühere Primus Eins, so großen Wert auf eine tadellose Erscheinung legt. Corwin …« – sie kraulte ihren Piloten am Hinterkopf – »… ist es zum Glück auch aufgefallen. Kaum war ich an Bord, hat er die Kanonen ausgefahren und die Bande ist geflüchtet, hat sich außerhalb des Hangars verbarrikadiert.«

Die Plattform erreichte die Oberfläche und rastete mit einem sanften Ruck ein. Unter dem stürmisch-bewölkten Himmel des Territoriums schwebten bereits zwei weitere Kopter.

»Wo ist die vierte Maschine?«, fragte Groj.

»Geklaut«, antwortete Vanessa. »Als die Schießerei losging, hat sich einer der Mistkerle den Kopter geschnappt und ist damit abgehauen. Der Sicherheitsdienst vermutet, dass er der Anführer gewesen ist.«

Sie ließ sich im Copilotensitz nieder und gurtete sich an. »Eure Betten sind noch aufgebaut«, sagte sie. »Fühlt euch also wie zuhause.«

Groj ging mit den Schwestern in den Laderaum. Die Decke auf der mittleren Pritsche war noch genauso zerknautscht, wie er sie zurückgelassen hatte. Auf allen drei Pritschen lagen säuberlich zusammengefaltete Uniformen. Groj platzierte seine auf dem Boden und legte sich hin. Seine Muskeln kribbelten, als die Entspannung einsetzte. Und sein Bauch machte gurgelnde Geräusche.

»Ich könnte eine Dusche brauchen«, sagte Yeejhza. »Die Krabbe fehlt mir – der ganze Luxus, ihr wisst schon.«

Sie zog das karierte Hemd aus und dann ihre Hose, legte gewissenhaft die Uniform an. »Na, wie sehe ich aus?«

Aldinjha schmunzelte verständnisvoll und streckte sich auf ihrer Liege aus. »Ich bin mir jetzt endgültig sicher, dass ich die Ältere von uns beiden bin.«

»Du solltest dich auch umziehen«, gab Yeejhza heraus. »Du hast überall Blutflecken. Auch in den Haaren.«

»Das stört mich nicht im Geringsten.« Aldinjha drehte den Kopf und blicke Groj an. »Und du möchtest nun wissen, was dich erwartet.«

»Kannst du es mir sagen?«, erwiderte er.

»Nein. Aber sie wissen, dass du kommst. Sie haben eine gewisse Bereitschaft signalisiert, auf dich einzugehen.«

»Ist es ihnen wirklich egal, ob wir alle draufgehen? Also auch ihr beide?«

Aldinjha drehte sich auf den Rücken und schloss die Augen. »Sie sind so alt, Groj«, sagte sie so leise, dass er ihre Stimme gerade noch durch den Rotorenlärm vernahm. »Sie haben alle erdenklichen Phasen der Existenz durchlaufen. Dass sie Yeejhza vor Lydi gerettet und sie uns zurückgegeben haben, geschah nicht aus Liebe oder Sympathie. Sie wollten etwas bewahren, das mit ihnen durch dem Strom verbunden ist. Genauso gut hätten sie Yeejhza ihrem Schicksal überlassen können – aus Gründen, die für uns nicht nachvollziehbar sind.«

»Was redest du da?«, protestierte Yeejhza und warf sich mit Vehemenz auf ihre Pritsche. »Ich habe Liebe und Fürsorge empfunden. Sie haben alles versucht, um mir mein Leben zurückzugeben. Und sie haben uns geholfen, die Knockout-Funktion zu überbrücken. Alles nur, um uns anschließend ins Feuer zu werfen?«

»Sie waren eine große Hilfe«, räumte Aldinjha ein. »Aber wir sollten das nicht voraussetzen. Sie sind eins mit der Ewigkeit. Deshalb agieren sie immer aus dem jeweiligen Moment heraus.«

Der Kopter wurde durchgerüttelt, als er sich gegen eine kräftige Windbö stemmte. Nach einem kurzen Durchsacken hatte ihn der Pilot wieder stabilisiert.

»Es ist also unmöglich, sie einzuschätzen«, resümierte Groj.

»Nach euren Begriffen kaum«, sagte Aldinjha. »Sie haben ein kollektives Bewusstsein, aber sie ticken nicht alle gleich. Immer wieder blitzt bei ihnen etwas auf, das ihr als Individualismus bezeichnen würdet. Sie haben keine Normen, keine Gesetze. Ihre Art spiegelt die Vielfalt des gesamten Universums wider. Und doch …«

Sie verfiel in nachdenkliches Schweigen. Yeejhza stand von ihrer Pritsche auf und setzte sich zu ihr.

»Du hast es auch gespürt, stimmt's? Diese unsichtbare Wand?«

Aldinjha sah sie scharf an. »Eine Wand?«

»Ich war da draußen«, fuhr Yeejhza fort. »Ich konnte spüren, wie ich mich auflöste. Das war nicht schlimm für mich, denn es war wie …« Sie kicherte leise und rieb ihre Stirn. »Als würde ich nach Hause kommen. Der Strom! Unendlich und zeitlos. Aber gleichzeitig hatte ich ein Gefühl, als wäre ich … eingesperrt! Eingesperrt in der Unendlichkeit! Ich weiß, wie absurd das klingt, aber …«

»Ich weiß genau, was du meinst«, sagte Aldinjha. »Diese Wand haben sie selbst um sich errichtet.“

»Aber was befindet sich hinter dieser Wand?«, drängte Yeejhza.

»Ich vermute, es ist der Strom«, antwortete Aldinjha.

57. SCHMETTERLINGE

Ein Zwischenstopp auf dem Stützpunkt von Grande, Fetzen von hektischer Kommunikation aus dem Cockpit. Groj überlegte, ob er mit Nevada Kontakt aufnehmen solle, doch die Zeit war zu knapp bemessen, um seine alte Gefährtin zu treffen. Und er war froh darüber. Es wäre ihm wie ein Abschiedsbesuch vor dem unausweichlichen Ende vorgekommen. Diese Stimmung wollte er nicht zu den Hütergeistern mitnehmen.

Die Steinwolken über Löwenberge und Lavendel hatten abgeregnet, das kleine Geschwader durchstieß die nachfolgenden Gewitter im Tiefflug. Groj saß mit gesenktem Kopf auf seinem Bett, die Hände ineinander verschränkt, und versuchte, seine Gedanken abzuschalten. Yeejhza und Aldinjha setzen sich zu ihm, schweigend an ihn gelehnt und die Arme um ihn geschlungen verharrten sie zu seinen Seiten. Er wusste, dass es mehr war als eine Geste des Vertrauens und der Zuneigung – sie machten etwas mit ihm, und in seinem Kopf wurde es stiller und stiller.

Vanessa betrat den Laderaum und grinste breit. »Oh Mann, seid ihr süß! Aber ich muss euch trotzdem stören. Wir steigen jetzt zum Plateau auf, und falls ihr wirklich ganz oben aussteigen wollt – da ist die Luft ziemlich dünn. Wer also braucht hier eine Sauerstoffmaske?«

Sie Schwestern lösten sich von Groj und winkten ab. Groj, geistig nur noch zum Teil anwesend, hob die Hand.

»Gut, dann also eine Ausrüstung für den neuen Primus.« Vanessa schmunzelte frech. »Ich habe keine Ahnung, um was es hier geht, aber … ihr drei seht so verdammt niedlich aus! Wie eine glückliche Familie. Ich muss unbedingt ein Foto von euch machen, wenn der Job erledigt ist.«

Groj sank zurück in seinen Zwischenzustand, sich seiner selbst nur am Rande bewusst und völlig nach innen gekehrt. Die Schwestern nahmen ihn wieder in die Arme. Und er glaubte, Stimmen zu hören... oder vielmehr einen atonalen Chorgesang aus Abertausenden von Kehlen, ein weit entferntes Summen und Schwirren, das sich allmählich zu einem gleichmäßigen Rauschen verdichtete.

Ist das der Strom?, fragte er sich. Oder kommt es aus mir, aus den Tiefen meines Unterbewusstseins? Oder beides?

Der Scheitel des Plateaus war in dichten Nebel gehüllt, als der Quadrokopter auf dem felsigen Untergrund aufsetzte. Vanessa brachte einen voluminösen Thermoverall, in den sie ihn zu dritt hineinsteckten. Aldinjha befestigte Sauerstoffflaschen an Grojs Gürtel, Yeejhza half ihm mit der Maske.

»Irgendwann will ich wissen, was ihr hier gerade durchzieht«, sagte Vanessa mit einem Kopfschütteln. »Das ist so schräg, Leute. So verdammt schräg.«

Die Schwestern begleiteten ihn über die Laderampe ins Freie. Langsam ging er in den Nebel hinein, bedächtig einen Fuß vor den anderen setzend, eine plumpe, vermummte Gestalt in der kargen Einöde. Er spürte das Gestein unter seinen Sohlen und das verborgene Reich tief darunter, während hoch über ihm, kaum sichtbar in der dünnen, trüben Luft, die beiden anderen Kopter schwebten und ihr gleichförmiges Turbinenlied sangen.

Wohin jetzt?, dachte er, aber er ging weiter geradeaus, einem inneren Kompass folgend und nur noch ein winziges Bisschen unsicher, ob er wirklich das Richtige tat oder ob er vielleicht doch alles falsch verstanden hatte.

Er drehte sich um, weil er es angebracht fand, den Schwestern zuzuwinken, ihnen eine optimistische Geste zu schicken, ehe er gänzlich im Nebel aufgehen würde.

Schwärze hüllte ihn ein. Für einen langen Moment fühlte er sich schwerelos.

Er machte sich darauf gefasst, dass er durch irgendeine geheime Schleuse in die verborgene Stadt hinuntergebracht würde, in diese monumentale Dämmerzone mit ihren kilometerhohen Türmen aus glimmenden Kuben und Quadern. Doch die Dunkelheit hielt an und der Choral der körperlosen Stimmen kehrte zurück.

Groj entdeckte einen Lichtschein, rund geformt wie am Ende einer Röhre oder eines tiefen Brunnens. Aus diesem Licht heraus kam eine Gestalt mit entschlossenen Schritten auf ihn zu.

»Lydi?«, fragte er.

Sie trug die gleiche schwarze Montur wie in dem stillgelegten Verhüttungswerk. Und ihr blonder, kurz geschorener Kopf saß dort, wo er hingehörte: Auf ihrem Hals.

Sie ergriff seine Hand. »Komm! Uns bleibt nicht viel Zeit.«

Er stolperte ihr nach, durch den schwarzen Tunnel, dem Licht entgegen. Hielt die Hand vor die Augen, um sie vor der plötzlichen Helligkeit zu schützen.

»Groj! Sieh mich an!«

Lydi trug jetzt eine Latzhose und darunter ein knallbuntes Shirt. Ihr Haar, in der Mitte gescheitelt, reichte ihr bis zu den Schultern. So hatte er sie in Erinnerung aus der Zeit, die sie gemeinsam auf der Mercurius verbracht hatten. Doch die Lydi, die in der burschikosen Latzhose steckte, war kein junges Mädchen. Sie war dieselbe, die vor Grojs Augen von dem Hütergeist enthauptet worden war.

Er blickte um sich. Das Biotop der Mercurius. Das Quaken von Fröschen, Schmetterlinge in der schwülen Luft, das Zirpen von Grillen und Heuschrecken. Und überall Pflanzen: Kakteen, Palmen, Sträucher und Stauden, Beete mit Salat, Karotten, Kohl …

»Warum du?«, fragte Groj. »Und warum ausgerechnet hier?«

»Lydi ist tot«, entgegnete Lydi. »Sie starb vier Tage nach eurer Landung auf Daark. Primus Eins hat sie den Agenten des Weißen Pfads überlassen. Und sie machten das aus ihr, was du zuletzt von ihr gesehen hast.«

»Es tut mir unendlich leid«, sagte er.

»Ich weiß. Du hättest dich für sie geopfert, wenn man dir eine Wahl gelassen hätte.«

Groj nickte. Und tastete nach seiner Atemmaske, um sie von seinem Gesicht zu ziehen. Doch sie war nicht mehr da. Genauso wenig wie der Thermoverall.

»Ich bin nicht wirklich hier«, stellte er fest.

Lydi strich ihm über die Wange. »Doch, bist du. Ach, mein lieber Groj ... du weißt doch, dass Zeit und Raum Illusion sind. Wir könnten auch zum Zeitpunkt unserer Geburt zurückkehren. Zwei schreiende, verschrumpelte Babys, zwei von vielen ... erzeugt in Nährstofftanks und dazu gedacht, schrecklichen Menschen zu dienen, die nichts anderes im Sinn haben, als Macht und Profit zu erlangen.«

»Diese Menschen bedrohen jetzt Daark. Und du weißt, wie die Hütergeister darauf reagieren werden.«

Sie betrachtete ihn forschend. Der Chor in seinem Kopf wurde lauter.

»Du bist kein Mensch wie die anderen«, sagte sie. »Warum willst du sie vor der Auslöschung bewahren?«

»Weil es nicht richtig wäre«, erwiderte er. »Sie können sich entwickeln, sie können dazu lernen, sich befreien. Diese Chance muss ihnen gelassen werden. Diejenigen, die Daark ausbeuten und als ihr Eigentum betrachten, das sind nur ganz wenige. Das weißt du genauso gut wie ich.«

Lydi schmunzelte und streckte die Hand aus. Ein Schmetterling ließ sich auf ihren Fingern nieder. Ein Pfauenauge, glaube Groj zu erkennen.

»Ist das wirklich alles?«, fragte sie.

Er schüttelte den Kopf. »Ich will leben«, sagte er. »Ich will, dass Yeejhza und Aldinjha leben. Ich wünschte, du würdest leben und wärst nicht nur eine Erinnerung, die von den Hütern gekapert worden ist.«

Das Pfauenauge schien sich auf Lydis Hand wohlzufühlen. Es breitete die Flügel aus und legte sie wieder aneinander, immer wieder; gefangen und gleichzeitig grenzenlos frei in seinem Schmetterlingsdasein.

»Du erwartest von uns, dass wir deine Spezies verschonen?«, fragte Lydi. »Dass wir eure Probleme lösen, nur damit du dein Leben weiterleben kannst?«

»Ja«, antwortete Groj. »Aber das ist nur eine Seite davon.«

»Erkläre uns die andere Seite.«

»Ich weiß nicht viel über euch«, sagte er. »Nur, dass ihr sehr, sehr alt seid. Dass hier euer Ursprung liegt und dass ihr in Ruhe vor euch hin sterben wollt. Und dass wir Menschen wie Ungeziefer über eure Welt hergefallen sind und ihr uns loswerden wollt. Aber wir sind mehr als Ungeziefer, und ihr könnt uns helfen, den nächsten Schritt zu tun.«

»Indem wir eure Unterdrücker vernichten?« Lydi hielt die Hand vor den Mund und pustete sanft auf den Schmetterling, der sich daraufhin flatternd entfernte. »Warum tut ihr das nicht selbst?«

»Unsere Strukturen sind festgefahren«, erwiderte Groj. »Genau wie eure. Alte Werte bestimmen unser Denken. Wer dominiert über wen, wer hat das Sagen und wer hat zu gehorchen? Wer profitiert, und wer liefert den Profit?«

»Dieses Denken ist uns fremd«, sagte Lydi.

»Ich weiß. Aber wir können von euch lernen. Und ihr von uns.«

Sie blickte ihn überrascht an. »Erkläre uns das!«

»Wir sind eine junge Spezies«, sagte er. »Wir stecken voller brach liegender Möglichkeiten. Nutzen nur einen Bruchteil unseres Potenzials. Ihr hingegen habt Unbeschreibliches geleistet. Habt den Strom entdeckt und ihn zu eurem Besten genutzt. Doch ihr seid selbstgefällig geworden. Habt euch vom Rest des Universums abgeschottet in eurer Grandiosität. Habt beschlossen, dass es an der Zeit wäre, zu eurem Ursprung zurückzukehren und dort abzusterben. Ihr habt euch vom Leben entfernt – aber warum? War euch langweilig geworden, weil ihr alles erreicht hattet, das es zu erreichen gab?«

»Schweig!«, fuhr Lydi ihn an. Ihre Stimme hallte von allen Seiten wider, wie ein Ruf aus unzähligen Mündern in einer Kathedrale.

Sie wandte sich ab, blickte auf die üppige Vegetation der Biosphäre hinaus. Groj war sicher, dass er so ungefähr alles falsch gemacht hatte, was er falsch machen konnte. Doch während die Worte aus ihm hervor gesprudelt waren, hatten sie sich richtig angefühlt.

»Wir sind noch ganz am Anfang«, fuhr er leise fort. »Gerade noch haben wir auf Bäumen gelebt, haben uns mit zugespitzten Tierknochen gegenseitig aufgeschlitzt – wegen einer Staude Brombeeren vielleicht oder wegen einer Schafherde, oder um uns gegenseitig die Frauen zu stehlen. Und jetzt fliegen wir durchs Weltall und nehmen unsere primitiven Sitten zu neuen Welten mit. Wir führen gegeneinander Krieg, auf eurem Boden, wir stören den Frieden eurer heiligen Stätten. Ich kann gut verstehen, dass ihr euch von uns belästigt fühlt. Ihr schickt uns Gewitter und Regen aus Stein, Überflutungen, Stürme. Ihr lasst euren Planeten Kreaturen gebären, die unseren dunkelsten Albträumen entsprungen sein könnten. Alles nur, um uns zu vertreiben. Ja, wir haben all das Schlechte, zu dem wir fähig sind, zu euch mitgebracht. Und wenn in wenigen Stunden die Atomraketen auf eurer Welt einschlagen, werdet ihr unserem Treiben ein für allemal ein Ende setzen. Ihr, die einstigen Herren des Universums. Ich frage euch: Habt ihr das schon immer so gemacht? Habt ihr alles, was sich nicht in euren Plan, in euer Konzept gefügt hat, schonungslos ausgemerzt? Einfach nur, weil ihr es könnt?«

»Weil wir es können«, sagte Lydi, ohne Groj anzusehen.

Ein bunter Schmetterlingsschwarm umkreiste sie nun, aufgeregt mit den Flügeln schlagend, als wäre sie eine viel versprechend duftende Blume. Groj dachte an die Schmetterlinge und die vielen anderen Lebewesen, die mit der Mercurius untergegangen waren, und ein bitterer Geschmack breitete sich in seinem Mund aus.

»Ist das alles?«, fragte er. »Ich weiß, dass ihr noch viel mehr könnt. Ihr seid uralt, ihr müsst unermesslich weise sein. Ihr seid die Hüter des Stroms, habt Zugriff auf alle Informationen des Universums. Seid ihr nie auf die Idee gekommen, eure Weisheit mit anderen zu teilen?«

Lydi wandte ruckartig den Kopf und sah ihn durchdringend an. »Das ist nicht unsere Bestimmung«, erwiderte sie mit kalter, brüchiger Stimme.

»Dann sage mir, was eure Bestimmung ist.«

Sie zögerte. Es waren noch weitere Schmetterlinge hinzugekommen, die nun um sie herumtanzten wie ein lebendig gewordenes Mobile.

»Unsere Bestimmung ist, zu den höchsten Sphären des Bewusstseins aufzusteigen«, sagte sie. »Eins zu werden mit dem Universum …«

»Auch wir sind das Universum«, entgegnete er ruhig. »Vielleicht sind wir in euren Augen nichts anderes als Amöben oder Insekten, aber auch wir haben eine Bestimmung. Weißt du, was ich glaube? Ihr habt den Strom zu eurer Spiegelsphäre gemacht. Ihr filtert alles heraus, was nicht in euer Konzept passt. Der Strom gibt euch immer recht, nicht wahr? Und das kommt euch nicht verdächtig vor?«

»Du bist nur ein Mensch, Terval Grojin'nan.« Lydi klang nun aufgebracht, auf eine defensive Weise. »Du kannst das nicht beurteilen. Kein Mensch kann das!«

»Ihr habt Yeejhza vor dem sicheren Tod gerettet«, setzte er nach. »Obwohl sie keine von euch ist …«

»Weil sie keine von euch ist!«, fuhr Lydi auf. »Sie wurde aus dem Strom geboren!«

»Und Aldinjha. Ihr behandelt sie wie eine Freundin …«

»Wir haben keine Freunde! Aldinjha ist nicht wichtig. Sie sind beide nicht wichtig. Sie werden mit euch zusammen untergehen.«

Groj fühlte sich mit einem Mal von allem losgelöst, eine gelassene Heiterkeit erfüllte ihn. Er trat auf Lydi zu, die nun bis zur Gürtellinie von Schmetterlingen eingehüllt war.

»Es werden Menschen sterben«, sagte er. »Weil das, wonach sie streben, Unheil bedeutet. Aber alle anderen werden leben.«

Lydi wischte mit einer zarten Bewegung Schmetterlinge von ihrem Gesicht. Ihre Züge hatten etwas Jenseitiges, Verklärtes angenommen. Und ihre Augen – tiefe, schwarze Brunnen, die in die Unendlichkeit führten.

»Aus dir spricht der Strom«, flüsterte sie. »Wie hast du das gemacht, Groj?«

»Die Schwestern«, antwortete er. »Sie sind die Brücke. Von Menschen geschaffen, vom Strom genährt. Die Barriere ist gefallen. Ihr wisst doch, wie sie euch nennen? Die Hütergeister. Es ist an der Zeit, dass ihr mehr hütet als das Andenken an euch selbst. Auch ihr seid nur eines von vielen Fragmenten, aus denen sich die Schöpfung zusammensetzt. Anstatt eifersüchtig darüber zu wachen, dass eure Sonderstellung erhalten bleibt, könntet ihr dazu beitragen, dass diese Fragmente zusammenwachsen. Darin liegt eure Zukunft.«

»Wir sind in die Ewigkeit eingegangen«, widersprach Lydi. »Für uns gibt es weder Vergangenheit noch Zukunft!«

»Dann erlaube mir eine Frage«, sagte Groj. »Wozu eine ganze Spezies auslöschen, wenn ihr sowieso mit allem fertig seid? Ist euer Rückzug ins Absterben nicht ein selbstverliebter, narzisstischer Akt? Wann habt ihr das letzte Mal einen Blick auf euch selbst geworfen? Euch selbst hinterfragt? Ihr seid so angefüllt von euch selbst. Wahrscheinlich schon seit Jahrmillionen. Ihr habt mich benutzt, um euch ständig aufs Neue bestätigen zu lassen …«

»Es reicht!«, schrie Lydi, von Schmetterlingen komplett eingehüllt. »Wir haben verstanden!«

Groj machte einen weiteren Schritt auf sie zu und griff mit beiden Händen in das bunte Flattern. Ein Reflex aus einer lange zurück liegenden Zeit, um die aufgebrachte Freundin zu besänftigen.

Er fasste ins Leere.

58. DANACH

Er spürte kräftige Hände, die ihn über eine harte, unebene Oberfläche zerrten. Über ihm ein graues, konturenloses Nichts. Seine Atemzüge ein gequältes Keuchen.

Der Untergrund wurde glatt, neigte sich leicht nach oben. Die Rampe des Quadrokopters.

Die Schwestern luden ihn wie ein Gepäckstück auf seiner Pritsche ab. Lösten die Maske von seinem Gesicht, schälten ihn aus dem Thermoverall. Groj schnappte nach Luft. Ihm war schwindlig. Er fürchtete, von der Pritsche zu fallen. Seine Gedanken kreisten um ein tiefes, dunkles Loch voller unfassbarer Eindrücke.

»Du hast es geschafft«, sagte Aldinjha und küsste ihn auf die Stirn.

Yeejhza gab ihm einen festen Klaps auf die Hüfte. »Wir sind so stolz auf dich!«

Groj zuckte nicht einmal zusammen. »Was … habe ich geschafft?«, stammelte er. Seine Stimme hörte sich fremd an. Dann kamen die Erinnerungen nach oben. An Lydi, an die Schmetterlinge. An die Worte, die durch seinen Mund geflossen waren.

Die Rotoren des Kopters heulten auf, ein Wanken ging durch seinen stählernen Rumpf.

»Wir wussten nicht, ob es funktionieren würde«, erklärte Aldinjha. »Aber dann hat dich der Strom akzeptiert. Und sie haben es begriffen.«

»Wer hat was begriffen?«, fragte Groj mit schleppender Stimme.

»Die Hüter«, sagte Yeejhza. »Sie haben begriffen, dass sie immer noch Teil des Universums sind. Die Wand ist gefallen.« Sie zog ihm die Stiefel aus und begann, seine Füße zu massieren. »Ganz schön durchgefroren, dieser Mann.«

»Ich war die ganze Zeit da draußen?«

»Hast da gelegen wie ein Toter«, sagte Aldinjha.

Groj stöhnte vor Erschöpfung und schloss die Augen. »Können wir später darüber reden? Ich fühle mich, als hätte ich zu Fuß die Galaxie durchquert … ich muss jetzt unbedingt …«

Dann schlief er mitten im Satz ein.

59. DER GROSSE SCHLAF

Groj öffnete die Augen. Er lag auf einem Bett, wie er es aus dem Lazarett kannte. In einem kleinen Raum, der von halb transparenten Planen begrenzt wurde. Hinter den Planen erstreckte sich eine Halle mit weiteren Betten, zwischen denen Leute in den Uniformen des Rettungsdienstes unterwegs waren.

Das Lazarett. Er befand sich tatsächlich in seinem alten Lazarett. Oder träumte er das nur?

Eine der Planen wurde zur Seite geschlagen und Ondra trat ein. Sie musterte ihn prüfend mit ihren runden, blaugrauen Augen, dann formten ihre Lippen ein vorsichtiges Lächeln.

»Da ist er ja«, sagte sie und kam noch einen Schritt näher. »Willkommen zuhause, Groj.«

Er versuchte sich aufzusetzen, doch er war zu schwach und sank auf das Bett zurück.

»Wie bin ich hierher gekommen?«

»Deine neuen Freundinnen haben dich bei uns abgeliefert.« Ondra wandte sich um und winkte jemanden herbei. »Eine von ihnen hat fast ununterbrochen bei dir Wache gehalten.« Sie seufzte, übertrieben schmachtend. »Du bist wirklich zu beneiden, Groj.«

»Wie geht es Nori?«

»Besser«, antwortete Ondra. »Allen geht's besser! Die Infektionen heilen ab. Und schon seit Tagen scheint die Sonne! Ist das nicht verrückt?«

Yeejhza trat hinter den Planen hervor. Sie trug immer noch die Standarduniform, die Vanessa ihr spendiert hatte. Ihr Gesicht, jetzt wieder milchweiß wie bei ihrer ersten Begegnung, strahlte Freude aus.

Sie kniete sich vor sein Bett, nahm seine Hand und küsste sie. Groj strich ihr mit einem kraftlosen Lachen über ihr schwarzes Haar.

»Schluss damit«, sagte er. »Du bist lächerlich.«

»Bin ich nicht«, widersprach sie und sah ihn an. »Wenn du wüsstest, was alles sich verändert hat!«

»War ich so lange weggetreten?«

»Fast zwei Wochen«, sagte Ondra. »Ohne Beatmung und künstliche Ernährung. Du bist mir ein Rätsel, Groj. Aber eigentlich warst du das schon immer.«

Sie verließ die Kammer und die Planen schlossen sich hinter ihr mit einem leisen Klatschen.

»Ist Aldinjha auch hier?«, fragte er.

»Sie ist zum Regierungsbunker weitergeflogen«, antwortete Yeejhza. »Um einer Hand voll Eingeweihter begreiflich zu machen, was es mit den Hütern auf sich hat.«

»Ich kann nicht glauben, dass ich all das bewirkt haben soll.«

Sie setzte sich zu ihm auf die Bettkante. »Es war der Strom, der aus dir gesprochen hat«, erklärte sie geduldig. »Die Hüter fühlten sich so eng mit ihm verbunden, dass sie sich selbst nicht mehr hinterfragt haben. Du jedoch kamst von außerhalb, du warst nicht Teil ihres geschlossenen Systems. Du hast alles, was die Hüter seit langer Zeit ausgeblendet hatten, wie ein Vakuum in dich aufgesaugt und an sie weitergegeben.«

»Alles nur wegen einer kleinen grauen Kapsel«, murmelte er.

»Die Kapsel war wichtig, aber sie war nur der Einstieg. Aldinjha erzählte mir, dass du mit der Krücke herumgespielt hast …«

»Das war eine Dummheit.«

Yeejhza tätschelte sein Knie. »Nein, war es nicht. Ich konnte deine Präsenz spüren in meinem privaten Jenseits. Als läge ich in einem dunklen Zimmer und du würdest plötzlich zur Tür herein schauen.«

»Ich habe gar nichts gespürt«, sagte Groj. »Ich bin nur schrecklich müde geworden.«

»Erinnerst du dich daran, wie du mich leblos in der Krabbe gefunden hast?«, fragte sie.

»Und ob ich mich erinnere. Es war ein Albtraum.«

»Der Strom beansprucht jegliche verfügbare Energie, wenn man sich die ersten Male hineinbegibt. Aber er gibt sie wieder zurück. Es dauert nur ein eine Weile.«

»Wenn er durch einen spricht, dauert es wohl noch um einiges länger.«

»Deshalb solltest du dich jetzt unbedingt weiter ausruhen.«

Sie machte Anstalten, vom Bett aufzustehen. Er hielt sie am Arm zurück.

»Nur eine Sache noch. Die Kriegsschiffe. Was hat sie daran gehindert, ihre Raketen abzufeuern?«

»Drei astronomische Einheiten von Daark entfernt haben sie abgedreht und den Rückflug angetreten«, sagte Yeejhza. »Es kursieren

Gerüchte über eine Meuterei – aber wir wissen, wer wirklich dahintersteckt. Kurz darauf wurde die komplette Führungsebene des Mendelson-Kartells ausgetauscht. Was immer auch geschehen ist, hat rasch Kreise gezogen. Weite Kreise. Der Weiße Pfad ist zerschlagen, er spielt keine Rolle mehr.«

Groj versuchte nachzuvollziehen, was sich auf den Raumschiffen abgespielt hatte. Vermutlich waren die Hüter in ihrer Gestalt als Jenseitskrieger erschienen – noch während er den Rückflug vom Plateau in tiefem Schlaf verbracht hatte. Er hoffte, dass sie nicht sie mit der gleichen Unerbittlichkeit vorgegangen waren wie im Regierungsbunker. Falls es aber doch zu einem Gemetzel gekommen war, hatte dies nicht nur die Bevölkerung von Daark, sondern die gesamte Menschheit vor der Auslöschung bewahrt. Er entschied, dass er damit leben konnte.

Yeejhza beugte sich über ihn und küsste ihn auf die Stirn. »Nun schlaf weiter, Terval Grojin'nan. Bestimmt gibt es eine Menge Neues zu berichten, wenn du wieder aufwachst.«

60. SONNENSCHEIN

Drei Tage später unternahm Groj seinen ersten Rundgang um das Lazarett. Der Himmel war von freundlichem Pastellblau und die steilen, bewaldeten Klippen ringsum ließen im Sonnenlicht nichts mehr von der düsteren, bedrohlichen Wirkung ahnen, die einst von ihnen ausgegangen war.

Yeejhza hatte sich bei ihm eingehakt – bereit, ihn zu stützen, sollte seine Schwäche zurückkehren. Doch er hielt sich gut, fand er. Nur seine Knie waren noch ein bisschen zittrig. Dass er den Frühstücksgeruch, der am Morgen durchs Lazarett geweht war, anregend gefunden hatte, sah er als gutes Zeichen. Schon bald würde er wieder ganz der alte sein.

Oder auch mehr als das.

»Eure Sonne hat immer noch keinen Namen«, sagte Yeejhza.

Er blickte mit zusammen gekniffenen Augen zum Himmel.

»Sie heißt 4128-C.«

»Das ist kein richtiger Name.«

»Wir haben sie so selten zu Gesicht bekommen, dass niemand auf die Idee kam, ihr einen zu geben.«

»Ihr solltet einen Wettbewerb ausschreiben«, schlug sie vor. »Findet einen Namen für unser Muttergestirn! Je poetischer, desto besser.«

Er schmunzelte. »Gute Idee.«

»Das Wetter verändert sich konstant«, fuhr sie fort. »Die Steinregen bleiben aus, und die Gewitter haben viel von ihrer Intensität verloren. Bald wird auf Daark ein normales Leben möglich sein.«

»Und die Kreaturen?«

»Scheinen sich in die entlegensten Schluchten und Wälder zurückgezogen zu haben. Es werden nur noch vereinzelte Sichtungen gemeldet, weitab der menschlichen Ansiedlungen.«

»Die Hüter reichen uns die Hand«, sinnierte er. »Doch irgendwann werden wir den Pakt mit ihnen nicht länger geheim halten können.«

Yeejhza blieb stehen und sah ihn nachdenklich an. »Betrachte es einmal so: Daark hat das Supralith, dessen Möglichkeiten noch lange nicht ausgeschöpft sind. Dieser unscheinbare kleine Planet mit seinem verschrumpelten Inselkontinent könnte das neue Zentrum des bekannten Universums werden. Weil hier alle Linien zusammenlaufen.«

»Trotzdem wird es schwierig sein, dem Rest der Menschheit diese Tatsache zu vermitteln.«

»Der Anfang ist bereits gemacht«, wandte sie ein. »Elias verhandelt mit den Schürfern ...«

»Elias?«

»Primus Eins – der alte Primus Eins – er will nur noch Elias genannt werden. Denn der amtierende Primus Eins bist jetzt du.«

»Darüber können wir ein anderes Mal streiten«, brummte er. »Wie laufen die Verhandlungen?«

»Sie machen gute Fortschritte. Kommandant Pickert leitet die Schürfer-Delegation. Und das Kartell hat sich äußerst großzügig gezeigt. Es bereitet eine Entschädigung für die jahrzehntelange Ausbeutung vor. Damit ist den Hardlinern in der Schürfer-Kommandostruktur der Wind aus den Segeln genommen. Übrigens finden die Verhandlungen in Grande statt. Elias spielt mit dem Gedanken, den Regierungssitz dorthin zu verlegen. Du musst das lediglich noch absegnen.«

»Es passiert alles so schnell«, sagte Groj. »Das ist mir unheimlich.«

Sie gingen weiter. Er dachte an ihre erste Begegnung, bei der Yeejhza vor den Toren von Port Kopernikus barfuß durch den Schlamm auf ihn zugekommen war. Wie viel sich seither ereignet hatte.

»Oh ja, das war ein schicksalhafter Augenblick«, murmelte sie in gekünsteltem Bariton.

Groj lächelte und drückte ihren Arm. Die kleine graue Kapsel, die er spontan auf einem Höhenzug von Löwenberge eingenommen hatte, schien nichts von ihrer Wirkung eingebüßt zu haben – und zum ersten Mal hatte er das Gefühl, dass er damals keinen Fehler gemacht hatte.

61. CLUSTER

Grojs Schlafbedürfnis nahm von Tag zu Tag ab und er fühlte sich kräftig genug, um wieder im Lazarett mit anzupacken. Doch die Patienten wurden einer nach dem anderen gesund und von Regierungskoptern zu ihren Heimatorten gebracht. Also übernahm er die Versorgung von Nori, die immer noch in ihrem Quarantänezelt ausharrte.

Yeejhza begleitete ihn durch den Wald, der im hellen Tageslicht etwas Verwunschenes, Märchenhaftes ausstrahlte. Einzig die Lufthummer, die sich hoch oben durchs Geäst hangelten, betrachtete Groj mit Argwohn; der Zwischenfall auf der Straße nach Schwarzwind war ihm noch lebhaft in Erinnerung.

Nori saß auf einer Yogamatte vor ihrem Zelt, das Gesicht der Sonne entgegen gereckt. Sie trug Shorts und ein bauchfreies Tanktop, war auch sonst kaum wieder zu erkennen: die Haut gestrafft und von gesundem Haselnussbraun, kurz geschorenes Haar bedeckte lückenlos ihren Kopf.

Groj stellte die Kühltasche mit den Lebensmitteln ab. »Kein Energiezaun?«, fragte er.

»Nur noch in der Nacht.« Sie streckte ihren Arm aus, um sich von ihm auf die Beine helfen zu lassen. »Der Wald ist freundlich geworden. Ich traue dem Frieden noch nicht ganz, aber ich genieße jeden neuen Tag.«

Sie drückte ihn an sich und er freute sich über die Kraft in ihren Armen. »Und du Groj?«, fragte sie. »Was hast du angestellt, dass man dich schon wieder bei uns eingeliefert hat?«

Er machte eine ratlose Geste. »Ich kann es vielleicht irgendwann einmal erklären ...«

»Du willst also nicht darüber reden?« Nori wandte sich an Yeejhza, die sich diskret im Hintergrund hielt. »Du warst sein Geheimauftrag, stimmt's? Ja, manche Gerüchte sprechen sich bis hier draußen herum. Danke, dass du auf ihn aufgepasst hast.«

Yeejhza winkte ab. »Das war alles halb so schlimm. Groj hat sich nur ein wenig überanstrengt.«

»Du siehst gesund aus«, sagte Groj zu Nori. »Warum kommst du nicht ins Lazarett zurück?«

»Manchmal fühle ich mich immer noch wie ein alter Putzlappen«, erwiderte sie. »Aber vielleicht bin ich auch nur eitel. Schließlich war ich mal auf dem Cover des Jahreskalenders, erinnerst du dich? *So sexy ist unser Rettungsdienst ...* ach nein, das war noch vor deiner Zeit. Außerdem ...« Sie breitete die Arme aus und holte tief Luft. »Noch gefällt es mir hier! In dieser Stille und Einsamkeit kann ich endlich über alles nachdenken. Über mich selbst, über mein Leben und meine Ziele. Jahrelang war ich nur für andere da. Ich hätte beinahe vergessen, wer ich bin.«

»Das Lazarett könnte bald aufgelöst werden«, sagte Groj. »Wohin wirst du dann gehen?«

Nori zuckte mit den Schultern. »Vielleicht nach Grande? Ich weiß nicht. Es ist noch zu früh für Entscheidungen.«

Sie nahm die Kühltasche auf und schlüpfte in ihr Zelt. Groj verspürte ein Kribbeln am Hinterkopf und drehte sich zu Yeejhza um, die mit einem angespannten Gesichtsausdruck ins Leere starrte.

»Gibt es ein Problem?«, fragte er leise.

»Ein Cluster«, flüsterte sie. »Etwas fügt sich zusammen, und es fühlt sich nicht gut an.«

»Kannst du herausfinden, wann und wo?«

»Er ist total verschwommen. Und er verändert sich ständig, wie eine Amöbe ...«

Yeejhza verstummte, als Nori mit der leeren Tasche zu ihnen zurückkehrte.

»So ernst auf einmal? Ich verstehe ... Regierungsgeschäfte.«

»Wir wissen noch nicht, ob die Lage so stabil bleibt, wie sie sich im Moment darstellt«, sagte Groj.

»Du klingst wie ein Politiker.« Nori gab Groj die Tasche zurück und sah ihm in die Augen. »Ich hatte einen Traum. Da war Feuer. Feuer und Zerstörung. Pass auf dich auf, okay?«

Sie umarmte ihn kurz, dann ließ sie sich wieder auf ihrer Yogamatte nieder.

»Es ist schön hier in der Sonne«, sagte sie. »Ich könnte ewig hier sitzen und ...« Nori hob den Kopf und blinzelte ihre Besucher an, als sähe sie sie zum ersten Mal. »Wir sehen uns wieder, ist das klar?«

»Ganz bestimmt«, erwiderte Groj.

Schweigend überquerte er mit Yeejhza die Lichtung vor dem Zelt, ein mulmiges Gefühl im Bauch. Nori war eine feinfühlige, kluge Person, die viel gesehen und erlebt hatte. Doch dass sie sich von einem Traum beeindrucken ließ, war neu für ihn.

Als sie in den Wald eingetaucht waren, wandte er sich an Yeejhza, die stumm neben ihm her ging, den Kopf gesenkt und ganz in sich selbst versunken.

»Immer noch nichts Konkretes?«, fragte er.

Sie schüttelte den Kopf, ohne aufzusehen.

»Könnte es eine Kreatur sein?«, setzte er nach. »Oder mehrere?«

»Nein«, antwortete sie. »Es ist etwas anderes ... aber auch kein Unwetter ...«

»Von Menschen gemacht? Schürfer, die den Frieden sabotieren wollen?«

»Eher etwas in dieser Art«, sagte sie. »Aber es ist so undeutlich, wie hinter Schleiern verborgen.«

»Söldner, die für den Weißen Pfad gearbeitet haben?«, fuhr er fort. »Die jetzt Rache für ihre Niederlage nehmen wollen?«

Sie seufzte zischend. »Ich kann es wirklich nicht definieren. Aber wenn ich mit Aldinjha in Resonanz gehe …«

»Was dann?«

Yeejhza blieb stehen und legte die Fingerspitzen auf ihre Schläfen. »Im Norden. Der Schwerpunkt der Verdichtung liegt im Norden.«

»Bist du dir sicher?«, fragte er. »Aldinjha hält sich im Regierungsbunker auf, und der liegt im Norden. Vielleicht ist es nur ihr Standort, den du gerade bestätigst.«

Sie blickte ihn missmutig an. »Im Moment kann ich nicht mehr herausfinden. Was wirst du jetzt tun?«

»Ich fliege zum Bunker«, entschied er. »Sollte sich dort etwas zusammenbrauen, ein Anschlag zum Beispiel, will ich schnell reagieren können. Und du …«

»Ich beobachte den Cluster weiter von hier aus«, sagte sie. »Falls Verschiebungen zwischen Aldinjhas und meiner Wahrnehmung auftreten, können wir Ort und Zeit des Geschehens vielleicht genauer festlegen.«

Groj nickte bedrückt. Er hatte nicht wirklich daran geglaubt, dass alles in so kurzer Zeit so viel besser werden würde. Doch Yeejhzas düstere Stimmung vermittelte ihm das Gefühl von etwas Bedrohlichem, das im Verborgenen eine zerstörerische Kraft entfaltete.

Er führte die Hand mit dem Armbandkom zum Mund. »Primus Eins hier. Ich brauche eine Direktverbindung zu Elias. Sofort.«

62. NACH NORDEN

Eine Stunde später landete ein Nanojet vor dem Lazarett. Während Aldinjha aus dem Luk stieg, in ihre schimmernde Montur gekleidet und die rotblonde Mähne in einer leichten Windbö flatternd, ging Yeejhza mit bedächtigen Schritten auf sie zu. Schließlich standen sich die Schwestern schweigend gegenüber. Tauschten sie Informationen aus? Groj horchte tief in sich hinein, doch falls sie miteinander kommunizierten, lag er nicht auf ihrer Wellenlänge.

Vielleicht waren sie tatsächlich als eine Persönlichkeit angelegt gewesen, überlegte er. Aber mindestens einer ihrer Konstrukteure hatte den Gedanken nicht ertragen, dass seine Schöpfung für lange Zeit die Einzige ihrer Art im gesamten Universum sein würde. Und hatte ihrer Einsamkeit vorgebeugt, indem er zwei Wesen geschaffen hatte, die einander auf perfekte Art ergänzten.

Er näherte sich den Schwestern, die sich ihm nun in einer synchronen Bewegung zuwandten.

»Der Cluster ist in jeder Hinsicht untypisch", sagte Aldinjha. »Und er verweist eindeutig auf den Norden.«

»Was ist so untypisch an ihm?«, fragte Groj.

»Er hat eine bedrohliche Schwingung«, antwortete sie. »Keiner der Cluster, mit denen wir bisher zu tun hatten, löste bei uns Emotionen aus. Sie fühlten sich immer neutral an. Wir spürten nur, dass da etwas war, das in irgendeiner Beziehung zu uns stand.«

»Habt ihr den Strom befragt?«

»Er gibt keine Auskunft«, sagte Yeejhza. »Denn diese Cluster entstehen in unserer eigenen Wahrnehmung. Unsere Verbindung zum Strom ermöglicht das zwar, aber für ihn hat es keine Relevanz.«

Groj wandte sich an Aldinjha. »Hast du Elias informiert?«

»Noch nicht«, erwiderte sie. »Er vertraut mir sehr und ich will ihn nicht zu voreiligen Aktionen verleiten.«

»Ich werde das übernehmen«, sagte er. »Können wir sofort starten?«

Aldinjha drehte sich um und ging auf den Jet zu. Groj blickte zum Lazarett, wo sich ein Teil der Belegschaft hinter den transparenten Wänden versammelt hatte. Er glaubte, Bedrücktheit in den Gesichtern zu erkennen, doch vielleicht war das nur seine eigene Stimmung.

Yeejhza griff nach seiner Hand. »Egal, was geschieht – du musst an uns glauben. Versprichst du mir das?«

Groj versuchte, ihren ausdruckslosen Blick zu deuten. Er war sich nicht sicher, ob sie laut gesprochen oder ob er ihre Stimme nur in seinem Kopf gehört hatte.

Sie ließ seine Hand los und kehrte ihm den Rücken zu, ging wie eine Schlafwandlerin zum Lazarett zurück. Er dachte noch einen Moment über ihre Worte nach und kam zu dem Schluss, dass es sich um eine rein emotionale Äußerung gehandelt hatte. Während sie mit ihren Sinnen bereits wieder dem Cluster auf der Spur war.

Eine halbe Minute später saß er neben Aldinjha im Cockpit und musterte die ungewohnten Anzeigenfelder und Bedienungselemente.

»Wie viele von diesen Fliegern gibt es auf Daark?«, fragte er.

»Nur noch diesen hier«, antwortete sie. »Der zweite liegt auf dem Grund der Mine.«

Der Jet stieg geräuschlos bis hoch über die umliegenden Baumwipfel auf, beschleunigte rapide und stieß in den Himmel vor. Keine Gravitationsschübe, stellte Groj fest. Kein Rütteln, keine Schwankungen. Die perfekte Flugmaschine.

»Ihr habt die ganze Zeit nicht miteinander geschlafen«, sagte Aldinjha. »Obwohl ihr ausreichend Gelegenheit dazu hattet.«

Er sah sie erstaunt an.

»Darüber willst du ausgerechnet jetzt reden?«

»Wir können uns auch über den Cluster unterhalten, falls dir das lieber ist. Doch solange wir nicht mehr darüber wissen ...«

»... machen wir ein wenig Konversation?«

»Es würde mich ablenken«, sagte sie. »Dieses ständige unterschwellige Bedrohungsgefühl schwächt meine innere Ausrichtung.«

»Ich verstehe«, sagte Groj. »Um deine Frage zu beantworten – ich war sehr müde. Und außerdem ...« Er machte eine ratlose Geste. »Es gab keinen Grund dazu. Warum ist dir das so wichtig?«

»Weil es zum Menschsein gehört«, behauptete Aldinjha. »Der Wunsch, jemanden zu spüren, den man liebt und dem man vertraut ...«

»Du idealisierst das Ganze«, unterbrach er sie. »Meistens tun wir es aus niedrigeren Motiven. Fortpflanzungstrieb. Eroberungsdrang. Langeweile.«

»Diese Art von Menschsein meine ich nicht«, erwiderte sie.

Sie will auf Liebe hinaus, begriff Groj. Doch er wollte nicht darauf eingehen und starrte auf den sanft gewölbten, von einer fahlen Mondsichel gekrönten Planetenhorizont.

Er zuckte zusammen, als Aldinjha unvermittelt auflachte.

»Hey, wir sind auf dreiundzwanzigtausend Metern!«

Sie betätigte eine Schaltfläche und das Cockpit wurde völlig transparent. Groj empfand ein unangenehmes Kribbeln, als er zwischen seinen Füßen hindurch auf die grünen Niederungen von Rosendahl hinabblickte.

»Sieh dir das an! Ist er nicht wunderschön, dieser verrückte kleine Planet?«

Ihre euphorische Laune fand er angesichts der unklaren Situation genauso wenig angebracht wie ihren Abstecher in die Gefilde zwischenmenschlicher Sexualität. War es Yeejhzas kindlich-unbeschwertes Naturell, das nach und nach auf sie abfärbte? Groj wusste nicht, was er davon halten sollte.

»Wie laufen die Verhandlungen?«, fragte er, um Aldinjha auf das bevorstehende Treffen mit Elias einzustimmen.

»Sie gehen zügig voran«, antwortete sie in einem sachlichen Tonfall, der ihn innerlich aufatmen ließ. »Kommandant Pickert ist ein ehrlicher, vertrauenswürdiger Mann. Er hat mich auf Yeejhzas Trainingsgerät angesprochen. Sagte, dass er es uns zurückgeben wollte, aber es ist wohl gestohlen worden.«

»Gestohlen?«

»Sie haben es auf ihrem Stützpunkt in einem Lagerraum aufbewahrt. Als sie es zum Regierungsbunker mitnehmen wollten, war der Lagerraum aufgebrochen und das Gerät war nicht mehr da.«

»Behauptet er.«

»Pickert ist nicht dumm«, sagte Aldinjha. »Er weiß, dass er mit Mercurius-Hochtechnologie nichts anfangen kann. Dass nicht einmal die fähigsten Ingenieure des Planeten es verstehen würden.«

Groj hatte kein gutes Gefühl, aber er hielt den Mund. Wer würde ein Gerät stehlen, das nicht einmal mehr für Yeejhza einen Zweck erfüllte?

Die Berge des Nordens kamen in Sicht. Gletscherflanken, glühend im Licht der Abendsonne, dahinter schattenhaft der Ozean mit den eingestreuten Krümeln der Ledergras-Inseln. Auf einer dieser Inseln hatte er seine Jugend verbracht. Dort hatte man seine Erinnerungen gestohlen, um ihn von seinem Trauma zu erlösen und ihm eine Zukunft unter Menschen zu ermöglichen, die ihn, den Reagenzglas-Klon, als ihresgleichen betrachteten.

Er musste nur an Lydi denken, um sich darin bestätigt zu fühlen, welches Glück er gehabt hatte.

63. UNSPEZIFISCHE INFORMATIONEN

»Ein Cluster?«, fragte Elias mit skeptischer Miene. »Was muss ich mir darunter vorstellen?«

»Eine Verdichtung von Informationen«, erklärte Aldinjha. »Unspezifische Informationen, die auf ein bevorstehendes Geschehen hinweisen.«

»Und dieses Geschehen wird sich hier abspielen? Im Regierungsterritorium?«

»Wurde der Bunker durchsucht?«, fragte Groj. »Die Angreifer könnten etwas zurückgelassen haben. Eine Bombe zum Beispiel.«

»Wir haben alles nach Kämpfern abgesucht, die sich möglicherweise versteckt hielten. Wir sind sehr gründlich dabei vorgegangen. Aber wir haben nichts gefunden.«

»Habt ihr auch außerhalb nachgesehen?«

Elias beugte sich über seinen Schreibtisch und drückte eine Taste auf seinem Terminal. »Ich werde sofort Suchtrupps mit Drohnen hinausschicken. Worauf sollen sie achten?«

»Auf alles, was da draußen nicht hin gehört«, antwortete Groj.

Während Elias von seinem Schreibtisch aus die Sicherheitskräfte instruierte, nahm Aldinjha Groj beiseite.

»Der Cluster wird konkreter«, raunte sie ihm zu. »Es wird hier geschehen. Schon bald.«

»Wo genau?«

Sie machte eine unbestimmte Geste. »Ich weiß es nicht. Die Informationen sind nicht eindeutig.«

»Konkret, aber nicht eindeutig«, brummte er. »Hast du schon daran gedacht, dich an die Hüter zu wenden?«

»Ich glaube nicht, dass sie überhaupt Notiz von so etwas nehmen.«

»Weil es ein reines Yeejhza/Aldinjha-Phänomen ist? «

Aldinjha nickte. »Doch falls eine Bedrohung für den Planeten besteht, würden sie bestimmt einschreiten.«

Ihr Blick bekam für einen Moment etwas Starres, dann berührte sie eine Stelle am Kragen ihrer Montur.

»Yeejhza hat Neuigkeiten. Sie will, dass du mithörst.«

Yeejhza klang aufgeregt. »Hast du es auch bemerkt?«, drang ihre Stimme irgendwo aus Aldinjhas linker Schulterpartie hervor. »Die Signatur des Stroms … sie hat sich verändert! Als wäre er plötzlich zweigeteilt …«

»Warte!« Aldinjha schloss die Augen, um sich zu konzentrieren. »Ich gehe jetzt in Kongruenz mit dir.«

Grojs Armbandkom machte sich bemerkbar. Seine private Frequenz – die hatte er schon lange nicht mehr benutzt.

»Ondra? Was ist los?«

»Ich sollte mich bei dir melden«, sagte Ondra. »Wenn mir etwas Ungewöhnliches auffällt. Erinnerst du dich?«

Er entfernte sich einige Schritte von Aldinjha, die nun völlig in den Kontakt mit Yeejhza versunken schien.

»Was ist dir aufgefallen?«

»Ein Regierungskopter«, fuhr Ondra fort. »Er umkreist uns jetzt zum dritten Mal innerhalb einer Stunde. Wir haben ihn angefunkt, doch er reagiert nicht. Vielleicht weißt du etwas darüber?«

Groj dachte an den vierten Quadrokopter aus Vanessa Lins Geschwader, der nach dem Putsch verschwunden gewesen war.

»Ihr müsst alle raus«, sagte er. »Sofort. Versteckt euch im Wald, reibt euch mit Schlamm ein. Keine Elektronik! Lasst alles zurück, was man anpeilen kann. Hast du mich verstanden?«

»Verstanden«, sagte Ondra. »Ich veranlasse alles Nötige.«

Er unterbrach die Verbindung und bemerkte, dass Aldinjha eine gekrümmte Haltung eingenommen hatte. Als würde sie unter Magenschmerzen leiden.

Elias kam hinter seinem Schreibtisch hervor. »Die Suchtrupps sind auf dem Weg. Falls da draußen etwas ist, das uns Probleme machen könnte, werden sie ...«

»Schicke ein Geschwader Kampfjets nach Paramount«, sagte Groj. »Kahn hat es auf das Lazarett abgesehen. Er umkreist es bereits mit dem gekaperten Quadrokopter.«

»Abschießen?«, fragte Elias.

»Es darf kein Krümel übrig bleiben.«

Elias hastete an seinen Schreibtisch zurück. Aldinjha tastete sich zu der Sitzgruppe vor, die für die Stabsmitglieder reserviert war, und setzte sich vorsichtig.

»Es ist mir unerklärlich«, sagte sie leise. »Yeejhza sieht einen anderen Cluster als ich.«

»Und wenn es zwei verschiedene sind?«, fragte Groj.

»Er verschiebt sich jetzt«, drang Yeejhzas Stimme aus Aldinjhas Montur. »Aldinjha, kannst du es sehen?«

»Nein, ich ... ich sehe jetzt gar nichts mehr.«

Groj trat dicht an Aldinjha heran. »Yeejhza, lässt sich mit deinem Trainingsgerät der Strom beeinflussen?«

»Theoretisch schon«, antwortete Yeejhza nach einer kurzen Pause. »Dann aber nur mit stark verringerter Streuung.«

Aldinjha öffnete die Augen und blinzelte verstört. »Niemand außer uns kann mit dem Trainingsgerät arbeiten. Es sei denn ...«

»Das Lazarett wird evakuiert«, sagte Groj. »Geh mit den anderen. Hörst du mich, Yeejhza? Unterbrich die Verbindung zum Strom und mach, dass du rauskommst!«

Yeejhza gab keine Antwort, die Verbindung schien tot. Aldinjha, die nun seltsam wächsern und verletzlich wirkte, blickte Groj alarmiert an.

»Unser empathischer Kontakt ist ebenfalls abgebrochen«, sagte sie.

»Ich habe die Kampfjets von Kopernikus aus losgeschickt«, sagte Elias. »Sie werden das Lazarett in zwanzig Minuten erreichen.«

»Zwanzig Minuten«, brummte Groj. »Na gut. «

Aldinjha stand abrupt auf und ging steifbeinig zum Ausgang. »Wir müssen jetzt zurück. Sofort.«

Elias ruderte mit den Armen, wirkte mit einem Mal überfordert. »Ihr müsst nicht zurück! Ich habe alles unter Kontrolle. Der Kopter wird abgeschossen und ...«

Aldinjha winkte ab. »Falls Kahrn auch nur einen winzigen Bruchteil des Stroms unter seine Kontrolle gebracht hat, kann er nach Belieben falsche Realitäten vorgaukeln.«

»Aber was kann ich jetzt unternehmen?«

»Kümmere dich um den Bunker«, sagte Groj. »Wir kümmern uns um den Rest.«

Elias nickte verhalten. »Gut. Dann werde ich einfach darauf vertrauen, dass ihr wisst, was ihr tut.«

Groj schloss sich Aldinjha an. »Das wissen wir erst, wenn es vorbei ist«, sagte er.

64. ENDSPIEL

Die Nacht hatte sich von Westen her über den Kontinent geschoben. Aldinjha kauerte zusammengesunken auf ihrem Sitz, eine Hand an die Stirn gelegt und mit den Lippen unhörbare Worte formend. Groj versuchte, sich in sie einzufühlen, denn er wollte sie in ihrem Zustand nicht mit Fragen irritieren. Doch es kam keine Resonanz zustande.

Sie hatten Rosendahl überquert und das Funkfeuer von Port Kopernikus östlich vorbeiziehen lassen. Das Land tief unter ihnen schimmerte matt im bleichen Licht zweier Monde, die spärlich gesäten Ansiedlungen von Paramount präsentierten sich als schüchterne, warm glimmende Pünktchen in einem Meer aus unentschlossenem Dunkel.

»Denkst du wirklich, es ist Kahrn?« Aldinjhas Stimme hatte sich zu einem Flüstern abgesenkt. »Das gefällt mir nicht. Wenn er das Gerät benutzen kann, wäre er wie wir.«

»Er ist nicht wie ihr«, entgegnete Groj. »Aber er ist gefährlich. Wir dürfen ihn nicht unterschätzen.«

»Warum hat er so lange gewartet? Er wusste, wann ich auf Daark ankommen würde. Und Yeejhza – er hätte auch sie schon bei ihrer Ankunft auf Kopernikus abfangen können.«

»Du bist zu schnell untergetaucht, deshalb sollte Yeejhza ihn zu dir führen. Dann hätte er euch beide auf einen Schlag beseitigt. Oder es zumindest versucht. Vielleicht erschien ihm das dann doch zu riskant und er hat Lydi auf Yeejhza angesetzt, als wir uns Grünhausen genähert haben. Er scheint intuitiv geahnt zu haben, dass er dich dort finden würde. Doch nachdem Lydi gescheitert war, musste er warten, bis Yeejhza zurückkehrt. Dieses Mal solltest du ihn zur ihr führen, denn ohne dich hätte er sie nicht gefunden. Als es ihm misslungen ist, euch auszuschalten, hat er einen übereilten Angriff auf den Regierungsbunker durchgeführt.«

»Es muss ihm wie ein Geschenk vorgekommen sein, als wir im Bunker eingeliefert wurden«, sagte Aldinjha.

Groj nickte. »Seit dem Zwischenfall in der Mine ahnte er, dass ihr eine besondere Beziehung zu den Kreaturen, vielleicht auch zum gesamten Planeten habt. Und dann ist alles ganz anders gekommen. Seine Pläne sind gescheitert, der Weiße Pfad wurde zerschlagen. Kahrn ist am Ende.«

Aldinjha hob den Kopf und sah ihn an. Ihr Gesicht wirkte seltsam nackt und leer auf ihn. Als wäre sie nicht wirklich anwesend.

»Dann hat er es nur noch auf Yeejhza und mich abgesehen?«

»So scheint es. Und genau das wird ihm zum Verhängnis werden.«

In ihren Augen schimmerte ein Hauch von Begreifen auf, ehe sie mit einem Röcheln in sich zusammensackte.

Groj berührte sie am Arm. »Was ist los mit dir?«

»Es ist … als würde ich mich … von innen heraus auflösen«, antwortete sie stockend.

»Nur eine Illusion«, erwiderte er mit erzwungener Ruhe. »Der Strom …«

»Manipuliert«, flüsterte sie. »Umgepolt. Vergiftet.«

»Und Yeejhza?«

»Abgeschnitten. Als würde sie nicht existieren.«

Für einen Moment fühlte sich Groj, als würde er in einen tiefen Schacht fallen. Hatten die Schwestern nicht in einer stundenlangen Prozedur die Knockout-Funktion in ihren Systemen überwunden? Die Ungewissheit drückte ihm die Luft ab, zerrte an seinen Eingeweiden.

Er versuchte, den Regierungsbunker anzufunken, aber die Leitung blieb tot. Kahrns fauler Zauber wirkte also bereits. Daher auch keine Spur von den Kampfjets – die suchten nach einem Quadrokopter, der sich in einem kurzlebigen Paralleluniversum verkrochen hatte.

Noch einhundert Kilometer bis zum Lazarett. Der Nanojet ging runter. Zu steil und zu schnell für Grojs Geschmack – als hätte sich seine Anspannung auf die Maschine übertragen.

Aldinjha schien bewusstlos geworden zu sein. Hing schlaff in ihrem Sitz, das Gesicht jetzt leichenblass und von Schweiß überströmt.

Noch fünfzig Kilometer. Fünfundvierzig. Vierzig.

Groj fiel ein, dass er unbewaffnet war. Seinen Karabiner hatte er im Lazarett zurückgelassen. In der Gewissheit, dass er ihn nicht brauchen würde. Doch was hätte er mit einer antiquierten Schusswaffe gegen eine Macht unternehmen können, die in der Lage war, den Strom zu beeinflussen?

Ein flackerndes Licht inmitten der Wildnis. Das sich viel zu schnell näherte. Die mondbeschienenen Umrisse bewaldeter Felsklippen huschten vorbei. Der Jet ging noch tiefer runter.

Das Lazarett auf seiner gerodeten Lichtung. Turmhohe Flammen schlugen aus dem umfunktionierten Flugzeughangar und tauchten seine Umgebung in unstetes orangefarbiges Licht. Ein Stück abseits davon ein Quadrokopter: der fehlende vierte aus Vanessas Geschwader.

Ondra, dachte er, von Panik gepackt. Ondra, und all die anderen – hatte sie seine Anweisungen befolgt und war mit der restlichen Belegschaft in die Wälder geflohen? Und hatte Yeejhza sich ihnen angeschlossen, oder war sie wie Aldinjha in einen katatonischen Zustand gefallen, der sie zu einer leichten Beute für den rachsüchtigen Klonbruder machte?

Der Jet fuhr seine Libellenflügel aus, aber zu spät. Er setzte hart auf, legte sich auf die Seite und schleuderte über die Lichtung, bis er an deren Ende von den elastischen Stämmen der Löffelbäume aufgefangen wurde.

Groj war aus seinem Sitz geschleudert worden. Aldinjha lag reglos neben ihm. Er kämpfte gegen seine Benommenheit an, packte Aldinjha an den Armen und zog sie zum Ausstiegsluk, das sich beim Aufprall von selbst geöffnet hatte. Zerrte sie ins Freie, weg vom Jet, und bettete sie auf die zerfurchte Erde.

Das Lazarett war ein tosender, Funken sprühender Höllenschlund. Doch nirgends stieg Rauch auf. Da war nur eine Front aus stechend heißem Höllenatem.

Kein normales Feuer, dachte Groj. Was immer den Brand verursachte hatte, gehorchte nicht den geltenden physikalischen Regeln.

Eine Gestalt zeichnete sich vor der infernalischen Kulisse ab. Groß und athletisch, ihr kahler Kopf reflektierte den zitternden Feuerschein.

»Kahrn!?«

Der Kahlköpfige kam näher. Und warf einen Körper mit Wucht auf den Boden: Yeejhza, die Augen geschlossen und offensichtlich bewusstlos.

»Die neueste Generation«, stieß Kahrn verächtlich hervor. »Überzüchtetes Geschmeiß, von Emotionen und spirituellem Irrglauben gesteuert. Die Ingenieure hatten bereits die perfekte Lösung. Mich! Aber sie konnten nicht aufhören, wollten die Entwicklung um jeden Preis weiter vorantreiben!«

Er trat Yeejhza in die Seite. Und noch einmal, da war so viel Hass in seinen Bewegungen.

Groj richtete sich auf, ging mit ausgestreckten Armen auf ihn zu.

»Du hast verloren, Kahrn. Der Weiße Pfad existiert nicht mehr. Deine Zeit ist abgelaufen.«

Kahrn blickte ihn mit einem fanatischen Grinsen an. Jetzt sah Groj die schlecht verheilten Wunden auf seinem Gesicht und an seinem blanken Schädel. Er war komplett entstellt, doch dass er die Attacke der Kreatur überlebt hatte, bedeutete nichts Gutes: Er war hart im Nehmen. Ohne die Unterstützung der Schwestern würde Groj nicht mit ihm fertig werden.

»Ja, meine Zeit ist abgelaufen« sagte Kahrn, jede Silbe zwischen den Zähnen hervor quetschend. »Aber ich werde diese Welt nicht verlassen, ohne einige wesentliche Dinge richtig gestellt zu haben.« Er versetzte Yeejhza einen weiteren Tritt. »Willst du sie nicht retten, Terval Grojin'nan? Immerhin hast du von mir den Auftrag erhalten, sie zu beschützen. Was unter anderem beinhaltet, dein Leben für sie zu opfern.«

»Ist es das, was du willst?«, entgegnete Groj. »Geht es dir am Ende nur um mich?«

Kahrn lachte krächzend auf. »Vielleicht, wer weiß? Ja, du hast meine Pläne durchkreuzt. Hast dich mit diesen abtrünnigen Fehlkonstruktionen zusammen getan … und nun sieh mich an, du kleiner Mann! Ich hätte der erfolgreichste Agent des Pfads werden können! Alle Weichen waren gestellt, aber du musstest unbedingt deinen Emotionen folgen … doch um welchen Preis?«

Er zog eine kalt schimmernde Waffe aus dem Gürtel, richtete sie auf Yeejhza. »Du hast schon viele sterben sehen, nicht wahr? Dann kommt es auf deine beiden kleinen Freundinnen wohl nicht mehr an.«

»Lass sie in Frieden!« Groj machte einen energischen Schritt auf Kahrn zu. »Sie können nichts dafür, dass man sie so erschaffen hat, wie sie sind. Genau wie du …«

»Das spielt für mich keine Rolle mehr«, erwiderte Kahrn und feuerte seine Waffe ab. Ein Ruck ging durch Yeejhzas Körper. Über ihren starren Augen klaffte ein rotes, scharf umrandetes Loch in ihrer Stirn.

Groj konnte nicht glauben, was er sah. Er schüttelte fassungslos den Kopf, während sich in seinem Innern eine abgrundtiefe Leere ausbreitete.

»Dir ist doch klar, dass sie wiederkommen wird?«, sagte er mit kraftloser Stimme.

»Sie wird nicht wiederkommen, dafür habe ich gesorgt.« Kahrn wies auf das brennende Lazarett. »Ich habe ein Rinnsal des Stroms abgezweigt und umgepolt. Und das Trainingsgerät schmilzt gerade zu einem nutzlosen Klumpen zusammen. Deine kleinen Freundinnen werden sich genauso wenig regenerieren können wie das Menschenpack, dass da drinnen gerade bis auf die Knochen verschmort.«

Sie haben es nicht geschafft, durchfuhr es Groj. Die Leere in ihm nahm eine neue, erschütternde Dimension an. Zum ersten Mal in seinem Leben verspürte er reine, hemmungslose Mordlust.

Kahrn richtete seine Waffe auf Aldinjha und schoss erneut. Groj löste sich aus seiner Starre und sprang vor, packte Kahrn an seiner Montur. Der schleuderte ihn mit einer beiläufig anmutenden Armbewegung von sich weg und er landete rücklings auf dem Boden.

Er versuchte, sich an seinen Besuch in der Hüterstadt zu erinnern. Wie hatte er es angestellt, dass der Strom durch ihn sprechen konnte? Wenn er es jetzt schaffte, diesen Kontakt herzustellen, konnte er vielleicht um Hilfe bitten. Für die Schwestern, und für sich selbst. Denn ihm war endgültig klar, dass auch er nicht lebend davonkommen würde, wenn Kahrn seinem Rachedurst folgte.

»Es ist vorbei«, sagte Kahrn und streckte den Arm mit der Waffe aus. »Auch mein Weg ist hier zu Ende. Aber ich habe getan, was ich tun musste.«

Groj bemerkte jemanden am unscharfen Rand des Feuerscheins. Eine menschliche Gestalt stolperte aus dem Dunkel hervor. Shorts, Tankshirt ... Nori?

»Groj! Bei den Himmeln – was ist hier los?«

Kahrn fuhr herum, zielte mit der Waffe auf Nori. Die nun mit weit aufgerissenen Augen die Szenerie erfasste.

»Nori!« Groj richtete sich wankend auf. »Nori, lauf weg! Verschwinde, hörst du?«

»Sie bedeutet dir etwas, nicht wahr?«, fragte Kahrn.

Es ist nicht richtig, dachte Groj. Das alles ist nicht richtig, es hätte niemals passieren dürfen. Dieser zerstörerische Fiebertraum ... das war nicht mehr seine Geschichte, auch nicht die von Yeejhza und Aldinjha, und erst recht nicht die Geschichte von Nori.

Plötzlich hatte er das Gefühl, als würde er von unsichtbaren Händen in die Höhe gezogen. Etwas Dunkles trat aus ihm hervor und für einen Moment wurde es stockfinster um ihn herum. Dann löste sich der Schatten von ihm und huschte auf Kahrn zu.

Und zerfetzte den Mann binnen weniger Sekunden in seine einzelnen Körperteile, ehe er sich vor Grojs Augen in Luft auflöste.

Nori schrie panisch auf. Groj stürzte zu Boden, starrte auf die Leichen von Yeejhza und Aldinjha. Und spürte sein Herz zerreißen.

Die Leere in ihm drohte in zu verschlingen. Diese dröhnende, endgültige Leere.

»Groj!«

Wieder Noris Stimme, weit entfernt wie ihr eigenes Echo.

»Groj, pass auf! Hinter dir!«

Er wälzte sich schwerfällig herum. Lydi van Craaft trat aus dem feurigen Schein des niederbrennenden Lazaretts hervor und kam auf ihn zu. Sie trug wieder diese Latzhose, wie damals auf dem Schiff. Ein warmer, tröstlicher Funke tanzte durch das Dunkel in ihm.

Sie hielt mit beiden Händen einen klobigen, rußgeschwärzten

Gegenstand, den sie vor Groj auf den Boden stellte – Yeejhzas Krücke, und die sah weitgehend unversehrt aus.

Lydi ging vor ihm in die Hocke und nahm sein Gesicht in die Hände.

»Es ist nicht richtig«, sagte sie. »Doch es ist auch nicht das Ende.«

Er konnte weder sprechen noch denken, konnte sich nicht bewegen. Starrte in Lydis Augen und glaubte, die Unendlichkeit des Kosmos in ihnen zu erblicken.

»Hab Vertrauen«, sagte Lydi mit zärtlicher Stimme. »Mein lieber, kleiner Freund.«

Lautlos tauchten die Hütergeister aus der brennenden Nacht auf. Groj konnte nicht erkennen, wie viele es waren. Sie scharten sich um die toten Schwestern und verdichteten sich zu zwei schwarzen Knäueln – die nun langsam in die Höhe schwebten und mit dem sternenklaren Himmel verschmolzen.

Die Körper der Schwestern waren verschwunden. Zurück blieben die unappetitlichen, blutigen Überreste von Kahrn.

Groj blickte um sich. Lydi war nirgends zu sehen. Er sank entkräftet auf die Knie und krallte die Finger in die Erde. In seiner Kehle steckte ein Schrei fest, der ihm die Luft abschnürte.

Dann war Nori bei ihm und er ließ sich mit einem erlösten Schluchzen in ihre Arme sinken. Während die gewölbte Decke des Lazaretts mit berstendem Krachen einstürzte und ein Meer aus Funken in die Nacht sprühte.

Nori hielt ihn fest und sie blickten schweigend auf das Trainingsgerät, das unter seiner Rußschicht allmählich zu bläulich schimmerndem Leben erwachte.

Sie hatten immer noch kein einziges Wort gesprochen, als im Morgengrauen die Kopter aus Port Kopernikus eintrafen.

65. ZUKUNFT

Groj hatte soeben eine Videokonferenz mit Elias beendet, als einer der Sicherheitsleute sein Büro betrat.

»Da ist ein komischer Kauz, der dich sprechen will. Unbewaffnet, keine auffälligen Features. Willst du ihn sehen, Groj?«

»Hat der komische Kauz gesagt, was er will?«

»Reden«, antwortete der Soldat.

»Lasst ihn rein«, sagte Groj.

Der komische Kauz war klein, zierlich und alt. Er trug ein hellgraues, toga-ähnliches Gewand und hatte ein rundes, gütiges Gesicht sowie einen weißen Haarkranz rund um den ansonsten kahlen Kopf. Er musterte wohlwollend Grojs Aufmachung – Shorts und T-Shirt, darüber ein seidener Hausmantel – und machte eine Verbeugung.

»Sildjan Kodaris«, stellte er sich vor. »Ich will nicht viel von deiner kostbaren Zeit in Anspruch nehmen, Primus.«

Groj machte eine wegwerfende Geste. »Es gibt keinen Primus mehr. Nur einen kommissarischen Geschäftsführer. Auf Daark geht es immer nur ums Geschäft.«

»Jetzt nicht mehr. Nach allem, was man so sagt.«

»Warum trägst du nicht einfach dein Anliegen vor?«

»Die Klone«, sagte Sildjan und streifte mit einem verständnislosen Blick den kleinen Gedenkschrein in der Ecke, den Groj für seine Freunde aus dem Lazarett aufgestellt hatte. »Die beiden wundervollen Geschöpfe, die ich erschaffen habe.«

Groj zog die Brauen hoch. »Du bist das gewesen?«

Sildjan nickte, es sah wie eine weitere Verbeugung aus.

»Ich war einer der Chefentwickler bei Mercurius. Die Mädchen waren mein Lebenswerk. Als ich erfahren habe, was ihnen zugestoßen ist, habe ich alles darangesetzt, sie finden.«

»Ich verstehe.« Groj rieb seine Schläfe, während er überlegte, wie er mit seinem Besucher weiter verfahren sollte. »Dann weißt du sicher auch …«

»Dass sie sich in einem kritischen Zustand befinden? Ja, das ist mir bewusst. Aber wie ist es abgelaufen?«

»Ich erspare dir die Details. Nur so viel: Eine eurer anderen Schöpfungen war krank vor Neid und Eifersucht.«

Sildjan verzog unangenehm berührt das Gesicht. »Kahrn war ein Projekt, mit dem ich nichts zu tun hatte. Es herrschte starke Konkurrenz zwischen unseren Abteilungen.«

»Du willst sie sehen, nicht wahr?« Groj gab ihm einen Wink. »Komm mit. Aber du kannst nicht mit ihnen sprechen.«

Er führte seinen Besucher aus dem Büro und durch die weitläufigen Gänge seines neuen Domizils, hoch über den Dächern von Grande gelegen. Sie traten auf einen Balkon, unter dem sich auf einer Dachterrasse zwei schlanke, halbnackte Körper in Liegestühlen räkelten.

»Sie sind wunderschön, findest du nicht?«, flüsterte Sildjan voller Andacht.

»Du hast Außergewöhnliches geleistet«, sagte Groj.

»Werden sie jemals ein ihnen gemäßes Leben führen können?«

»Wir arbeiten daran. Ihre Körperfunktionen haben sich regeneriert. Jetzt geht es darum, ihren Kontakt zum Strom wieder herzustellen.«

»Ich verstehe«, murmelte Sildjan. Er deutete auf Nori, die mit einem Tablett voller Gläser, Karaffen und Früchten die Terrasse betrat. »Wer ist diese Frau?«

»Eine hoch kompetente Pflegekraft«, antwortete Groj. »Deine Mädchen sind bei ihr in guten Händen.«

»Kann ich wirklich nicht mit ihnen sprechen?«

Groj legte dem alten Mann die Hand auf die Schulter. »Ein Wiedersehen mit dir könnte im jetzigen Stadium ein Trauma auslösen«, erklärte er in einfühlsamem Tonfall. »Alles, was in irgendeiner Weise mit Mercurius und dem Weißen Pfad zu tun hat, muss von ihnen ferngehalten werden.«

Sildjan wandte sich zu Groj um, er sah traurig aus. »Sie waren mehr als ein wissenschaftliches Projekt für mich«, sagte er. »Ich habe meine persönlichen Vorstellungen in sie hinein projiziert ... ja, ich war verliebt in sie. Und ich bin es immer noch. Falls ich ihnen damit geschadet habe, werde ich es bis ans Ende meines Lebens bereuen.«

»Du hast dein Bestes gegeben«, erwiderte Groj. »Und deine Liebe hat sie zu etwas gemacht, das Kahrn niemals hätte werden können. Was sonst noch alles passiert ist, hat mit dir nichts zu tun.«

»Das erleichtert mein Gewissen.« Sildjan wich ein Stück von Groj zurück, bekam einen eindringlichen Gesichtsausdruck. »Sie sind Göttinnen, verstehst du?", sagte er. »Niemand kommt ihnen gleich.

Irgendwann, wenn ich längst zu Staub geworden bin, werden sie begreifen, was ihre wahre Bestimmung ist.«

»Das mag sein«, sagte Groj. »Aber erst einmal werden sie ihren eigenen Weg gehen.«

»Auch das ist Teil ihrer Bestimmung.« Sildjan verneigte sich. »Danke, dass ich sie sehen durfte. Ich werde dich nie wieder belästigen, Primus Eins.«

Groj begleitete seinen Besucher zum Ausgang, wo er von den Sicherheitsleuten in Empfang genommen wurde. Dann kehrte er auf den Balkon zurück und blickte auf die vom Sonnenlicht überflutete Terrasse hinunter.

Yeejhza reckte ihm ihr Gesicht entgegen, den Unterarm schützend über die Augen gelegt.

»Ist er weg?«

»Er ist gegangen«, sagte Groj. »Ich glaube, er war glücklich.«

Aldinjha, einen Liegestuhl weiter, lachte trocken auf. »Dieser Mistkerl! Was hast du ihm erzählt?«

»Dass ihr noch lange nicht wieder hergestellt seid.«

»Aber das stimmt!«, quengelte Yeejhza. »Meine rechte Schulter tut immer noch schrecklich weh!«

»Dir fehlt nichts«, erwiderte Aldinjha ungerührt. »Wir waren beide völlig intakt, als man unsere Kokons in der Wildnis aufgespürt hat. Du willst dich nur so lange wie möglich von Nori bedienen lassen.«

Nori räumte mit einem Lachen die leeren Gläser von dem Tischchen ab, das zwischen den Liegestühlen aufgestellt war. »Lieber spiele ich eure Kellnerin, als dass ich mit dem Skalpell verfaultes Fleisch von euren Knochen schnipple.«

»Amen«, sagte Aldinjha und trank schlürfend von ihrem Glas.

Amen, dachte Groj. Yeejhzas helles Auflachen im Ohr, kehrte er in sein Büro zurück, setzte sich an den Schreibtisch und blickte auf den Schrein in der Ecke. Der Sturm war vorüber, für Daark war ein neues Zeitalter angebrochen. Und er war immer noch Regierungschef, auch wenn er vorwiegend im Hintergrund agierte. Denn Elias kümmerte sich um die meisten Geschäfte, schließlich hatte er den vollen Überblick. Groj hatte seine Position an ihn abtreten wollen, doch Elias war der Ansicht, dass die Hüter dies als Betrug oder zumindest als Etikettenschwindel auffassen könnten. Und mit den Hütern, den wahren Herren von Daark, wollte es sich niemand verscherzen.

Das Wichtigste jedoch war, dass er seine Familie gefunden hatte. Nori würde früher oder später wieder ihre eigenen Ziele verfolgen, doch die Schwestern und er waren unwiderruflich aneinandergeschweißt. Vielleicht würden sie eines Tages zusammen zur Erde reisen. An den Ort, wo alles angefangen hatte. Wo nun wieder Frösche aus den Gewässern quakten und Schmetterlinge auf üppigen Blumenwiesen tanzten.

Ein Lächeln breitete sich auf seinen Lippen aus. Die Zukunft war hell und freundlich. Und er würde sie umarmen.